노란 개를 버리러

노란 개를 버리러

김숨 장편소설

문학동네

1장

저기, 열두 사람이 지나가네

꼭 열두 사람이 잠들려고 할 때, 그 여자의 꿈속에서 만나기 위해 열두 사람이 꼭. 소년이 깨어나고 있었다. 꼭 열두 사람은 꼭 열두 사람이 아닐 수도 있었다.

일어나라.

소년이 깨어난 것은 그러나 아빠가 깨워서가 아니었다. 주전자가 내지르는 소리 때문이었다. 주전자는 물이 끓으면 호루라기를 다급하게 불어대는 것 같은 소리를 내질렀다. 그 소리는 늘 소년을 불안하게 했다. 벽에 박힌 못이라도 빼 귓속에 찔러넣고 싶을 만큼. 깨나서야 소년은 아빠가 자신을 깨우고 있음을 알았다.

일어나라.

주전자가 내지르는 소리와 섞여 아빠의 목소리가 들려왔던 것이다. 아빠가 언제부터 자신을 깨웠는지, 소년은 알지 못했다. 주전자

속 물이 끓기 전부터였는지 몰랐다.

일어나라.

소년은 눈을 뜨고 싶지 않았다. 언젠가도 아빠가 잠든 소년을 깨운 적이 있었다. 네가 하도 깨어나지 않아서 죽은 줄 알았지 뭐냐. 소년이 마지못해 눈을 떴을 때 아빠는 그렇게 말했다.

제발 좀!

아빠의 목소리는 애원하는 것도, 다그치는 것도 같았다. 꼭 아홉 사람으로 보이기도 했다. 버스 정류장에 모여 서 있을 때, 꼭 열두 사람은. 누군가 그들을 보고 중얼거렸던 것이다. 저기 아홉 사람이 모여 서 있네.

제발 좀 일어나라!

아빠가 자신의 얼굴에 혀라도 토할 것 같아 소년은 어쩔 수 없이 눈을 떴다. 깻잎장아찌 같은 잠바를 입고 웅크려 앉은 아빠를 물끄러미 바라보았다. 형광등이 백태 낀 눈동자처럼 음침하게 아빠를 내려다보고 있었다.

내가 널 얼마나 깨웠는지 아냐?

꼭 열두 사람은 꼭 여덟 사람으로 보이기도 했다. 버스 정류장에 모여 서 있을 때. 또다른 누군가 중얼거렸던 것이다. 저기 여덟 사람이 모여 서 있네.

커튼 뒤에, 남자가 서 있었다. 커튼 아래로 두 다리와 발만 내놓고. 잿더미를 건너온 듯 새카만 양말이 남자의 두 발에 신겨져 있었다.

아빠가 깨워서 깨어난 게 결코 아니라고 말하고 싶은 걸 소년은 꾹 참았다. 아빠의 잠바 밖으로 비죽 삐져나온 깃털이 소년의 눈에 들어왔다. 속이 깃털로 채워져서인가, 깃털 한두 개가 언제나 비죽 삐져나와 있었다. 소년은 깃털로 손을 뻗었다. 깃털을 잡아 뽑으려는데 아빠가 말했다.

어서 옷을 챙겨 입어라.

하지만 소년은 옷을 챙겨 입을 필요가 없었다. 옷을 입은 채로 잠들었기 때문이었다. 소년은 양말까지 신은 채였다. 한밤중에 느닷없이 깨워 왜 옷을 챙겨 입으라고 하는 것인지 소년은 더구나 알지 못했다.

그런데요, 아빠.

소년은 얼굴을 찌푸리고 쥐어뜯듯 목을 긁었다. 잠을 자면서 땀을 흘려 목과 겨드랑이와 등이 풀을 발라놓은 듯 끈적거리고 간지러웠다. 그러잖아도 녹색 털실로 짠 윗도리는 숨이 막히도록 꽉 조였다. 작년과 재작년 겨울 내내 소년은 그 윗도리를 입었는데, 신기하게도 입으면 입을수록 반질반질 광택이 났다.

주전자에서 물이 끓고 있어요.

소년은 기어이 깃털을 잡아 뽑았다. 입김을 불어 깃털을 날렸다. 고작해야 소년의 눈썹만한 깃털은 허공으로 날아오르지 못하고 장판지로 떨어졌다. 소년은 괜히 풀 죽은 얼굴로 부엌 쪽을 바라보았다. 엄마가 싱크대 앞에 신문지를 깔아놓고 김밥을 말고 있었다. 엄마는 밤새 김밥을 말아 지하철역으로 팔러 나갔다. 김밥을 한 줄이라도 더 팔아야 해서 엄마는 소년이 학교에 갈 때까지 집에 돌아오지 못했다. 소년은 엄마가 남겨둔, 옆구리가 터져 밥알이 구더기처럼 흘러내리는 김밥을 먹고 학교에 갔다.

어서, 서둘러라.

아빠가 소년을 재촉했다.

물이 끓고 있다고요.

소년은 허옇게 김이 끓어오르는 주전자를 노려보았다.

우린 노란 개를 버리러 가야 한다.

노란 개를요?

소년의 눈동자가 풀린 단추처럼 흔들렸다.

그래, 우린 노란 개를 버리러 갈 거란다.

아빠가 말끝에 소리 없이 웃었다. 웃을 때 아빠는 좀처럼 소리를 내지 않았다. 아무리 웃고 있어도 얼굴을 보지 않으면 알 수 없었다. 그래서 소년은 아빠가 등을 돌리고 있을 때마다 혼자 웃고 있는 건 아닌가 하는 의심이 들곤 했다. 소년은 언젠가 아빠에게 웃을 때 왜 소리를 내지 않느냐고 물은 적이 있었다. 아빠는 그게 무슨 소리냐는 표정으로 소년을 바라봤다. 자신이 웃을 때 소리를 전혀 내지 않는다는 사실을 아빠는 모르는 듯했다.

노란 개를 버리러 갈 거란 말이지요.

소년은 잠꼬대처럼 중얼거렸다. 오백삼 호로 한 남자가 들어갈 때.

서둘러라, 얘야.

그렇지만……

소년은 또다시 주전자를 흘끔 바라보았다. 주전자는 여전히 다급하고 시끄럽게 소리를 질러댔다. 가스레인지 불을 끄지 않는 한, 물이 바닥까지 졸아들 때까지 주전자는 비명을 그치지 않을 것이다. 그런데도 엄마는 가스레인지 불을 끄려 하지 않았다.

날이 밝기 전에 돌아오려면 서둘러야 한다.

소년은 벽에 걸린 시계를 흘끔 바라보았다. 시계 시침은 두 시를 가리키고 있었다. 택시 기사인 아빠는 늘 새벽 여섯 시가 넘어서야 집에 돌아왔다. 아빠가 일을 마치고 집에 돌아왔을 때 소년은 대개 잠들어 있었다. 그런데 평소와 달리 새벽 두 시에 돌아와 자신을 그렇게나 깨운 것이었다.

그렇지만 아빠, 주전자에서 물이 끓고 있어요.

우린 노란 개를 버리러 가야 한다고 하지 않았냐.

오백삼 호로 또 한 남자가 들어갈 때, 커튼 뒤 남자의 두 발은 벽을 향해 있었다. 커튼은 벽에 착 달라붙은 벽지처럼 조금의 흔들림도 없었다.

아빠는 아무래도 술을 마신 것 같았다. 술을 마시면 아빠는 했던 말을 하고 또 했다. 소년은 자신이라도 가스레인지 불을 끌까 하다 관뒀다. 가스레인지 불을 껐다가 엄마를 화나게 한 적이 있어서였다. 그때도 주전자에서는 물이 끓고 있었다. 벽들이 뒤흔들리도록 주전자가 소리를 질러대는데도 엄마는 가스레인지 불을 끄려 하지 않았다.

엄마는 김밥을 말며 입으로는 단무지를 씹었다. 김밥을 싸다 잠이 오면 엄마는 단무지를 씹었다. 단무지를 하도 씹어서 엄마의 혀는 노랗게 물이 들었다. 엄마의 얼굴이 점점 노란빛을 띠어가는 것도 단무지를 너무 씹어서라고 소년은 생각했다.

엄마는요?

소년은 아빠에게 물었다.

네 엄마가 뭘 어쨌다는 거야?

뭘 어쩐 게 아니라…… 소년은 아빠의 눈치를 살폈다. 엄마도 같이 갈 건가요? 노란 개를 버리러 말이에요.

그래, 우리는 노란 개를 버리러 가야 한다.

그게 아니라요. 소년은 한숨을 내쉬었다.

노란 개를 버리러 가야 한다고 말하지 않았나.

엄마도 같이 갈 거냐구요!

그래, 그래야지.

소년은 그제야 아빠가 왜 날이 밝기 전에 돌아와야 한다고 말하는지 알 것 같았다. 그것은 엄마가 기껏 말아놓은 김밥들을 팔아야 하기 때문일 것이었다. 그리고 자신이 학교에 가야 하기 때문일 것이었다.

소년은 목을 빼고 방과 부엌, 현관을 둘러보았다. 잠들기 전 노란 개는 소년의 머리맡을 지키고 앉아 있었다. 돼지의 간 같은 혀로 소년의 이마를 쓱 핥기도 했다. 노란 개의 혀에서는 정말로 삶은 돼지의 간 냄새가 났다. 노란 개의 털이 소년의 감긴 눈꺼풀 위에서 아지랑이처럼 피어올랐다. 눈꺼풀 아래서는 검은자위가 부화하려는 알처럼 꿈틀거렸다. 노란 개가 짖는 소리를 자장가처럼 들으면서 소년은 잠들었다.

소년이 혹시나 싶어 화장실을 둘러봤지만 그곳에도 노란 개는 없었다.

방과 부엌을 가르는 문지방 위에 올라서서 소년은 아빠를 내려다보았다. 문지방을 등지고 웅크려 앉아 있어서인지 아빠가 베개처럼 작아 보였다.

노란 개는요?

우린 노란 개를 버리러 갈 거다.

그게 아니라요, 노란 개는요?

노란 개를 버리러 갈 거라고 하지 않았냐.

그렇지만요, 아빠. 노란 개가 없는걸요?

아빠가 그제야 목을 비틀 듯 돌려 소년을 쳐다봤다. 아빠 얼굴이 프라이팬 바닥만큼 어두웠다.

노란 개가 없는데, 노란 개를 어떻게 버려요?

우린 노란 개를 버리러 갈 거다.

아빠는 또 그 말을 했다.

노란 개가 아무 데도 없는데 말이에요?

소년은 문지방에서 내려섰다.

아무 데도요.

노란 개는 택시에 있다. 아빠가 웅크리고 있던 몸을 일으켰다.

택시에요?

내가 노란 개를 미리 택시에 실어놨다.

날 깨우기 전에요?

그래, 널 깨우기 전에.

흔들리는 물속에서 광어들이 수평으로 가라앉고, 창문도 없는 방에서 비둘기가 날았다. 한 남자가 흰 개를 그림자처럼 이끌고 숲으로 들었다. 한 소년이 깨어날 때, 또 한 소년은 깨어나지 않을 때.

　말린 고사리 줄기 같은 골목을 아빠가 앞장서서 걸었고, 소년이 바짝 그 뒤를 따랐다. 엄마는 김밥이 든 빨간 플라스틱 바구니를 들고 소년의 뒤를 따라왔다. 엄마가 김밥 바구니를 들고 있어서인지 소년은 소풍을 가는 기분이었다. 아무도 모르게, 아무도.
　서 있지 않았다. 옆은 안 돼요. 삼 번 버스가 올 때가 거의 다 되었다. 아무도 기다리는 사람이 없는데. 뒤도 안 돼요. 꼭 열두 사람 중 아직 아무도 잠들지 못했다.
　얼음이 박힌 듯 코가 시렸지만 소년은 흥분되었다. 아빠 엄마와 소풍을 간 것이 언제인지 소년은 기억조차 나지 않았다.
　우리는 노란 개를 버리러 가는 거지요?
　불 꺼진 가로등 아래를 지날 때, 커튼 뒤에 여전히 남자가 서 있을 때, 소년은 중얼거렸다. 얼굴이 텅 빈 여자가 놀이터로 걸어올 때. 소년의 발소리가 국경을 넘어가듯 멀어진 뒤에야 가로등에 불이 들어왔다. 밤새 가로등은 저 혼자 꺼졌다 켜지기를 반복했다. 가로등에 불이 들어오는 순간, 그 아래에 버려진 고무나무가 석고처럼 굳었다. 화분째 버려진 고무나무는 줄기뿐이었다.
　아빠는 소년과 엄마를 이끌고 골목을 헤매고 다녔다. 택시가 들어갈 수 없을 만큼 좁은 골목을 찾아들기도 했다. 택시를 어디에 세워두었는지 아빠가 잊어버린 것이 틀림없다고 소년은 생각했다. 아빠를 따라 미끄럼틀처럼 비탈진 골목을 내려가던 소년이 갑자기 걸음을 멈추었다. 먹버섯 같은 어둠에 대고 귀를 기울였다. 소년의 어깨 너머 미약하나마 불을 밝히고 있던 창문이 꺼져들었다. 세상에 마지막 남은 불빛이 꺼져들듯.

노란 개가 짖고 있어요.

아빠가 피우던 담배를 털었다. 담뱃재가 소년의 머리로 재앙처럼 떨어졌다. 재 한 점이 눈동자를 덮었다.

벽지가 울듯 커튼이 흔들리고, 커튼 뒤 남자가 돌아서고 있었다.

저기 택시가 있어요.

비스듬히 기울어진 전봇대에 바짝 붙여 세워둔 택시를 소년은 손가락으로 가리켰다. 택시는 마치 전봇대가 마저 기울어져 덮치기를 기다리는 듯 보였다. 뻑뻑한 문고리가 돌아가듯 남자는 몹시 천천히 돌아섰다.

아빠 택시예요.

소년이 망설임 없이 그렇게 말한 건, 택시 '빈 차' 표시등에 빨간 불이 들어와 있어서였다. 소년이 볼 때마다 아빠의 택시 빈 차 표시등에는 어김없이 빨간불이 경고등처럼 들어와 있었다.

거스름돈은 필요 없다니까. 커튼 뒤 남자가 아직도 돌아서면서 중얼거렸다. 세번째는 나란 말이야, 세번째는. 차례가 지나가버리다니……

택시 조수석에 올라타던 소년은 비명을 내질렀다. 누군가 택시에 타고 있었기 때문이었다. 빈 차인 줄 알았는데 택시에 이미 누군가. 언젠가 누군가와 단둘이 길을 걸어가고 있는데, 가던 길을 마저 가라, 언젠가 누군가 소년의 뒤에서 말했다. 꼭 열두 사람 중 한 사람이 눈을 뜨려다 도로 감았다. 다들 잠든 줄 알고 자신도 어서 잠들기 위해.

아빠…… 누가 있어요.

소년은 운전석 뒤쪽에 조용히, 두고 내린 가방처럼 앉아 있는 남자를 슬그머니 쳐다봤다. 운전석에 올라탄 아빠는 손을 비벼대기만 했다. 마른 나뭇잎 바스러지는 소리가 아빠의 두 손바닥에서 났다.

남자는 외투 깃 속에 얼굴을 파묻고, 한쪽 팔을 늘어난 고무줄처럼 떨어뜨리고 있었다. 아무래도 잠든 것 같았다.

저 아저씨는 누구예요?

소년은 남자가 자신을 향해 고개를 쳐들까봐 겁이 났다. 자신을 빤히 쳐다볼까봐. 소년은 낯선 아저씨가 자신을 쳐다보는 것이 두렵고 싫었다. 만약 골목이나 버스에서 어떤 낯선 아저씨가 자신을 쳐다보면 기어코 꿈에까지 쫓아왔다. 소년의 몸이 콘크리트 벽처럼 굳어버릴 때까지 쳐다봤다.

저 아저씨 말이에요.

소년은 아빠의 팔을 잡아당겼다.

손님이지 누구겠냐.

손님요?

밤의 손님. 아빠가 말했다.

설마 저 아저씨도 같이 가는 건 아니지요? 소년은 고개를 저었다. 노란 개를 버리러 말이에요.

같이 갈 거다. 아빠가 말했다.

저 아저씨도…… 그러니까 밤의 손님도 우리와 같이 갈 거란 말이에요?

엄마는 밤의 손님과 함께 미리 택시에 타고 있었기라도 한 듯, 그의 옆에 가만히 앉아 있었다. 노란 개를 버리러.

저이가 가고 나면. 여든아홉 살 노인이 거울 속 자신을 가리키면서 말했다. 초록색 행주를 개키던 여자는 계속 그것을 개켰다. 그거야말로 진실이지. 잠들기 위해 누가 먼저랄 것 없이 몸을 누일 때, 열두 사람은 꼭 열네 사람으로 보였다.

아빠는 빈 차 표시등에 들어온 빨간불을 굳이 끄지 않았다.

노란 개는요?

소년이 택시 안을 아무리 둘러봐도 노란 개가 보이지 않았다.

우린 노란 개를 버리러 갈 거다. 아빠는 시동을 걸었다.

그게 아니라요, 노란 개 말이에요.

노란 개를 버리러 갈 거라고 하지 않았냐! 아빠가 전조등을 켰다.

그러니까요, 노란 개가 어디에 있는데요?

노란 개는…… 노란 개는 말이다. 아빠는 택시를 후진해 골목을 빠져나갔다.

그래요, 노란 개는요?

그렇지, 트렁크에 있다.

트렁크요?

그래, 트렁크에.

택시 앞유리 밑에 붙여놓은 오리 인형이 똑딱똑딱 머리를 좌우로 흔들었다. 꼭 열두 사람 중 가장 먼저 잠든 이는 여덟번째 사람이었다. 두번째 사람이거나, 네번째 사람일 수도 있었다. 혹은 스물아홉번째 사람일 수도 있었다. 꼭 열두 사람은 꼭 열두 사람이 아닐 수도 있었다. 꼭 열두 사람은.

오리 인형은 택시가 달리는 동안 요란스레 머리를 흔들다가도 멈춰 서면 시침을 떼듯 덩달아 멈췄다. 택시가 철제 육교 아래를 지날 때 소년은 아빠에게 물었다.

노란 개를 버리고 김밥을 먹어도 돼요?

소년은 눈동자를 슬그머니 굴려 룸미러를 쳐다보았다.

노란 개를 버리고요, 그러고요, 그러고 배가 고프면요, 그러면요, 김밥을 먹어도 돼요?

룸미러 속, 두 눈이 감긴 엄마를 빤히 쳐다보면서 소년은 중얼거렸다. 택시를 타고 떠나온 지 얼마나 됐다고 엄마는 그새 잠든 것 같았다. 손님이 옆에 있어서인지 엄마도 손님 같았다.

노란 개를 버리고 김밥을 먹을래요.

소년은 벌써부터 배가 고팠다. 노란 개를 버린 뒤 풀밭 위에 다 같이 둘러앉아 김밥을 먹는 장면을 머릿속에 그려보았다. 소년은 김밥을 먹기 위해서라도 노란 개를 버려야만 한다는 생각이 들었다.

노란 개를 버리고.

꼭 열두 사람 중 세 사람이나 잠들었지만, 붉은 소쿠리 앞 그 여자는 잠들지 않고 있었다. 붉은 소쿠리 속 그득한, 엄지손가락만하게 채 썬 무를 실에 꿰느라.

　연필심 가루처럼 들끓는 어둠 속을 택시는 내달렸다. 눈알이 돌덩이만큼 묵직해지도록 소년이 어둠 속을 들여다보았지만, 택시가 내쏘는 전조등 불빛과 그 불빛에 드러난 아스팔트 도로 바닥밖에 아무것도 보이지 않았다. 소년은 도로가 해일처럼 일어 택시를 덮칠 것 같아 깜짝깜짝 놀랐다. 오리 인형이 아스팔트 바닥에 누워 똑딱똑딱 머리를 흔들어대는 것 같았다.
　커튼 뒤에서 마침내 남자가 걸어나오고.
　우리는 어디로 가는 거예요?
　택시가 어딜 달리고 있는지, 그리고 어느 곳을 향해 달리고 있는지 소년은 알지 못했다. 아빠는 그저 노란 개를 버리러 갈 거라고만 했다.
　노란 개를 버려도 될 만한 곳을 찾아가는 거란다.
　아빠는 굳이 소년을 쳐다보지 않았다. 핸들을 움켜잡은 아빠의 손에 이끼가 낀 듯 초록빛이 감돌았다.
　그곳이 어딘데요?
　소년은 그곳이, 그러니까 노란 개를 버려도 될 만한 곳이 어떤 곳인지 짐작조차 가지 않았다. 세상에 그런 곳이 다 있나? 노란 개를 버려도 될 만한 곳이? 소년은 막연히 노란 개를 버리는 것은 고장난 선풍기나 부서진 의자를 버리는 것과는 다르리란 생각이 들었다. 노란 개가 아니더라도, 아무튼 개를 버리는 것은.
　네? 그곳이 어딘데요?

가다보면 나올 거다.

가다보면요?

그래, 가다보면.

얼마나 가야 하는데요?

그렇게 멀리는 가지 않을 거다.

날이 밝기 전에 돌아와야 하니까요? 소년은 얼른 말했다.

그래. 아빠가 고개를 끄덕였다.

그런데요, 아빠.

소년은 불현듯 집을 나서면서 주전자가 올려진 가스레인지 불을 끄지 않았음을 깨달았다. 집 앞 골목을 빠져나올 때까지 주전자가 내지르는 소리가 들려왔던 것이다.

물이 다 졸아들어 주전자가 타버리면 어떻게 해요?

소년은 룸미러 속 엄마를 쳐다보았다. 엄마의 두 눈은 바늘로 꿰매놓은 듯 감겨 있었다.

주전자가……

어둠 한복판에서 불빛 한 점이 반짝거렸다. 그것은 차 불빛이었다. 아빠가 택시 속도를 올려 불빛을 따라잡았다. 어느 순간 똑딱똑딱 머리를 흔들어대는 오리 인형과 불빛이 겹쳐 보였다. 택시는 눈 깜짝할 새에 불빛을 앞질렀다.

낮이었으면 좋겠어요.

또다시 택시가 내쏘는 전조등 불빛과 그 불빛에 드러난 아스팔트 도로 바닥밖에 보이지 않았다.

낮이면 다 보일 텐데 말이에요.

빈 차 표시등에 들어온 빨간불을 끄지 않아서인가, 소년은 택시에 아무도 타고 있지 않은 것만 같았다. 아빠도, 엄마도, 자신도, 잠든 밤의 손님도 그리고 트렁크에 있다는 노란 개도.

그렇지만 아빠, 우린 노란 개를 버리러 가는 거지요?

네 사람이나 잠들었지만, 꼭 열두 사람 중. 풀어진 운동화 끈은 엄마가 매줘야지. 열번째 사람이 중얼거리는 소리를 아홉번째 사람이 들었다. 열번째 사람은 잠들었을 수도 아직 잠들지 않았을 수도 있었다.

나는 아직 어른이 아니니.

소년은 차창을 조금 내렸다. 바람이 득달같이 들이쳤다. 소년은 바람에 미친 손가락들이 달려 자신의 땀 전 머리카락을 쥐어뜯는 듯했다. 고무 타는 냄새가 바람에서 맡아졌다. 소년은 얼른 차창을 올렸다. 굳은 시멘트 덩이 같은 달이 구름을 헤치고 나왔다. 구름들은 개고 남은 시멘트 가루처럼 엉기고 흩어지면서 날렸다. 달이 어찌나 큰지 소년은 그렇게나 커다란 달은 처음이었다. 택시가 아무리 내달려도 달은 그 자리에, 똑딱똑딱 흔들리는 오리 인형 머리 위에 있었다. 소년은 택시가 마치 달을 향해 달리고 있는 것만 같았다. 달 속에 노란 개를 버리러, 시멘트 덩이 같은 달 속에. 달 속에서는 노란 개가 울부짖는 소리도 차갑고 단단히 굳어버리지 않을까. 노란 개는 소년의 발등 대신에 달의 메마르고 거친 바닥을 핥아야 할 것이다.

피가 나면 어떻게 해요?

소년은 벌써부터 걱정이었다.

노란 개의 혀에서. 달의 바닥을 너무 핥아 해지고 나달거려……

노란 개는 소년의 발등을 한번 핥기 시작하면, 불에 덴 듯 벌겋게 부어오르도록 핥았다. 달에 노란 개를 버리고 단무지를 한 덩이 던져줘야 하지 않을까. 그거라도 핥으라고.

택시가 계속 달렸지만, 달은 가까워지지도 멀어지지도 않았다.

보름 전 플라타너스 나무 아래 모여 있을 때, 꼭 열두 사람은 네 사람이나 다섯 사람으로 보였다. 빈 택시가 꼭 열두 사람 앞으로 재빠르게 미끄러져 오더니 멈춰 섰다. 꼭 열두 사람은 자신들의 앞에 서 있는 택시를 멀뚱히 바라봤다.

누가 저 택시를 세운 거야? 그들 중 누군가 말했다.

너야?

난 안 세웠어.

나도 안 세웠는데.

발에 뿌리라도 달렸나? 얼른얼른 탈 것이지 뭣하고 서 있는 거야. 택시 기사가 투덜거리면서 그들을 향해 클랙슨을 울렸다. 꼭 열두 사람이 자신들 중 누구도 택시를 세우지 않았다는 걸 확인하고, 택시를 향해 고개를 저었다. 택시 기사가 클랙슨을 신경질적으로 눌러대다 창문을 내렸다.

타지도 않을 거면서 택시는 왜 세운 거야?

택시 기사가 그들에게 소리쳤다. 꼭 열두 사람은 그저 못 들은 척했다. 화가 난 택시 기사는 그들에게 욕을 퍼부었다.

너희 넷 다 내 마누라 꿈에 나타나라.

좀처럼 분이 풀리지 않자 택시 기사는 꼭 열두 사람에게 저주를 퍼부었다. 그들을 향해 거무스름한 매연을 풍기고 휑하니 가버렸다.

가버렸군. 그들 중 누군가 말했다.

조금만 더 기다렸으면 저 택시에 탔을 텐데.

택시를 타고 어디로 가려고?

집에 가지.

근데 그 여자가 누구야?

그러게?

그들은 택시 기사가 자신들에게 퍼부은 저주가 얼마나 끔찍하고 황당한 저주인지 미처 알지 못했다.

오늘 밤 우리 다 그 여자 꿈에서 만나야 하는 거야?

그럴까, 그 여자 꿈에서.

그러지, 뭐.

그럼, 그 여자 꿈에서 만나자고.

꼭 열두 사람에게 저주를 퍼부은 택시 기사는 영광운수의 박영감이었다. 그는 삼십 분 가까이 자신의 빈 택시에 태울 손님을 찾아 이 거리 저 거리 헤매고 있었다.

내 마누라 꿈에 나타나는 사람에게는 기필코…… 그는 고속 터미널 쪽으로 빈 택시를 몰면서 중얼거렸다. 넷이 아니라 다섯이었나? 그는 플라타너스 나무 아래 모여 있던 사람들이 전부 넷이었는지 다섯이었는지 뒤늦게 헷갈려서는 고개를 저었다. 그는 그들이 어쩌면 열둘일 수도 있다는 생각은 전혀 못 했다. 아까부터 발을 동동 구르면서 빈 택시를 기다리던 사람이 그의 택시를 그냥 지나쳐 보냈다. 빈 택시가 아닌 줄 알고. 그의 택시 빈 차 표시등은 어둡게 꺼져 있었던 것이다. 그는 빈 차 표시등 불을 켜지 않았다는 사실을 미처 깨닫지 못했다.

넷이었나, 다섯이었나? 헷갈리다 못한 그가 택시를 돌려 플라타너스 나무를 다시 찾아갔을 때 그들은 벌써 그곳을 떠나고 없었다.

학교에서는 뭘 배웠나?

아빠가 뜬금없이 소년에게 물었다.

지렁이 자르는 걸 배웠어요.

소년은 그것이 별것 아니라는 듯 말했다.

지렁이를 책받침 위에 올려놓고 면도날로 잘랐어요.

소년은 오른발을 찼다.

면도날로 자르고 자르는데도 지렁이가 죽지 않았어요.

아빠가 자신을 쳐다봤지만 소년은 모르는 척했다.

그래서 나는 지렁이를 자르고 또 잘랐어요. 종이 울릴 때까지 자르고, 자르고, 자르고, 자르고 또 잘랐다니까요. 내가 아무리 잘라도 지렁이가 죽지 않았어요.

소년은 꽃대가 꺾이듯 고개를 떨어뜨렸다.

내가 아무리 잘라도요……

아빠가 왼손만으로 운전대를 잡고, 오른손을 잠바 주머니로 가져갔다. 순간 택시가 휘청거렸다. 부스럭 소리가 나는가 싶더니 검정 비닐봉지로 둘둘 싼 병이 오른손에 딸려나왔다. 아빠는 병을 두 다리 사이에 꽂고 뚜껑을 땄다. 목을 젖히고 병 속의 것을 입으로 홀려넣었다.

주전자에서 물이 끓고 있었어요.

아빠는 한 모금 더 흘려넣고 그것을 도로 잠바 주머니에 집어넣었다. 시큼한 냄새가 택시 안에 퍼졌다. 소년은 아무래도 그것이 소주만 같았다.

아빠, 노란 개가 짖고 있어요.

꼭 열두 사람은 서른 사람으로 보이기도 했다. 전날 낮에 그들이 횡단보도 앞에 서 있을 때, 이쪽에는 세 사람밖에 서 있지 않은데 저쪽에는 서른 사람이나 서 있군, 횡단보도 맞은편에 서 있던 한 남자가 그들을 보고 그렇게 중얼거렸던 것이다. 신호등은 빨간불이었다.

오늘 밤 우리 다 같이 잠들자구. 그들 중 누군가 말했다.

우리 다?

우리 다 그 여자 꿈에서 만나려면 말이야.

그 여자가 누군데?

마누라.

마누라?

보름 전이던가. 우리가 플라타너스 나무 아래 서 있을 때 택시 기사가 그랬잖아, 오늘 밤 너희 다 내 마누라 꿈에 나타나라.

맞아, 그랬지.

꼭 열두 사람 중 누구도 더는 그 여자가 누군지 묻지 않았다.

아무튼 오늘 밤 우리 다 그 여자 꿈에서 만나자구.

　신호등에 파란불이 켜지고 꼭 열두 사람이 횡단보도를 건널 때, 그들은 오십 사람으로 보이기도 했다. 횡단보도가 훤히 내려다보이는 미용실 창가에서 웬 여자가 중얼거렸던 것이다. 오십 사람이 횡단보도를 건너고 있네.

　아빠가 갑자기 클랙슨을 주먹으로 내리쳤다. 소년은 흠칫 어깨를 떨었다. 충돌할 듯 택시를 향해 달려오는 불빛을 보았다. 아빠가 클랙슨을 길게 눌렀다. 불빛이 순식간에 달려와 택시 안을 비추었다. 침침하던 택시 안이 별안간 대낮처럼 환하게 밝아졌다. 아빠와 소년, 그리고 똑딱똑딱 머리를 흔들어대는 오리 인형과 엄마가 불빛에 발각되듯 드러났다. 소년의 입이 벌어지면서 비명이 토해졌다. 비명과 함께 썩은 어금니에서 악취가 끓어올랐다. 불빛이 눈부시도록 환해 소년은 자신이 수증기처럼 흔적도 없이 증발하는 것 같은 착각이 들었다. 똑딱똑딱 흔들리는 오리 인형 머리가 불빛 때문에 허공에 떠 있는 듯 보였다. 소년의 고개가 저절로 운전석 쪽을 향했다. 운전석이 텅 비어 보였다. 불빛은 순식간에 지나가버렸지만, 소년은 하루처럼 길게 느껴졌다.
　노란 개가 짖고 있다니까요.
　불빛 한 점이 또 빠르게 달려와 택시 안을 비추고 지나갔다. 순식간에, 그러나 하루처럼 길게…… 불빛이 부채처럼 펼쳐지면서 택시 안으로 들이칠 때 소년은 꿈을 꾸듯 환영을 보았다. 그것은 자신이 아빠의 잠바를 입고 운전석에 앉아 있는 환영이었다. 잠바가 풍선처럼 부풀어오르더니 갈기갈기 찢겼다. 택시 안에 눈부시게 들어찬 불빛 속을 깃털들이 어지럽게 날아다녔다. 소년은 흩어지는 깃털들을 잡으려고 손을 뻗었다.

흰 개를 그림자처럼 이끌고 숲으로 든 남자는 낮처럼 흰 나무 아래로 걸어갔다. 조금 뒤 남자는 나무를 떠났지만, 흰 개는 나무를 떠나지 못했다. 나무를 떠나면서 남자가 흰 개의 모가지에 매단 줄을 줄기에 친친 감아놓아서였다. 당황한 흰 개가 다급히 안간힘을 다해 짖어댔지만 남자는 뒤를 돌아다보지 않았다. 뒤를 돌아다본다는 것이 뭔지 모르는 사람처럼.

깃털을 움켜쥐려는 순간 소년은 환영에서 깨어났다. 남자가 숲을 떠날 때 붉은 소쿠리 속 채 썬 무는 꿰어도 꿰어도 좀처럼 줄지 않았다.
노란 개도 알까요?
뭘 말이냐?
저를 버리러 가는 길이라는 걸 노란 개도.
덩치가 아주 크지 않아도 트렁크는 노란 개에게 비좁을 것이었다. 노란 개가 네 다리를 꺾듯이 접고, 꼬리를 죽은 수달처럼 늘어뜨려야 할 만큼. 트렁크 문이 쾅 닫힐 때 노란 개의 두 눈도 덩달아 감겼을까.
송아지는 묶인 채 이유를 모르고 죽어가네. 소년이 중얼거렸다.
그게 무슨 말이냐? 아빠가 소년을 쳐다봤다.
노래예요. 내가 그 창문 앞을 지날 때마다 어떤 아저씨가 이 노래를 불러요. 우리 집 골목 끝에 창문이 있잖아요. 쇠창살을 친 창문 말이에요.

그 창문은 길바닥에 붙어 있었다. 소년은 학교와 집을 오갈 때마다 그 창문 앞을 지나갔고, 그때마다 창문 안에서는 노랫소리가 들려왔다. 늘 똑같은 노래였다. 송아지는 묶인 채 이유를 모르고 죽어가네. 노래는 슬픈 듯도, 지루한 듯도, 졸음에 겨운 듯도 했다. 꼭 닫혀 있는데다, 창문에 끼워놓은 유리가 감자떡처럼 흐려서 소년은 창문 안을 들여다볼 수 없었다. 집 없는 고양이들이 어쩌다 그 창문 앞을 지킬 때도 있었다. 갈색 고양이가 회색 쥐를 주둥이에 물고 그 창문 앞에서 어슬렁대는 것을 소년은 본 적이 있었다. 갈색 고양이는 회색 쥐를 쇠창살에 매달아놓았다. 그 아저씨를 위해 몰래 가져다놓는 선물처럼: 통통하게 살이 찐데다 거꾸로 매달아놓아서인지 회색 쥐는 마치 쇠창살에 열린 열매만 같았다. 얼마 전 소년은 뜻밖에 그 아저씨를 봤다. 꼭꼭 닫혀 있던 창문이 그날만은 활짝 열려 있었다. 갈색 고양이가 쇠창살에 매달아놓은 회색 쥐는 온데간데없었다. 그 아저씨의 얼굴이 창틀 위에 화분처럼 놓여 있었다. 촛농을 바른 듯 창백한 이마를 쇠창살이 꾹 누르고 있었다. 소년과 눈이 마주치는 순간 그 아저씨는 찢듯 입을 벌렸다. 소년의 발목을 물어뜯을 듯. 누런 뻐드렁니가 내보이도록 입을 벌리고 노래를 불렀다. 송아지는 묶인 채 이유를 모르고 죽어가네.

그 아저씨는 그 노래만 불러요.

소년은 딱 한 번 그 아저씨가 다른 소리를 중얼거리는 걸 들었다. 소년이 듣기에 그것은 노래가 아니었다. 발과 발목밖에 남지 않은 사람들이 나의 창문 앞으로 지나가네. 노래가 아닌데도 노래처럼 들렸다.

발과 발목밖에 남지 않은 사람들이 나의 창문 앞으로 지나가네.

소년은 중얼거렸다.

이건 노래가 아니에요.

창문이 길바닥에 붙어 있어서 그 앞으로 사람이 지나가도, 그 아저씨에게는 발과 발목만이 지나가는 것처럼 보일 것이었다.

어쩌면 말이에요, 그 아저씨는 알고 있는지 몰라요.

뭘 말이냐?

우리가 노란 개를 버리러 떠났다는 걸 말이에요.

생각해보니 골목을 나올 때 그 창문은 환하게 불을 밝히고 있었다. 노란 개를 버리러 떠나기 위해 그 앞을 지나가는 아빠와 소년, 그리고 엄마의 발과 발목을 비추어주려는 듯.

송아지는 묶인 채 이유를 모르고 죽어가네.

남이 씹다 버린 껌을 주워 입속에 넣고 씹듯, 아빠가 노래를 중얼거렸다.

우린 노란 개를 버리러 가는 길이고요. 소년이 말했다.

엄마와 밤의 손님은 택시에 타고 있지 않은 듯 조용했다. 트렁크에 실린 노란 개도 아까부터 짖지 않았다. 소년은 오른발 쪽 운동화 끈이 풀어졌다는 것을 그제야 깨달았다. 소년은 운동화 끈을 고쳐 매지는 않았다. 풀어진 운동화 끈은 엄마가 매줘야지, 나는 아직 어른이 아니니.

비행기가 하늘을 날고 있었어요.

소년은 말했다.

엄마가 풀어진 운동화 끈을 고쳐 매줄 때요.

학교 운동장에서였다. 소년들이 철봉에 거꾸로 매달려 있었다. 끈 없는 운동화를 사주든 해야지. 엄마가 말했다. 모래 섞인 바람이 불었다. 바람은 엄마를 소년으로부터 저만치 멀리 떼어놓았다. 엄마가 운동화 끈을 다 고쳐 매주지 못했는데. 바람은 철봉에 거꾸로 매달려 있던 소년들을 날렸다. 바짝 말라 종잇장처럼 가벼워진 수건을 날리듯.

꼭 열두 사람 중 다섯 사람이 잠들었을 때, 한 남자가 깨어나고 있었다.

어디 백 사람이 지나가보라지.

사실 노란 개는 전에도 버려진 적이 있었다. 그때 아빠는 소년 모르게 노란 개를 내다버렸다. 엄마가 기껏 말아놓은 김밥을 전부 먹어치웠기 때문이었다. 소년은 노란 개가 김밥을 먹어치우는 것을 보지 못했다. 소년은 잠들어 있었다. 소년이 잠에서 깨어났을 때 엄마가 부엌 구석에서 울고 있었다. 떨어진 싱크대 문짝 손잡이를 움켜잡고서. 도마와 식칼이 엄마의 발 앞에 놓여 있었다. 저녁에 구워 먹은 고등어 냄새가 계란 비린내와 뒤섞여 공기 중에 떠돌았다. 엄마는 울면서 싱크대 문짝을 닫았다 열었다 했다. 문짝이 열릴 때마다 그 안에 넣어둔 검은 냄비들이 들여다보였다. 싱크대 밑에 납작

엎드려 있던 노란 개가 기어나왔다. 노란 개는 소년의 발등을 핥았다. 그리고 그때도 주전자에서는 물이 끓고 있었다. 그리고 그때도 소년은 주전자가 내지르는 소리에 깨어났다.

뭣 때문에 우는 거예요?

소년은 엄마에게 물었다.

노란 개가 김밥을 싹 먹어치웠다.

엄마가 말했다. 아빠가 웃을 때 소리를 내지 않듯, 엄마는 울 때 소리를 내지 않았다. 엄마는 아빠에게 노란 개가 한 짓을 일러바쳤다. 아빠는 소주 한 병과 라면 한 그릇을 먹은 뒤, 노란 개를 밖으로 데리고 나갔다. 엄마의 발 앞에는 여전히 도마와 식칼이 놓여 있었다. 노란 개를 버리고 아빠가 집으로 돌아올 때까지 주전자에서는 물이 끓고 있었다. 그런데 버려진 지 보름쯤 지나 노란 개는 스스로 소년을 찾아왔다. 어디선가 나타나 학교에서 돌아오는 소년을 그림자처럼 졸졸 따라왔다.

웬 개냐?

노란 개를 보고 엄마가 물었다.

노란 개잖아요.

소년이 말했다.

노란 개라니?

엄마 얼굴이 사이다 병처럼 새파랗게 질렸다.

노란 개요.

저 개는 노란 개가 아니다.

엄마는 노란 개를 뚫어져라 바라보면서 말했다.

저 개는 노란 개가 맞아요.

아니다, 저 개는 노란 개가 아니다.

노란 개가 맞다니까요!

소년은 주먹으로 화장실 문 옆에 걸어놓은 거울을 때렸다. 갈치처럼 기다란 거울에 몇 가닥 금이 올랐다.

아무 개나 데려와서 노란 개라고 하는구나.

엄마는 금 오른 거울 앞에 붙어 서서 오래오래 머리카락을 빗었다. 거울 속에서는 가지가 가지를 치듯, 금이 금을 쳤다. 금으로만 만들어진 나무가 한 그루 거울 속에 있었다. 나무는 엄마의 얼굴 속에도 있었다. 잎 한 장 달리지 않은 나무였다. 팔뚝만한 단무지들이 담긴 양은 대접이 엄마의 발 가까이 있었다. 소년은 단무지를 한 덩이 노란 개에게 던져주었다. 노란 개는 그것을 덥석 물고 싱크대 밑으로 기어들어갔다. 그것을 다 먹도록 나오지 않았다.

단무지를 먹고 노란 개는 더 노란 개가 되었다.

나는 한 사람인 줄 알았다. 아빠가 중얼거리는 소리를 소년은 듣지 못했다.

노란 개가 아닐지 몰라요. 소년은 오리 인형을 쳐다보고 말했다. 오리 인형이 머리를 흔들었다. 소년은 거울 속 나무를 떠올렸다. 금으로 만들어진 거울 속 나무. 나무가 거울 밖으로 가지를 뻗고 있을 것만 같았다. 거울 밖 벽과 천장과 방바닥으로.

주전자에서는 물이 끓고 있고요. 소년은 말했다.

꼭 열두 사람 중 여섯 사람이 잠들었을 때, 언젠가 꼭 열두 사람이 모여 뼈를 뜯고 있을 때, 다음이 네 차례라고 말할 때. 조금 있으면 삼 번 버스가 올 것이었다. 땅속에 이억 년 넘게 파묻혀 있던 뼈는 무처럼 희고 두툼했다.

만약에 노란 개가 아니면, 그러면 말이에요. 그러니까 노란 개가 아니면요……

아빠가 튀어나올 것만 같은 눈으로 소년을 흘끔 바라봤다.

노란 개가 아니면, 노란 개는 어디에 있는 걸까요?

노란 개는 트렁크에 있다고 하지 않았냐.

그게 아니라요, 노란 개가 말이에요, 그러니까요, 그게, 노란 개가 노란 개가 아니면 노란 개는……

트렁크에 있다고 하지 않았냐.

아빠가 소리 질렀다. 답답한지 손으로 자신의 머리를 헝클어뜨리고 잠바 주머니에서 병을 꺼냈다. 그 안에 든 것을 다급히 입으로 흘려넣었다. 핸들을 잡은 손은 쇠처럼 단단히 힘이 들어가 있었다.

그래도요, 노란 개가 노란 개가 아니어도요, 우린 노란 개를 버리러 가는 길이지요?

죽지는 않았겠지.

아빠가 양철을 씹듯 중얼거리는 소리를 소년은 들었다.

죽어요?

소년은 졸음에 겨운 목소리로 물었다.

그래, 죽지는!

밤의 손님의 푹 숙여진 고개가 아빠의 등 뒤에서 소리 없이 흔들렸다. 얼굴이 텅 빈 여자가 문득 뒤를 돌아다볼 때.

노란 개 말이에요?

아빠가 택시 속도를 높였다. 차창 밖 어둠은 깊어져 있었다. 소년은 어둠 속에서 누군가 택시를 향해 손을 흔들고 있는 것만 같았다. 빈 택시인 줄 알고. 빈 차 표시등에 들어온 빨간불 때문에. 언 조기처럼 차가운 손일 거야. 소년은 생각했다. 새끼손가락이 지느러미처럼 가늘고, 손등이 잿빛 비늘로 뒤덮인. 이렇게나 늦은 초겨울 밤, 노란 개를 트렁크에 태우고 내달리는 택시를 향해 흔들어대는 손은.

날 꼭 닮은 여자가 지나간 것 같은데, 나보다 더 날 꼭 닮은. 얼굴이 텅 빈 여자가 중얼거렸다. 그 여자는 뒤가 아닌 옆을 빤히 쳐다보고 있었다.

노란 개 말이에요?

노란 개는 트렁크에 있다고 하지 않았냐.

그게 아니라요.

소년은 주먹으로 자신의 허벅지를 때렸다.

노란 개 말이냐구요?

우린 노란 개를 버리러 가는 길이다.

그게 아니라요, 아빠…… 주전자가 타고 있을 거예요.

소년은 주전자가 타버렸으면 하고 바랐다. 파란 플라스틱 손잡이가 녹아버리고 뚜껑까지 새카맣게 타버렸으면. 뚜껑 꼭지에 뚫어놓은, 소리를 내지르는 구멍이 녹아 일그러졌으면 하고.

죽지는 않았을 거라고 했잖아요.

아빠가 소년을 쳐다봤다.

너무 빨리 달리는 거 아니에요?

이 도로에서는 다들 이렇게 달린다.

그렇지만 도로를 달리는 차라고는 아빠의 택시뿐이었다. 한참 전부터 맞은편에서 달려오는 차는커녕 뒤따라 달려오는 차 한 대 없었다. 차가 달릴 수 없는 도로가 아닌가 하는 의심이 들 만큼.

언젠가 아빠는 엄마와 소년을 택시에 태우고 바다를 찾아간 적이 있었다. 그 무렵 아빠는 밤이 아닌 낮에 택시를 몰았다. 아빠는 학교 정문 앞에서 기다렸다가 소년을 태우고 바다를 향해 내달렸다. 그때도 소년은 조수석에, 엄마는 뒷자리에 앉았다. 도시를 벗어나 아빠는 허공에 뜬 이 차선 도로로 택시를 몰았다. 아빠는 그 도로를 한참 달려가서야 차량 통행이 금지된 도로라는 사실을 깨달았다. 택시가 멈춰 섰을 때 아빠와 소년이 마주한 것은 푸른 바다가 아니라 철조망이었다. 화가 난 아빠는 바퀴들이 거무스름한 연기를 풀풀 피워올리도록 후진을 했다. 운전석 쪽 바퀴가 허공에서 걷돌도록 급히 핸들을 꺾었다. 그 도로가 차들이 달릴 수 없는 도로라는 사실을 소년은 이미 알았다. '차량 통행금지'라고 쓰인 푯말을 보았던 것이다. 소년은 그러나 아빠에게 아무 말도 하지 않았다. 집에 돌아와 늦은 저녁 밥상을 차리면서 엄마가 소년에게 물었다.

바다에 유리병이 하나 떠 있는 걸 봤니.

하지만 택시가 달리는 내내 엄마는 잠들어 있었다. 택시가 후진을 해 차량 통행금지인 도로에서 빠져나올 때도, 제자리에서 빙그르르 돌 때도 엄마의 두 눈은 꼭 감겨 있었다. 소년은 도로가 막혀 바다를 보지 못하고 돌아왔다는 말을 엄마에게 하지 않았다. 대신에 소년은 이렇게 말했다.

죽은 물고기도 한 마리 바다에 떠 있었어요.

나도 죽은 물고기를 봤다.

엄마가 말했다.

유리병처럼 투명한 물고기였어. 뼈와 내장이 드러나 보이도록. 팔딱팔딱 뛰는 빨간 뇌도.

속도를 조금만 줄이면 안 돼요?

소년이 그렇게 말했지만, 아빠는 택시 속도를 줄이기는커녕 더 높였다.

어지러워요, 아빠.

다들 이렇게 달린다고 하지 않았냐.

우리가 지금 얼마나 빨리 달리고 있는데요?

백사십.

노란 개를 버리러 백사십 킬로로 달려가고 있단 말이에요?

백오십. 아빠가 말했다.

노란 개를 버리러……

멀미와 졸음이 한꺼번에 몰려오면서 소년의 눈이 저절로 감겼다. 택시는 계속 달렸다. 소년의 머리가 오리 인형 머리와 거의 동시에 흔들리다가 오른쪽 어깨로 푹 숙여졌다. 똑딱똑딱똑딱……

빈 의자는 한 개뿐이라고 했다. 조금 있다가 저곳으로 아흔아홉 마리의 양이 지나갈 때, 옆자리는 비어 있었다. 점수는 십 대 삼이었다.

소년의 눈이 떠졌을 때 택시는 이 차선 도로 위를 달리고 있었다. 어둠은 닳아빠진 검은 가죽 혁대처럼 옅어져 있었다. 부연 입김에 휩싸인 듯 흐릿했지만 산과 논밭, 집들이 차창 밖으로 보였다. 잠깐 조는 새 소년은 주머니가 터진 바지를 입고 운동장에 서 있는 꿈을 꾼 것도 같았다. 검고 둥근 차바퀴를 끌면서 달리는 소년들밖에 보이지 않는 운동장 한가운데에. 닳아빠진 고무지우개 같은 구름들이 운동장 위에 떠 있었다.

육상부 아이들은 수업 시간에 차바퀴를 끌면서 운동장을 달려요.

소년은 육상부에 들어가고 싶었지만 달리기를 못했다. 소년은 웬 소년이 버리고 가버린 차바퀴를 끌면서 운동장을 달린 적이 있었다. 불그스름한 모래 먼지가 운동장에서 들끓었다. 소년은 운동장을 다섯 바퀴나 돌았다. 소년이 세 바퀴째 돌 때 다른 소년들은 차바퀴를 버리고 집으로 돌아갔다. 쥐처럼 더러워진 발을 씻고, 간장에 비비거나 식용유에 볶은 밥을 먹으면서 텔레비전을 보기 위해. 아빠가 내다버린 노란 개가 소년을 찾아온 날이 바로 그날이었다.

아직 멀었어요?

소년은 집을 떠나오기 전부터 오줌이 누고 싶었다. 잠들기 전에도, 잠에서 깨어나서도 오줌을 누는 습관이 소년에게는 있었다. 노란 개를 버리러 가야 한다고 아빠가 하도 재촉해서, 소년은 오줌을 미처 누지 못하고 아빠를 따라나섰다.

아직 멀었냐구요?

조금만 더 가면 된다.

오줌을 쌀 것 같아요.

조금만 더 가면 된다고 하지 않았냐.

조금 더 달려가자 이 차선 도로가 두 갈래로 나뉘었다. 아빠는 핸들을 홱 꺾어 오른쪽 도로로 택시를 몰았다. 소년의 몸이 오른쪽으로 기울어지면서 머리가 차창에 부딪쳤다. 똑…… 딱 똑딱똑딱똑딱 똑딱…… 오리 인형 머리가 튕겨나갈 듯 요란하게 흔들렸다.

택시는 어느샌가 도로가 아닌 논들 사이로 뻗은 외길을 달리고 있었다. 논들은 소년의 일기장처럼 텅 비어 있었다. 포장이 안 된 길이라 택시가 불안하게 흔들렸다. 길이 끝나고 콘크리트 다리가 나왔다. 아빠가 다리 쪽으로 택시를 몰았다. 다리 너머는 또 길이었다. 그 길은 대가리와 꼬리를 잘라낸 생선처럼 뭉툭하게 토막나 보였다. 다리 위에서 아빠는 택시를 세웠다.

다 왔어요?

소년은 구부리고 있던 어깨를 폈다. 아빠가 시동을 껐다.

다 온 거예요?

아빠는 대답하는 대신 잠바 주머니에서 병을 꺼내 그 안에 든 것을 입으로 흘려넣었다. 손등으로 젖은 입을 훔치고 열쇠를 꽂아둔 채 택시에서 내렸다. 소년은 망설이다가 아빠를 따라 택시에서 내렸다.

여기에다 노란 개를 버릴 거예요?

소년의 목소리가 이른 새벽을 찢듯 울렸다. 사방을 아무리 둘러봐도 집 한 채 보이지 않았다. 길, 나무, 다리, 하늘, 택시뿐이었다. 아빠는 트렁크에서 노란 개를 꺼낼 생각도 않고, 콘크리트 다리를 자신의 발아래에 두고 우두커니 서 있기만 했다. 다리가 무너지기를 기다리듯.

아빠, 노란 개가 짖고 있어요.

아빠가 쇠 난간 쪽으로 성큼성큼 걸어갔다. 철봉대 같은 쇠 난간 위로 훌쩍 올라섰다.

노란 개가……

아빠의 두 팔이 한순간 허공으로 들어올려졌다.

왜요? 떨어지려고요?

소년의 목소리가 떨려 나왔다. 아빠가 쇠 난간 위를 서너 발짝 걷다가 소년 쪽으로 돌아섰다. 날이 밝아오고 있었지만, 아직은 곰팡이 같은 어둠이 떠돌아다녀 아빠의 얼굴이 흐릿하게 뭉개져 보였다. 바람이 휘몰아쳤다. 뿌리 뽑힌 나무들이 바람에 날려올 것만 같았다. 날개가 찢어져 언제 어디로 떨어질지 모르는 새처럼. 뿌리 뽑힌 나무들은 어디에 뿌리를 두나? 허공에? 밤이 찾아오면 석유 같은 어둠 속에? 아빠 잠바가 풍선처럼 부풀어올랐다. 주름지고 무릎이 튀어나온 갈색 코르덴 바지도 덩달아 부풀어올랐다. 아빠의 두 눈동자도 부풀어올랐다. 아빠가 여차하면 떨어져내릴 듯 비틀거렸다.

내려와요!

소년이 소리쳤다. 아빠가 소년을 향해 천천히 고개를 저었다. 개구리 알처럼 부푼 아빠의 눈은 텅 비어 있었다. 잠바에서 삐져나온 깃털이 죽은 새처럼 날렸다.

정말 떨어지려고요?

아빠가 소년으로부터 돌아섰다.

그렇지만…… 우린……

아빠의 머리카락이 헝클어지면서 어지럽게 날렸다.

노란 개를 버리러 가는 길이잖아요……

한순간 아빠가 쇠 난간 아래로 사라졌다.

노란 개를, 노란……! 소년은 비명을 지르면서 난간으로 달려갔다. 소년은 다리가 부러진 장난감 병정처럼 주저앉았다. 쇠 난간에 턱을 떨어뜨리듯 괴고 그 아래를 내려다보았다. 난간은 이 층 높이쯤 되었는데, 그 아래는 돌들 천지였다. 물은 메말라 있었다.

저만치 돌들 위를 성큼성큼 걸어가는 아빠가 소년의 눈에 들어왔다. 목구멍에서 피 냄새가 나도록 소년이 불러댔지만, 아빠는 뒤를 돌아보지 않았다. 아빠의 모습은 작아져 손가락만해지더니, 어느 순간 소년의 시야에서 사라져버렸다. 소년은 아빠를 뒤쫓아가고 싶었지만, 쇠 난간 아래로 뛰어내릴 엄두가 나지 않았다.

소년은 고개를 들어 택시를 바라보았다. 쇠 난간에 슨 불그스름한 녹이 소년의 턱에 묻어났다. 엄마와 노란 개가 타고 있는 택시 빈 차 표시등에 들어온 빨간불이 까마득히 멀게 느껴졌다. 차창들은 녹내장이 퍼진 눈동자처럼 푸르스름하게 창백했다. 어느새 잠에서 깨어난 엄마가 택시 안에서 소년을 빤히 바라보고 있었다. 엄마는 생전 처음 보는 아이를 바라보듯 소년을 바라봤다. 날 왜 그렇게 쳐다보는 거예요? 들리지 않으리라는 걸 알면서도 소년은 엄마에게 물었다. 엄마는 종종 그렇게 소년을 바라봤고, 소년은 그때마다 엄마에게서 버려지는 것만 같은 기분이 들었다. 네? 날 왜 그렇게. 소년은 전에도 엄마에게 그렇게 물은 적이 있었다.

널 꼭 닮은 아이를 봤다. 엄마는 그렇게 말했다.

날 꼭 닮은 아이를요?

너보다 더 널 꼭 닮은 아이였단다.

나보다 더 날 꼭 닮아요?

그래.

그 애를 어디서 봤는데요?

골목에서. 엄마가 말했다. 그 아이는 선지처럼 붉은 운동화를 신고 문을 두드리고 있었다.

다음날 소년은 학교에서 돌아오는 길에 그 아이를 봤다. 엄마 말대로 그 아이는 붉은 운동화를 신고 문을 두드리고 있었다. 소년이 그 아이의 얼굴을 보려는 순간 문이 열렸고, 그 아이는 문 안으로 사라졌다. 소년은 골목에서 주운 바람 빠진 축구공을 차면서 집으로 돌아왔다. 죽은 고양이를 주워왔구나. 축구공을 들고 집으로 들어서는 소년에게 엄마가 말했다. 붉은 운동화를 신은 아이가 두드리던 문은 손잡이가 떨어져나가고 없어서인가 벽 같았다.

소년은 어쩐지 엄마가 다 봤을 것만 같았다. 아빠가 두 팔을 날개처럼 벌리고 쇠 난간 아래로 뛰어내리는 것을. 노란 개가 짖는 소리가 트렁크에서 들려오는 것도 같았다. 그것은 바람 속에서 들려오

는 소리 같기도 했다. 식은땀이 마르면서 소년의 몸이 부들부들 떨
렸다.

어서 택시에 타라.

소년은 깜짝 놀라 뒤를 돌아다보았다. 쇠 난간 아래로 뛰어내린
아빠가 소년의 뒤에 서 있었다. 아빠는 택시로 걸어갔다.

우린 노란 개를 버리러 가는 길이에요.

소년은 몸을 일으켰다.

그래, 우린 노란 개를 버리러 가는 길이다.

아빠가 죽으려는 줄 알았어요.

소년은 몸을 일으켰다.

죽으려는 줄 알았다니까요!

바람이 소년의 등 뒤에서 불어왔다. 바늘처럼 일어난 머리카락이
소년의 눈동자를 찔렀다.

우린 날이 밝기 전에 노란 개를 버리고 돌아가야 한다.

아빠는 소년을 내버려두고 택시에 올랐다.

누가 뭐래요?

택시에 시동이 걸리는 소리가 소년의 귀에 들려왔다. 소년은 씩
씩 숨을 몰아쉬다가 택시로 걸어갔다.

누가 뭐랬냐구요!

소년은 택시에 올라타면서 소리 질렀다.

엄마. 아빠가요, 글쎄…… 소년은 룸미러를 바라보았다. 아빠
가……

조금 전까지 자신을 빤히 바라보던 엄마의 두 눈은 그새 감겨 있었다.

죽으려고 했어요.

소년의 눈동자가 밤의 손님을 향했다.

여섯 개가 아니라 일곱 개일 때에라야. 사 번 출구에서도, 육 번 출구에서도, 팔 번 출구에서도. 때로는 거울 속에 창문이 있었다.

발이 세 개인 건 닭이고.

시간은 틀림이 없지.

택시는 또다시 도로 위를 달렸다. 분필처럼 흰 나무들이 차창 밖으로 획획 지나갔다. 택시가 달리고 있는데도, 소년은 멈춰 서 있는 것 같은 기분이 들었다. 서리가 내린 배추밭이 길게 늘어지면서 택시를 따라왔다.

벌써 날이 밝아오고 있어요.

집을 나서면서 아빠는 날이 밝기 전에 노란 개를 버리고 돌아올 거라고 했다. 소년은 밤이 아니라 낮이기를 바랐으면서도 막상 날이 밝아오는 것이 싫었다. 조급해진 아빠가 노란 개를 아무 데나 버리면 어쩌나 하는 걱정이 들기도 했다. 목덜미를 쓰다듬어줄 새도 없이 노란 개를 트렁크에서 꺼내 길바닥에 내던져버리면 어쩌나.

소년은 바다를 생각했다. 유리병과 유리병보다 더 투명한 죽은 물고기가 떠 있는. 소년은 종종 그렇게 본 적도 없는 바다를 생각했다. 소년의 머릿속 바다는 짓무른 시금치 빛깔이었다.

신호등을 건너려는데 택시가 보였어요. 소년이 말했다. 그래서 나는 차도로 뛰어내려가 손을 흔들었어요. 아빠 택시인 줄 알고요. 빨간불이 들어와 있었거든요. 빈 차 표시등에.

택시가 섰다. 소년이 택시에 오르자마자 빈 차 표시등에 들어온 빨간불이 꺼져들었다. 소년이 그제야 아빠의 택시가 아니라는 것을 깨달았지만, 택시는 이미 달리고 있었다. 애야, 어디까지 데려다줄까? 운전석에 앉은 아저씨가 소년에게 물었다. 어디든 다 데려다줄 것처럼. 애야, 택시비는 당연히 있겠지. 어린 게 혼자 택시를 타다니, 몹시 급한 일이 있는 게로구나. 아빠나 엄마가 죽기라도 했다니? 소년은 내려달라고 소리쳤다. 왜 그러냐? 아저씨가 물었다.

빈 차가 아니잖아요. 빈 택시가!

택시가 섰고, 소년은 택시에서 내렸다. 비둘기들이 소년의 발밑으로 몰려들었다. 보도블록을 깐 길바닥에 누워 있던 남자가 몸을 일으켰다. 아빠보다 늙고 걸레처럼 더러운 남자였다. 남자가 몸을 일으킬 때 소년은 길바닥이 불쑥 일어나는 것 같은 착각이 들었다. 소년은 발밑이 흔들리는 것을 느끼기까지 했다. 남자가 소년의 뒤로 낮달처럼 허탈하게 지나가면서 말했다.

애야, 어서 집에 가봐라. 엄마가 손톱을 잘라주려고 기다리고 있단다.

남자는 열 발짝 정도 걸어가다가 도로 길바닥에 누웠다. 사람들이 남자를 피해 걸어가고 걸어왔다. 좀처럼 날지 않는 비둘기들도 남자를 피해 허공으로 날아올랐다. 소년은 남자 가까이 걸어갔다. 남자의 머리맡에 서서 길바닥을 내려다보고 말했다.

아저씨는 집에 안 가요?

소년은 남자에게 물었다.

나는 손톱이 없어서 집에 갈 수 없단다.

남자의 손이 외투 주머니 속에 들어 있어서 소년은 손톱이 있는지 없는지 알 수 없었다.

아저씨 엄마는 그럼 아저씨를 기다리지 않겠네요.

내 엄마 말이냐?

초점을 잃은 남자의 눈동자는 비둘기가 싸지른 똥처럼 회색빛이었다.

그러게…… 내게 엄마가 있었나?

그리고 남자는 눈을 감아버렸다. 소년은 고개를 들어 차도를 바라보았다. 택시들이 기차처럼 길게 꼬리를 물고 서 있었다. 소년은 택시가 전부 몇 대인지 셌다. 하나, 둘, 셋, 넷…… 스물다섯.

스물다섯 대의 택시 다 '빈 차'에 빨간불이 들어와 있었어요.

시소를 타던 두 소년 중 한 소년이 가버리고 한 소년만 남겨질 때.

저 멀리 도시가 지나갔다. 소년이 살고 있는 도시보다 작은 도시였다. 그 도시에서는 잠든 소년들이 아직 깨어나지 않고 있었다. 엄마들이 소년들을 깨우려고 보온밥솥에 젖은 손을 말리고 있었다. 소년은 그 도시에 얼마나 많은 소년들이 살고 있는지 알지 못했다. 소년이 아는 것이란, 그 도시의 허공이 폐비닐처럼 흐리고, 찢겨 날아갈 듯 너풀거린다는 것뿐이었다.

멀지 않을 거라고 했잖아요. 소년은 아빠를 쳐다봤다.

우린 벌써 멀리 오지 않았어요?

소년은 아빠의 택시가 집으로부터 얼마나 멀리까지 달려왔는지 좀처럼 짐작이 가지 않았다. 하지만 아빠의 택시는 밤을 지나왔다. 마치 터널을 지나오듯. 택시 저 뒤에는 여전히 밤이 불타버린 산처럼 웅크리고 있을 것만 같았다. 소년은 훌쩍 고개를 돌렸다. 밤의 손님을 흘끔 쳐다보고 얼른 고개를 돌렸다. 밤의 손님이 자신을 향해 고개를 쳐들까봐서.

얼마나 더 가야 해요?

조금 더.

노란 개를 버리러. 소년이 말했다.

발과 발목밖에 남지 않은 사람들이 나의 창문 앞으로 지나가네. 난 저 여자의 없어진 발이 어디 있는지 알지. 이가 두 개뿐인 노인이 말했다.

네 머리 위에.

어디 백 사람이 지나가보라지.

차창 밖으로 공사가 한창인 아파트가 지나갔다. 창문을 만들려고 아파트에 뚫어놓은 네모난 구멍들이 소년의 눈에 들어왔다. 구멍들은 마치 검은 색종이를 붙여놓은 것만 같았다.

미술 시간에 검은 색종이를 오려서 나무를 만들었어요. 선생님이 색종이로 나무를 만들라고 했거든요. 선생님이 내가 만든 나무를 보더니 왜 나무가 검으냐고 물었어요. 그래서 내가 불에 탄 나무라서 그렇다고 했어요. 그런데 선생님이 왜 나무가 불에 탔느냐고 물어서 내가 불을 놓아서 그렇다고 했어요. 선생님이 그럼 왜 나무에 불을 놓았냐고 물었어요. 왜, 왜 그런 거냐? 그래서 나는 그냥 불을 놓았다고 했어요. 그냥요, 그냥…… 그냥 불을 놓고 싶어서 그랬다고요. 선생님이 나를 무섭게 쳐다보더니 내가 만든 나무를 찢었어요. 불에 탄 나무를 말이에요.

소년은 머리 위에서 울리는 나무가 찢어지는 소리를 들었다.

불탄 나무가 찢어지면서 까마귀 같은 재가 날렸다. 교실 창가 어항 속, 금붕어들이 수초 속에 숨어 모든 걸 다 지켜보고 있었다. 검은 테두리가 진 눈을 동그랗게 뜨고, 주둥이를 벙긋벙긋 벌려가면서. 까마귀들은 흩어져 아이들의 머리 위에 한 마리씩 내려앉았다.

선생님이 나무를 다 찢더니 나한테 복도에 나가 서 있으라고 했어요. 검은 색종이로 나무를 만든 것 때문에요.

까마귀는 소년의 머리 위에도 내려앉았다.

글쎄, 검은 색종이밖에 없어서 그랬는데 말이에요.

소년은 복도로 나갔다. 복도에는 소년뿐이었다. 소년의 머리 위에 앉아 있던 까마귀가 날아오르더니 복도 끝으로 날아갔다. 소년은 고개를 들어 복도 창밖 하늘을 올려다보았다. 하늘이 단무지처럼 노랬다. 하늘은 점점 노래졌고, 소년은 단무지를 한 조각 씹고 싶었다. 교실 문이 열리고 아이들이 복도로 뛰어나왔다. 아이들은 복도 끝으로 달려갔다. 복도에는 또다시 소년뿐이었다. 소년은 텅 빈 교실로 들어갔다. 아이들이 온갖 색깔의 색종이를 오리고 붙여서 만든 나무들이 교실 뒤에 붙어 있었다. 새빨간 사과가 잔뜩 열린 사과나무도 있었다. 사과 한 알이 소년의 발 근처에 뚝 떨어졌다. 소년이 집어들려는 순간 사과는 썩은 듯 검게 변했다.

한쪽 면은 빨간색이지만 다른 쪽 면은 검정색인, 양면 색종이로 오려서 만든 사과였거든요.

검은 사과를 소년은 엄마에게 가져다주었다. 엄마는 그것으로 방바닥을 기어다니는 개미들을 꾹꾹 눌러 죽였다. 소년은 양말을 벗고 창문을 열었다. 열아홉 마리, 스무 마리, 스물한 마리…… 소년은 창밖으로 고개를 내밀고, 검은 사과에 짓눌려 죽어가는 개미의 마릿수를 셌다. 검은 사과를 가져다주기 전까지, 엄마는 소년의 손가락으로 개미를 눌러 죽였다. 소년의 손 위에 자신의 손을 포갠 뒤, 소년의 엄지손가락 끝으로 개미들을 꾹꾹 눌러 죽였다. 눈에 보이는 개미들을 다 죽일 때까지 엄마의 손은 절대로 소년의 손을 놓아주지 않았다. 엄마의 손은 소년의 손만큼 작았다. 창밖은 페인트도 칠하지 않은 맨벽이었다. 엄지손가락 끝으로 눌러 죽인 개미가 간혹 소년의 발바닥이나 얼굴에 묻어 있기도 했다. 아흔아홉 마리, 백 마리, 백한 마리…… 벽을 너무 빤히 바라봐서인지, 소년은 벽이 얼굴을 누르고 있는 것만 같았다. 서른다섯 마리째부터인가, 벽 안에서 누군가 소년을 따라 마릿수를 세고 있었다. 구백아흔여덟 마리, 구백아흔아홉 마리, 천 마리…… 소년이 창문을 닫은 뒤에도 벽 안에서는 그치지 않고 소리가 들려왔다.

엄마들은 여전히 보온밥솥에 젖은 손을 말렸다. 빨갛거나 흰 보온 밥솥들은 보온에도 취사에도 불이 들어와 있지 않았다. 엄마가 깨우지 않았는데도 스스로 눈을 뜨는 소년들이 있었다. 내게 엄마가 있었나. 소년들은 도로 눈을 감아버렸다. 육십팔 번 국도 위 창문을 여는 손이 있었다. 점수는 여전히 십 대 삼이었다. 삼 대 십이거나.

찾아올까봐서 그래요?

소년은 아빠가 아닌, 똑딱똑딱 머리를 흔들어대는 오리 인형을 향해 말했다. 오리 인형 머리 위에는 여전히 달이 떠 있고.

그래서 멀리까지 가서 버리려는 거예요?

그리고 여전히 달은 굳은 시멘트 덩이 같았지만 희미해져 있었다.

내가 모르는 줄 알아요?

소년은 오리 인형으로 손을 뻗었다.

나도 다 알고 있어요.

밀가루 반죽을 늘이듯 손가락을 벌려 오리 인형 머리를 덥석 움켜쥐었다.

네가 알긴 뭘 다 안다는 거냐?

다요……

송곳만큼 뾰족한 부리가 소년의 손바닥을 찔러왔다. 따끔하기는 했지만, 비명을 내지를 만큼은 아니었다.

다라니, 뭘 말이냐?

어금니가 드러나도록 아빠가 입을 크게 벌리고 물었다.

아무튼 다요.

소년이 손에서 놓자마자 오리 인형 머리는 또다시 아무렇지도 않
게 흔들렸다. 똑딱똑딱똑딱똑딱…… 소년은 택시 안이 아닌 다른
데서도 오리 인형이 그렇게 머리를 흔들어대고 있을 것만 같았다.
오리 인형 머리 위에는 달이 떠 있고.

김밥을 다섯 줄밖에 팔지 못했다.

환청인 듯 뒤쪽에서 엄마 목소리가 들려와 소년은 흠칫 놀랐다.
소년의 눈동자가 얼른 룸미러를 향했다. 엄마의 두 눈과 입은 그러
나 꼭 감겨 있었다.

김밥을 쉰 줄이나 쌌는데.

소년의 눈동자가 오리 인형 쪽으로 향하자마자 또다시 엄마 목소
리가 들려왔다.

그래서요?

소년은 룸미러에 눈동자를 고정시키고 물었다.

그래서 뭘 어쩌라구요?

뭘 말이냐?

아빠가 끼어들었다.

그래서 뭘 어쩌란 말이냐구요?

뭘 말이냐, 뭘!

짜증이 난 아빠가 클랙슨을 주먹으로 내리쳤다. 클랙슨 소리가
짧고 높게 울렸다. 소년은 입을 다물어버렸다. 소년은 그제도, 그끄
저께도 학교에서 돌아와 엄마가 팔고 남은 김밥을 먹었다. 그끄저께
는 학교에서 돌아오자마자 김밥을 여섯 줄이나 먹고 토했다. 소년이

김밥을 먹는 동안 주전자에서는 물이 끓고 있었다. 엄마는 이불 밖으로 머리카락만 내놓은 채 잠들어 있었다. 김밥에서 엄마의 머리카락이 나왔다. 엄마의 머리카락은 허리까지 닿도록 길고 검었다. 소년을 낳은 뒤로 엄마는 한 번도 머리카락을 자르지 않았다. 소년은 가위로 엄마의 머리카락을 잘랐다. 잠에서 깨어나 엄마는 방 안에 어지럽게 흩어진 머리카락들을 쓸어모아 헐렁해진 베갯속을 채웠다. 소년의 머리 밑에 그 베개를 받쳐주었다. 잠든 동안 머리카락이 덩굴줄기처럼 베개를 뚫고 뻗어올라 소년의 얼굴을 뒤덮었다. 소년의 두 귀가 머리카락에 이파리처럼 매달렸다. 머리카락이 십 년째 자라질 않는구나. 엄마가 흐느껴 울었다. 소년은 열한 살이었다.

꼭 열두 사람 중 꼭 열두 사람이 잠들었다. 꼭 열두 사람 중 꼭 열두 사람이. 그렇다고 모두가 잠들었다고 할 수 없었다. 꼭 열두 사람이라는 법은 없었으므로 꼭 열두 사람이.

그런데요, 아빠. 소년은 혹시나 깨어났을까 싶어서 밤의 손님을 흘끔 바라봤다.

꼭 버려야만 하는 거예요?

어차피 버려진 개였다.

아빠가 그렇지 않느냐는 눈빛으로 소년을 쳐다봤다.

처음부터 말이다.

처음부터요?

처음부터.

처음이 언젠데요?

처음 말이다, 처음.

그러니까 처음이 언제냔 말이에요?

처음부터⋯⋯

처음이 도대체 언제부터인지 알지 못했지만, 아빠가 노란 개를 데리고 온 날을 소년은 또렷이 기억했다. 그것은 2년쯤 전이었다. 소년이 아직 구구단을 못 외울 때, 손톱이 손가락보다 길게 자랄까 봐 밥을 먹다가도 손톱을 이로 물어뜯을 때, 장판지를 들추고 뱉은 포도 씨앗들이 포도나무로 자라나기를 기다릴 때, 택시에서 잠들어 버린 손님을 업고 아빠가 집으로 돌아올까봐 밤마다 불안해할 때, 노란 개는 아빠를 따라 소년을 찾아왔다. 그리고 그날 밤도 아빠는 잠든 소년을 깨웠다.

일어나라.

꼭 열두 사람 중 한 사람이 깨어나고 있었다. 그는 꼭 열두 사람 중 두번째 사람일 수도 다섯번째 사람일 수도 열두번째 사람일 수도 있었다. 혹은 열아홉번째나 스물네번째 사람일 수도 있었다. 꼭 열두 사람이 꼭 열두 사람이 아닐 수도 있었으므로.

일어나라.

소년이 깨어난 것은 그러나 아빠가 깨워서가 아니었다. 절대로 아빠가 깨워서가. 물이 끓으면서 주전자가 내지르는 소리 때문이었다. 깨어나서야 소년은, 주전자가 내지르는 소리와 섞여 들려오는 아빠의 목소리를 들었다.

제발 좀 일어나라!

아빠의 목소리는 애원하는 것도, 다그치는 것도 같았다.

제발 좀!

마지못해 눈을 뜬 소년에게 아빠는 말했다.

저기 노란 개가 있다.

어디요?

저기 말이다.

아빠는 고개를 푹 수그리고 몸을 그네처럼 흔들었다.

저기요?

저기……

저기 말이에요?

그래, 저기……

그렇게 노란 개는 소년에게 왔다. 저기 노란 개가 있다. 아빠가 그렇게 말하지 않았다면, 만약 그랬다면 노란 개는 처음부터 없었을지 모른다는 의문이 소년은 문득 들었다. 처음이 언제부터인지 모르겠지만 처음부터.

처음부터요, 아빠.

아빠는 노란 개가 처음부터 버려진 개였다는 말을 한 번도 소년에게 한 적이 없었다. 소년은 그래서 아빠가 노란 개를 얻어온 줄로만 알았다. 아빠는 빈 병을 주워오듯 노란 개를 주워왔던 걸까? 그런데 처음부터 버려진 개들도 있나? 처음이 언제부터인지 모르겠지만 처음부터. 소년은 어쩌면 멀미일지 모르는 혼란을 느꼈다.

그렇지만 노란 개가 아닐지도 몰라요. 노란 개가……

택시는 계속 달렸다. 소년은 여전히 택시가 어디를 달리고 있는지, 그리고 어느 곳을 향해 달리고 있는지 알지 못했다. 소년은 어서 노란 개를 버리고 김밥을 먹고 싶은 생각뿐이었다. 노란 개를 꼭 버려야만 하는 것인지 아빠에게 묻고, 또 묻고만 싶으면서도 그랬다. 어차피 노란 개를 버릴 거라면, 그럴 거라면. 노란 개를 버리고 풀밭 위에 다 같이 둘러앉아서 김밥을 먹을 것이다. 소년은 푸른 풀밭을 생각했다. 아빠와 엄마, 그리고.

밤의 손님도요, 아빠?

우린 노란 개를 버리러 가는 길이다.

그러니까요, 밤의 손님도요?

그건……

네? 밤의 손님도요?

우린 노란 개를……

그게 아니라요, 밤의 손님도 우리와 함께 김밥을 먹을 거냐구요? 노란 개를 버리고 말이에요. 노란 개를 버리고 김밥을 먹기로 했잖아요.

그래. 아빠가 고개를 끄덕였다.

그럴 줄 알았어요.

택시가 소년이 사는 도시를 떠나올 때까지만 해도 소년은 밤의 손님도 함께 풀밭 위에서 김밥을 먹게 될 줄은 몰랐다. 소년은 노란 개를 버리기 전에 밤의 손님이 택시에서 내릴 줄 알았다. 그 도시

어딘가에 밤의 손님을 내려주고 떠나올 줄 알았다. 소년은 풀밭 위에 다 같이 둘러앉아 김밥을 먹는 장면을 머릿속에 그려보았다.

아무래도 엄마 옆이 좋겠어요. 소년은 말했다. 내 옆은 안 돼요. 소년은 고개를 가로젓기까지 했다.

밤의 손님 말이에요. 소년은 혹시나 밤의 손님이 들을까봐 목소리를 작게 해 말했다. 풀밭 위에 다 같이 둘러앉아 김밥을 먹을 때. 그런데 머릿속으로 떠오르는 장면 속에는 밤의 손님과 소년 자신뿐이었다. 그리고 밤의 손님은 소년의 옆이 아니라 뒤에 앉아 있었다. 아빠 엄마는 어디로 가고 밤의 손님과 자신뿐인데도 풀밭은 더없이 푸르렀다. 지난봄, 학교에서 소풍을 갔던 동물원의 풀밭처럼. 텅 빈 우리를 바라보면서 소년은 김밥을 먹었다. 텅 빈 우리를 지나 조금만 걸어올라가면 사자 우리와 코끼리 우리가 있었다. 그런데 텅 빈 우리 앞을 좀처럼 떠나지 않는 남자가 있었다. 소년은 텅 빈 우리 쪽으로 걸어갔다. 저쪽으로 가면 하마 우리가 있어요. 소년은 남자에게 말했다. 나는 산양이 돌아오기를 기다리고 있단다. 남자가 소년에게 말했다. 지금은 텅 비었지만 얼마 전까지만 해도 이 우리에는 두 마리의 산양이 살았단다. 우리 철문은 잠겨 있지 않았고, 남자는 우리 안으로 터벅터벅 걸어들어갔다. 남자는 황무지가 되어버린 마른 땅을 지나 산양들이 뛰어다녔을 바위 쪽으로 걸어갔다. 밀가루를 뿌린 듯 흰 바위 한쪽에 걸터앉았다. 소년은 먹다 남긴 김밥을 우리 안으로 던져주었다. 소년이 우리에서 돌아섰을 때 아이들은 다 사자 우리 쪽으로 몰려가고 없었다. 저 멀리 기린의 얼굴들이 허공에 떠 있었다. 설명을 할 수는 없지만, 소년은 기린의 얼굴이 달팽이와 닮았다는 생각을 했다.

산양들은 돌아왔을까요?

소년이 물었지만 아빠는 아무 대답이 없었다. 소년은 어쩌면 밤의 손님이 산양 우리로 걸어들어갔던 남자일지 모른다는 생각이 들었다. 소년이 우리 안으로 던져준 김밥은 남자의 발 바로 앞에 떨어졌다. 소년은 우리 안으로 빈 과자 봉지도 던졌다. 소년이 아이들을 찾아 사자 우리로 갔을 때, 아이들은 벌써 그곳을 떠나고 없었다. 사자들은 낮잠을 자느라 나무 아래 드러누워 박제해놓은 듯 꼼짝하지 않았다. 기린의 얼굴들이 허공에서 지워진 듯 사라지고 없었다.

얼굴이 텅 빈 여자가 놀이터 밖에 서 있었다.

내 뒤도 안 돼요.

소년은 말했다.

밤의 손님 말이에요.

그러나 생각해보니 옆과 뒤가 아니면 앞밖에 없었다. 앞밖에. 소년은 밤의 손님이 자신의 앞에 앉는 것도 싫었다. 앞보다는 뒤가 나을 것 같아요. 소년은 말했다. 소년은 밤의 손님이 자신의 뒤에 앉아 있는 것을 몰랐으면 했다. 김밥을 다 먹을 때까지만이라도. 푸른 풀밭이 누렇게 시들 때까지만이라도. 밤의 손님은 지금 아빠의 뒤에 앉아 있었다. 그리고 엄마 옆에.

푸른 풀밭 위 내 뒤에는 밤의 손님이 고요히 앉아 있고, 송아지는 묶인 채 이유를 모르고 죽어가네, 소년은 나오는 대로 노래를 불렀다.

우린 노란 개를 버리러 가는 길이다. 아빠가 말했다. 산양 우리를 떠나기 전 소년은 철문을 꼭 닫아주었다.

버려진 비닐하우스 세 채가 찢긴 비닐을 펄럭펄럭 흔들면서 차창 밖으로 지나갔다. 비닐하우스들에서 멀지 않은 곳에는 닭 농장이 있었다. 소년의 눈에는 닭 농장의 파란 슬레이트 지붕만이 언뜻 보일 뿐이었다. 그 지붕 아래서는 딱 어른 발만한 닭들이 낮달처럼 흐린 알을 쉼 없이 낳고 있었다. 간혹 알이 항문을 틀어막아, 눈을 까뒤집으면서 기절하는 닭도 있었다. 그러면 닭 농장 주인은 송곳으로 알을 톡 찍어 깨뜨렸다. 그래도 깨어나지 않는 닭은 모가지와 두 발이 잘리고, 깃털이 죄다 뜯겼다. 알을 낳고 낳고 또 낳은 닭들의 깃털은 마른 나뭇잎처럼 거칠었다. 흰자와 노른자를 다 쏟고도 악착같이 항문을 틀어막고서 깨지지 않는 알이 어쩌다 있었다.

조금 뒤 택시는 육십팔 번 국도변에 유령처럼 서 있는 노인 요양원 앞을 지나갔다. 그곳에서는 아까부터 웬 노인이 창문 밖으로 얼굴을 내밀고 도로를 내려다보고 있었다. 소년이 탄 택시가 지나갈 때 노인은 악착같이 손을 흔들었다. 누구한테 그렇게 손을 흔드는 거예요? 노인의 뒤에서 빈 옷걸이처럼 허탈하게 서 있던 간호사가 물었다. 빈 택시가 저 아래로 지나갔거든. 택시를 타고 어딜 가려고요? 간호사가 물었다. 집에 가야지. 노인이 말했다. 집에 가면 누가 할머니를 기다리고 있기라도 한대요? 내가 없어서 시집을 못 간 내 딸이 기다리고 있지. 시집을 갈 때는 엄마가 있어야 해. 노인이 말했다. 나는 엄마 없이도 시집을 잘만 갔는걸요. 간호사가 슬리퍼를 질질 끌면서 할머니 앞으로 걸어나왔다. 넌 독하니까. 노인이 간호사의 등에 침을 뱉듯 말했다. 창문을 닫으면서 간호사가 말했다. 할머니, 어서 침대로 가요. 노인은 말 잘 듣는 아이처럼 순순히 침대로 갔다. 간호사는 창문을 잠그고 커튼을 쳤다. 흰 벽으로 둘러싸인 방 안이 어두컴컴해졌다. 할머니, 밤이 되었으니 그만 약을 먹고 주무세요. 간호사가 노인을 향해 돌아서더니 말했다.

난 잠들지 않을 거야. 노인은 결코 잠들지 않겠다는 듯 고개를 저었다. 이따가 택시가 날 태우러 올 거거든. 내가 손을 흔드는 것을 봤단 말이야.

노인은 간호사에게 오른손을 내밀었다.

택시에 타고 있던 아이가 봤지, 내가 손을 흔드는 걸 말이지.

빈 택시였다고 했잖아요.

간호사는 노란 알약 두 알을 노인의 오른손에 떨어뜨려주었다.

빈 택시였어.

노인은 입에 알약들을 털어넣었다. 알약들이 입천장에 단추처럼 달라붙었다.

난 거짓말을 안 해. 거짓말을 입에 달고 사는 인간은 종국에 망하게 되어 있거든.

노인은 침대 위로 올라가 누웠다.

근데 빚쟁이라도 쫓아온대? 두 손을 가슴 위에서 모으면서 노인이 물었다. 그게 무슨 말이에요? 간호사가 졸음이 가득한 눈으로 노인을 내려다봤다. 시간 말이야. 아침인가 했는데 벌써 밤이 되었다니 말이야.

간호사는 노인의 오른쪽 귀에서 민달팽이 같은 것을 꺼냈다. 그것은 보청기였다.

할머니를 집까지 태워다줄 빈 택시는 이 세상에 없어요.

노인의 먼 귀에 대고 간호사는 그렇게 속삭여주었다. 노인의 눈이 감기고 있었다. 간호사는 보청기를 노인의 베개 밑에 숨겨놓았다.

손을 흔들었어요. 소년이 말했다. 택시를 향해 손을 흔들었다니까요.

빈 택시인 줄 알았나보지. 아빠가 말했다.

검은 잠바를 입고 있었어요. 택시를 향해 손을 흔들던 남자 말이에요. 소년은 말했다. 그 남자의 잠바도 깃털로 채워져 있을까? 아빠의 잠바처럼.

처음부터 노란 개가 버려지지 않았다면, 그랬다면요, 아빠? 그랬다면 노란 개를 버리러 가는 일도 없었을까. 처음부터. 그랬다면 아빠가 노란 개를 주워오는 일도 없었을 테니까요. 소년은 푹 한숨을 내쉬었다.

처음이 언제부터인지 모르겠지만. 처음부터 수족관 속 광어들은 전부 죽어 있었는지 몰랐다. 소년이 둘이 아니라 하나였는지도, 처음부터 두 짝 다 오른쪽 운동화였는지도.

택시 좀 잠깐 세워주면 안 돼요.

뭣 때문에 그러냐?

아빠는 오히려 속도를 높였다.

택시 좀 잠깐만 세워달라니까요.

얌전히 있어라.

노란 개가 짖고 있어요.

얌전히 있으라고 하지 않았냐!

그렇지만 노란 개가 아까부터 짖고 있잖아요!

트렁크에서. 트렁크가 닫힐 때 노란 개의 두 눈도 따라서 닫혔을까. 해바라기 씨를 그득 문 입이 침묵하고, 트렁크가 닫힐 때, 저 먼 툰드라에서는 두 할머니가 서로의 머리를 따주었다.

아빠가 노란 개의 머리에 검정 비닐봉지를 씌워놓았어요. 노란 개가 자꾸 짖어댄다면서요. 노란 개가 짖지도 않았는데 짖어댄다면서요. 노란 개가 짖지도 않았는데.

그때 집에는 아빠와 소년밖에 없었다. 김밥을 팔러 간 엄마는 돌아오지 않았고, 소년은 학교에 가지 않았다. 밖에는 비가 내리고 있었다. 김밥을 팔러 나가면서 엄마는 달랑 하나뿐인 우산을 쓰고 갔다. 방에는 비가 내리지 않는데도 소년의 양말과 바지들이 축축하게 젖었다. 아빠가 검정 비닐봉지를 펼쳐들 때 소년은 그것이 노란 개의 머리를 집어삼키리란 걸 알아차렸다. 소년은 아빠를 말리지 않았다. 검정 비닐봉지에 머리가 삼켜진 노란 개는 미친개처럼 방 안을 날뛰었다. 그칠 줄 모르는 비는 엄마의 머리카락만큼 굵었다. 엄마가 허공에 거꾸로 매달려 머리카락을 늘어뜨리고 있는 것만 같았다. 그 무렵 아빠는 집에만 있었다. 밤이 되어도 택시를 몰러 나가지 않았다.

나뭇가지인 줄 알았다. 아빠가 말했다.

소년이 살고 있는 도시에 태풍이 찾아온 적이 있었다. 서쪽에서 만들어졌다는 태풍을 사람들은 로사 아줌마라고 불렀다. 앞치마를 두른 로사 아줌마, 밤마다 머리를 빗고 기도하는 로사 아줌마, 닭의 모가지를 홱 비트는 로사 아줌마…… 도로마다 부러진 나뭇가지들 천지였다. 불 꺼진 간판들이 떨어지고, 눈을 덜 뜬 새끼 고양이들이 박쥐처럼 날았다. 닫히다 만 문들이 구름처럼 날았다. 어쩌면 열리다 만 문들인지도 몰랐다. 아직 벽이 되지 못한, 차곡차곡 쌓아놓은 벽돌들이 무너져내렸다. 전깃줄들이 채찍처럼 도시의 지붕들을 때렸다. 도시에서 바람 한 점 없이 고요한 곳은 교실 어항 속뿐이었다. 수초와 금붕어들이 죽은 듯이 살고 있는. 금붕어들은 늘 수초 속에 숨어 소년을 감시하듯 지켜보았다. 소년은 자르고 자른 지렁이를 금붕어들에게 주었다.

나뭇가지가 글쎄, 사람이었다니. 아빠가 말했다.

늙은 남자는 부러진 나뭇가지처럼 도로 횡단보도에 널브러져 있었다. 도로에 차라고는 아빠 택시뿐이었다. 택시는 늙은 남자의 허리 위로 지나갔다. 늙은 남자는 죽지 않았지만, 죽을 때까지 일어나 앉을 수도 걸을 수도 없게 되었다. 부러진 나뭇가지보다 못한 신세가 되었다. 늙은 남자의 자식들은 아빠에게 보상금을 요구했다. 아빠는 전세금을 빼고도 모자라 빚까지 얻어 그들에게 주었다. 횡단보도 신호등에 들어온 파란불은 밤새도록 빨간불로 바뀌지 않았다.

자식들이 보상금만 나누어 갖고 늙은이는 요양원으로 보내버렸다는군.

소년은 아빠가 엄마에게 하는 소리를 들었다.

자식이 다 그렇지. 아빠는 소년을 쳐다봤다.

뼈 빠지게 키워봤자.

여든아홉 살 노인이 거울 앞을 떠나지 못할 때, 붉은 소쿠리 앞 여자가 채 썬 무를 꿰고 꿸 때, 한 남자가 등을 돌리고 앉아 있을 때, 천장 저 너머에서 누군가 못을 박을 때, 택시는 고가도로 위를 달렸다. 나무젓가락 같은 다리들이 고가도로를 떠받치고 있었다. 고가도로에서 그리 멀지 않은 곳에서는 터널을 뚫기 위해 산을 파헤치고 있었다. 택시를 향해 날아오는 새들은 그 산에서 태어나고 나는 법을 배운 새들이었다. 새들에게 나는 법을 가르친 건 나뭇가지와 바람과 추락에 대한 두려움이었다.

노란 개가요, 아빠. 소년의 두 눈이 감겼다. 누군가 창문도 없는 방에서 커튼을 칠 때, 얼굴이 텅 빈 여자는 가지 않고 있었다.

애야, 옛날에 양치기 소년이 있었단다.

소년은 택시 안에 울리는 목소리를 들었다. 그것은 아빠의 목소리 같기도, 밤의 손님의 목소리 같기도 했다.

양치기 소년은 양들을 몰고 들판으로 나갔지. 들판에 천막을 치고 밤을 지새운 지 닷새째 되던 날 양 한 마리가 없어졌단다. 백 마리이던 양이 아흔아홉 마리뿐이었지. 양치기 소년은 아흔아홉 마리의 양들을 놔두고 없어진 한 마리 양을 찾아 들판을 헤매고 다녔단다. 소년이 겨우 양을 찾아 돌아왔을 때, 남은 아흔아홉 마리의 양이 다 없어지고, 벌렁 뒤집어진 천막만 소년을 기다리고 있었단다. 들판에는 어느새 겨울이 찾아오고 있었지. 푸르던 풀들이 벌써 누렇게 마르고 있었단다.

노란 개의 털처럼 누렇게요?

노란 개의 털은 사실 노랗다기보다는 누랬다. 노란 건 노란 개의 털이 아니라 눈동자였다. 눈동자가 노랬던 것이다. 단무지를 하도 씹어서 노래진 엄마의 혀만큼이나. 그래서인지 엄마의 입속 혀가 들여다보일 때마다 소년은 깜짝 놀라곤 했다. 노란 개의 눈동자가 엄마의 입속에 들어 있는 것만 같아서. 엄마의 입천장에 들러붙어 자신을 빤히 쳐다보고 있는 것만 같아서.

엄마 입속에다 거미가 집을 지었으면 좋겠어요. 소년은 엄마에게 그렇게 말한 적이 있었다.

거미는 찢어진 벽 속에는 집을 지어도 입속에는 집을 짓지 않는단다. 엄마가 말했다.

엄마가 입을 벌리기만 하면 노란 개의 눈동자가 날 쳐다본단 말이에요.

거미는 빈 냄비 속에는 집을 지어도 입속에는 집을 짓지 않지.

어째서요?

소년이 물었다.

입속에는 아무도 집을 짓지 않아.

엄마가 말했다.

쥐도요?

쥐도.

거미는 엄마의 입속에 집을 짓지 않았다. 그렇다고 찢긴 벽 속이나, 빈 냄비 속에다 집을 짓지도 않았다. 거미는 소년이 잠을 자고 텔레비전을 보고 밥을 먹는 방 허공에다 집을 지었다.

입속에는 왜 아무도 집을 짓지 않는데요? 소년이 물었다.

입속에서는 남아나는 게 없거든. 엄마가 말했다.

엄마의 말은 틀리지 않았다. 물도, 뼈도, 살점도, 씨앗도 입속에서는 남아나지 않았다. 스며들고 짓뭉개지고 으스러지고 녹아들었다. 그런데도 소년은 엄마가 잠들기를 기다려 거미를 한 마리 엄마의 입속에 떨어뜨렸다. 혀 위에, 노란 개의 눈동자 위에 거미를 떨어뜨렸다. 먼지처럼 희멀겋고 가벼운 거미였다. 밥알보다 작은.

그 거미를 소년은 허공에서 건졌다. 아빠의 베개를 밟고 올라가 발뒤꿈치를 한껏 치켜들고 허공으로 손을 뻗었다. 낚아채듯 거미를 잡아 끌어당기자 거미집이 일그러지면서 따라왔다. 거미집과 함께 허공도 일그러지면서 따라왔다. 허공에 떠 있는 천장과 그것을 떠받치고 있는 벽들도, 벽에 매달린 창문과 시계와 달력과 액자도…… 방 전체가 우글쭈글 일그러져서는 거미의 똥구멍에 매달려 있었다. 소년의 눈앞에서 거미가 다리들을 떨어댔다. 다리들이 어찌나 희미하고 가느다란지 훅 하고 입김을 불면 몸통에서 떨어져 날아갈 것만 같았다.

거미는 엄마의 목구멍을 타고 내려가 심장에 집을 지었다.

양치기 소년은 어떻게 되었나. 누렇게 시든 들판 위의 양치기 소년과 한 마리의 양은. 아흔아홉 마리의 양들은 다 어디로 흩어졌나.

그래서요? 소년은 눈을 감은 채로 물었다.

그래서 양치기 소년은 어떻게 됐는데요?

어떻게 되기는, 애써 찾은 한 마리의 양을 몰고 집으로 돌아갔지. 아빠인지, 밤의 손님인지가 대답했다.

양치기 소년이 한 마리의 양을 찾아 들판을 헤매는 동안 아흔아홉 마리의 양들이 구름처럼 흩어지는 장면이, 소년의 머릿속에 그린 듯 펼쳐졌다.

삼 번 버스인지 오 번 버스인지가 지나가고, 커튼 뒤에서 걸어나온 남자가 어디로 갔는지 보이지 않았다. 새를 잡는 건 그다음 일이고. 툰드라의 할머니들이 남쪽을 향해 말했다. 저기 스무 사람이 지나가는군. 언젠가 땅콩 장수가 말했다. 꼭 열두 사람이 지나갈 때.

택시 앞유리 너머, 하늘을 겹겹이 뒤덮은 구름들이 아흔아홉 마리의 양처럼 흩어지면서 한줄기 빛이 쏟아졌다. 빛은 순식간에 부채처럼 펼쳐져 택시 안으로 들이쳤다. 느닷없이 들이친 빛 속에서 오리 인형 머리가 똑딱똑딱 흔들렸다. 빛을 받아 거대하게 부풀어오른 오리 인형 그림자가 소년을 집어삼켰다.

눈이 부셔. 아빠가 손바닥으로 얼굴을 가리면서 택시를 급하게 세웠다. 오리 인형 머리가 튕겨나갈 듯 흔들렸다. 똑딱똑딱똑딱똑딱…… 뒤에서 달려오던 트럭이 택시를 향해 클랙슨을 울리면서 지나갔다.

빛 때문에 아빠의 두 눈은 텅 비어 보였다. 아빠가 잠바 주머니에서 병을 꺼내 입으로 가져갔다.

노란 개를 버리기 위해 소년이 떠나온 도시, 어느 지하철역 이 번 출구 계단. 평일 첫 지하철이 도착하기 전 시간이면 어김없이 그곳에서 김밥을 팔던 여자가 모습을 보이지 않았다. 여자의 얼굴은 기억 못 해도, 여자의 목소리는 기억 못 해도, 여자의 눈빛과 신발은 기억 못 해도, 빨간 바구니를 기억하는 이들은 더러 있었다. 검은 구두를 신은 발들이 오가는 계단에서 빨간 바구니는 그래도 눈에 띄었다. 바쁜 걸음을 잠시 멈추고 김밥을 찾는 이가 있으면 여자는 빨간 바구니를 열고 그 안에서 김밥을 꺼냈다. 알루미늄 포일로 싼, 온기가 식어 김 비린내가 감도는 김밥이었다. 김밥을 검정 비닐봉지에 담아 건넬 때, 집에서 싼 김밥이라는 말을 여자는 잊지 않고 중얼거렸다. 하지만 목도리가 여자의 입을 숨기듯 가리고 있어서 중얼거림은 거의 들리지 않았다.

김밥 파는 여자 말이야, 오늘은 어째 안 보이네.

그러게.

날이 추워져서 안 나오나보지.

나도 한 줄 사먹어봤는데 영 못 먹겠더라고. 밥에서 식용유 냄새가 나는 게.

천 원짜리 김밥이 다 그렇지, 뭐.

오늘 아침에 보니까 사 번 출구에서 어떤 여자가 김밥을 팔고 있던데. 빨간 바구니를 놓고서 말이야.

그래? 김밥 파는 여자가 자리를 옮겼나보군.

이 번 출구에서 사 번 출구로?

사 번 출구가 좀 낫나?

그러게? 사 번 출구가 좀 나으려나?

사 번 출구가?

나으면 얼마나 낫겠어.

하긴, 이 번 출구나 사 번 출구나.

그래도 이 번 출구에서 굳이 사 번 출구로 자리를 옮긴 걸 보면, 사 번 출구가 나은가보지. 사 번 출구에서 김밥이 한 줄이라도 더 팔리니까 자리를 옮긴 거 아니겠어? 아무래도 더 나으니까.

그러게, 자네 말대로 더 나은가보지.

뭐가?

사 번 출구가!

사 번 출구가 뭐?

사 번 출구가 이 번 출구보다 더 나은가보다고.

여자가 김밥을 팔던 지하철역은 출구가 아홉 개나 있었다. 일 번 출구는 승강기 놓는 공사를 하느라 통행이 금지되었고, 오 번 출구 바로 앞에는 분식집이 버티고 있었다. 체인점인 그 분식집에서는 스물네 시간, 미사포처럼 흰 수건을 머리에 두른 여자들이 김밥을 말았다. 그 분식집은 체인으로 운영되는 분식 식당들 중 그 도시에서 가장 큰 점포망을 확보하고 있었다. 웬만한 지하철역과 버스 정류장마다 그 분식집과 똑같은 간판을 내건 분식집들이 있었다. 김밥에 들어가는 재료도 똑같았다. 몇 달 전 그 분식집에서는 천 원이던 야채김밥 값을 천오백 원으로 올렸다.

오늘 아침에 보니까 팔 번 출구에서도 웬 여자가 김밥을 팔고 있던걸. 빨간 바구니를 놓고 말이야. 아침을 못 먹고 나와서 김밥을 한 줄 사먹으려다 말았거든.

뭐야? 그럼 사 번 출구가 아니라 팔 번 출구야?

뭔 소리야? 사 번 출구에서 분명 김밥 파는 여자를 봤다니까.

저기 있잖아…… 육 번 출구에서도 김밥 파는 여자를 봤어.

육 번 출구에서도?

그 여자도 빨간 바구니를 놓고 김밥을 팔고 있던걸.

뭐야?

그 여자가 그럼 사 번 출구에서도 육 번 출구에서도 팔 번 출구에서도 김밥을 팔고 있단 말이야.

그럴 리가 있어? 다 다른 여자들이겠지. 어떻게 한 여자가 같은 시간에, 그것도 다른 출구 세 곳에서 김밥을 팔 수 있겠어. 이 번 출구에서 김밥을 팔던 여자는 그 여자들 중 한 명이겠지.

어쩌면 셋 다 그 여자가 아닐 수도 있겠네?

누가 그 여자일까.

누구든 뭔 상관이야. 그렇다고 김밥을 사먹을 것도 아니잖아.

그렇지만 이거 은근히 궁금한데. 세 여자 중에 누가 그 여자인지 말이야.

그 여자 얼굴을 알아?

글쎄, 그 여자 얼굴을 모르더라도 보면 금방 알 수 있지 않을까. 여하튼 그 여자는 늘 빨간 바구니를 놓고 김밥을 팔았으니까.

세 여자가 다 빨간 바구니를 놓고 팔고 있었다니까.

그렇군, 빨간 바구니.

지하철이 역 안으로 들어오고 있었다. 조금 뒤 사람들이 우르르 개찰구를 빠져나왔다. 지하철역 사무실에 설치된 CCTV에서는 지하철이 그새 역을 떠나고 없었다. 아깝게 지하철을 놓친 사람들이 허탈해하면서 CCTV 화면 속을 서성거리고 있었다. CCTV 앞에 모여 잡담을 늘어놓던 역무원들은 하나둘 흩어졌다. 그들은 빨간 바구니를 잠시 잊고 각자 자신들이 맡은 구역을 둘러보러 갔다.

소년이 의식하지 못하는 새 택시는 달리고 있었다. 소년이 굳이 주먹으로 갈기지 않아도 오리 인형 머리가 저 스스로 흔들리고 있었던 것이다. 똑딱똑딱똑딱똑딱……

저곳은 어떠냐? 아빠가 물었다.

아흔아홉 마리의 양들이 흩어지고 있어요.

저곳 말이다.

아빠는 그러나 아무 곳도 가리키지 않았다. 아빠의 두 손은 풀질을 해 발라놓은 듯 핸들을 움켜쥐고 있었다.

저곳요?

그래, 저곳 말이다.

아빠가 여전히 아무 곳도 가리켜 보이지 않았기 때문에 소년은 저곳이 어딘지 도무지 알 수 없었다.

저곳 말이에요?

소년은 저곳이 어딘지 모르면서 그렇게 물었다.

그래, 저곳.

아빠가 짜증스럽게 중얼거렸다.

저곳이 왜요?

소년은 여전히 저곳이 어딘지 모르면서 그렇게 물었다.

저곳에 노란 개를 버리려고요?

그래, 저곳은 어떠냐?

아빠는 그 말뿐이었다.

저곳은 검정 비닐봉지 천지잖아요.

소년은 그냥 나오는 대로 중얼거렸다.

검정 비닐봉지들이 서로 노란 개의 머리를 집어삼키려고 할 거예요. 배고픈 까마귀들처럼 말이에요.

아빠와 소년이 저곳에 대해 이야기하는 동안에도 택시는 쉬지 않고 달렸다.

저곳에 노란 개를 버리려던 게 아니었어요?

저곳은 검정 비닐봉지 천지라고 하지 않았냐.

그건 그래요.

잎 진 나무들이 택시가 내달리는 방향과 반대 방향으로 나부꼈다. 그래서인지 소년은 나무들이 택시가 달리는 방향과 반대 방향으로 달리는 것만 같았다. 소년의 일기장처럼 텅 빈 논들도, 지붕뿐인 듯한 집들도, 썩은 감자 같은 산들도, 죽은 물고기들밖에 살지 않을 것 같은 웅덩이도, 아흔아홉 마리의 양처럼 몰려다니는 구름들도, 풀 한 포기 나지 않은 회색 도로도…… 택시가 달리는 방향과 반대 방향으로 달려가고 있었다.

그것이 어떤 문이든, 문이 닫힐 때 노란 개의 눈은 덩달아 닫혔다. 그런데 소년이 문을 닫지 않았는데도 노란 개의 눈이 닫힐 때가 있었다. 아빠도 엄마도 문을 닫지 않았는데. 노란 개의 눈이 저절로 닫히면, 어디선가 문이 닫히고 있는 것이라고 소년은 생각했다. 그래서 노란 개의 눈이 닫히고 있는 것이라고. 노란 개의 눈이 닫힐 때마다 소년은 엄마에게 말했다.

엄마, 문이 닫히고 있어요.

가서 문을 열고 와라.

엄마가 말했다. 그렇지만 집에 있는 문이란 문은 전부 열려 있었다. 현관문까지도. 가서 문을 열고 와라. 엄마가 또 말했다. 문이 닫혀 있으니까 답답해 죽겠다.

소년은 어쩔 수 없이 노란 개를 끌고 집을 나왔다. 닫힌 문을 찾아다녔다. 골목마다 닫힌 문은 얼마든지 있었다. 거의 모든 문이 닫혀 있었다. 조금 전 닫힌 문이 어떤 문인지 소년은 짐작조차 가지 않았다. 골목을 헤매던 소년은 시멘트 계단 위의 문을 보았다. 소년은 계단을 올라가 문 앞에 섰다. 나무로 짠 문이었다. 소년이 문을 열려고 했지만, 잠겼는지 열리지 않았다. 아무리 두드려도 문이 열리지 않아서 소년은 발로 찼다. 여자가 장바구니를 들고 지나가다 멈춰 서서 소년을 올려다보았다.

엄마가 문을 열고 오라고 했단 말이에요. 소년은 여자에게 말했다.

난 그런 말 한 적 없다. 여자가 소년을 향해 고개를 가로저었다.

아줌마는 내 엄마가 아니잖아요. 소년이 말했다.

내 아들들이 내게 하는 말을 네가 똑같이 하는구나. 여자가 장바구니를 내려놓고 말했다. 내가 무슨 말만 하면 내 아들들은 그렇게 말하지. 아줌마는 내 엄마가 아니잖아요. 내가 날마다 이렇게 시장에서 장을 봐다가 저녁 밥상을 차려주는데도 말이다. 내 아들들이 하도 그렇게 말해서 내가 그 애들의 엄마가 아닐지도 모른다는 생각이 들곤 한단다. 여자는 장바구니를 길에다 놔두고 가버렸다.

조금 뒤 검은 양복 차림의 남자가 지나가다 말고 소년에게 말했다. 그러다 문을 부수겠구나.

엄마가 문을 열고 오라고 했단 말이에요. 소년은 남자에게 말했다.

엄마가 그러라고 했으면 그래야지. 남자가 말했다. 부숴서라도 문을 열어야지.

남자는 가버렸고, 조금 뒤 망치를 들고 다시 나타났다. 남자가 망치로 내리치자 문이 갈라졌다. 소년이 노란 개를 끌고 집으로 돌아갔을 때 현관문은 닫혀 있었다. 현관문 저 안에서 주전자가 시끄럽게 내지르는 소리가 들려왔다.

노란 개의 눈이 닫히고 있었다.

저곳에 노란 개를 버리자고 할 줄은 몰랐어요. 소년은 말했다. 잠든 자신을 깨워 노란 개를 버리러 가자고 할 줄 몰랐던 것처럼.

저기 노란 개가 있다, 하고 아빠가 말할 줄 몰랐던 것처럼.

저기 노란 개가 있다. 아빠는 그렇게 말했다. 그렇게 노란 개는 소년에게 왔다. 저기 노란 개가 있다. 아빠가 그렇게 말하지 않았다면 노란 개가 처음부터 없었을지도 모른다는 생각을 소년은 했다.

처음이 언제부터인지 모르겠지만.

저기 노란 개가 있다. 소년은 말했다.

아빠가 그렇게 말했잖아요.

넌 노래나 불러라. 집까지 태워다줄 빈 택시는 이 세상에 없다고.
간호사의 머리 위에 비둘기가 내려앉을 때.

시간이 널 심판할 거다.

노란 개도 알고 있을까요?

소년은 허공에 씨처럼 뿌려진 새들을 바라보고 있었다. 새들도
택시가 달리는 방향과 반대 방향으로 날아갔다. 소년은 새들을 향
해 손을 흔들었다. 손이 없는 오리 인형은 머리를 똑딱똑딱 흔들어
주었다. 손을 가만가만 흔드는 소년의 모습이 택시 사이드미러에
비쳤다.

룸미러 속 엄마의 입이 벌어졌다. 노란 개의 눈동자가 엄마의 입
속에 씹다 뱉은 껌처럼 들러붙어 있었다.

노란 개의 눈동자가 소년을 빤히 쳐다봤지만, 소년은 새들을 향
해 손을 흔드느라 그것을 알아차리지 못했다. 새들이 택시 저 뒤편
으로 날아가버리고, 텅 빈 허공만 쓸쓸히 남도록 소년은 손을 흔들
어댔다.

도망치는 것만 같아요. 소년은 말했다. 노란 개를 버리러 가는 게
아니라.

우린 노란 개를 버리러 가는 길이다.

아빠의 입에서 침이 튀었다. 침은 마치 산산조각난 혀의 조각만 같았다. 소년은 아빠의 침이 묻은 볼을 손으로 문질렀다.

누가 뭐래요? 우린 노란 개를 버리러 가는 길이에요.

소년은 마지못해 그렇게 말했다. 그렇게 말하지 않으면 아빠가 화를 낼 것만 같아서였다. 차창 밖으로 포도밭이 펼쳐졌다. 포도나무들은 살과 피가 다 마르고 뼈밖에 남지 않은 노인들만 같았다. 노인들이 꺼멓게 타들어간, 뒤틀릴 대로 뒤틀린 사지를 질질 끌면서 걸어가고 있는 것만 같았다. 마치 사지를 누일 땅을 찾아가듯. 포도나무들 또한 택시가 달리는 방향과 반대 방향으로 향하고 있었다.

노란 개를 버리고 나면 어른이 되어 있을 거야. 소년은 생각했다. 아이들은 언젠가 다 어른이 되었다. 죽지 않는 한. 소년은 그것을 알았다. 누가 가르쳐주지 않았는데도 저절로 알아졌다.

노란 개를 버리고 나면요.

소년은 아빠가 들으라고 일부러 소리 내어 말했다.

그러니까요, 노란 개를 버리고 나면요. 소년은 잠든 밤의 손님과 엄마도 들었으면 싶어서 더 큰 소리로 말했다.

그래, 노란 개를 버리고 김밥을 먹어도 좋다.

그게 아니라요.

노란 개를 버리고 나면 김밥을 먹겠다고 하지 않았냐.

그런 게 아니란 말이에요.

소년은 아이인 것도 싫지만, 어른이 되는 것도 싫었다. 어른이 된 자신의 모습을 상상하려고 하면 아빠의 모습밖에 떠오르지 않았다.

깃털이 다 빠진 아빠의 잠바를 입고 형광등 아래에 웅크려 앉은 모습밖에.

저곳은 어떠냐?
아빠는 또다시, 그러나 여전히 아무 곳도 가리켜 보이지 않으면서 그렇게 물었다.
저곳요?
저곳.
저곳은. 소년은 괜히 오리 인형 머리를 주먹으로 갈겼다. 그것이 스스로 어련히 알아서 잘만 흔들리고 있는데도.
저곳은 말이에요, 혁대가 너무 많아요. 소년은 그냥 나오는 대로 중얼거렸다. 혁대들이 뱀처럼 노란 개의 모가지를 친친 감고 조일 거예요. 노란 개의 혀가 꼬리보다 길게 튀어나오도록 말이에요.
택시는 계속 달렸다.
해바라기 씨를 그득 물고 침묵하던 입. 그 입은 훗날 새의 부리처럼 단단하고 뾰족해졌다. 두 사람이 나란히 길을 걸어갈 때. 갈색은 없었다. 오른편에서 걷던 사람, 혼자 남겨진 사람.

저곳은 어떠냐?
저곳은 비가 내리고 있잖아요. 번개가 치고요. 노란 개의 털이 다 젖을 거예요. 노란 개의 털이 젖는 건 싫어요.
털이 젖은 개를 아무도 안아주려 하지 않는다는 걸 소년은 알았다.

소년은 택시가 멈춰 서 있는 것만 같은 착각이 들었다. 오리 인형 머리가 똑딱똑딱 흔들리고 있는데도.

그저께 밤 꿈에는 오리 인형이 나왔어요. 소년은 말끝에 주먹으로 오리 인형 머리를 갈겼다. 그저께가 아닐 수도 있었지만 소년은 그냥 그저께라고 했다. 꿈에 엄마는 김밥을 팔러 나가고, 집에는 오리 인형과 소년뿐이었다. 노란 개도 어디를 갔는지 보이지 않았다. 노란 개가 보이지 않는데도 소년은 그것을 이상하게 생각하지 않았다. 아빠의 택시에 있어야 할 오리 인형이 자신과 방에 있는 것을 이상하게 생각하지 않은 것처럼. 오리 인형이 소년을 빤히 바라보면서 똑딱똑딱 머리를 흔들었다. 그리고 그때도 주전자에서는 물이 끓고 있었다. 소년은 오리 인형 머리를 주먹으로 쳤다. 이렇게요.

이렇게. 소년은 오리 인형 머리를 주먹으로 갈겼다. 그런데 오리 인형 머리가 조금 커졌어요. 그래서 오리 인형 머리를 또 주먹으로 쳤어요. 그랬더니 오리 인형 머리가 또 커졌어요. 그래서 내가 또 오리 인형 머리를 주먹으로 쳤어요.

소년은 주먹으로 오리 인형 머리를 갈겼다.

오리 인형 머리가 자꾸만 커지는 게 무서워서 주먹으로 오리 인형 머리를 치고 또 쳤어요. 주먹으로 치고 또 쳤더니 오리 인형 머리가 나만해졌어요. 주전자에서는 여전히 물이 끓고 있었고요. 나는 주먹으로 오리 인형 머리를 치고 또 쳤어요. 소년은 아빠를 흘끔 바라보았다. 아빠, 주전자에서 물이 끓고 있었어요.

소년은 오리 인형 머리가 저리도 쉼 없이 흔들리는 것이 갑자기 소름 돋도록 무서우면서도, 흔들림을 멈출까봐 걱정되었다.

엄마는 꿈을 한 번도 꾼 적 없는 사람을 알고 있대요.

소년은 룸미러 속 엄마를 슬그머니 살폈다.

엄마는 꼭 그런 사람들만 알아요.

엄마의 두 눈은 감겨 있었다. 머리카락 서너 가닥이 금 간 자국처럼 엄마의 얼굴에 달라붙어 있었다.

네 엄마가 또 어떤 사람을 알고 있는데 그러냐.

엄마는 고등어를 한 마리 사면서 대가리는 꼭 두 개를 얻어가는 사람도 알고 있다고 했어요. 고등어 한 마리에 대가리 두 개요. 소년은 말했다.

우린 노란 개를 버리러 가는 길이고요.

고등어 한 마리에 대가리 두 개라니. 아빠가 중얼거리다 말고 목을 꺾듯이 뒤로 젖히고 미친 듯이 웃었다. 소리를 전혀 내지 않으면서, 터져나오는 웃음을 도저히 참을 수 없다는 듯. 소년은 그저, 그런 아빠를 멀뚱히 쳐다보기만 했다. 아빠의 얼굴에서 갑자기 웃음이 싹 가셨다. 아빠의 입가가 가늘게 떨렸다. 고등어 한 마리에 대가리 두 개라니. 아빠가 손바닥으로 핸들을 부술 듯 내리치면서 소리 질렀다.

그 사람은 고등어를 한 마리 사면서 대가리를 세 개나 얻어 가기도 한대요. 소년은 말했다.

나도 그 사람을 알고 있단다. 아빠가 말했다.

그 사람이 누군데요? 소년이 물었다.

아빠가 주머니에서 병을 꺼내 그 안의 것을 입으로 흘려넣었다. 내 어머니. 아빠는 그리고 한 모금 더 흘려넣었다.

트렁크 속 노란 개의 두 눈이 막 닫히고 있을 것 같은 생각이 소년은 문득 들었다. 어디선가 문이 닫히고.

누굴 위해서 기도하나. 용서는 다른 사람한테 가서 빌어요. 날 위해서 좀 기도해주지. 다른 사람. 닭 말고, 도대체 누가 우릴 기다리나.

그런데요, 아빠. 버스 표지판이 택시를 따라와요.

비스듬히 기운 녹색 버스 표지판이 아까부터 멀어지지 않고 차창 밖에 서 있었다. 버스 표지판 주변으로는 꽃이 다 시들고 줄기가 철사처럼 마른 코스모스들이 무더기무더기 서 있었다. 코스모스들도 버스 표지판과 함께 택시를 따라왔다. 개미처럼 작고 까만 씨앗을 토하듯 흘리면서.

저것 봐요, 버스 표지판이 계속 택시를 따라오잖아요. 소년은 손가락으로 차창을 두드려가면서 버스 표지판을 가리켰다. 아빠가 정면만 빤히 응시한 채 조수석 창 쪽으로 좀처럼 고개를 돌리려 하지 않아 소년은 부술 듯 차창을 두드렸다. 그러는 동안에도 버스 표지판이 멀어지지 않고 계속 택시를 따라왔다.

택시가 서버린 것만 같아요. 소년은 소리쳤다.

우린 노란 개를 버리러 가는 길이다. 아빠가 고개를 떨어뜨리고 중얼거렸다. 핸들을 움켜잡고 있던 두 손을 아래로 축 떨어뜨리더니 욕설을 내뱉듯 말했다. 노란 개를 버리러. 아빠가 갑자기 이마로 핸들을 내리쳤다. 노란 개를 버리러 가는 길이란 말이다. 아빠가 울부짖듯 소리 질렀다. 아빠는 이마로 핸들을 서너 번 더 내리치다가 천천히 들어올렸다. 아빠의 두 손은 그러나 핸들 밑으로 떨어뜨려져 있었다. 아빠가 노란 개를 얼마나 버리고 싶어하는지 소년은 그제야 알 것 같았다. 아빠의 두 눈동자가 초점을 잃고 흔들리는 것은, 어서 노란 개를 버리고 집으로 돌아가고 싶은 마음이 크기 때문이라고 소년은 생각했다. 그리고 그러는 동안에도 버스 표지판은 멀어지지 않고 계속 택시를 따라왔다.

택시가 달리고 있는 게 아니었어요?

계속 달리고 있다고 생각했기 때문에 소년은 몹시 놀랐다. 달리기 시작한 뒤로 택시는 콘크리트 다리 위에서밖에 멈추지 않았다. 소년이 잠깐만 세워달라고 그렇게나 졸라댔는데도 아빠는 택시를 세우지 않았다. 오히려 속도를 높였다. 저곳에 대해 이야기하는 동안에도 택시는 계속 달렸다.

아빠, 택시가 달리고 있는 게 아니었어요?

주유 경고등에 불이 들어왔다. 아빠가 한숨을 토했다.

언제부터요?

소년은 그렇게 물으면서 오리 인형 머리를 재빨리 쳐다봤다. 순간 소년의 얼굴이 표백한 행주처럼 새파랗게 질렸다. 그렇지만 아빠. 소년은 비명처럼 내질렀다. 오리 인형 머리가 흔들리고 있는걸요. 소년의 목소리가 갈라져 나왔다.

오리 인형 머리가 흔들리고 있잖아요. 소년은 주먹으로 오리 인형 머리를 갈겼다.

이것 봐요, 오리 인형 머리가 흔들리고 있잖아요. 소년은 주먹으로 또 오리 인형 머리를 갈겼다.

소년은 오리 인형 머리가 저절로 흔들리는 것인지, 자신이 주먹으로 갈겨서 흔들리는 것인지 혼란스러워졌다. 소년은 택시가 달리지 않는데도 오리 인형 머리가 아무렇지 않게 흔들리고 있는 것이 소름 끼치게 무서우면서도, 흔들림을 멈출까봐 두려웠다. 오리 인형 머리가 흔들림을 멈추면 세상 모든 게 다 고장 난 듯 멈춰버릴 것 같은 생각이 들었다. 소년은 그래서 오리 인형 머리를 주먹으로 갈기고 또 갈겼다.

코스모스들이 토하듯 흘리는 씨앗들이 다 어디로 흩어지는지 소년은 알지 못했다.

버스 표지판에는 '삼 번'이라는 글자가 달랑 쓰여 있었다. 버스 표지판 아래에는 아무도 서 있지 않았다. 아무도 버스를 타기 위해 버스 표지판 아래로 걸어오지 않았다.

조금 있으면 삼 번 버스가 올 거예요.

소년은 꿈을 꾸듯 말했다. 소년은 어쩐지 그런 생각이 들었다. 삼 번 버스가 올 때가 거의 다 되었다.

아무도 기다리는 사람이 없는데도 말이에요.

소년은 두 손바닥을 활짝 펼쳐 차창에 붙였다.

삼 번 버스를 기다리는 사람이 아무도.

소년은 자신이라도 그 아래에 서 있어야 할 것만 같은 생각이 들었다. 철사처럼 마른 코스모스 줄기들에 두 다리를 숨기듯 파묻고서. 두 다리가 코스모스 줄기처럼 가늘어질 때까지.

밤의 손님을 태워 보내요.

소년은 이마와 코도 차창에 붙였다.

삼 번 버스가 오면요.

저 멀리, 얼린 인절미 같은 논두렁길을 분주히 걸어오는 사람이 있었지만 소년에게는 보이지 않았다.

송아지는 묶인 채 이유를 모르고 죽어가네. 아빠가 눈을 감고 고개를 젖힌 채 노래를 불렀다. 발목과 발밖에 남지 않은 사람들이 내 창문 앞으로 지나가네. 그건 노래가 아니라고 했잖아요. 노래가 아니라고. 소년이 말했다. 아빠까지 눈을 감아버려서, 택시 안에서 눈을 뜨고 있는 사람은 소년뿐이었다. 오리 인형 머리가 어느 순간부터인가 더는 흔들리지 않고 있었지만 소년은 그것을 미처 알아차리지 못했다. 아빠의 노랫소리가 희미해져갔다.

삼 번 버스가 곧 올 테니.

소년의 두 손바닥이 차창에서 미끄러졌다. 이마는 차창에서 떨어질 줄 몰랐다. 짓눌린 이마 아래 소년의 두 눈이 소리 없이 감기고 있었다.

기다리는 사람이 아무도 없던 버스 표지판 아래에 누군가 서 있었다. 오래전부터 그곳에 서 있었던 듯, 코스모스 줄기들 속에 두 다리를 파묻고. 누군가는 논두렁길을 분주히 걸어온 사람일 수도, 아닐 수도 있었다. 누군가는 택시 뒤쪽으로 곧게 뻗은 도로를 눈알이 빠져라 바라보았다. 도로변 양쪽으로는 전봇대가 줄지어 서 있었고, 여러 가닥의 전깃줄이 전봇대들을 따라 길게 이어졌다. 적도만큼 길게. 그러나 적도만큼 긴 전깃줄을 찾아 날아간 참새들은 그곳으로 날아오지 않았다. 소년이 곧 올 거라던 삼 번 버스는 오지 않고 있었다.

　누군가는 숨듯 코스모스 줄기들 속에 웅크려 앉았다. 몸을 일으키더니 택시를 향해 손을 흔들었다. 빈 택시인 줄 알고. 빈 차 표시등에 여전히 빨간불이 들어와 있었기 때문이었다. 누군가의 목에는 말린 무청 같은 털 목도리가 친친 감겨 있었다.

　새가 한 마리 날아왔다. 새들은 날 때 두 다리와 발을 생각하지 않았다. 멀리서 날아온 새는 택시 위에서 몇 바퀴 돌았다. 날아온 거리보다 더 멀리까지 날아갔다. 더 멀리까지. 새들은 날 때 자신이 얼마나 높이 날아오를 수 있는가 생각하지 않았다. 그것이 새들이 조금이라도 더 높이 날아오를 수 있는 이유였다.

　새가 날아가버린 뒤, 버스 표지판 아래에는 또다시 기다리는 사람이 아무도 없었다. 삼 번 버스가 와서 태우고 간 것인지도 몰랐다. 아니면 아무리 기다려도 삼 번 버스가 오지 않자 그냥 가버린 것인지 몰랐다. 누군가 서 있던 자리에는 코스모스가 한 무더기 쓰러져 있었다. 코스모스들은 쓰러져서도 까만 씨앗을 흘렸다. 씨앗들이 다 어디로 흩어지는지 아빠도 엄마도, 밤의 손님도 알지 못했다. 그들의 꼭 감긴 눈에는 쓰러진 코스모스들도, 흩어지는 까만 씨앗들도 보이지 않았다.

　개 짖는 소리가 유리처럼 차가운 공기를 깨뜨릴 듯 흔들면서 울렸다. 그것이 꼭 트렁크 속 노란 개가 짖는 소리라고는 아무도 말할 수 없었다.

2장

송아지는 묶인 채 이유를 모르고 죽어가네

노란 개를 버리기 위해 소년이 지난밤 떠나온 도시에는 황사주의
보가 내렸다. 서쪽으로부터 황사가 불어와 도시를 뒤덮었다. 아침이
왔지만 사람들은 창문을 열지 않았다. 꼭 닫아둔 창문 안에서 사람
들은 커튼을 걷고, 텔레비전을 틀었다. 두터운 양말을 꺼내 빨랫비
누처럼 허옇게 각질이 일어난 발을 숨겼다. 썩어드는 어금니와 가
죽처럼 질겨지는 혀를 걱정했다.

그리고 한 소년이 식탁 앞에 앉아 있었다. 고작 아홉 살이지만 백
년은 그러고 있었던 듯 목을 늘어뜨리고서. 소년은 눈알을 굴려 식
탁 빈 의자들을 바라보았다. 빈 의자는 전부 세 개였다. 소년은 그
러나 빈 의자가 네 개인 것 같은 기분이 들었다. 자신이 앉아 있는
의자까지 합쳐서 네 개. 엄마가 냉장고에서 우유를 꺼내왔다. 유통
기한 날짜가 나흘이나 지났지 뭐니. 엄마가 말했다. 엄마는 우유를
개수대에 쏟아버렸다. 금방 우유를 사다줄 테니 기다리렴. 아이들은

우유를 마셔야 큰다. 엄마는 지갑을 챙겨들고 소년에게 먹일 우유를 사러 갔다. 엄마는 어딜 갔냐? 소년의 등 뒤에서 나타난 할아버지가 소년에게 물었다. 할아버지는 엄마가 집에 없을 때만 자신의 방에서 나왔다. 우유를 사러 갔어요. 소년은 말했다. 내가 사다준 우유를 그새 다 마셔버린 거냐. 담배 사 피울 돈으로 우유를 사다주었더니. 할아버지는 빈 의자를 자신 쪽으로 끌어당겼다. 그러나 빈 의자에 앉지는 않았다. 할아버지는 의자보다 조금 더 컸다. 할아버지는 밤새 자란 수염을 밀기 위해 욕실로 들어갔다. 소년의 등 뒤에서 냉장고가 울기 시작했다. 어젯밤 아빠가 돌아오지 않았다고 엄마는 소년에게 말했다. 소년이 식탁으로 와서 앉으려고 할 때. 언제부터였는지는 몰라도 엄마는 그때 혼자 식탁을 지키고 앉아 있었다. 소년이 앉자마자 엄마는 식탁에서 일어섰다. 그때까지 손에 들고 있던 전화기를 식탁에 내려놓았다. 다른 아이들의 아빠도 어젯밤 집에 돌아오지 않았을까. 소년의 여동생은 아직 깨어나지 않았다. 아무도 소년의 여동생을 깨우려 하지 않았다. 소년은 전화기를 집어들었다. 전화기에는 아빠의 휴대폰 번호가 서른 번도 넘게 찍혀 있었다. 소년은 전화기의 통화 버튼을 눌렀다. 아빠는 휴대폰을 받지 않았다. 지난밤 한 소년이 노란 개를 버리기 위해 떠났다는 걸, 소년은 알지 못했다.

지하철역 이 번 출구 앞, 엄마가 늘 김밥을 팔던 곳으로 비둘기들이 몰려들었다. 사람들은 비둘기들을 도시 밖으로 추방하고 싶어하면서도, 비둘기들이 어디서 알을 낳고 부화시키는지는 알고 싶어하지 않았다.

소년은 통화 버튼을 누르고 식탁을 떠났다. 신호가 가는 전화기를 식탁에 놓아둔 채.

밤의 손님의 외투 안에서 지진이 일었다. 지진은 엄마에게 고스란히 느껴졌다. 엄마의 눈이 떠지고 있었다. 밤의 손님의 외투 속으로 엄마의 손이 미끄러지듯 들어갔다. 자지러지듯 진동하는 핸드폰이 엄마의 손에 딸려나왔다. 여보세요. 여보세요. 그러나 핸드폰 저쪽에서는 아무 소리도 들려오지 않았다.

여보세요!

엄마 목소리가 택시 안에 울렸다. 씨앗을 다 날려보낸 코스모스들은 바람이 휘몰아쳐도 흔들리려 하지 않았다. 소년이 떠났는데도 식탁 빈 의자는 여전히 세 개였다. 식탁을 떠날 때 소년은 자신이 앉아 있던 의자를 수레처럼 끌고 갔다. 소년에게 먹일 우유를 사러 간 엄마는 아직 돌아오지 않았다. 욕실 거울 앞에서는 소년과 이마가 닮은 할아버지가 수염을 깎고 있고.

일어나라.

소년은 자신을 깨우는 아빠의 목소리를 들었다.

일어나라.

그러나 소년이 깨어난 것은, 아빠가 깨워서가 아니었다. 아빠가 깨우기 전부터 소년은 깨어 있었다.

저곳은 어떠냐?

아빠가 그렇게 물어와서 소년은 마지못해 눈을 떴다. 손등으로 눈을 비비자 모래처럼 까끌까끌한 눈곱이 묻어났다.

저곳 말이다.

아빠는 그러나 아무 곳도 가리켜 보이지 않았다.

저곳요?

그렇게 묻는 소년의 두 눈동자가 저곳이 아닌 오리 인형으로 향했다. 오리 인형 머리가 흔들리고 있었다. 모가지라고 달아놓은 스프링이 녹슬다 못해 부러질 때까지 흔들림을 한순간도 멈추지 않을 것처럼.

오리 인형이 미쳤나봐요.

소년은 소리 질렀다. 아빠가 소년을 처다봤다.

택시가 달리지도 않는데 머리를 흔들잖아요. 택시가 달리지도…… 소년의 목소리가 잦아들었다. 택시가 달리고 있음을 깨달았기 때문이었다. 버스 표지판은 어디로 가고 차창 밖으로 저수지가 펼쳐졌다. 나무로 짠 집들이 저수지 여기저기 떠 있었다.

택시가 달리지 않는데도 오리 인형이 머리를 흔들어댔어요. 택시가 달리고 있을 때처럼 말이에요.

소년은 변명처럼 중얼거렸다. 나무로 짠 집들이 택시 뒤쪽으로 떠내려갔다. 택시가 언제부터 달리고 있었는지 소년은 알지 못했다. 기절하듯 잠들기 전까지만 해도 택시는 서 있었다.

삼 번 버스는 왔어요? 소년은 문득 생각나서 물었다. 내가 그랬잖아요. 삼 번 버스가 곧 올 거라고.

네가 잠들자마자 왔다. 아빠가 말했다.

그런데 왜 밤의 손님을 안 태워 보냈어요? 삼 번 버스가 오면 밤의 손님을 태워 보내자고 했잖아요.

소년은 투덜거렸다. '사고 잦은 곳'이라고 쓴 경고판이 차창 밖으로 지나갔다. 소년도 아빠도 그러나 그 경고판을 보지 못했다. 주유 경고등에는 여전히 불이 들어와 있었다. 빈 차 표시등에 불이 들어와 있는 것처럼.

택시가 멈춰 서 있을 때 소년은 잠들었고 꿈을 꾸었다. 택시 안에 소년과 오리 인형밖에 없었다. 언젠가 꾼 꿈에서처럼. 그 꿈에서 소년은 오리 인형과 단둘이 집에 있었다. 그리고 빈 차 표시등에 빨간 불이 들어와 있었다. 아빠와 엄마, 밤의 손님은 택시에 없었다.

트렁크에 노란 개가 있었는지도 몰라요.

소년은 말했다. 오리 인형과 나, 그리고 노란 개. 택시가 달리지 않는데도 오리 인형 머리가 똑딱똑딱 흔들렸다.

나도 꿈을 꾸었다.

아빠가 말했다.

아빤 어떤 꿈을 꾸었는데요?

나는 늘 똑같은 꿈을 꾸지……

똑같은 꿈요?

아빠가 고개를 끄떡였다.

택시에서 잠들어버린 손님을 업고 집으로 돌아가는 꿈이다.

잠든 손님을요?

아빠가 운전석 쪽 차창을 조금 내렸다. 바람이 들이쳐 아빠의 머리가 새들이 다 떠나버린 숲처럼 쓸쓸하게 흔들렸다.

왜요?

아무리 깨워도 깨어나지 않으니까 말이다.

아무리 깨워도요?

아무리 깨워도.

소년은 어쩐지 아빠가 밤의 손님을 두고 이야기하는 것만 같았다. 그는 소년이 택시에 타기 전부터 잠들어 있었고, 한 번도 깨어나지 않았다.

언젠가 아빠는 정말로 잠든 손님을 업고 집에 돌아온 적이 있었다. 아빠는 손님을 소년의 옆에다 뉘었다. 손님의 두 팔보다 머리가 먼저 떨어지는 것을 소년은 지켜보았다. 아빠는 화장실 문짝을 떼어다가 손님의 몸 위에 덮어주었다. 소년은 문을 흔들었다. 문을 흔드는 것은 손님을 흔드는 것이나 마찬가지였다. 손님이 문 아래에 누워 있었으므로. 문이 흔들리면서 손님의 몸도 저절로 흔들렸다.

문은 두드리는 것이다. 아빠가 소년에게 말했다.

소년은 그래서 문을 두드렸다. 소년이 아무리 두드려도, 문 아래서 잠든 손님은 깨어나려 하지 않았다. 아빠는 문 옆에 쓰러지듯 누워 잠들었다. 소년도 문 옆에 누워 잠들었다. 잠든 아빠와 소년 사이에 그렇게 문 하나가, 건너질 못한 강처럼 놓여 있었다. 소년이 깨어났을 때 손님은 가버리고 문만 남아 있었다. 소년은 문을 자신의 몸 위로 끌어당겨 덮었다. 문은 이불보다 훨씬 무거웠지만 날아갈 염려를 하지 않아도 되었다. 마침 일요일이라 학교에 가지 않아도 되었기 때문에 소년은 다시 잠들었다. 문을 두드리는 소리가 잠든 소년의 귀에 들려왔다. 김밥을 팔고 돌아온 엄마가 문을 열고 들어왔다. 문이 열리면서 끼이익 비명을 내질렀다. 문 아래서 엄마는 소년을 끌어안고 말했다.

양복 차림의 어떤 남자가 김밥을 한 줄 사더니 포일을 벗겨내고 길바닥에 한 덩이씩 떨어뜨렸다. 비둘기들이 몰려들었지. 그런데 글쎄, 발가락이 성한 비둘기가 한 마리도 없었다. 말린 멍게 껍질을 아무렇게나 잘라 비둘기들의 다리에 붙여놓은 것만 같았단다.

문이 닫힐 때 노란 개의 눈도 덩달아 저절로 닫혔다.

벌써 날이 밝았어요.

소년은 말했다. 날은 밝다 못해 환했다.

아이들이 다 학교에 갔을 거예요. 나만 빼고 다요.

소년은 교실, 자신의 책상을 머릿속에 떠올려보았다. 창가 쪽 두번째 책상, 그것이 소년의 책상이었다. 첫째 시간은 국어 시간이었고, 둘째 시간은 음악 시간이었다. 소년은 어항 속 금붕어들이 수초 속에 숨어 자신의 빈 책상을 빤히 바라보고 있을 것만 같았다. 마치 소년이 그곳에 앉아 있기라도 한 듯. 소년이 어항 속으로 뿌려준 잘리고 잘린 지렁이의 몸뚱이는 물속을 떠다니다 수초에 꽃처럼 매달렸다. 매달려 더 빨갛게 활짝 피어났다. 금붕어들이 그 꽃을 따먹었다.

택시 창밖으로 학교가 지나갔다. 아이들이 다 떠나버려 문을 닫은 학교였다. 잡풀로 우거져가는 학교를 지키는 건 거대한 구릿빛 동상뿐이었다. 학교에서 그리 멀지 않은 마을의 개들이 간혹 학교를 찾아왔다. 개들은 동상을 향해 짖어대다가 마을로 돌아갔다. 동상은 갑옷을 입고, 투구를 쓰고, 발목까지 올라오는 장화를 신고 있었다. 허리춤에 칼까지 꽂고 있었지만, 동상은 눈동자가 없었다.

조금 더 달려가자 차량가스충전소가 나왔다. 아빠는 차선을 급하게 바꿔 그곳으로 택시를 몰았다. 만국기가 가스충전소 허공에서 허탈하게 펄럭이고 있었다.

만국기는 허공에 부리를 박아넣고 까무룩 잠든 새들만 같았다. 부리가 부러진 새들은 허공에 어떻게 매달리나. 소년은 그것이 궁금했다. 그만 부리가 부러져버린 새 한 마리가 바람에 휩쓸려 멀리 날아가버렸다. 행주처럼 흰 새였다. 소년은 새들의 부리를 전부 부러뜨려놓고만 싶었다. 멀리 날아가버리게.

아빠는 가스충전기에 바짝 택시를 댔다. 시동을 끄자 택시가 주저앉을 듯 뒤흔들렸다. 아빠가 클랙슨을 길게 눌렀다. 회색 네모반듯한 건물에서 늙은 남자가 걸어나왔다. 아빠와 소년은 늙은 남자가 택시 바로 앞까지 걸어올 때까지 뚫어져라 쳐다보았다. 오리 인형 머리의 흔들림이 잦아들고 있었지만, 소년은 늙은 남자를 바라보느라 그것을 깨닫지 못했다. 늙은 남자가 프라이팬처럼 시커멓고 커다란 장갑을 낀 손을 들어올렸다. 차창을 두드렸다. 아빠가 그제야 차창을 반쯤 내리고 늙은 남자를 향해 소리 질렀다.

만땅!

아빠는 늙은 남자로부터 얼른 고개를 돌렸다. 차창을 올리고, 눈에 핏발이 서도록 소년을 쏘아보았다.

우린 노란 개를 버리러 가는 길이다.

깜박 잊었지 뭐예요.

소년은 말했다.

뭘 말이냐?

아빠가 다그쳤다.

우리가 노란 개를 버리러 가는 길이라는 걸 말이에요.

소년은 잦아드는 소리로 중얼거렸다.

그럴 줄 알았다.

아빠가 얼굴이 벌게지도록 소리 질렀다.

그걸 잊으면 안 되는 거예요?

소년은 아빠의 눈치를 살폈다.

우린 그걸 잊으면 안 된다.

아빠가 소년의 멱살을 움켜잡았다가 놓았다. 소년은 거칠게 숨을 내쉬면서 부들부들 몸을 떨었다. 아빠가 뭔가를 잊으면 안 된다고 말한 것은 그것이 처음이었다. 아빠는 한 번도 소년에게 그렇게 말한 적이 없었다.

그러니까 노란 개를 버리러 가는 길이라는 걸 잊으면 안 된단 말이지요. 우리가 노란 개를 버리러 가는 길이라는 걸.

소년은 중얼거렸다. 아빠의 잠바에서 반쯤 삐져나온 깃털이 소년의 눈에 들어왔다. 소년은 아빠의 눈치를 살피면서 깃털을 잡아 뽑았다. 집게처럼 오므린 두 손가락 끝에 딸려나온 깃털을 놓는 순간, 늙은 남자와 소년의 눈이 마주쳤다. 늙은 남자가 입을 찢듯이 벌리고 웃었다.

아빠⋯⋯

왜 그러냐?

저기……

또 왜 그러냐?

소년은 손을 들어 차창 밖 늙은 남자를 가리켰다.

만땅!

아빠가 소리 질렀고, 늙은 남자가 그제야 차창에서 떨어졌다. 가
스를 주입하는 늙은 남자를 살피느라 아빠는 사이드미러를 자꾸만
흘끔거렸다. 소년은 트렁크 속 노란 개를 생각했다. 노란 개가 짖기
를 바랐지만, 노란 개가 짖는 소리는 들려오지 않았다. 짖어라, 짖
어. 소년은 목 안에서 소리 질렀다. 차 문을 열려고 하는 소년의 팔
을 아빠가 잽싸게 잡아당겼다.

왜 그러냐?

노란 개 좀 보고 오려고요.

까불지 말고 얌전히 있어라.

소년의 팔을 움켜쥔 아빠의 손에 힘이 들어갔다.

아프단 말이에요.

그러게 얌전히 있어라.

소년은 어쩔 수 없이 차 문손잡이를 잡고 있던 손을 놓았다. 오리
인형 머리의 흔들림이 멈춘 걸 깨닫고 주먹으로 그것을 갈겼다.

가스 충전을 끝낸 늙은 남자가 운전석 쪽으로 걸어왔다. 등을 구
부리고 차창으로 얼굴을 들이밀었다. 아빠가 늙은 남자로부터 홱
고개를 돌렸다. 시동을 걸고 기어를 만지작거렸다. 늙은 남자가 장
갑 낀 손을 들어 차창을 두드렸다. 아빠가 차창을 내리지 않자 늙은
남자는 부술 듯 두드려댔다.

우린 노란 개를 버리러 가는 길이다.

아빠는 말이 끝나기 무섭게 택시를 몰았다. 늙은 남자가 두 손을 흔들면서 도로까지 택시를 따라왔다.

우릴 쫓아오고 있어요.

소년의 눈동자가 사이드미러로 향했다. 택시를 뒤쫓는 늙은 남자를 바라보았다. 아빠가 택시 속도를 높였고 늙은 남자가 순식간에 사이드미러 밖으로 밀려났다.

돈을 안 냈어요!

우린 노란 개를 버리러 가는 길이다.

돈을 안 냈다구요.

우린 노란 개를 버리러 가는 길이다.

우린 그걸 잊으면 안 돼요.

소년은 마지못해 중얼거렸다. 소년은 사이드미러를 쳐다보지 못했다. 늙은 남자가 악착같이 쫓아오고 있을 것만 같아서였다. 장갑 낀 손을 마구 흔들면서. 소년의 눈동자가 사이드미러를 향하다 얼른 룸미러를 향했다. 룸미러 속에서 노란 개의 눈동자가 소년을 빤히 쳐다보고 있었다. 벙긋 벌어진 엄마의 입천장에 들러붙어서.

사탕이었으면 좋겠어요. 소년은 중얼거렸다. 노란 개의 눈동자가 말이에요.

입속에 넣고 녹여버리게.

소년의 얼굴을 씻기다 말고 엄마가 이렇게 말한 적이 있었다. 네가 사탕이었으면 좋겠다. 그때만 해도 소년이 지금보다 세 살이나 더 어렸다. 그리고 그땐 노란 개가 없었다. 따라서 노란 개를 버리러 갈 일이 없었다. 엄마는 물 묻은 소년의 얼굴에 비누칠을 했다. 소년이 물었다. 왜요? 널 내 입속에 넣고 녹여버리게. 소년의 얼굴이 비누 거품에 파묻혔다. 엄마는 소년의 얼굴을 문질러 비누 거품을 냈다. 부글부글 끓어오르는 비누 거품 때문에 소년은 눈을 뜰 수 없었다. 앞으로 얼굴은 네가 알아서 씻어라. 내가 언제까지 네 얼굴을 씻겨줘야 하는 거냐. 내 얼굴 씻는 것도 지겨워 죽겠다. 얼굴이 없었으면 싶도록 말이다. 엄마는 거품만 잔뜩 내놓고 소년의 얼굴을 헹구어주지 않았다.

저곳은 어떠냐?
아빠가 물어왔다.
돈을 안 냈어요.
택시는 계속 달렸다.
그럼, 저곳은 어떠냐?
우린 노란 개를 버리러 가는 길이에요.
저곳 말이다.
우린 그걸 잊으면 안 돼요.
저곳.
택시는 계속 달렸다. 갓길에 세워둔 '50m 지나서 좌회전'이라는 표지판이 차창 밖으로 지나갔다. 택시는 오십 미터를 지나서도 계속 달렸다. 빨간 정지 신호가 들어온 교차로를 택시는 순식간에 지나갔다. 최고 속도가 시속 팔십 킬로인 구간을 택시는 백십 킬로로 내달렸다.

식탁을 떠날 때 의자를 수레처럼 끌고 간 소년은 창가에 서 있었다. 소년은 의자에 앉지 않았다. 의자와 소년이 전날 저녁부터 닫아 둔 창문 앞에 나란히 서 있었다. 소년은 창문을 열었다. 도시에 내려진 황사주의보는 아직 해제되지 않았다. 백설탕처럼 흰 방독면으로 입을 가린 사람이 창문 아래로 지나갔다.

소년이 창문에서 돌아섰을 때 의자에는 할아버지가 앉아 있었다. 아빠가 간밤 집에 돌아오지 않았다는 걸 소년은 할아버지에게 알려주지 않았다. 그것이 아니더라도 할아버지는 너무 많은 걸 알고 있었다. 소년에게 먹일 우유를 사러 간 엄마는 돌아오지 않았다. 네 엄마는 꼭두새벽부터 젖소라도 한 마리 구하러 갔다데? 할아버지가 골난 소리로 물었지만, 소년은 못 들은 척 창가를 떠났다. 창가를 떠나면서 소년은 창문을 닫지 않았다. 창문은 엄마가 닫을 것이었다. 창문을 함부로 열었다고 할아버지를 구박하면서. 엄마의 허락 없이는 아무도 창문을 열어서는 안 되었다. 소년은 어쩐지 흰 방독면으로 입을 가린 사람이 자신을 찾아올 것만 같았다. 그가 지나갈 때 소년은 침을 뱉었다. 창문은 팔 층 높이였다.

아빠가 창문 앞에 서 있던 적이 있었다. 아빠 옆에는 의자가 놓여 있었다. 창문은 열려 있었다. 소년과 여동생은 식탁에 앉아 식빵에 딸기잼을 발라 먹고 있었다. 엄마가 창가로 걸어갔다. 엄마는 창문을 닫았다. 창문을 열지 말라고 했잖아요. 엄마가 아빠에게 하는 소리가 어찌나 큰지 소년과 여동생에게 다 들렸다. 아빠는 의자를 놔둔 채 창가를 떠났다. 엄마가 의자에 무너지듯 주저앉았다. 창문을 지키는 거란다. 네 아빠가 또 열지 못하게. 소년이 묻지도 않았는데 엄마가 말했다. 네 아빠가 창문을 열고 창밖으로 날아가버릴까봐.

아빠는 직장에 나가지 않았다. 해고 통보는 일 년 전 우편으로 배달되었다. 흰 편지 봉투 속에 그것이 들어 있었다. 소년이 우편함에서 그것을 꺼내어 아빠에게 가져다주었다. 네가 나쁜 소식을 가져왔구나. 편지 봉투를 뜯어본 뒤 아빠가 말했다. 마흔네 살에 실업자가 되다니. 아빠가 갑자기 흐느끼기 시작했다. 소년은 편지 봉투를 도로 우편함에 가져다놓았다. 그런다고 달라질 게 없다는 걸 알면서도. 소년이 기껏 가져다놓은 편지 봉투를 할아버지는 아빠에게 되가져다주었다.

저곳에는 소년들이 있어요.

아빠가 저곳에 대해 물어오지 않았는데 소년은 저곳에 대해 말했다.

소년들이 노란 개에게 돌멩이를 던질 거예요.

집 근처 골목에서 소년은 소년들을 만난 적이 있었다. 노란 개가 소년을 졸졸 따라오고 있었다. 소년들은 누가 먼저랄 것도 없이 노란 개를 향해 돌멩이를 던졌다. 소년들 중에는 소년과 한 반인 소년도 있었다.

그래서 나도 노란 개를 향해 돌멩이를 던졌어요.

소년은 말했다.

소년들은 그렇게 자란다.

아빠가 말했다.

돌멩이를 던지면서요?

돌멩이를 던지면서.

노란 개가 쥐처럼 겁에 질려 숨을 곳을 찾았다. 할아버지가 담벼락에 붙어 앉아 구경하고 있었다. 할아버지가 일어섰다. 할아버지는 다리가 오른 다리뿐이었다. 검은 우산이 없어진 왼 다리를 대신해 버티고 서 있었다. 연필심처럼 길고 가느다란 우산이었다. 소년들 사이에 떠도는 소문에 따르면, 할아버지는 전쟁터에서 다리를 잃었다고 했다. 소년이 태어나기 훨씬 전에 일어난 전쟁이라고 했다. 아빠가 지금의 소년만큼 어렸을 때.

내가 던진 돌멩이가 노란 개의 머리에 맞고 떨어졌어요. 노란 개는 피를 흘리면서도 내게 꼬리를 흔들었어요.

노란 개가 흘린 피에 돌멩이들이 빨갛게 물들었다. 소년들이 다 가버리고, 골목에는 소년과 노란 개와 할아버지뿐이었다. 할아버지가 검은 우산을 들어올리더니 머리 위에서 활짝 펼쳤다. 왼 다리가 저린 걸 보니 비가 오려나보다. 할아버지가 소년에게 말했다. 하늘이 저렇게나 맑은걸요. 소년은 말했다. 먹구름이 몰려오는 건 순식간이란다. 할아버지가 말했다. 조금 뒤 비가 내렸다. 노란 개의 털이 젖어들었다.

노란 개가 꼬리를 흔들까? 우리가 저를 버릴 때도.

노란 개가요, 아빠.

소년은 노란 개를 버려야 할 때가 멀지 않은 것만 같았다. 쫓아오지 못하게 돌멩이를 던져야 하나? 소년은 생각했다. 노란 개를 버리고 나서, 노란 개가 쫓아오지 못하게.

노란 개가 꼬리를 흔들었어요? 택시 트렁크에 실을 때 말이에요. 아빠가 저를 트렁크에 실을 때. 버리러 가려고.

소년은 아빠가 노란 개를 택시 트렁크에 싣는 걸 보지 못했다. 소년이 깨어났을 때 노란 개는 벌써 그곳에 실려 있었다. 아빠는 소년을 깨우기 전 미리 노란 개를 트렁크에 실어놓았다. 노란 개를 트렁크에 싣는 것까지 소년과 함께하진 않았다. 아빠는 혼자서 그 일을 했다. 소년은 택시가 출발한 뒤에야 노란 개가 트렁크에 실려 있다는 것을 알았다. 소년이 노란 개를 찾자 아빠는 마지못한 듯 트렁크에 있다고 알려주었다. 트렁크에 있다. 아빠는 그렇게만 말했다. 아빠는 노란 개를 보여줄 수도 있었다. 택시에 오르기 전에 트렁크를 열고 그 안의 노란 개를 보여줄 수도. 소년은 생각했다. 그러나 아빠는 트렁크를 열어 그 안의 노란 개를 소년에게 보여주거나 하지는 않았다. 아빠는 그저 노란 개가 트렁크에 있다고만 했다.

노란 개는 트렁크에 있어요. 소년은 말했다.

소년은 어쩔 수 없이, 사라져버린 사진을 떠올렸다. 아빠와 엄마, 소년이 함께 찍은 사진이었다. 소년의 기억 속에는 없지만, 소년이 다섯 살 때 사진관에서 찍은 사진이라고 했다. 사진 속 소년의 손에는 두부만한 상자가 들려 있었다. 네가 하도 울어서 사진사가 상자를 들려주었다. 아빠가 말했다. 빈 상자인 줄도 모르고 울음을 뚝 그치더구나. 그 안에 뭐라도 든 줄 알고. 그렇게 말할 때 아빠는 소리 없이 웃고 있었다. 사진 속 상자는 뚜껑이 닫혀 있었다. 사진을 들여다볼 때마다 소년은 상자 뚜껑을 열고 싶은 충동에 사로잡혔다. 그 안에 뭐라도 들어 있을 것만 같은 생각이 들었다. 하지만 상자 뚜껑을 열기 전에는 뭐가 들었는지 알 수 없었다. 그리고 사진 속 상자를 열 수 있는 방법은 없었다. 사진 속 길을 걸어갈 수 없는 것처럼, 사진 속 꽃을 꺾을 수 없는 것처럼.

상자 속에 지우개가 들어 있었어요. 소년은 아빠에게 말했다. 빈 상자라고 하지 않았냐. 아빠가 말했다. 거미 두 마리도 들어 있었어요. 소년은 말했다. 상자를 내가 몰래 열어보았거든요.

그리고 며칠 뒤, 소년이 학교에서 돌아왔을 때 사진이 사라지고 없었다. 소년은 아빠에게 사진이 어디에 있는지 물었다. 텔레비전 위에 있던 사진 말이에요. 앨범에 넣어두었다. 아빠가 말했다. 소년은 앨범을 뒤적여 사진을 찾았다. 그러나 앨범 어디에도 그 사진이 없었다. 다른 사진들은 다 있는데 그 사진만 없었다. 앨범에 없는데요. 소년은 아빠에게 말했다. 그래서 나보고 뭘 어쩌라는 거냐? 아빠는 화를 냈고, 소년은 더는 묻지 못했다.

텔레비전 위에 있던 사진 말이에요, 아빠가 앨범에 넣어두었다고 했는데 없었어요. 다른 사진들은 다 있는데.

소년은 말했다.

그리고 노란 개는 트렁크에 있어요.

아빠, 노란 개는 트렁크에 있어요.

저곳은 어떠냐?

아빠가 또다시 저곳에 대해 물어왔다.

트렁크에요.

저곳 말이다.

노란 개가 트렁크에 있다고 아빠가 그랬잖아요.

저곳.

저곳은 안 돼요.

소년은 고개를 가로저었다.

저곳은 왜 안 된다는 거냐.

아빠가 짜증을 냈다.

조금 있다가 저곳으로 아흔아홉 마리의 양들이 지나갈 거거든요.

노란 개도 알고 있을까요?

뭘 말이냐. 아빠가 잠바 주머니에서 병을 꺼내 그 안에 든 것을 입으로 흘려넣었다.

우리가 저를 버리려 한다는 걸 말이에요.

노란 개를 버리고 나서도요?

소년은 갑자기 생각났다는 듯 물었다.

네? 노란 개를 버리고 나서도요?

무슨 소리를 하는 거냐?

아빠가 소년을 쳐다봤다.

노란 개를 버리고 나서도요, 그러고 나서도요, 그걸 잊으면 안 되는 거예요?

뭘 말이냐?

그걸 잊으면.

그거라니? 뭘 말이야?

우리가 노란 개를 버리러 가는 길이라는 걸 말이에요.

소년은 그것밖에 더 있느냐는 투로 말했다.

그러니까 노란 개를 버리고 나서도요.

그래.

노란 개를 버리고 나서도, 그리고 나서도 우리는 노란 개를 버리러 가는 길이라는 걸 잊으면 안 돼요.

소년은 입을 부리처럼 오므려 차창에 입김을 불었다.

그걸 잊으면.

허옇게 번진 입김 위로 손가락을 가져가 '노란 개'라고 적어넣었다. 겨우 세 글자였지만, 다 적어넣기 전에 입김은 증발해버렸다. 택시는 달을 향해서가 아니라 해를 향해서 달렸다. 낮달이 해로부터 그리 멀지 않은 곳에 떠 있었다. 아까부터 뒤따라 달려오던 파란 고속버스가 들이받듯 택시를 앞질러 갔다. 고속버스가 들이받을 듯 바짝 붙어서 택시를 앞지를 때, 소년은 똑똑히 보았다. 고속버스 창가마다 사람들이 석고상처럼 앉아 있던 것을. 머리와 얼굴, 목만 있고 몸은 없는 석고상처럼. 우린 노란 개를 버리러 가는 길이에요. 소년은 사람들을 빤히 쳐다보면서 중얼거렸다.

고속버스는 비상등을 깜박이면서 택시로부터 멀찌감치 달아났다.

택시가 십 분쯤 달려갔을 때, 휴게소 표지판이 나왔다. 아빠가 택시 속도를 조금 줄이고 차선을 바꾸었다. 차선을 또 바꿔 휴게소 진입로로 택시를 몰았다. 휴게소 주차장 쪽으로 택시를 몰던 아빠는 핸들을 급하게 돌려 차선을 바꾸었다. 우린 노란 개를 버리러 가는 길이다. 아빠가 말했다. 소년은 아무 말도 하지 않았다. 휴게소 건물이 창밖으로 지나갔다. 휴게소에 딸린 야구장과 잡나무숲도 창밖으로 지나갔다.

녹색 그물을 쳐놓은 야구장에서는 한 소년이 날아오는 공을 향해 배트를 휘두르고 있었다. 청바지를 입은 소년의 친구들이 그물에 매달려 그것을 구경했다. 허공을 가르면서 공이 날아오를 때마다 소년들은 미친 듯이 환호성을 질렀다. 찢어발길 듯 그물을 뒤흔들었다. 소년은 공이 날아오르는 것보다 한 박자 늦게 배트를 휘둘렀다. 변성기에 들어선 소년들의 환호성은 짐승들이 울부짖는 소리만 같았다. 아홉번째 공이 허공을 가르면서 날았다. 휴게소에 정차한 파란 고속버스에서 사람들이 줄지어 내리고 있었다. 사람들은 기름에 튀긴 감자나 어묵, 김밥을 사먹기 위해 매점을 찾아가거나 화장실 쪽으로 급하게 걸어갔다.

소년들이 그물에서 떨어져 잡나무숲으로 몰려갔다. 화장실 쪽으로 걸어가던 한 남자가 소년들을 쫓아 잡나무숲으로 향했다. 검은 외투를 차려입은 남자였다.

식탁을 떠날 때 의자를 수레처럼 끌고 간 소년은 여동생을 깨우러 갔다. 여동생이 잠들 때마다 끌어안고 자는 곰 인형이 침대 밑에 떨어져 있었다. 소년의 한쪽 발이 곰 인형의 얼굴을 밟고 있었다.

휴게소를 지나쳐버린 택시는 계속 달렸다. 바람도 택시가 달리는 방향과 반대 방향으로 불었다. 기도를 끝낸 주인 할머니가 저 높은 곳에서 내려오고 있었다. 계단에 울리는 주인 할머니의 발소리는 주전자가 내지르는 소리만큼이나 소년을 불안하게 했다. 계단은 높고, 주인 할머니가 소년의 집 현관문에 이르기까지 발소리는 오래 울렸다. 주인 할머니는 현관문을 두 번밖에 두드리지 않았다.

그 고속버스예요.

소년이 손가락을 들어 파란 고속버스를 가리켰다.

아까 아빠 택시를 앞질러 간 고속버스요.

소년의 말이 끝나기 전에 아빠가 속도를 높였다. 클랙슨을 길게 울리면서 고속버스를 앞질렀다.

사람들이 없어요.

그렇게 중얼거리는 소년의 눈동자가 부풀 듯 커졌다.

고속버스에 타고 있던 사람들이 다 사라져버렸어요.

소년의 고개가 오른쪽으로 돌아갔다. 고개가 육십 도 정도 돌아갔을 때, 고속버스는 택시로부터 저만치 밀려나 있었다. 오리 인형이 똑딱똑딱 머리를 흔들면서 소년을 지켜보았다. 소년의 숨소리는 낮은 듯 거칠었다. 아빠가 잠바에서 병을 꺼내 그 안에 든 것을 입으로 흘려넣었다. 룸미러 속 엄마의 두 눈이 소리 없이 떠졌다 감겼다. 밤의 손님은 아무 말이 없었다.

사람들이 다 어디로 사라져버린 걸까요?

소년은 혼잣말처럼 중얼거렸다.

사람들이라니?

아빠가 물었다.

사람들 말이에요.

사람들 말이냐?

사람들 말이에요.

어디로 가긴.

아빠가 소년을 힐끗 쳐다봤다.

사람들이 다 어디로 갔는데요?

택시에 두고 내린 심장을 찾으러 갔지.

아빠가 소년을 쳐다보고 웃었다. 웃을 때 아빠의 눈동자는 압정
으로 꽂아놓은 듯 조금도 흔들리지 않았다.

심장을요?

택시에 두고 내린 갈비뼈를 찾으러 갔지.

갈비뼈를요?

택시에 두고 내린 간을 찾으러 갔지.

간을요?

택시에 두고 내린 얼굴을 찾으러 갔지.

잡나무숲으로 몰려간 소년들이 나왔다. 소년들은 관광버스를 타
고 휴게소를 떠났다. 파란 고속버스가 출발하려 할 때, 안쪽에서 누
군가 다급하게 소리쳤다.

잠깐만요, 내 아들이 아직 안 탔어요.

고속버스가 어서 출발하기를 기다리던 사람들이 소리가 들려오
는 쪽으로 고개를 돌렸다. 짜증스런 표정으로 통로에 서 있는 여자
를 쳐다봤다. 중년이라고 하기에는 지나치게 늙은 여자였다.

아들요?

운전기사가 소리쳤다.

내 아들이 안 탔다니까요.

여자가 말했다. 사람들이 수군거렸다.

아들이 금방 탈 거예요.

여자는 자리에 앉지 않고 통로에 서 있었다.

저기 아들이 오고 있어요.

여자가 차창 밖을 바라보면서 말했다. 그러나 십 분이 지나도록 여자의 아들은 타지 않았다. 우리가 언제까지 저 여자 아들을 기다려야 하는 거요? 누군가 버스 기사에게 따졌다. 이러다 단풍이 다 지겠군. 또다른 누군가 투덜거렸다. 단풍은 벌써 다 졌어요. 여자가 누군가를 향해 말했다. 단풍 구경을 가는 게 아니었나? 누군가는 황당해했다. 기다리다 못한 운전기사가 고속버스를 출발시키려고 했다.

아들이 오고 있다니까요.

여자가 소리 질렀다.

저기 내 아들이 오고 있어요.

여자는 울먹이는 소리로 말했다. 여자의 발밑에 구운 오징어가 한 마리 떨어져 있었다. 오징어 다리가 죄다 까맣게 타들고 오그라들어 있었다. 오고 있는 아들을 마중 나가듯 여자는 문 쪽으로 걸어갔다. 사람들이 입을 다물고 그런 그녀를 쳐다봤다. 사람들은 그녀만큼이나 간절하게 그녀의 아들이 어서 고속버스에 오르기를 기다렸다. 그녀의 아들을 기다리느라 고속버스가 출발하지 못하고 있었기 때문이었다.

저기 내 아들이 오고 있잖아요.

그러나 그녀의 아들은 고속버스에 오르지 않았다.

내가 저 여자 아들을 봤어요.

앞쪽에 앉아 있던 누군가 말했다.

저 여자의 아들을 봤단 말이에요?

누군가의 옆, 또다른 누군가가 믿을 수 없다는 듯 물었다.

저 여자의 아들이 숲으로 들어가는 걸 내가 봤어요.

누군가는 흥분해서 말했다.

그럼 저 여자의 아들이 숲에 있겠군요.

저 여자의 아들은 숲에 없어요.

누군가는 고개를 저었다.

숲으로 들어가는 걸 당신이 봤다면서요?

저 여자의 아들이 숲에서 나오는 걸 봤거든요.

조금 전에는 숲으로 들어가는 걸 봤다면서요?

나는 저 여자의 아들이 숲으로 들어가는 것도 봤지만, 숲에서 나오는 것도 봤어요.

누군가는 관광버스에 타고 있던 사람들에게 다 들리도록 큰 소리로 말했다.

저 여자의 아들은 그럼 어디에 있는 거예요?

고속버스 뒤쪽에서 누군가 물었다.

다른 고속버스를 타고 떠나더군요. 아들이 다른 고속버스를 타고 떠나는 것도 모르고 저 여자는 구운 오징어를 사고 있더군요. 나는 저 여자가 오징어를 사자마자 눈알을 뜯어 입에 넣는 것도 봤어요.

누군가는 여자가 들으라는 듯 말했다.

출발해요!

버스 기사가 시동을 걸었다.

내 아들이 아직 타지 않았단 말이에요.

여자가 통로에 주저앉았다. 고속버스는 천천히 움직여 휴게소를 빠져나갔다. 소년이 탄 택시는 삼십 분도 더 전에 휴게소 앞을 지나갔다.

숲에서 나오는 저 여자의 아들을 내가 봤다니까요. 죽은 새가 저 여자의 아들 손에 들려 있었어요. 다른 고속버스로 걸어가면서 죽은 새를 외투 주머니에 넣었어요.

고속버스에 승객이 서른다섯 명이나 타고 있었지만 아무도 우는 여자를 달래주려 하지 않았다.

아무리 기다려도 저 여자 아들은 오지 않았을 거예요.

흔들리는 고속버스 뒤쪽에서 누군가 조용히 중얼거리고 있었다.

아무리 기다려도 말이에요. 저 여자는 처음부터 혼자였거든요. 저 여자 옆자리는 비어 있었어요. 내가 저 여자의 빈 옆자리에 앉으려다 말았거든요.

택시가 한참 전부터 내달리고 있는 도로는 백 번 국도였다. 백 번 국도 위를 달리고 있는 파란 고속버스는 전부 세 대였다. 세 대 다 출발지는 같았지만 목적지는 저마다 달랐다. 파란 고속버스 한 대 가 백 번 국도에서 벗어나 칠십칠 번 국도로 빠졌다. 운전기사밖에 타고 있지 않던 고속버스일 수도, 휴게소에서 삼십 분을 넘게 지체

한 고속버스일 수도 있었다. 소년들을 태운 관광버스는 육십오 번 국도로 빠졌다.

택시는 여전히 백 번 국도 위를 달렸다. 노란 개를 버리고 나서도, 그러고 나서도. 소년은 흘러나오는 대로 중얼거렸다.

그러고 나서도.

터널이 나타났다. 택시는 삼켜지듯 터널로 빨려들어갔다. 터널 위로 구름이 한 점 지나갔다. 아흔아홉 마리의 양들로부터 떨어져 헤매는 한 마리의 양처럼.

터널은 어찌나 긴지 그 끝이 보이지 않았다. 소년은 어쩐지 택시가 터널을 빠져나갔을 때 자신이 아빠의 잠바를 입고 운전석에 앉아 있을 것만 같았다. 잠바에서 삐져나온 깃털 서너 가닥이 택시 안에 날리고, 오리 인형 머리가 똑딱똑딱 흔들리고.

노란 개가 보고 싶어요.

우린 아직 노란 개를 버리지도 않았다.

아빠가 주먹으로 핸들을 내리쳤다. 아직 노란 개를 버리지 못한 게 소년의 탓인 듯 쳐다봤다. 아빠는 몇 번이나 저곳은 어떠냐고 물어왔다. 저곳이 어딘지 가리켜 보이지 않으면서. 소년은 그래서 생각나는 대로 대답했다. 그리고 그때마다 택시는 달리고 있었다. 저곳에 노란 개를 버려요, 그렇게 말했으면 아빠는 저곳에 노란 개를 버렸을까.

노란 개가 보고 싶은 걸 어쩌란 말이에요.

소년은 노란 개를 이미 어딘가에 버리고 집으로 돌아가는 길인 것만 같은 기분까지 들었다. 그렇지만 아직 노란 개를 버리러 가는 길이었다. 그리고 소년은 잠깐이라도 그걸 잊지 않으려 애쓰고 있었다. 그걸 잊으면 안 된다고 아빠가 말했기 때문이었다. 트렁크에서 노란 개가 짖는 소리가 들려오는 것도 같았다. 소년은 당장 트렁크를 열고 노란 개를 보고 싶었다. 그러나 택시가 지금처럼 내달리는 한, 소년은 택시에서 내릴 수도 트렁크를 열어볼 수도 없었다.

버릴 땐 볼 수 있겠지요?

소년은 말했다.

노란 개를 말이에요.

소년은 마른침을 삼켰다.

버릴 땐……

송아지는 묶인 채 이유를 모르고 죽어가네. 소년은 노래를 불렀다. 노란 개는 이유를 모르고 버려지네. 아빠가 병에 든 것을 한 모금 입으로 흘려넣고 따라 불렀다. 밤의 손님의 축 늘어진 손에 매달린, 천하장사 소시지만 같은 손가락들이 가만가만 흔들렸다.

차창 밖으로 돼지 농장이 지나갔다. 그곳에서는 돼지들이 이유를 모르고 뒤룩뒤룩 살이 쪄갔다. 이유를 모르고 새끼를 낳고, 이유를 모르고 태어난 새끼들은 또 이유를 모르고 꼬리를 잘렸다. 도축장으로 끌려간 돼지들이 그랬듯, 이유를 모르고 살이 쪄갔다.

쇠창살에 매달아놓은 회색 쥐는 어떻게 되었나. 갈색 고양이가 먹어버렸나. 소년은 생각했다.

죽어버리면 어떻게 해요? 죽어버리면…… 소년이 중얼거리는 소리를 아빠는 듣지 못했다.

우리가 버리기도 전에, 그러기도 전에 죽어버리기라도 하면요. 소년은 말했다. 노란 개가 말이에요.

소년은 얼마 전 학교 운동장에서 시소를 타던 때가 떠올랐다. 저녁이 되려 하고 있었다. 저녁 바람은 소년의 두 귀를 붉게 물들였다. 소년은 또다른 한 소년과 시소를 타고 있었다. 소년보다 어린 소년이었다. 소년이 공중으로 붕 떠오를 때마다 바람이 소년의 머리카락을 날렸다. 소년의 두 귀가 점점 붉은빛을 띠어갔다. 그런데 또다른 소년의 엄마가 나타나 아들을 데려가려고 했다. 아줌마가 저 애를 데려가면 나는 누구랑 시소를 타요. 소년이 여자에게 물었다. 얘야, 내 말을 잘 들으렴. 여자가 소년을 빤히 쳐다보면서 말했다. 언젠가 말이다.

언젠가, 네가 누군가와 단둘이 길을 걸어가고 있는데 너만 남겨지는 날이 올 거란다. 누군가는 데려가고 너만 혼자 남겨지는 날이.

나만요?

너만.

여자는 자신의 아들을 시소에서 들어올렸다. 아들의 손을 꼭 잡고 어두워진 운동장을 가로질러 가버렸다. 소년은 혼자 시소에 남겨졌다. 공중에 붕 뜬 채로. 저녁은 벌써 와 있었다. 소년의 두 귀가 고무장갑만큼 붉었다. 시소는 녹색이었고, 모래밭 위에 있었다. 멀리서 보면 시소는 사막 위에 피어난 선인장처럼 보였다. 검붉은 녹이 가시처럼 시소 곳곳에 슬어 있었다. 소년은 훌쩍훌쩍 울기 시작했다.

왜 질질 짜는 거냐?

아빠가 담배를 입으로 가져가다 말고 소년에게 물었다. 소년은 시소 얘기를 아빠에게 들려주었다.

나만 혼자 남겨질 거라잖아요.

소년은 손등으로 눈가를 훔쳤다. 눈물이 훔쳐지지 않았다. 흐르지 않았거나 그새 말라버렸거나, 둘 중 하나일 것이었다.

나는 늘 혼자 남겨진다. 아빠가 손으로 담배를 분질러 주머니에 쑤셔넣었다. 손님이 택시에서 내리고 나면.

나는 한 사람인 줄 알았다.

아빠가 뜬금없이 중얼거렸다.

그런데 여섯 사람이었다. 한 사람이 아니라 여섯 사람.

여섯 사람요?

소년은 아빠를 쳐다봤다.

아빠의 택시는 횡단보도에서 신호를 받고 서 있었다. 한 남자가 어둠 속에서 아빠의 택시를 향해 손을 흔들었다. 아빠의 택시 빈 차 표시등에는 빨간불이 들어와 있었다. 횡단보도 신호등에 파란불이 들어와 있었지만, 건너는 사람이 단 한 사람도 없었다. 그런데도 파란불은 좀처럼 빨간불로 바뀌지 않았다. 아빠는 신호가 바뀌지도 않았는데 횡단보도를 가로질러, 손을 흔들어대는 남자 앞으로 택시를 몰았다. 말린 가자미 같은 플라타너스 잎들이 택시 앞유리로 떨어졌다. 플라타너스 잎들은 앞유리에 달라붙어 떨어지려 하지 않았다. 남자가 택시 조수석 쪽 문을 부수듯 열더니 올라탔다. 아빠가 택시를 출발시키려는데 택시 뒷문이 느닷없이 열렸다. 누군가 성급히 올라탔다. 누군가의 뒤꽁무니를 따라 또 누군가 올라탔다. 그리고 또 누군가……

눈 깜짝할 새에 손님이 여섯 명이나 택시에 타고 있었다. 조수석에 한 명, 뒷자리에 다섯 명. 남자 넷에 여자가 둘이었다. 네 명밖에 태울 수 없는데 여섯 명이 한꺼번에 택시에 올라타다니…… 그래서 내가 그들에게 말했다.

아빠가 택시 속도를 높이면서 소년을 쳐다봤다.

뭐라고요?

소년이 물었다.

내가 그들에게 말했지.

뭐라고 말했는데요?

이렇게.

그러니까 뭐라고 말했냐구요.

두 분은 택시에서 내려주셔야겠습니다. 택시는 정원이 고작 네 명이거든요. 정원 초과인 택시를 몰 수는 없어요. 나는 이렇게 말했다.

아빠는 택시를 출발시키지 않았다. 그들은 동시에 아빠를 쳐다봤다. 아빠가 그들 중 두 명이 내리기를 기다리는 동안 플라타너스 잎들은 계속 떨어져 택시 앞유리를 빈틈없이 뒤덮었다. 아빠는 택시 정원을 맞추기 위해 자신이라도 택시에서 내리고 싶었지만 그럴 수 없었다.

내가 내리면 택시를 누가 몰겠니? 아빠가 말했다.

그러나 그들 중 누구도 택시에서 내리려 하지 않았다. 그들은 일행 같기도, 아닌 것 같기도 했다.

어서 출발해요,

그들 중 한 명이 아빠에게 말했다. 소년만큼이나 작은 여자였는데, 남자의 무릎 위에 아기처럼 올라앉아 있었다.

이러다 늦겠군.

두 팔을 혁대처럼 둘러 여자의 허리를 끌어안고 있는 남자가 말했다. 여자가 벽처럼 남자를 가리고 있어서, 아빠는 남자의 얼굴을 볼 수 없었다.

이미 늦었어……

조수석에 탄 남자가 원망이 가득한 눈길로 아빠를 빤히 쳐다봤다. 늦은 게 아빠 탓인 양.

더 늦어서는 안 되지. 뒷자리 가운데에 앉은 남자가 초조하면서도 단호한 목소리로 말했다. 더 늦어서는. 그걸 지금 말이라고 해요. 또다른 여자가 새된 소리로 말했다.

아빠는 하는 수 없이 택시를 출발시켰다. 택시가 달리는 동안, 앞 유리를 뒤덮은 플라타너스 잎들은 바람이 쓸어갔다.

그들은 아주 멀리 가기를 원했다.

얼마나 멀리요?

소년이 물었다.

아무튼 멀리.

우리처럼 멀리요?

멀리 가지 않을 거라고 아빠는 말했지만, 집으로부터 벌써 멀리 떠나왔다는 것을 소년은 알았다. 노란 개를 버리러. 얼마나 멀리 떠나왔는지는 모르겠지만. 택시는 낫처럼 휘고 공중에 붕 뜬 도로 위를 달리고 있었다. 택시가 내달리는 방향이 틀어지면서 해가 서서히 택시 뒤쪽으로 밀려났다. 택시는 이제 달을 향해서도, 그렇다고 해를 향해서도 달리지 않았다. 햇빛이 택시 뒷유리로 들이쳐 엄마와 밤의 손님을 발각하듯 비추었다.

나는 한 사람인 줄 알았다. 그런데 여섯 사람이었다.

여섯 사람요, 아빠.

그들은 택시가 달리기 시작하자 입이 없는 사람들처럼 침묵했다. 아빠는 손님이 아무도 타지 않은 빈 택시를 몰고 도로를 내달리는 듯한 착각이 들었다. 손님이 정원을 초과해 여섯 명이나 타고 있는데도. 그래서 아빠는 택시 빈 차 표시등에 들어온 빨간불을 끄지 않았다. 택시가 도시를 벗어나는 동안, 어둠 속에서 느닷없이 사람들이 튀어나와 택시를 향해 손을 흔들었다. 아빠가 택시를 세우면 사람들은 소리 질렀다. 빈 택시가 아니잖아. 사람들 누구도, 이미 여섯 명이나 타고 있는 택시에 오르려 하지 않았다. 택시는 도시를 벗어나 두 시간을 넘게 달렸다. 더 늦으면 쓰나…… 도시를 벗어날 때 그들 중 누군가 그렇게 중얼거렸다. 더 늦으면……

그들은 석유처럼 검게 번들거리는 바닷가 모텔 근처에서 택시를 세웠다. 그들은 한 명 한 명 택시에 올랐듯, 한 명 한 명 택시에서 내렸다. 조수석에 탄 남자가 마지막으로 내리면서 택시비를 냈다.

거스름돈은 필요 없어요.

아빠가 거스름돈을 건네려는데, 남자가 말했다.

우리는 끝내러 가는 길이거든요.

남자는 조수석 문을 부서져라 닫았다. 아빠는 택시에 남아 그들이 모텔로 들어가는 것을 조용히 지켜보았다. 필요 없다고 했지만, 아빠는 그 남자에게 거스름돈을 꼭 건네주어야겠다는 생각이 들었다.

꼭요? 왜요?

소년이 물었다.

거스름돈은 고작 삼백 원이었다. 고작.

아빠는 시동을 켜둔 채 택시에서 내렸다. 모텔 간판 불빛이 아빠의 발아래서 인두처럼 시뻘겋게 달아올라 있었다. 아빠는 담배를 한 대 피우고 그들이 들어간 모텔로 걸음을 옮겼다. 자갈이 깔린 입구와 인조 화분들을 지나 카운터로 걸어갔다. 단발머리에 눈썹 문신을 한 여자가, 해바라기 씨를 까먹으면서 카운터를 지키고 있었다. 잿빛 해바라기 씨가 그득 든 검정 비닐봉지가 여자의 턱 아래에 펼쳐져 있었다.

조금 전 이 모텔로 들어온 사람들이 몇 호실로 갔나요?

아빠가 그렇게 물었고, 여자가 무슨 소리냐는 표정으로 아빠를 바라보았다.

조금 전 여섯 사람이 이 모텔로……

여섯 사람?

여자의 입에서 해바라기 껍질이 토해지듯 흘러내렸다.

그래요, 여섯 사람.

여섯 사람은 무슨, 달랑 한 사람이었어요.

여자의 입에서는 계속 해바라기 껍질이 흘러내렸다.

틀림없이 여섯 사람이······

아빠는 혼란스러워지는 머리를 가로저었다.

한 사람이었다니까요. 마흔이 넘었을까? 남자였는데.

여자가 벌어진 앞니 사이에 낀 껍질을 뱉으면서 말했다.

남자 혼자였다고요?

바다가 내려다보이는 방을 달라더군요. 낮이면 모를까 밤이라 바다가 보이지도 않는데 바다가 보이는 방을 달라니······ 다들 바다를 못 봐 환장을 했나, 기어코 바다가 보이는 방을 원한다니까. 백 사람이면 백 사람 다······ 한가롭게 바다나 보려고 모텔에 드는 것도 아니면서.

여자는 문신한 눈썹을 일그러뜨리면서 투덜거렸다.

여섯 사람이 아니라 남자 혼자였다고요?

혼자였다니까요.

여자는 해바라기 씨앗을 한 주먹 손에 움켜쥐더니 입에 넣었다. 여자의 양 볼이 개구리의 울음주머니처럼 부풀어올랐다. 여자는 아빠를 쳐다보면서 입을 우물거렸다. 한순간 여자의 입이 벌어지면서 껍질이 한꺼번에 흘러내렸다.

그 남자가 혹시 몇 호실에 들었나요?

그걸 가르쳐줄 수는 없지.

여자는 잇몸에 들러붙은 껍질을 손으로 떼어냈다. 여자는 마치 잇몸을 떼어내듯 그것을 떼어냈다.

그 남자에게 꼭 줘야 할 게 있어서 그래요, 글쎄, 그 남자가 택시비를 내고 거스름돈을 받아가지 않았지 뭐예요.

아빠가 여자에게 말했다.

거스름돈을 안 받아가면 쓰나. 여자가 잇몸에서 떼어낸 껍질을 바닥으로 떨어뜨리면서 말했다. 거스름돈은 악착같이 챙겨 받아가야지.

여자는 해바라기 씨앗을 또 한 주먹 움켜쥐었다.

오백이 호로 가봐요.

아빠는 엘리베이터를 타고 오 층으로 갔다. 붉은 카펫이 깔린 복도를 걸어가 오백이 호 문을 두드렸다. 아빠가 돌아서려는데 문이 열렸다. 택시가 달리는 내내 조수석에 타고 있던 남자가 문 너머에 서 있었다. 남자는 막 외출에서 돌아온 사람처럼, 혹은 막 외출하려는 사람처럼 외투를 차려입고 있었다. 아빠를 바라보는 남자의 두 눈동자가 불안정하게 흔들렸다.

한 명이 더 있었나?

남자가 혼잣말처럼 중얼거렸다. 남자의 목소리는 녹아들기 시작한 엿가락처럼 늘어졌다. 남자는 아빠가 자신들을 그곳까지 태워다준 택시 기사라는 걸 미처 깨닫지 못했다. 택시비를 건네면서 아빠를 뚫어져라 쳐다봤으면서도.

거스름돈은 필요 없으니 받아요.

아빠가 말했다.

거스름돈이라니요……?

남자가 아주 천천히 눈꺼풀을 감았다 떴다.

거스름돈을 받으라니까요.

그제야 아빠를 알아본 남자의 눈동자가 불안하게 흔들렸다. 아빠는 남자의 어깨 너머로 시선을 던져 모텔 안을 살폈다. 둥근 탁자와 의자, 그리고 커튼이 드리워진 창이 아빠의 눈에 들어왔다. 커튼에 가려져 창도, 창밖 풍경도 아빠에게 보이지 않았다. 커튼에서 눈길을 거두려다 말고 아빠는 부르르 어깨를 떨었다. 녹색 바탕에 자주색 꽃무늬가 프린트된 커튼 뒤에 서 있는 남자를 보아서였다. 아빠는 남자를 밀치고 안으로 걸어들어가 커튼을 확 젖히고 싶은 충동을 느꼈다. 커튼 저 뒤 남자의 얼굴이 아빠는 미치도록 보고 싶었다. 아빠가 간신히 충동을 억누른 채 버티고 서 있는데, 화장실에서 물 떨어지는 소리가 들려왔다. 그것은 욕조 바닥으로 물방울이 떨어지는 소리였다. 화장실에 누군가 있었다. 그들 중 누군가.

어서, 거스름돈을 받으라니까요.

아빠가 짜증을 참지 못하고 윽박질렀다.

그렇지만 거스름돈은……

남자가 고개를 저었다.

거스름돈을 안 받아가면 쓰나.

아빠는 그렇게 내뱉는 순간, 그 말을 어디선가 들은 기억이 났다.

거스름돈은 악착같이 챙겨 받아가야지.

아빠는 그 말을 내뱉으면서도 어디선가 들은 기억이 났다. 그러나 카운터를 지키던 여자가 한 말이라는 것은 기억해내지 못했다.

굳이 나한테 거스름돈을 줘야겠다면…… 잠시만 기다려요. 나는 막 이걸 먹으려던 참이었거든요. 다음이 내 차례라서…… 다음이……

남자가 주먹 쥔 손을 펼쳤다. 적어도 서른 알은 될 것 같은, 겨자색 알약들이 남자의 손 안에 있었다.

우린 가위바위보를 했어요. 공평하게 차례를 정하려고…… 가위바위보보다 공평한 게 세상에 또 있을까…… 가위바위보보다…… 다들 가위바위보로 차례를 정하기를 원했어요…… 내 차례는 딱 중간이지 뭡니까…… 세번째…… 내 차례는 세번째예요…… 나는 두번째이기를 바랐어요…… 중간은 이것도 저것도 아니니까…… 첫번째가 되고 싶지는 않았어요…… 첫번째가 된다는 건 늘 두려운 법이니까…… 차례가 첫번째인 건…… 그렇다고 마지막인 것도……

남자가 횡설수설하는 동안에도 커튼 뒤의 남자는 꼼짝하지 않았다. 화장실에서 물 떨어지는 소리도 잦아들지 않았다. 방 오른편에서 여자가 슬그머니 걸어나왔다. 발소리를 거의 내지 않고 걸어나오더니 남자의 뒤에 그림자처럼 붙어섰다. 소년만큼이나 작은 여자였다. 여자가 두 주먹을 그러쥐고 아빠를 바라봤다. 남자와 여자, 그리고 커튼 뒤의 남자와 화장실의 누군가. 그러나 아빠의 택시를 타고 그곳까지 온 사람은 여섯 명이었다. 나머지 두 사람은 보이지 않았다.

거스름돈을 받으라니까.

잠시만요…… 잠시만…… 이것 좀 입에 털어넣고요…… 그래야 손이 빌 테고…… 그래야 거스름돈을 받을 수 있으니까…… 거스름돈을 입으로 받을 수는 없을 테니까요…… 거스름돈은 손으로 받아야지…… 나는 정말이지 차례가 두번째이기를 바랐어요…… 두번째이기를…… 그랬으면 벌써……

남자가 입을 벌렸다. 손에 든 알약들을 입에 털어넣었다. 알약들로 인해 남자의 두 볼이 터지도록 부풀어올랐다. 남자가 입속 알약들을 다 삼킬 때까지 아빠는 그저 기다렸다. 마침내 남자의 손이 비었다.

남자가 아빠에게 손을 내밀었다. 아빠가 거스름돈을 건네려다 말고 흠칫 어깨를 움츠렸다. 남자의 뒤에 그림자처럼 서 있던 여자가 한순간 증발하듯 사라지고 없었다. 아빠는 당혹해하면서 황급히 여자를 찾았다. 여자는 의자에 앉아 있었다. 아까부터 대기하고 있는 사람처럼.

이윽고 아빠는 남자의 손바닥 위에 거스름돈을 떨어뜨렸다. 백원짜리 동전 세 개를.

아빠는 모텔을 나와 자판기에서 커피를 한 잔 뽑아들었다. 택시로 갔다. 택시에 오르려다 말고 바다 쪽으로 걸어갔다. 바다를 내려다보면서 커피를 마셨다. 종이컵을 구겨 바다에 집어던지고 택시로 돌아갔다.

아빠가 택시 시동을 걸려는데 뒷자리에서 소리가 들려왔다.

어서…… 출발해요……

아빠는 뒤돌아보지 못하고 룸미러로 뒷자리를 살폈다. 그 남자였다. 그 남자가 뒷자리에 앉아 있었다.

출발해요……

남자가 말했다.

어디로?

아빠가 남자에게 물었다. 손으로 룸미러를 만져 방향을 틀면서.

남자가 룸미러 밖으로 밀려났다.

어디로요? 소년이 물었다.
우린 노란 개를 버리러 가는 길이다. 아빠가 말했다.
그게 아니라요, 어디로요? 소년이 또 물었다.
우린 그걸 잊으면 안 된다. 아빠가 말했다.

다음이 내 차례라고 했어요. 다음이. 소년은 말했다. 선생님이 날 일어나라고 하더니 다음이 내 차례라고 알려주었어요.
다음이 네 차례다. 선생님은 그렇게 말했다. 아이들이 소년을 쳐다봤다. 아이들은 벌써 알고 있는 것 같았다. 다음이 소년의 차례라는 걸. 어항 속 금붕어들도 수초 사이에 숨어 소년을 빤히 쳐다봤다. 금붕어들도 벌써 알고 있는 것 같았다. 다음이 소년의 차례라는 걸. 소년만 까맣게 모르고 있는 것 같았다.
다음이 내 차례라고 그랬단 말이에요.
선생님은 그러나 무슨 차례가 되었는지는 소년에게 알려주지 않았다. 소년은 궁금했지만 물어보지 못했다. 그때 마침 수업 시간이 끝났음을 알리는 종이 울렸기 때문이었다. 다음요. 소년은 주먹으로 오리 인형 머리를 갈겼다.
차례가 지나가버렸으면 어떻게 해요. 소년은 말했다. 노란 개를 버리러 떠나오느라 학교에 가지 못해서 차례가 그냥 지나가버렸으면. 아까부터 뒤따라 달려오던 검은 승용차가 차선을 바꾸더니 택시를 앞질러 지나갔다. 소년은 승용차에 타고 있는 사람들을 보지 못했다. 승용차가 택시를 앞지를 때 소년은 고개를 슬그머니 뒤쪽으로 돌려 밤의 손님을 바라보았다. 트럭이 한 대, 택시 뒤쪽에서 달려오고 있었다.

소년은 손님을 여섯이나 태우고 한밤의 도로를 내달리는 아빠의 택시를 생각했다. 택시가 달리는 내내 오리 인형 머리가 쉬지 않고 흔들렸을 것이다. 소년의 고개가 급하게 운전석 쪽을 향했다. 아빠를 뚫어져라 바라보았다.

끝내려고, 그러려고. 소년은 거칠어지는 숨을 골랐다. 딸꾹질이 다 났다. 그러려고 택시를 탔던 거예요?

우린 노란 개를 버리러 가는 길이다.

그들 말이에요.

우린 노란 개를 버리러 가는 길이다.

끝내려고요.

우린 노란 개를 버리러 가는 길이다.

아빠 택시를.

우린 노란 개를 버리러 가는 길이다.

우린 그걸 잊으면 안 돼요.

소년은 마지못해 그렇게 중얼거렸다.

택시가 녹색 이정표 아래를 지나갈 때, 의자에 앉아 있던 여자가 조용히 일어서고 있었다. 여자는 얼굴을 가리고 있던 두 손을 내렸다. 숨듯이 커튼 뒤로 걸어갔다. 여자는 검은 양말을 신고 있지 않았다. 두터운 살구색 스타킹을 신고 있었다. 검은 건 여자의 치마였다. 주름진 치마가 여자의 무릎을 가리듯 덮고 있었다. 커튼 너머에서 창문이 열리는 소리가 들려왔다. 바람이 들이쳐 커튼이 살랑살랑 흔들렸다. 입속 그득 해바라기 씨를 문 여자가 부지런히 오백이 호를 찾아가고 있었다. 해바라기 씨를 까먹는 동안 여자의 입은 점차 뾰족해지고 딱딱해져갔다.

바다가 보이지 않잖아.

커튼 너머에서 여자가 중얼거리는 소리가 들려왔다.

내가 그렇게나 바다가 보이는 방을 달라고 했는데 바다가 보이지 않는 방을 주다니…… 그렇게나…… 바다가 보이는 방이라면서 숙박비를 오천 원이나 더 받아놓고서.

입속 그득 해바라기 씨를 문 여자는 어느새 오백이 호 문 앞에 서 있었다. 오백이 호 문을 두드리려는데, 오백삼 호 문이 열리고 남자가 걸어나왔다. 그 뒤를 따라 또 한 남자가 걸어나왔다. 두 남자는 함께 오백삼 호에서 나왔지만, 일행이 아닌 듯 서로 멀찍이 떨어져 복도를 걸어갔다. 입속 그득 해바라기 씨를 문 여자는 두 남자가 복도 밖으로 사라질 때까지 오백이 호 문을 두드리지 않았다.

바다는 어디에 있나?

커튼 너머에서 여자가 탄식을 내질렀다.

바다는 저곳에 있나?

여자가 커튼 밖으로 걸어나왔다. 여자는 도로 의자에 앉지도, 커튼 뒤로 가 숨지도 않았다. 문을 두드리는 소리가 들려왔다. 여자는 문을 물끄러미 바라보다 커튼을 향해 돌아섰다. 커튼 자락을 움켜쥐었다. 한순간 잡아뜯듯 커튼을 걷었다.

십오 분 전쯤 택시가 지나쳐간 이정표에는, 소년이 떠나온 도시의 지명이 적혀 있었다. 지명 옆으로 화살표가 그려져 있었다. 화살표는 오른 방향을 가리켰다. 택시는 화살표가 가리키는 방향을 거슬러 곧장 나아갔다.

훗날 입이 새의 부리처럼 단단하고 뾰족해지자, 여자는 밤이 되면 입을 새빨갛게 칠했다. 이 세상에 빨간 부리는 있었지만, 빨간 가시는 없었다.

노란 개를 버릴 거면, 어차피 버릴 거면 말이에요. 소년은 말했다. 그냥 아무 곳에나 버리면 안 돼요?

저곳에라도 말이냐?

아빠는 아무 곳도 가리켜 보이지 않고 물어왔다.

저곳에라도.

소년은 대답했다. 생각해보니 택시가 달리는 내내 저곳은 열 번도 넘게 있었다. 그리고 매번 저곳이 어딘지 모르는 채 지나쳐왔다.

그래도 트렁크보다 나은 곳이었으면 좋겠어요. 저곳이 말이에요. 트렁크 안에서 노란 개가 혀로 핥을 수 있는 건 차가운 가스통뿐일 것이었다.

커튼이 걷힌 창밖으로 바다는 내다보이지 않았다. 입속 그득 해바라기 씨를 문 여자는 카드처럼 생긴 열쇠를 카디건 주머니에서 꺼내들었다. 오백이 호 문을 열기 위해서.

식탁을 떠날 때 의자를 수레처럼 끌고 간 소년은 아직도 여동생을 깨우고 있었다.

언젠가 두 사람이 나란히 길을 걸어가고 있었다. 주차된 차들마다 주차위반 딱지가 붙어 있는 길이었다. 삼십 분 전 주차단속원들이 비밀경찰처럼 그 길에 다녀갔다. 늙은 땅콩 장수가 그 길 어딘가에서 갈색 땅콩을 팔고 있었다. 두 사람이 언제부터 나란히 그 길을 걷고 있었는지 아무도 몰랐다. 그 자신들조차 모르는지 몰랐다. 비둘기들이 건물에서 건물로 날아다녔다. 비둘기들은 나무에서 나무로 날아다니지 않았다. 나무에서 나무로 날아다니는 법을 비둘기들은 잊어버린 지 오래였다. 잊힌 기억이 되돌아오기에는, 그러기에는 비둘기들의 생애가 지나치게 짧았다.

오른편에서 걷던 사람이 문득 걸음을 멈췄다. 방금까지 자신의 옆에서 걷고 있던 사람이 사라져버렸기 때문이었다. 오른편에서 걷던 사람. 그는 땅콩 장수 쪽으로 걸어갔다.

혹시 못 봤나요.

그가 땅콩 장수에게 물었다.

못 보다니?

땅콩 장수가 물었다.

내 옆에서 걷던 사람요.

그게 누군데?

땅콩 장수가 물었다.

내 옆에서 걷던 사람 말이에요.

글쎄, 그게 누군데?

방금까지 내 옆에서 걷던 사람 말고 또 누가 있겠어요.

그는 짜증을 냈다.

얌체처럼 묻기만 하고 땅콩은 안 사나?

땅콩 장수가 덩달아 짜증을 냈다.

난 땅콩 안 먹어요.

그는 땅콩 장수로부터 떨어져 가던 길을 마저 갔다. 옆에서 걷던 사람이 한순간 사라졌다고 해서, 길에 마냥 서 있을 수 없는 노릇이었다.

내가 봤지, 누군가 몰래 데려가는 것을 내가 봤다니까, 땅콩을 한 되라도 샀으면 백 번이라도 가르쳐주었을 텐데. 누가 데려갔는지 말이야.

하지만 그 길 안에 있는 사람들 중 땅콩 장수의 말을 귀담아 듣는 이는 없었다. 오른편에서 걷던 사람, 혼자 남겨진 사람. 그 사람은 먼 훗날의 소년일 수도, 아닐 수도 있었다.

언젠가 네가 누군가와 단둘이 길을 걸어가고 있는데…… 소년이 중얼거리는 소리가 아빠에게는 들리지 않았다. 소년 자신에게도. 소년은 당장이라도 들려올지 모르는 소리에 온 정신을 집중하고 있었다. 당장이라도 들려올지 모르는, 트렁크에서 노란 개가 짖는 소리에. 노란 개가 짖는 소리를 들은 게 언제인지 소년은 기억조차 나지 않는 것 같았다.

혹시 말이에요, 잘 알고 있을지 모르잖아요. 소년은 아빠의 눈치를 살폈다. 노란 개를 어디에다 버리면 좋을지 말이에요.

누가 말이냐?

아빠가 물었다.

밤의 손님 말이에요. 소년은 말했다. 잘 알고 있을지도. 소년은 방금 노란 개가 짖는 소리가 들려온 것도, 아닌 것도 같았다.

아빠가 칠십팔 번 국도로 택시를 몰았다.

입속 그득 해바라기 씨를 문 여자가 막 오백이 호 문을 열고 있었다. 커튼 자락을 움켜쥔 여자가 훌쩍 고개를 돌렸다. 두 여자는 몇 초간 서로를 뚫어져라 바라보았다.

시간이 지났다는 걸 알려줘야 할 것 같아서.

속이 비고 침이 엉겨 붙은 해바라기 씨 껍질들이 여자의 입에서 흘러내렸다.

이곳에서 머물기로 한 시간이 벌써 지났다는 걸. 그걸 꼭 알려줘야만 떠나는 인간들이 있다니까. 그걸 꼭 알려줘야만.

창밖으로 닭처럼 커다란 새가 날아갔다.

닭처럼 커다란 새가 날개를 크게 한 번 펄럭일 때, 택시는 댐을 가로지르는 다리 위를 달리고 있었다.

까마득한 다리 저 아래, 잉어들이 물 위로 얼굴을 내밀었다. 사람의 얼굴을 한 잉어들이었다. 사람의 표정을 짓고 있는. 다리 한가운데, 검은 승용차가 비상 깜빡이를 깜빡이면서 서 있었다. 택시가 속도를 줄이고 클랙슨을 울리면서 그 옆을 아슬아슬하게 지나갈 때,

소년은 승용차 안을 들여다보았다. 차에는 아무도 타고 있지 않았다. 운전석에조차 사람이 없었다. 소년은 빈 차 표시등을 떼어 그 차 앞유리에 붙여주고 싶은 충동을 느꼈다. 그 차가 언제부터 댐 다리 위에 멈춰 서 있었는지 소년은 알지 못했다. 그곳까지 오는 동안 그 차에 타고 있던 사람이 한 사람이었는지, 두 사람이었는지, 세 사람이었는지도.

택시가 댐을 가로지르는 다리 위를 지나는 동안, 소년은 그 아래를 내려다보지 않았다.

물어보면 안 돼요? 소년은 오리 인형 머리를 주먹으로 갈겼다. 밤의 손님한테 말이에요. 밤의 손님한테.

얌전히 있어라.

아빠가 황급히 소년을 쳐다봤다. 아빠의 얼굴은 굳어 있었지만, 두 눈동자는 초조하게 흔들렸다.

노란 개를 어디에다 버리면 좋을지 밤의 손님한테 물어볼래요.

소년은 주먹으로 또 오리 인형 머리를 갈겼다. 언젠가 꿈에서처럼 오리 인형 머리가 점점 커지는 것처럼 느껴졌다. 몸통은 그대로 있고 똑딱똑딱 흔들리는 머리만. 오리 인형 머리밖에 소년의 눈에 들어오지 않아서인지, 빈 차 표시등에 들어온 빨간불이 멀게만 느껴졌다.

얌전히 있으라고 했다.

아빠가 핸들을 주먹으로 내리쳤다.

물어볼 거란 말이에요.

소년은 부르르 떨면서 오리 인형 머리를 또 주먹으로 갈겼다. 목을 쥐어짜듯 비틀어 뒤를 돌아다보았다. 엄마의 두 눈이 떠졌다 감겼지만, 소년은 미처 그것을 보지 못했다. 안기듯 엄마의 허벅지 위로 쓰러져 있는 밤의 손님을 향해 소년은 애원하듯 소리 질렀다.

그만, 그만 일어나요.

얌전히 있으라고 했다!

꼭 좀 물어봐야겠어요. 노란 개를 어디에다 버리면 좋을지 물어봐야겠다니까요.

소년은 울부짖듯 소리 질렀다. 조수석 의자 등받이를 손으로 잡고 흔들었다. 그렇지 않아도 나사들이 헐거워진 의자가 삐거덕 소리를 내질렀다.

좀 일어나봐요, 제발 좀요.

아빠가 급하게 택시를 세웠다. 뒤에서 달려오던 차들이 클랙슨을 시끄럽게 울리면서 지나갔다. 택시는 비상 깜빡이를 켜지도 않고 도로 한복판에 멈춰 서 있었다. 차들이 웬만하면 백 킬로 이상으로 내달리는 도로였다. 택시로부터 그리 멀지 않은 곳에는 '사고 다발 지역'이라는 경고판까지 세워져 있었다. 택시 빈 차 표시등에 여전히 빨간불이 들어와 있었지만 뒤쪽에서 달려오는 차들은 그것을 보지 못했다. 소년은 씩씩 숨을 몰아쉬면서 아빠를 흘겨보았다.

아빠가 떨어뜨려주었다던 백 원짜리 동전 세 개. 소년은 어쩐지 그것이 밤의 손님의 외투 속에 들어 있을 것 같은 생각이 들었다.

택시가 댐을 가로질러 놓인 다리 위를 달릴 때, 물 위로 얼굴을 내밀면서 떠올랐던 잉어들이 도로 가라앉고 있었다. 잉어들은 얼굴을 가장 먼저 물 아래로 처박았다. 사람의 얼굴과 꼭 닮은 자신들의 얼굴이 부끄럽기라도 한 듯.

납처럼 창백한 물 아래서, 잉어들은 빨래집게 같은 주둥이를 벌려 서로의 얼굴을 물어뜯었다.

창밖으로 날아간, 닭처럼 커다란 새. 그 새의 부레를 풍선처럼 불어 소년들에게 나누어주는 할머니들이 있었다. 시베리아 북부 툰드라 숲에 가면. 부레를 부는 할머니들의 입은 피가 묻어 처녀 적보다 더 붉었다. 소년들이 실수로 손에서 놓쳐도 부레 풍선은 날아가지 않았다.

바다가 보이지 않잖아요.

여자는 커튼 자락을 움켜쥔 손을 떨어뜨렸다. 창은 반쯤 열려 있었다. 여자는 창밖으로 닭처럼 커다란 새가 날아가는 걸 보지 못했다. 해바라기 씨를 입에 문 여자도 그 새를 보지 못했다. 그 여자가 서 있는 복도에서는 창밖이 제대로 내다보이지 않았다.

바다가 보이는 방을 달라고 했는데, 바다가 눈곱만치도 보이지 않는 방을 주다니.

여자는 울먹였다.

우리 모텔에서 바다가 가장 잘 보이는 방을 주었더니만 바다가 안 보인다니.

해바라기 씨를 입에 문 여자는 말도 안 된다는 표정을 지었다. 그녀는 오백이 호 안으로 들어갔다. 창 쪽으로 걸어가던 그녀의 고개가 침대로 향했다.

세상에나! 아직도 자고 있다니.

침대 위에 한 남자가 누워 있었다. 남자의 발이 침대 밖으로 나와 있었다. 검은 양말이 남자의 발에 신겨져 있었다.

바다가 어디 보인다는 거예요?

저기 바다가 보이잖아요.

어디요?

저기.

해바라기 씨 껍질 서너 개가 창틀로 떨어졌다.

저기 어디?

여자가 물었지만, 해바라기 씨를 입에 문 여자는 매몰차게 창에서 돌아섰다.

바다는 이따가 보고 어서 저 사람이나 깨워요. 바다를 못 봐 환장한 게 아니라면. 해바라기 씨를 입에 문 여자는 오백이 호를 나가면서 말했다. 십 분 안으로 저 사람을 깨워 이 방을 떠나요.

택시는 어느새 또다시 달리고 있었다. 밤의 손님은 깨어나지 않았다. 소년은 밤의 손님을 깨우지 못했다. 소년은 그것이, 밤의 손님이 깨어나지 않는 것이 자신의 잘못이라도 되는 것 같았다.

왜요?

……

밤의 손님을 왜 못 깨우게 하는데요?

……

깨어나지 않을까봐서요?

……

네? 깨어나지 않을까봐서요?

……

아무리 깨워도.

소년은 아빠가 자신에게 했던 말을 떠올렸다. 네가 하도 깨어나지 않아서 죽은 줄 알았지 뭐냐. 아빠는 그렇게 말했다. 소년이 깨어난 것은 아빠가 깨워서가 아니었다. 물이 끓어오르면서 주전자가 내지르는 소리 때문이었다.

주전자에서 물이 끓고 있었어요. 그래서 깨어난 거예요.

소년은 말했다. 아빠가 깨워서 깨어난 게 아니란 말이에요. 소년은 그 말은 하지 않았다. 주전자에서 물이 끓지 않았으면 아빠가 아무리 깨워도 깨어나지 않았을 거라는 말 또한, 소년은 하지 않았다. 그 대신 소년은 말했다.

배가 고파요.

하도 배가 고파서 소년은 구역질이 다 날 것 같았다.

교실 창가 어항 속 금붕어들이 수초 속에 숨어, 오지 않는 소년을 기다리고 있었다. 교실 창밖 운동장에서는 두 소년이 시소를 타고 있었다. 두 소년 중 한 소년의 엄마가 시소를 향해 부지런히 걸어가고 있었다. 아들을 그만 데려가려고. 툰드라 숲에서는 부레 풍선을 갖지 못한 소년들이 울고 있었다. 새를 잡아야 부레를 얻지. 할머니들이 아무리 달래도 소년들은 울음을 그치지 않았다. 새가 날아오든 해야 새를 잡지, 새가 날아오든 해야. 새를 잡는 건 그다음 일이고. 할머니들은 남쪽을 향해 쪼그려 앉아 언제 날아올지 모르는 새를 기다렸다. 할머니들은 구 곱하기 구가 몇인지 몰라도 남쪽이 어딘가는 알았다. 할머니들의 아들들은 소년에서 어른이 되기 전에 남쪽으로 떠났다.

바다가 어디 보인다는 거야.

창가를 떠나지 못하던 여자는 침대로 걸어갔다. 카운터로 돌아간 여자는 해바라기 씨를 한 주먹 집어 입에 넣었다.

아빠가 갓길에 택시를 세웠다. 갓길 아래는 들판이었다. 조금 뒤 아빠와 엄마, 소년은 들판 시든 풀밭 위에 둘러앉아 있었다. 엄마가 빨간 바구니를 열어 알루미늄 포일에 싼 김밥을 꺼냈다. 바람은 차갑고, 하늘은 굳은 물감 덩어리 같았다. 닭처럼 커다란 새가 아빠와 엄마, 소년의 머리 위로 날아갔다. 소년은 고개를 들지 않았고, 새를 보지 못했다. 새는 북쪽으로 날아갔다. 북쪽으로, 북쪽으로 날아가다보면 새를 애타게 기다리는 할머니들이 있었다. 부레를 잃은 새는 날개를 잃은 새보다 깊은 시름과 절망에 잠겼다. 소년이 고개를 들었을 때 새는 이미 멀리 날아가 모래처럼 작아져 있었다.

나무가 한 그루 소년의 등 뒤에 서 있었다. 잎이 다 떨어지고, 가지가 전깃줄만큼 가느다란 나무였다. 나무가 가지들의 그림자를 길게 드리워 소년을 옭아맸다.

푸른 풀밭 위에서 김밥을 먹고 싶었단 말이에요.

소년이 말했다.

풀들이 언제 이렇게 시들었나?

엄마가 황당해하면서 시든 풀을 손으로 쓸었다.

엄마가 빨간 바구니의 뚜껑을 열 때요.

소년이 말했다.

김밥은 돌처럼 딱딱하고 얼음처럼 차가웠으며 쉰 냄새를 풍겼다. 소년은 입으로 자꾸만 김밥을 밀어넣었다. 차들이 빠른 속도로 달려와 아빠의 택시를 들이받듯 지나쳐갔다. 소년은 아무래도 도로를 달려가는 차들 트렁크마다 개가 한 마리씩 실려 있을 것 같은 생각이 들었다. 다들 개를 버리러 가는 길인 것만 같았다.

노란 개도 배가 고플 거예요.

아빠가 몸을 일으키더니 나무 뒤로 가 오줌을 누었다. 소년은 김밥을 세 줄이나 먹었다. 엄마가 빨간 바구니를 챙겨들고 갓길로 올라갔다.

잎 한 장 달리지 않았는데도, 나무는 가지들을 떨어댔다.

앞으로 몇 달 뒤, 그렇게나 기다리던 새가 남쪽에서 날아왔지만, 두 할머니 중 한 할머니가 어딘가로 가버리고 없었다. 남겨진 할머니는 혼자서 새를 잡았다. 할머니는 자신의 옆에서 함께 새를 기다리던 할머니가 어디로 가버렸는지 궁금해하지 않았다. 그 할머니를 누가 데려갔는지 할머니는 알고 있었다. 그 할머니를 데려간 게 죽음이란 걸. 죽음밖에 더 있나. 할머니는 새의 살과 뼈를 헤집고 꺼낸 부레를 불었다. 한껏 부풀어오른 부레 풍선을 할머니는 어느 소년에게도 건네줄 수 없었다. 울던 소년들이 그새 다 집으로 가버려서.

잎 한 장 달리지 않았는데도 가지를 떨어대는 나무 아래를 소년이 떠나고 있었다. 시든 풀들이 극성스럽게 소년의 발목을 핥아댔다.

자신을 집까지 태워다줄 빈 택시를 기다리던 할머니가 잠에서 깨어난 건, 그때였다. 깨어날 때 할머니는 눈보다 입이 먼저 떠졌다. 할머니의 입이 벙긋 떠지는 순간, 소년은 빨간 바구니의 뚜껑을 시든 풀밭 위에 두고 왔다는 걸 깨달았다. 택시는 벌써 달리고 있었다. 노란 개를 버리러. 노란 개를 버리러 가는 길이라는 걸 잊지 않기 위해, 소년은 빨간 바구니의 뚜껑을 잊었다.

노란 개가 아까부터 짖질 않아요.

몇 알의 밥알이 삼켜지지 못하고 소년의 입속에서 굴러다녔다.

설마 죽은 건 아니겠지요?

시큼한 단무지 냄새와 비린 김 냄새가 뒤섞여 목구멍에서 떠돌았다.

트렁크 속에서 죽어버린 건.

소년은 입속에서 굴러다니는 밥알들을 삼켰다.

우리가 아직 버리지도 않았는데.

밥알이 한 알, 넘어가지 못하고 썩은 어금니에 박혀 있었다. 똑딱 똑딱 흔들리는 오리 인형 머리밖에, 소년의 눈에는 아무것도 들어오지 않았다. 눈동자 초점이 흐려지면서 오리 인형 머리가 여러 개로 흩어져 보였다. 소년의 고개가 자꾸만 앞으로 숙여졌다.

이따 빈 택시가 지나갈 거야. 잠에서 깨어난 할머니가 가장 먼저 중얼거린 말은 그 말이었다. 할머니의 두 눈이 떠진 건 그 말을 중얼거리고 난 뒤였다.

시속 구십 킬로로 내달리는 택시로부터 멀지 않은 곳에 터널이 있었다. 소년의 고개는 점점 숙여져 이마가 무릎을 찧어댔다. 빈 택시를 기다리던 할머니가 침대에서 내려와 창가로 걸어가고 있었다. 앞으로 몇 달 뒤 저 먼 툰드라 숲에서는 소년들로부터 버림받은 할머니가 부레 풍선을 흔들어대고…… 부레를 빼앗긴 새는 할머니의 발아래서 두 날개를 펼치고 엎어져 있었다. 새는 허공을 날 때보다 더 활짝 날개를 펼치고 있었다. 나무들 사이로 안개가 고요히 밀려들고 있었다. 안개는 할머니의 발밑까지 밀려들었다. 어쩌나, 내가 새보다 구름보다 더 높이 날고 있다니. 내가 죽은 걸 까맣게 몰랐네. 죽은 이가 엘레나가 아니라 나라니. 엘레나는 한 시절 할머니와 함께 새를 기다리던 할머니의 오랜 이름이었다. 죽은 육신과 이별해 떠도는 건 영혼이 아니라 이름인지도 몰랐다.

한순간 소년이 고개를 쳐들었다. 아빠…… 소년의 얼굴이 석고를 바른 듯 하얗게 질렸다. 오리 인형 머리가요…… 소년의 눈동자에 초점이 돌아오는 순간 택시가 터널로 빨려들어갔다. 글쎄, 머리가…… 오리 인형 머리가요. 소년의 겁에 질린 목소리가 비명처럼 터널 안에 울렸다. 오리 인형 머리가……

사라지고 없어요.

소년은 핏발이 서도록 눈을 크게 뜨고 오리 인형을 쳐다봤다. 오리 인형 머리가 온데간데없이 사라지고 모가지 위로 스프링이 툭 튀어나와 있었다. 마치 끊긴 실핏줄처럼. 모가지가 저 혼자 똑딱똑딱 소리를 내면서 흔들렸다. 머리도 없이 똑딱똑딱똑딱똑딱……

나무는 잎이 없는데도 가지를 떨어대고요, 사람은 창문이 없는데도 커튼을 치고요, 오리 인형은 머리가 없는데도 모가지를 흔들고요.

소년은 노래 부르듯 중얼거렸다.

똑딱똑딱똑딱똑딱……

나무는 잎이 없는데도 가지를 떨어대고요, 사람은 창문이 없는데도 커튼을 치고요, 오리 인형은 머리가 없는데도 모가지를 흔들고요, 우린 노란 개가……

소년은 흘끔 아빠를 바라보았다.

우린 노란 개가.

우린 노란 개를 버리러 가는 길이다.

우린 노란 개가.

우린 노란 개를 버리러 가는 길이다.

우린 그걸 잊으면 안 돼요. 소년은 입에 고인, 오줌처럼 지린 냄새가 풍기는 침을 삼켰다. 그리고요, 아빠.

고양이들은 집이 없는데도 새끼를 낳아요.

소년은 오른손을 오리 인형 모가지 위로 가져갔다. 모가지 위에서 슬며시 주먹을 쥐었다. 똑딱똑딱 소리에 맞춰, 오른손이 마치 사라진 오리 인형의 머리라도 되는 듯 좌우로 흔들었다. 소년의 머리도 덩달아 좌우로 흔들렸다. 손님의 머리도 좌우로 흔들리고 있었지만 소년은 그것을 알지 못했다.

소년의 머리가 갑자기 운전석 쪽으로 휙 돌아갔다.

아빠가 오리 인형 머리를 갈겼어요?

소년은 오리 인형 모가지 위로 튀어나온 스프링을 손가락으로 잡아늘렸다. 스프링이 쭉 늘어났다.

아빠가 주먹으로 오리 인형 머리를 갈겨 박살낸 거 아니냐구요?

소년은 스프링을 더 잡아늘리다가 놓았다.

오리 인형 머리를!

소년은 소리 질렀다.

버릇이 없구나.

아빠가 화를 냈다.

내가 모를 줄 알아요? 원숭이 인형 다리도 아빠가 똑 부러뜨려버렸잖아요.

통 때리질 않았더니 버릇이 없어졌어.

아빠가 손을 뻗어 머리카락을 움켜쥐려는 순간 소년은 재빠르게 피했다.

원숭이 인형 다리가 나무젓가락도 아닌데 똑!

원숭이 인형 등에는 태엽이 박혀 있었다. 태엽을 감아 바닥에 내려놓으면 원숭이 인형은 북을 치면서 뒤뚱뒤뚱 걸었다. 소년은 밤마다 원숭이 인형 태엽을 감았다. 태엽이 다 돌아가기 전에 소년은 잠들었다. 그런데 어느 날 원숭이 인형이 두 다리가 부러진 채 방구석에 나뒹굴고 있었다. 소년은 원숭이 인형의 태엽을 끝까지 감아 방바닥에 뉘어놓았다. 옆으로 누워서도 원숭이 인형은 북을 쳐댔다. 북은 하얗고, 원숭이 인형의 두 손에 매달아놓은 막대는 검었다. 검정이 하양을 때렸다. 소년은 원숭이 인형을 골목 끝 창문 앞에 버렸다. 태엽을 끝까지 감은 뒤 창문과 쇠창살 사이에 끼워놓았다. 검정이 하양을 때리는 소리를 들으면서 소년은 집으로 돌아왔다. 갈색

고양이가 회색 쥐를 창문 쇠창살에 매달아놓은 것은 그로부터 며칠
이 지나서였다. 원숭이 인형의 부러진 두 다리는 소년의 필통 속에
들어 있었다. 심이 다 닳거나 부러진 연필들과 뒤섞여.

저기 빈 택시가 오고 있군, 나를 집까지 태워다줄 빈 택시가 오고
있어. 할머니가 창밖으로 얼굴과 손을 내밀었다. 택시가 한 대 노인
요양원을 향해 달려오고 있었다. 빈 차 표시등에 빨간불이 들어온
택시였다. 그렇다고 그 택시가 소년이 타고 있는 택시일 거라고는,
아무도 말할 수 없었다. 노란 개를 버리기 위해 지난밤 한 도시를
떠나온 택시일 거라고는 아무도. 소년이 탄 택시는 세 시간 전쯤 노
인 요양원 앞 도로를 지나갔다. 그렇다고 소년이 탄 택시가 결코 아
니라고는 아무도 말할 수 없었다. 도로들은 거미줄처럼 얼키설키
얽혀 있었고, 소년이 탄 택시가 그 도로를 또다시 지나가지 말라는
법은 없으니까.
　빈 차 표시등에 들어온 빨간불을 애타게 바라보는 할머니의 얼굴
은 마치 부레 풍선만 같았다.

나무는 잎이 없는데도 가지를 떨어대고요, 사람은 창문이 없는데
도 커튼을 치고요, 오리 인형은 머리가 없는데도 모가지를 흔들고
요, 고양이는 집이 없는데도 새끼를 낳고요, 우린 노란 개가.
　노란 개가.
　소년은 발밑을 살폈다. 풀어진 운동화 끈 근처에서 나뒹굴고 있
는 오리 인형 머리가 소년의 눈에 들어왔다. 주황색 부리가 마치 운

동화 끈 끝을 물고 있는 것처럼 보였다. 풀어진 운동화 끈은 엄마가 매줘야지, 나는 아직 어른이 아니니. 소년은 중얼거린 뒤, 팔을 뻗어 오리 인형 머리를 집어들었다. 오리 인형 모가지로 그것을 가져 갔다. 모가지 위로 튀어나온 스프링에 그것을 꿰려 했지만 잘되지 않았다.

택시는 중앙 분리대가 없는 왕복 이 차선 도로를 달리고 있었다. 도로 양옆으로는 황량한 산과 논이 뒤섞여 펼쳐졌다. 맞은편 차선에서 간혹 차들이 달려왔다. 차들은 택시를 들이받을 듯 달려와 순식간에 지나쳐갔다.

소년이 오리 인형 머리를 스프링에 꿰어넣으려고 애쓰는 동안 흰 승용차가 어디선가 나타나 택시 앞에서 달리고 있었다. 흰 승용차는 느리게 달렸고, 아빠의 택시는 그 차의 뒤를 따라가느라 속도를 내지 못했다. 그렇다고 그 차를 앞지를 수도 없었다. 앞지르려면 중앙 차선을 넘어가야만 했다. 아빠가 클랙슨을 눌렀지만 그 차는 속도를 내지 않았다.

아무래도 모르나봐요. 답답해진 소년은 그렇게 말했다. 우리가 노란 개를 버리러 가는 길이라는 걸 말이에요.

흰 승용차 때문에 짜증이 난 아빠가 클랙슨을 주먹으로 내리쳤다.

알려줄까요?

소년은 흰 승용차를 노려보면서도 오리 인형 머리를 스프링에 꿰려고 애썼다. 아빠가 클랙슨을 또 주먹으로 내리쳤다. 흰 승용차는 그러나 좀처럼 속도를 내려 하지 않았다. 오히려 속도를 더 줄였다.

덩달아 아빠의 택시도 속도를 줄여야 했다. 아주 기어가는군. 아빠
가 욕설을 내뱉었다.

좀 알려줄까요?

소년의 목소리가 커졌다. 오리 인형 머리가 마침내 꿰어졌다. 소
년은 스프링이 깊숙이 박히도록 손바닥으로 오리 인형 머리를 꾹
눌렀다.

뭘 말이냐?

우리가 노란 개를 버리러 가는 길이라는 걸 말이에요.

소년은 소리 질렀다. 또다시 자신의 눈앞에서 아무렇지 않게 흔
들리고 있는 오리 인형 머리를 보자 택시에서 뛰어내리고 싶을 만
큼 흥분이 느껴졌다. 아빠가 들이받을 듯 흰 승용차에 바짝 택시를
들이댔다.

조심해요!

아빠가 급하게 핸들을 왼쪽으로 돌렸다. 도로 한가운데를 달리던
택시가 중앙 차선을 넘어갔다.

조심해요!

소년은 오리 인형 머리를 주먹으로 갈겼다.

조심하라니까요!

요즘 통 때리지 않았더니 아주 버릇이 없어졌어!

조심하라구요!

머리에 피도 안 마른 게 아주 버릇이 없어!

조심해요!

소년은 두 팔을 들어 엇갈려서는 얼굴을 가렸다. 택시가 심하게

흔들리면서 소년의 머리가 차창에 세게 부딪쳤다. 머리가 박살나는 것만 같던 그 순간 소년은 흩어져버린 아흔아홉 마리의 양을 생각했다. 양치기 소년이 한 마리의 잃어버린 양을 찾아 헤매는 동안 구름처럼 허무하게 흩어져버린 아흔아홉 마리의 양.

사고가 날 뻔했잖아요!

소년은 후들, 몸을 떨었다. 핸들을 움켜잡은 아빠의 손이 부들부들 떨리는 것이 소년의 눈에 들어왔다.

트럭이었다. 아빠가 중얼거렸다. 이삿짐을 싣고 가던. 아빠 택시가 중앙 차선을 넘어 흰 승용차를 추월하려는 순간에 맞은편에서 트럭이 달려왔다. 소년은 트럭과 택시가 충돌하는 줄로만 알았다.

그러게 내가 조심하라고 했잖아요!

택시 앞에서 달리던 흰 승용차는 이제 뒤에서 달리고 있었다. 아빠는 택시 속도를 높였다. 흰 승용차로부터 달아나듯 멀어졌다. 오리 인형 머리가 아무 일 없었던 듯 흔들리고 있었다. 뒷자리에 탄 엄마와 밤의 손님은 그저 조용했다. 집 다섯 채가 차창 밖으로 지나갔다. 다섯 채 모두 지붕이 파랬다.

빈 택시가 어디로 가버렸나. 나를 집까지 태워다줄 빈 택시가…… 할머니의 한탄이 노래가 되어 허공에 떠돌았다. 툰드라 숲에서는 이끼가 거품처럼 끓어, 새를 기다리는 두 할머니의 발등을 뒤덮고 있었다.

하늘이 도로와 맞닿을 듯 낮아졌다. 누렇게 쉬어터진 두부 같은 구름이 해를 덮었다.

구름이 해를 가리면 그림자가 옅어져요.

학교 운동장에서 소년은 그것을 깨달았다. 소년은 자신의 그림자를 밟으면서 운동장을 걸어가고 있었다. 해가 소년의 뒤쪽에 있었다. 그림자가 갑자기 옅어졌다. 소년은 걸음을 멈췄다.

애야, 그렇게 서 있지 말고 어서 가던 길을 마저 가라.

누군가 소년의 뒤에서 말했다.

내 그림자가 사라지려고 해요.

소년이 대답했다.

구름이 해를 가려서 그렇단다. 그림자는 결코 사라지지 않지.

누군가가 말했다. 소년은 고개를 들었다. 황급히 사방을 둘러봤지만 아무도 없었다.

나는 노란 개가 죽지 않았으면 좋겠어요. 우리가 노란 개를 버리기 전까지는 말이에요. 우리가 버리기 전까지는, 아무튼요.

택시 좀 세워줘요!

얌전히 있어라.

택시 좀 세워달라니까요!

소년은 차창을 주먹으로 쳐댔다. 아빠가 팔을 뻗어 소년의 목덜미를 움켜쥐었다. 똑바로 달리던 택시가 차선을 벗어나 불안하게 비틀거렸지만, 아빠는 소년의 목덜미를 움켜쥔 손을 놓지 않았다.

우린 노란 개를 버리러 가는 길이다.

아빠는 손가락 마디들에서 우두둑 소리가 다 나도록 소년의 목덜미를 더 단단히 움켜쥐었다.

택시 좀 세워달라니까요!

너도 버려지고 싶으냐?

제발요, 아빠. 소년은 울먹거렸다. 제발 택시 좀 세워줘요.

너도 노란 개와 함께 버려지고 싶어서 그러냐?

아빠가 소년의 목덜미를 사정없이 흔들었다. 소년의 입이 일그러지면서 침이 흘러내렸다. 오리 인형이 똑딱똑딱 머리를 흔들면서도 모든 걸 다 지켜보았다. 밤의 손님과 엄마는 택시에 타고 있지 않은 사람들처럼 아무 말이 없었다. 차선을 벗어난 택시가 가드레일을 들이받으려는 순간에 아빠가 급히 브레이크를 밟았다. 아빠와 소년의 몸이 확 앞으로 쏠렸다.

우린 노란 개를 버리러 가는 길이다.

아빠가 떠밀듯 소년의 목덜미를 움켜쥐고 있던 손을 놓았다.

우린 그걸…… 그걸 잊으면…… 소년은 오리 인형 머리를 주먹으로 갈기는 척하다 택시 문을 잡아뽑듯 열었다. 튕기듯 택시에서 뛰어내렸다. 아빠가 잽싸게 손을 뻗었지만 소년을 붙잡지 못했다. 바람이 휘몰아치듯 불어와 소년의 머리카락과 잠바 자락을 날렸다.

어서 타라!

아빠가 활짝 열린 조수석 문을 향해 목을 빼고서 소리 질렀다.

싫어요.

소년은 고개를 저었다.

어서 타라, 어서!

내가 모를 줄 알아요?

소년은 뒷걸음질 쳤다.

우린 노란 개를 버리러 가는 길이다.

나도 다 안단 말이에요.

소년은 중얼거리면서 주변을 둘러보았다. 도로 위에 차라고는 아빠의 택시뿐이었다. 도로 아래는 논이었다. 까만 새들이 논들에 깨처럼 뿌려져 있었다. 논들 저 너머로 전봇대처럼 비죽 튀어나온 아파트가 보였다. 하늘은 볼록거울만 같았다. 소년을 중심으로, 소년으로부터 멀어질수록 낮아졌다. 소년은 한없이 작아져 볼록거울에 비친 허상처럼 서 있었다. 사방에서 휘몰아치는 바람을 다 자신의 몸속에 가둘 듯 숨을 한껏 들이쉬었다. 바람에서는 고무 타는 냄새가 났다. 소년은 발가락까지 바람이 들어차 허공으로 떠오르는 듯한 착각이 들었다.

널 버리고 갈 수도 있다.

마음대로 해요.

정말 널 버리고 갈 수도 있다.

나도 다 안다고 했잖아요.

소년은 고개를 저었다. 뒷걸음질 치다 어느 순간 몸을 홱 돌렸다. 택시를 등지고 달리기 시작했다. 소년은 하늘을 향해 고개를 꺾듯이 쳐들고, 온 힘을 다해 도로 위를 내달렸다. 아빠가 소년을 뒤쫓았다. 아빠가 소년의 이름을 부르는 소리가 도로에 울려퍼졌다. 소년은 오백여 미터까지 내달리다 허리를 꺾듯 접었다.

나도 다, 다 안다구 했잖아요…… 소년은 폐를 토하듯 내뱉었다. 찢어지는 듯한 배를 손으로 감싸면서 뒤를 돌아다보았다. 소년을 뒤쫓다 지친 아빠가 도로 위에 두 무릎을 꿇고 앉아 있었다. 아빠의 잠바가 부풀어오르면서, 잠바에서 삐져나온 깃털들이 날렸다. 논에서 새들이 한꺼번에 날아올랐다. 새들이 흩어져 하늘에 구멍처럼 박혔다. 두 손으로 머리를 감싸쥐는 아빠의 뒤로, 엄마가 환영처럼 서 있었다.

엄마……!

소년의 외침은 새들이 울부짖는 소리에 파묻혔다. 엄마 뒤쪽에서 트럭이 기세 좋게 달려오고 있었다. 전조등을 깜박이면서. 엄마가 주저앉을 듯 휘청 흔들렸다. 소년이 엄마를 향해 손을 들어올리는 동시에 엄마가 공중으로 붕 떠올랐다. 새들이 그악스럽게 들끓으면서, 텔레비전 화면이 지지직거리듯, 소년의 눈앞에 펼쳐진 광경이 어지럽게 흩어졌다.

트럭이 순식간에 달려와 소년을 치받듯 지나쳤다.

송아지는 묶인 채 이유를 모르고 죽어가네. 꼭 닫힌 창문 너머에서 한창 노래가 흘러나왔다. 갈색 고양이가 길바닥에서 난 새끼들을 끌고 그 창문을 찾아가고 있었다. 높고 낮음을 모르는 지붕들을 건너. 새끼 고양이는 세 마리였는데, 갈색은 없었다. 처음부터 갈색이 없었던 것은 아니었다. 시베리아 벌판 같은 지붕을 건널 때 갈색 새끼 고양이를 잃어버렸다. 발과 발목밖에 남지 않은 사람이 오래 전부터 창문 밖을 서성거리고 있었다.

지지직거림이 걷히듯, 새들이 걷혔다. 멍한 얼굴로 간신히 버티고 서 있던 소년은 비치적비치적 발을 내디뎠다.

무릎을 꿇고 두 손으로 머리를 감싸쥔 채 꼼짝 않는 아빠를 지나 쳐갔다.

소년은 두 다리를 떨면서, 도로 바닥에 누워 있는 엄마를 내려다보았다. 소년은 트럭이 엄마를 들이받은 뒤, 자신도 들이받은 줄로만 알았다. 자신도 엄마처럼 공중으로 떠오른 줄로만.

소년은 손을 뻗어 엄마의 얼굴에 그물처럼 드리워진 머리카락을 거두었다. 손가락 굵기만큼 벌어진 입속에서, 노란 개의 눈동자가 소년을 빤히 쳐다보고 있었다.

어느샌가 다가온 아빠가 소년을 엄마에게서 떼어냈다.

엄마가 이상해요.

택시에 가 있어라.

아빠가 소년을 떠밀었다.

그렇지만 엄마가……

우린 노란 개를 버리러 가는 길이다.

아빠가 소년을 똑바로 쳐다보면서 말했다.

그걸…… 하마터면 그걸 그만 깜박 잊을 뻔했어요. 소년은 중얼거렸다. 우리가 노란 개를 버리러 가는 길이라는 걸 말이에요.

어서 택시에 가 있어라.

그걸 잊으면 안 되는데 그만 깜박……

소년은 어떻게 해야 할지 몰라 머뭇거리다 택시로 걸어갔다. 소년이 뒤돌아보았을 때, 아빠가 엄마를 일으켜 앉히고 있었다. 아빠가 엄마를 들쳐업고 일어서려 하자, 엄마가 그대로 미끄러져 도로

위에 누워버렸다. 아빠는 여러 번 애를 써서야 엄마를 등에 들쳐업
고 일어설 수 있었다.

소년은 택시에 탔다. 문짝들이 전부 활짝 열려 있어서 바람이 택
시 안으로 들이쳤다. 아빠가 엄마를 업고 도로에서 내려가 논으로
걸어들어가는 것을, 소년은 꿈속의 한 장면인 듯 지켜보았다. 택시
가 멈춰 서 있는데도 오리 인형 머리가 소년의 눈앞에서 흔들리고
있었다. 택시 안으로 사정없이 들이치는 바람 때문이었지만, 소년은
바람 때문이란 걸 깨닫지 못했다. 오리 인형 머리가 저 스스로 흔들
리고 있다고 생각했다.

일어나라.

소년이 잠에서 깨어난 것은, 아빠가 깨워서가 아니었다. 주전자
가 내지르는 소리 때문이었다. 주전자는 물이 끓으면 호루라기를
다급하게 불어대는 것 같은 소리를 내질렀다. 그 소리는 늘 소년을
불안하게 했다. 벽에 박힌 못이라도 빼 귓속에 찔러넣고 싶을 만큼.
깨나서야 소년은 아빠가 자신을 깨우고 있다는 것을 알았다.

일어나라.

주전자가 내지르는 소리와 섞여 아빠의 목소리가 들려왔던 것이
다. 아빠가 언제부터 자신을 깨웠는지, 소년은 알지 못했다. 주전자
속 물이 끓기 전부터 깨웠는지도 몰랐다.

일어나라.

소년은 눈을 뜨고 싶지 않았다. 언젠가도 아빠가 잠든 소년을 깨
운 적이 있었다. 그때도 주전자에서는 물이 끓고 있었다. 마지못해

깨어난 소년에게 아빠는 왜 학교에 가지 않았느냐고 다그쳤다. 소년은 학교에 갈 필요가 없었다. 그날은 일요일이었다. 일요일에 아이들은 학교에 가지 않았다. 그런데도 아빠는 자꾸만 왜 학교에 가지 않았느냐고 다그쳤다. 일요일에는 어떤 아이도 학교에 가지 않아요. 착한 아이도, 나쁜 아이도. 소년이 그렇게 말했지만, 아빠는 소년의 말을 들으려 하지조차 않았다.

제발 좀 일어나라!

소년은 마지못해 두 눈을 떴다. 오리 인형 머리가 소년의 눈에 들어왔다. 오리 인형 머리가 흔들리면서 내는 똑딱똑딱 소리만이 택시에 가득했다. 오리 인형 머리 너머로 곧게 뻗은 도로가 소년의 눈에 들어왔다. 소년은 그제야 택시 안이라는 것을 깨달았다.

우린 노란 개를 버리러 가는 길이지요?

소년의 눈동자가 천천히 룸미러를 향했다. 눈꺼풀이 바르르 떨렸다.

저 여자는 누구예요?

누구 말이냐?

아빠가 물었다.

저 여자요.

소년은 룸미러를 빤히 바라보면서 중얼거렸다.

저 여자라니 누굴 말하는 거냐?

내 뒤에 앉아 있는 저 여자 말이에요.

아빠가 룸미러를 흘끔 바라보았다.

네 엄마가 아니냐.

엄마요?

그래, 우린 노란 개를 버리러 가는 길이다.

저 여자가 그러니까…… 엄마란 말이지요?

소년은 이상하게도 룸미러 속 엄마가 낯설었다. 엄마 얼굴이 단무지처럼 노랗지가 않고 분필 가루를 발라놓은 듯 희었다. 소년은 아무래도 처음 보는 여자가 엄마 대신 자신의 뒤에 앉아 있는 것만 같은 기분이 들었다.

엄마가 도로 위에 누워 있었어요. 우린 노란 개를 버리러 가는 길이었고요. 나는 택시에 타고 있었고요, 택시가 달리지 않는데도 오리 인형이 머리를 흔들었어요. 아빠가 엄마를 업고 논으로 걸어갔어요. 까만 새들이 논으로 몰려왔어요. 바퀴벌레처럼 까만 새들이요. 엄마가 김밥을 말고 있는데 장판지 밑에서 바퀴벌레가 한 마리 기어나왔어요. 엄마가 손바닥으로 바퀴벌레를 내리쳤어요. 밤마다 장판지 밑에서 바퀴벌레가 기어나와요. 여러 마리가 한꺼번에 기어나올 때도 있어요. 주전자에서는 물이 끓고 있었고요. 엄마는 바퀴벌레를 손바닥으로 내리치고 내리치다가 마저 김밥을 말았어요. 나는 엄마 몰래 소시지를 한 가닥 먹었고요.

우린 노란 개를 버리러 가는 길이지요?

소년은 창밖 하늘을 살폈다. 하늘에 해가 보이지 않았다. 아무리 둘러봐도 해가 없었다. 그렇다고 달이 떠 있는 것도 아니었다. 해가 없는데도 날은 어둡지 않았다. 그렇다고 환하지도 않았다. 언젠가 소년이 그린 하늘처럼. 소년은 그 그림을 엄마에게 보여주었다.

바위를 그렸구나. 엄마는 그렇게 말했다.

저 여자는 엄마가 아니에요. 소년은 말했다. 그럼요, 아빠. 저 여자는 누구예요? 엄마가 아니면, 저 여자는.

네 엄마가 아니냐?

엄마는 머리카락이 짧아요. 저 여자는 머리카락이 길고요.

소년이 그렇게 말하는 사이에, 룸미러에서 여자의 얼굴이 지워지듯 사라지고 없었다. 소년은 화들짝 놀라 뒤를 돌아다보았다. 밤의 손님의 등에 이마가 닿도록 여자의 고개가 푹 숙여져 있었다.

머리카락이 그새 자랐나보지. 아빠가 말했다.

그새요?

그새.

지진 같은 흔들림이 숲을 휩쓸고 지나갔다. 밤새 숲이 떠나가도록 울부짖던 흰 개가 보이지 않았다. 흰 개를 묶어놓았던 나무도 보이지 않았다. 흔들림이 지나가고 난 뒤, 숲은 북동쪽으로 기울었다. 숲에서 날아오른 새들이 망설이다 북동쪽으로 날아갔다. 바람이 서쪽에서 북동쪽으로 불고 있었다.

해바라기 씨를 그득 입에 문 여자가 또다시 오백이 호를 찾아가고 있었다. 할머니를 집까지 태워다줄 빈 택시는 이 세상에 없어요. 그렇게 말했던 간호사도 할머니를 깨우러 가고 있었다. 할머니가 벌써 깨어난 걸 모르고. 쥐포처럼 납작한 슬리퍼를 질질 끌면서.

저기 누가 손을 흔들고 있어요.

저기요, 저기.

저기, 손을 흔들고 있잖아요.

아빠가 택시 속도를 줄였다. 검은 잠바 차림의 남자가 도로까지 내려와 아빠의 택시를 향해 다급히 손을 흔들고 있었다. 남자로부터 멀지 않은 곳에 닭백숙 식당과 오래된 빌라가 있었다. 남자가 택시를 향해 손을 흔들 때, 빌라 삼 층에 사는 여자가 빨래 바구니를 들고 옥상으로 올라가고 있었다. 아침에 옥상에 널어놓은 빨래를 걷으러.
네가 저 자식한테 가서 좀 물어보고 와라.
아빠가 택시를 세우더니 소년에게 말했다.
뭘요?
손을 왜 저렇게 흔들어대는 것인지.
그냥 가면 안 돼요?
어서 가서 물어보고 와라.
소년은 망설이다가 택시에서 내렸다. 남자 쪽으로 걸어갔다. 소년이 가까이 다가가도록 남자는 손 흔드는 것을 멈추지 않았다.
왜 그렇게 손을 흔드는 거예요?
소년은 고개를 쳐들고 남자에게 물었다.
택시를 타고 급하게 갈 데가 있어서 그런다.
남자가 말했다.
손은 그만 흔들어요.

빈 택시를 잡으려면 손을 흔들어야지. 남자가 말했다.

손은 그만 흔들라니까요. 손을 아무리 흔들어도 아저씨를 태워줄 수 없을 테니까요. 저 택시는 빈 택시가 아니거든요.

빈 택시가 아니라니? 남자가 화를 냈다.

빈 택시가 아니란 말이에요. 소년은 고개를 저었다.

빈 택시가 맞기만 한데 그러냐?

빈 택시가 아니라면 좀 아닌 줄 알아요. 소년은 짜증을 냈다.

쓸데없는 참견 말고 엄마한테나 가라. 남자가 소리 질렀다.

엄마요? 엄마가 어디 있는데요?

비켜라, 너 때문에 손을 제대로 흔들 수가 없구나.

손은 그만 흔들라고 했잖아요.

어디서 나타나서는 훼방이냐.

나는 방금 저 택시에서 내렸어요.

뭔 소리를 하는 거냐? 나는 못 봤다.

저 택시에서 내렸다니까요.

언제 말이냐?

아저씨가 저 택시를 향해 손을 흔들 때요.

못 봤다는데 그러는구나.

그리고 말이에요. 소년은 택시를 바라보았다. 그리고 노란 개를 버리러 가는 길이거든요. 노란 개를.

비키기나 해라. 남자가 또다시 택시를 향해 손을 흔들려고 했다.

노란 개를 버리러 가는 길이라니까요.

노란 개를 버리든 말든.

뭐라고요?

노란 개를 버리든 말든.

옥상으로 빨래를 걸으러 간 여자는 그때까지도 내려오지 않고 있었다. 내 빨래를 누가 다 걷어갔지. 여자는 허탈해하면서 빨래 바구니를 내려놓고 난간으로 걸어갔다. 옥상 아래 도로를 내려다보았다. 없어진 빨래를 생각하느라 여자의 눈에는 아무것도 들어오지 않았다. 남자도, 소년도, 택시도, 택시 안에서 남자와 소년을 지켜보고 있는 아빠도. 여자는 빈 차 표시등에 들어온 빨간 불빛만을 어렴풋이 느낄 뿐이었다. 여자는 아침에 세탁기에 넣고 빤 빨래를 일일이 다 기억했다. 양말 한 짝까지. 그러나 탈수가 끝난 뒤 빨래를 널지 않았다는 것은 기억 못 했다.

그렇담 잘 지켜봐요.

소년이 말했다.

뭘 말이냐?

똑똑히 잘 지켜보란 말이에요.

그러게 뭘 말이냐?

내가 저 택시를 타고 떠나는 걸 말이에요.

소년은 남자로부터 돌아섰다. 아빠의 택시로 걸어갔다. 택시 조수석 문을 열다 말고 소년은 훌쩍 뒤를 돌아다봤다. 똑똑히 기억해두려는 듯 남자를 빤히 바라보다 택시에 올랐다.

택시가 가버리고, 혼자 남겨진 남자는 허탈해하면서 발을 동동 굴렀다. 영업이 끝난 택시였나? 남자는 도로 바닥에 가래 섞인 침을 뱉고 투덜거렸다. 두 손을 잠바 주머니에 찔러넣고 소년을 찾았다. 어디로 가버렸나? 남자는 고개를 갸웃했다. 소년이 택시에 오르는 것을 남자는 보지 못했다. 소년이 택시에서 내리는 것을 보지 못했듯. 빈 택시가 저만치서 한동안 멈추어 서 있다가 가버리는 것밖에, 남자는 보지 못했다. 그새 어디로 가버렸는지 모습을 감춰버린 소년을 잊고, 남자는 자신을 태워다줄 빈 택시가 어서 나타나기만을 기다렸다.

빈 택시가 한 대 도로 반대쪽에서 달려왔다. 남자는 자신이 가야 할 방향과 반대 방향으로 내달리는 택시를 향해 사정없이 손을 흔들었다. 어떻게든 빈 택시를 잡아타려고. 택시가 섰고 남자는 도로를 무단 횡단했다. 남자를 태운 택시는, 남자가 가려던 방향과 반대 방향으로 달려갔다.

여자가 빨래 바구니를 옥상에 놔둔 채 계단을 내려오고 있었다.

남자가 잡아 탄 택시와 아빠의 택시는 돌이킬 수 없이 멀어졌다. 뒤늦어서야 빈 택시가 한 대, 남자가 가려던 방향으로 지나갔다.

그래, 그 자식이 너한테 뭐라고 하든.
택시 속도를 높이면서 아빠가 소년에게 물었다.
노란 개를 버리든 말든.
그 자식이 뭐라고 했냐.
노란 개를 버리든 말든.
그 자식이 뭐라고. 노란 개를. 그 자식이. 노란 개를. 그 자식이 뭐라고. 노란. 그. 노란. 그 자식이 뭐라고 했. 노란 개. 그 자식이. 노란 개를 버리든 말. 그 자식. 노란 개를 버리든. 그 자식이 대체. 흥분한 아빠가 클랙슨을 길게 울렸다.

급하게 갈 데가 있대요. 소년은 마지못해 그렇게 말했다.

누가 죽기라도 한다든.

뭐라고요? 소년은 소스라치게 놀랐다.

누가 죽기라도.

그런 말은 안 했어요. 소년의 눈이 커졌다.

급하게 갈 데가 있다고 했다기에 해본 말이다.

빈 택시가 아니라고 하는데도 자꾸 빈 택시라고 우겼어요. 빈 택시가 아니라고 하는데도.

빈 택시가 아니라니 그게 무슨 말이냐? 아빠가 소년을 쳐다봤다.

그게 무슨 말이라니요? 소년의 얼굴에 난감해하는 빛이 스쳤다.

빈 택시가 아니라고 하지 않았냐?

그거야 빈 택시가 아니니까요. 소년은 빈 차 표시등에 들어온 빨간 불빛을 바라보면서, 자신 없는 목소리로 중얼거렸다. 빈 택시가요. 소년은 뒷자리의 밤의 손님과 엄마를 흘끔 바라보았다. 노란 개를 버리러 가는 길이라는 걸, 소년은 깨닫고 있었다.

우린 노란 개를 버리러 가는 길이지요?

소년은 아빠를 쳐다봤다.

노란 개를 버리러. 소년은 그걸 잊어버릴까봐 겁이 났다. 그런데 그걸 잊으면 어떻게 되나.

그걸 잊으면 어떻게 되는데요?

아빠가 소년을 흘끔 쳐다봤다.

그걸 그만 잊어버리기라도 하면요. 우리가 노란 개를 버리러 가는 길이라는 걸.

그걸 잊으면 어떻게 되는지 아빠는 소년에게 말해주지 않았다. 아빠는 그걸 잊으면 안 된다는 말만 했다. 아빠는 노란 개를 버린 뒤에도, 그런 뒤에도 그걸 잊으면 안 된다고 했다. 소년은 여전히 그걸 잊을까봐 겁이 났지만, 그걸 잊어버리고 싶었다. 그걸 잊으면 어떻게 되는지 알기 위해서.

결국에 혼자 남겨진 소년은 밤이 되었는데도 시소를 떠나지 못하고 있었다. 그렇다고 엄마가 와서 데리고 가버린 소년을 기다리는 것은 아니었다. 식탁을 떠날 때 의자를 끌고 간 소년은 엄마가 돌아오지 않고 있다는 걸 깨닫지 못하고 있었다.

자, 그만 일어나요.

침대 위의 남자를 깨우려는 여자의 입에서 해바라기 씨가 흘러내렸다.

그만 일어나란 말이에요.

해바라기 씨가 잦아들지 않고 흘러내리자 여자는 손으로 스스로의 입을 틀어막았다. 그러나 해바라기 씨는 거품처럼 끓어넘쳐 손가락들을 벌렸다. 무기력하게 벌어지는 손가락들 새로 해바라기 씨가 줄줄 흘러내렸다. 여자는 아예 침대 밑에 주저앉아 해바라기 씨를 게워냈다. 침대 밖으로 튀어나온, 검은 양말이 신겨진 발이 여자의 머리 위에 박쥐처럼 떠 있었다. 해바라기 씨는 게워낼수록 더 걷잡

을 수 없이 목구멍을 넘어왔다. 여자가 그동안 삼킨 해바라기 씨들
이 몸속에 고스란히 저장되어 있다가 한꺼번에 넘어오는 것 같았다.
　검은 양말이 신겨진 발이 해바라기 씨에 파묻히고 있었다.

　내가 아니잖아.
　아빠가 중얼거렸다.
　내가 아니야, 내가.
　조수석 앞에는 운전기사의 신상 기록 카드가 붙어 있었다. 카드
에 프린트된 사진 속 남자는 아빠가 아니었다. 아빠와 교대해가면
서 택시를 모는 남자였다. 누가 보더라도 다른 사람이란 걸 단번에
알 만큼 남자는 아빠와 너무나 딴판이었다. 교대를 하면서 신상 기
록 카드를 바꾸지 않았다는 사실을, 아빠는 그제야 깨달은 것이다.
사진 속 남자는 아빠보다 스무 살이나 더 먹은 박씨라는 남자였다.
지난밤, 아빠에게 택시 열쇠를 넘겨주면서 박씨가 말했다. 이보게,
부디 조심히 운전하게. 위험한 밤이 될지 모르니 말일세. 위험하지
않은 밤도 있나요? 아빠가 말했다. 내 아내가 자네 꿈을 꿨다더군.
박씨가 말했다. 아무튼 내 아내 꿈에 나타나는 사람에게는 기필코
불행이 찾아들지. 내 아내는 흉몽밖에 꾸지 않거든. 한데 오늘 아침
에 깨어나자마자 아내가 그러더군. 꿈에 자네를 봤다고. 먼젓번에
봤을 때랑 옷차림이 똑같았다더군. 꿈에서 말일세. 박씨가 거머리
같은 잇몸이 드러나도록 웃었다.
　내가 아니었다니.
　아빠는 고개까지 저었다. 그러나 소년은 아빠가 중얼거리는 소리

162

를 듣지 못했다. 그걸, 노란 개를 버리러 가는 길이라는 걸 잊으려
고 애쓰느라.

넌 알고 있었냐?
뭘요?
처음부터.
처음부터, 뭘요?
내가 아니란 걸 말이다.
내가요?
그래, 내가 아니란 걸.
내가 아니라요?
네가 아니라 내가!
그러니까요, 내가요.
내가 말이다.
글쎄요, 내가.
너 말고 나 말이다, 나!
아빠 말이에요?
그래, 내가 아니라는 걸 알고 있었냐?
아빠가 아니라는 걸 말이에요?
그래, 내가 아니라는 걸.
그게 무슨 말이에요? 아빠가 아니라니요, 아빠가.
내가 아니란 말이다. 내가.
아빠가, 아빠가 아니란 말이에요?

몰랐으면 됐다, 몰랐으면.

아빠가 아빠가 아니라니 그게 무슨 말이에요.

됐다고 하지 않았냐.

그렇지만.

내가 아니었다니. 아빠는 자신이 생각해본 적도 없는 누군가의 꿈에 나왔다는 사실이 갑자기 소름 끼쳤다. 박씨가 그 얘기를 해줄 때만 해도 아빠는 그를 비웃었다. 자신과 그녀가 먼젓번은커녕 전에 한 번도 만난 적이 없다는 것을, 아빠는 여전히 깨닫지 못하고 있었다.

택시가 하천을 따라 달릴 때, 소년은 졸음에 겨운 목소리로 중얼거렸다. 내가 그랬잖아요, 다 알고 있다고요. 하천가의 마른 갈대들이 쓸쓸히 나부끼면서 창밖으로 스쳐갔다. 다요, 다. 소년은 입을 다물고 조용히 앞쪽을 응시했다. 소년은 오리 인형을 바라보는 것도, 신상 기록 카드의 사진 속 남자를 바라보는 것도 같았다.

또 밤이 되면 어떻게 해요? 아직 노란 개를 버리지도 못했는데 말이에요. 소년이 말했다.

아직 낮이다. 아빠가 말했다.

아직 낮이란 말이지요.

아직도 낮이에요?

그래.

간호사가 말했다. 할머니, 밤이 되었으니 어서 그만 약을 먹고 주무세요. 무슨, 밤이 지났으니 낮이어야지. 할머니가 말했다. 아까는 가짜 밤이었고요, 지금이 진짜 밤이에요. 나한테 여동생이 셋 있는데 말이야, 그중 둘째가 어느 날 날 찾아왔지. 할머니가 말했다. 진짜라면서 녹용을 내놓기에 내가 한 채를 사주었지. 근데 가짜였어. 그걸로 약을 지으려고 한약방에 가져갔더니 어디서 가짜 녹용을 샀느냐고 면박을 주더군. 그래서 내가 그랬지. 나한테 여동생이 셋 있는데 셋째 고년이 진짜라면서 팔았다고. 아까는 둘째라면서요. 간호사가 말했다. 그게 뭐 어떻다고. 할머니가 말했다.

그런데 방금은 셋째라고 했잖아요.

내가?

둘째예요, 셋째예요?

간호사가 물었다.

가만. 나한테 가짜 녹용을 팔아먹은 년이 둘째였나, 셋째였나?

할머니 여동생도 아닌데 내가 그걸 어떻게 알겠어요. 오늘 밤은 푹 주무시고 내일 날이 밝으면 전화로 물어봐요. 내가 대신 전화를 걸어줄게요.

멀쩡히 입이 있지만 난 물어보지 않을 거야.

왜요?

그러려면 내가 죽어야 하거든. 둘 다 나보다 먼저 가버려서 말이야.

자, 어서 침대로 가요.

싫어, 난 잠들지 않을 거야. 낮에는 죽은 사람이나 잠을 자지.

밤이 되었다니까요.

밤은 막 지났고.

할머니, 난 거짓말 안 해요. 간호사가 말했다. 거짓말하는 인간들은 종국에 망하게 되어 있거든요.

그래서 네가 벌써 망했잖아.

아빠, 지금은요?

밤이다.

그럼 지금은요?

밤이라고 하지 않았냐.

지금도 밤인 거지요?

밤이다, 밤.

노란 개를 버리든 말든.

또 그 소리냐?

지금도 밤이에요?

낮도 아니고, 밤도 아니다.

검정도 아니고, 하양도 아닌 것처럼 말이에요?

그래.

그럼 낮이 가까워요, 밤이 가까워요?
낮이 가깝다.

낮이 더 가깝다고 하지 않았어요?
그래, 그랬다.
그런데 왜 이렇게 어두워요?
터널 속을 달리고 있으니까 어둡지.
택시는 터널을 벗어난 뒤에도 계속 달렸다.

지금은 낮인 거지요?
그래.

낮요.
그래.

아직도 낮인 거지요?
그래.

그런데 낮이 왜 이렇게 어두워요? 또 터널 속을 달리고 있기라도
한 거예요?
곧 밤이 될 거다.

또 밤인 거예요?

아니, 아직.
곧 밤이 될 거라면서요.
아직은 밤이 아니다.
곧 밤이 될 거라면서요.
밤이다, 밤.
곧 밤이 될 거라면서요. 곧요, 곧.
밤이라고 하지 않았냐.
밤이라고요?
그래.
벌써요?
곧 밤이 될 거라고 하지 않았냐.

밤이란 말이지요?
그래.
집에는 언제 가요?
날이 밝기 전에는 갈 거다.
노란 개를 버리고요?
그래, 노란 개를 버리고.
그러니까 날이 밝기 전에 노란 개를 버리고 집으로 돌아갈 거란 말이지요?
그렇다고 하지 않았냐.

밤인데 나무가 보여요. 집도 보이고, 길도 보여요.

날이 밝고 있다.

날이 밝고 있다고요?

날이 밝고 있는 걸 몰라서 묻는 거냐?

날이 밝기 전에는 돌아갈 거라고 했잖아요.

날이 그새 밝아버린 걸 나보고 어쩌란 거냐?

지금은 낮이지요.

밤이라고 하지 않았냐.

밤이라고 아빠가 언제 그랬는데요?

밤이 되자마자.

근데요, 무슨 밤이 이렇게 환해요? 눈이 아프도록 환하잖아요.

낮이다, 낮.

　노란 개를 버리러 떠나온 뒤로 낮과 밤이 몇 번이나 바뀌었는지, 소년은 헤아려보려 했다. 택시가 달리는 동안, 낮과 밤은 손가락으로는 다 헤아릴 수 없을 만큼 바뀌었다. 졸음과 혼란, 멀미, 허기 때문인지 소년은 낮과 밤이 좀처럼 분간되지 않았다. 소년은 그저 아빠가 밤이라면 밤인 줄로, 낮이라면 낮인 줄로 알았다. 낮과 밤은 눈 깜짝할 사이에 바뀌기도 했고, 지루하도록 바뀌지 않기도 했다. 낮인가 하면 밤이었고, 밤인가 하면 낮이었다. 낮만 같은데 밤이었고, 밤만 같은데 낮이었다. 낮이 밤보다 더 어둡기도, 밤이 낮보다 더 환하기도 했다.

어쩐지 낮일 것 같았어요.

낮이라니?

방금 낮이라면서요.

밤이 된 게 언젠데.

언제 밤이 되었는데요?

방금.

우린 노란 개를 버리러 가는 길이에요.

룸미러 속에서 여자와 눈이 마주치는 순간, 소년은 그렇게 중얼거렸다. 여자의 얼굴에는 어떤 표정도 담겨 있지 않았다. 그래서인지 소년은 여자가 노란 개를 버리러 가는 길이라는 걸 알고 있는 것도, 모르는 것도 같았다.

우린 그걸 잊으면 안 돼요.

소년이 그렇게 말하는데 여자의 두 눈이 스르르 감겼다. 그걸 잊으면 안 된단 말이에요. 그걸. 정말이지 그걸 잊으면 안 된단 말이에요. 소년은 그걸 잊어버릴까봐 겁이 났다. 그런데 그걸 잊으면 어떻게 되나.

그걸 잊으면 어떻게 되는데요? 우리가 노란 개를 버리러 가는 길이라는 걸.

노란 개가 목이 마를 거예요.

내가 노란 개한테 물을 주었다.

아빠가 노란 개한테 물을 주었다고요? 언제요?

네가 잠들었을 때.

내가 잠들었을 때요? 소년은 얼굴을 찡그렸다.

네가 아까 잠들었을 때 말이다.

아까요?

낮과 밤이 정신없이 바뀌는 동안, 소년은 잠들지 않고 깨어 있었다. 졸음에 겨워하면서도 소년은 결코 잠들지 않았다. 잠들지 않으려고 머리카락을 한 가닥 한 가닥 잡아뽑기까지 했다. 그런데 아빠는 소년이 잠들었을 때 노란 개에게 물을 주었다고 우겼다.

아까 언제요?

날이 밝아올 때.

날이 그새 또 밝은 거예요?

놀라는 소년의 눈에, 아빠의 잠바 밖으로 삐져나온 깃털이 들어왔다. 소년은 아빠의 잠바로 손을 뻗었다. 깃털을 잡아뽑았다. 깃털이 쑥 뽑혀나오면서, 또다른 깃털이 뒤따라 비죽 삐져나왔다.

깃털이 자꾸만 나와요.

깃털은 연달아 삐져나왔고, 소년은 잠바 속 깃털을 그렇게 전부 뽑고 싶은 충동을 느꼈다. 한 개가 아니라 두세 개가 뒤엉켜 한꺼번에 삐져나오기도 했다. 소년은 잠바 속뿐 아니라 아빠의 몸속도 깃털로 채워져 있을 것 같은 생각이 들었다. 소년은 깃털을 뽑고 또 뽑았다.

깃털을 뽑는 동안, 노란 개를 버리러 가는 길이라는 걸 소년은 잊었다. 그걸 그만 깜박 잊었는데도 택시는 멈추어 서지 않고 달렸다.

노란 개를 버리러. 소년이 그걸 잊어버렸다는 걸, 아빠는 알지 못했다. 그걸 잊었기 때문에, 그걸 잊으면 안 된다는 것조차 소년은 덩달아 잊어버렸다.

그럼 지금은 낮이에요, 밤이에요.
낮이다.
그렇게 또다시 낮이 되었고, 택시는 어느 마을을 지나갔다. 노란 개를 버리기 위해 떠나온 도시와는 비교도 안 될 만큼 작은 마을이었다. 낮인데도 마을은 초저녁처럼 고요하고 어두침침했다. 길바닥에 굴러다니는 돌멩이들마저도 탄 감자처럼 어두울 것 같은 그런 마을이었다. 택시가 천천히 마을 중심가를 지나는 동안 아이가 한 명도 눈에 띄지 않았다. 하지만 아빠도 소년도 그것을 이상하게 생각하지 않았다. 아빠도 소년도 미처 그것을 깨닫지 못하고 있었기 때문이었다.

택시가 돼지갈비 식당 앞을 지날 때, 소년은 춤을 추는 여자를 보았다. 머리카락을 허리까지 길게 늘어뜨리고, 비닐처럼 얇은 원피스를 입은 여자였다. 수소를 가득 채워넣은 듯 여자의 두 팔이 흐느적거렸다. 검은 스피커가 여자의 뒤에서 짐승처럼 웅크리고 앉아 울부짖고 있었다.

저 여자는 왜 길거리에서 춤을 추는 거예요?
먹고살기 위해서다.
먹고살기 위해서 춤을 춘단 말이에요?
먹고살기 위해서 춤을 추는 사람도 있단다.

먹고살기 위해서 아빠는 택시를 몰고요.

뚱뚱한 남자가 이쑤시개로 이빨을 쑤시면서 나타나 춤추는 여자를 구경했다. 벌어진 이 사이로 퉤퉤 침을 뱉어가면서.

우리도 구경하다 가면 안 돼요?

우린 노란 개를 버리러 가는 길이다.

잠깐만요.

아빠가 택시를 세우고 시동을 껐다. 아빠와 소년은 택시 안에서 춤추는 여자를 구경했다. 악보의 뒤엉킨 오선만 같은 전깃줄들이, 춤추는 여자의 머리 위에서 출렁출렁 흔들리고 있었다. 참새 한 마리 그 위에 앉아 있지 않았다.

적도처럼 긴 전깃줄을 찾아 날아간 참새들은 여전히 허공을 떠돌고 있었다.

소년은 여자가 춤을 추는 게 아니라 허우적거리는 것만 같았다. 물에 빠져 허우적거리는 것만 같았다.

살려달라고요. 소년은 중얼거렸다. 제발 좀 살려달라고요.

여자의 두 발에는 벽돌처럼 크고 두툼한 굽이 달린, 검은 구두가 신겨져 있었다. 그래서인지 여자가 아무리 허우적거려도, 두 발은 길바닥에 딱 붙어 떨어지지 않았다. 소년은 여자의 두 발에서 구두를 벗겨주고 싶었다. 구두로부터 두 발이 놓여나는 순간 여자가 새처럼 가볍고 자유롭게 허공으로 떠오를 것만 같아서. 어둡고 고요한 마을로부터 벗어나 멀리 날아갈 수 있을 것만 같아서.

우린 노란 개를 버리러 가는 길이다.

아빠가 말했다. 춤을 추는 여자가 떠밀리듯 차창 밖으로 밀려나고 있었다. 소년이 의식하지 못하는 사이에 택시는 달리고 있었다.

내가 아는 사람 같아요.

누가 말이냐?

춤을 추던 여자 말이에요.

택시가 마을을 벗어난 뒤에야 소년은 말했다.

엄마 같았어요. 춤을 추던 여자 말이에요.

소년이 학교에서 돌아왔는데 엄마가 방에서 혼자 춤을 추고 있었다. 주전자에서는 물이 끓고 있었다. 팔고 남은 김밥을 먹으면서 소년은 엄마가 춤추는 것을 구경했다. 엄마가 전혀 웃지 않았다. 계단을 내려오는 주인 할머니의 발소리가 들려왔어요. 저 높은 곳에서요. 소년은 말했다. 저 높은 곳에서.

왕복 육 차선 도로에 들어선 뒤로 아빠는 택시 속도를 높였다. 차들이 드문드문 도로 위를 달리고 있었다. 차들이 늘어나자 아빠는 양 사이드미러와 룸미러를 번갈아가면서 흘끔흘끔 살폈다. 깜빡이도 넣지 않고 차선을 바꾸어가면서 차들을 추월했다. 느닷없이 추월을 당한 차들은 클랙슨을 울려댔고, 아빠는 혀를 씹듯 욕설을 중얼거렸다.

도망치는 것만 같아요.

또 그 소리냐.

꼭 도망치는 것만 같으니까 그렇지요.

우린 노란 개를 버리러 가는 길이다.

좀 조심해요, 부딪칠 뻔했잖아요. 소년은 부르르 어깨를 떨었다.

나도 다 봤다.

누가 우릴 쫓아오기라도 한대요?

아빠가 소년을 쳐다봤다.

누가 우릴 쫓아오기라도 하냐고요, 네?

누가 말이냐?

누가요?

누가!

누가……요?

도대체 누가!

택시는 순식간에 일 차선과 이 차선, 삼 차선을 오가면서 차 네 대를 추월했다. 도로를 달리는 차들 중 전조등을 밝히지 않은 차는 아빠의 택시뿐이었다. 하지만 아빠도 소년도 그 사실을 깨닫지 못하고 있었다.

누가 우릴 쫓아온다는 거냐?

누가 우릴 쫓아오고 있어요? 누가요? 누가 우릴 쫓아오고 있는데요? 네? 누가요, 아빠. 누가 우릴 쫓아오고 있는데요.

너도 다 알고 있다고 하지 않았냐.

아빠가 말했다. 소년은 아빠를 빤히 바라봤다. 그래요, 나도 다 알고 있단 말이에요. 소년은 아빠에게 들릴락 말락 한 소리로 중얼거렸다.

저 차 말이다.

저 차요?

저 차가 아니라, 저 차 말이다.

저 차요?

소년은 택시 양옆과 앞뒤에서 달리는 차들을 살폈다. 흰색 승용차와 자주색 승용차, 검은색 승용차, 모래를 실은 덤프트럭, 검은색 승합차가 소년의 눈에 들어왔다. 소년은 그 차들 중 아빠가 말하는 차가 어떤 차인지 분간이 가지 않았다. 아빠는 저 차라고만 했지, 딱히 어떤 차를 손가락으로 가리켜 보이지 않았던 것이다. 저곳에 대해 말할 때처럼.

저 차요, 아빠?

저 차 말이다, 저 차.

아, 저 차요?

그래, 저 차.

저 차가 왜요?

소년은 저 차가 어떤 차를 말하는 것인지 모르면서 그렇게 물었다.

저 차가 언제부터 우릴 따라왔는지 너는 알고 있냐?

저 차가 언제부터 우릴 따라왔냐고요?

그래, 저 차가……

아빠 목소리가 떨려나왔다.

저 차가 언제부터 우릴 따라왔느냐 하면 말이에요…… 저 차가요…… 그러니까요…… 그러니까……

저 차가 우릴 따라왔단 말이냐?

아빠가 정색을 하고 물었다.

그게 아니라…… 저 차가 언제부터 우릴 따라왔느냐면서요?

저 차가 대체 언제부터 우릴 따라온 거냐.

아빠가 소년을 다그쳤다. 자주색 승용차는 그새 어디로 가버렸는지 보이지 않았다. 검은색 승합차 대신 철근자재를 실은 화물차가 택시 옆에서 달리고 있었다. 흰색 승용차도 보이지 않았다. 아빠는 속도를 더 내 화물차를 멀리 떨어뜨렸다.

저 차가 언제부터 우릴 따라왔느냐 하면 말이에요…… 그게 그러니까요……

택시는 육 차선 도로를 벗어나, 허공에 뜬 그믐달처럼 휘어진 도로 위를 달렸다. 그 도로는 서쪽을 향해 직선으로 뻗은 도로와 이어졌다.

북동쪽으로 기울던 숲이 일어서고 있었다. 숲은 일어설 때 눈먼 새를 한 마리 날려보냈다. 그 새는 닷새 뒤에나 숲으로 되돌아올 것이었다. 닷새 동안 어디를 헤매게 될지는 그 새도 알지 못했다. 두 나무 사이에서 흰 개가 걸어나오고 있었다.

아직도 우릴 따라오고 있냐?

저 차 말이에요?

우릴 아직도……

모르겠어요.

우릴……

모르겠다니까요.

아직도 우릴 따라오고 있냐?

모르겠다고 했잖아요.

우릴 아직도 저 차가……
계속 따라오고 있어요. 계속요.

저 차가 언제부터 우릴 따라온 거냐?
언제부터냐 하면 말이에요…… 소년이 그렇게 중얼거리는데, 옆
차선에서 택시와 거의 나란히 달리던 흰색 승용차가 택시를 앞질러
내달렸다. '아기가 타고 있어요'라고 쓴 포스터가 소년의 눈에 들어
왔다.
글쎄, 저 차에 아기가 타고 있대요.
소년은 비웃듯 말했다.
아기가 타고 있나보지.
아빠가 말했다.
저 차에는 아기가 타고 있지 않아요.
네가 그걸 어떻게 아냐?
저 차에는 웬 아줌마밖에 타고 있지 않아요. 누가 타고 있는지 내
가 들여다봤거든요. 저 차가 우리 옆에서 달릴 때요.
소년이 그렇게 말하는 동안, 흰색 승용차는 택시로부터 멀찍이
떨어져 다른 차들 속으로 사라졌다.
우린 도망치고 있는 거예요?
또 그 소리냐?
저 차가 따라오지 못하게 도망치고 있는 거 아니에요?
우린 노란 개를 버리러 가는 길이다.
우린 그걸 잊으면 안 되고요.

소년은 고개를 저으면서 말했다.

아까 그 차에는 웬 아줌마만 타고 있었고, 그럼 저 차에는 누가 타고 있냐?

저 차에 누가 타고 있냐고요?

소년은 비명처럼 내질렀다.

그래, 저 차에는 누가 타고 있냐?

내가 그걸 어떻게……

넌 알 거 아니냐. 아기가 타고 있다던 아까 그 차에 아기가 타고 있지 않다는 것까지 넌 알지 않았냐.

아빠가 차창을 내리더니 가래를 뱉었다.

저 차에 누가 타고 있느냐면 말이에요…… 소년은 사이드미러를 뚫어져라 쏘아보았다. 사이드미러 속으로 승용차 두 대가 지나갔다. 조금 뒤 일 톤 트럭이 한 대 지나간 뒤 아스팔트 바닥만이 사이드미러에 담겨왔다. 아스팔트 바닥에 일정하게 그어놓은 흰색 차선이 휙휙 지나갈 때마다 소년을 현기증을 느꼈다. 똑딱똑딱 오리 인형이 머리를 흔들어대는 소리가 점점 크게 들려오는 듯했다. 택시 바로 옆에서도, 뒤에서도 차 한 대 달리고 있지 않았다. 택시로부터 육백 미터쯤 뒤에서 승용차 두 대가 부지런히 달려오고 있었지만, 시속 백십 킬로로 달리고 있는 택시보다 속도가 느렸다.

두 나무 사이에서 흰 개가 걸어나오고 있었다. 두 나무 사이에서 흰 개가 걸어나올 때, 마치 세 나무 사이에서 걸어나오는 듯한 착각을 불러일으켰다. 네 나무 사이에서, 다섯 나무 사이에서, 여섯 나무 사이에서, 일곱 나무 사이에서, 여덟 나무 사이에서……

택시 저 앞에서는 승용차 세 대가 앞서거니 뒤서거니 달리고 있었다. 택시가 그 차들과 점점 가까워지는 것도, 멀어지는 것도 같았다.
저 차에 누가 타고 있느냐면 말이에요……

그런데요, 아빠. 주전자가 다 탔을 거예요. 주전자에서 물이 끓고 있었거든요. 그때도요, 그때도 주전자에서 물이 끓고 있었어요. 소년은 중얼거렸다. 노란 개가 짖었고요. 그 자식들이 찾아왔을 때도요.
그 자식들 말이에요, 그 자식들이 아침 일찍 아빠를 찾아왔을 때도요, 그 자식들이…… 소년은 표정을 흐리고 고개를 저었다.

저 차에……

차창 밖으로 아파트 단지가 지나갔다. 창마다 불이 켜지고 있었다. 순서를 다투듯 불이 켜지고 있었지만, 밤새 불이 켜지지 않는 창문들도 있었다. 삼백일 동 천오백삼 호의 작은 방 창문도 밤새 불이 켜지지 않는 창문 중 하나였다. 도로를 달리는 차들 중 전조등을 밝히지 않은 차는 아빠의 택시뿐이었다. 그러나 아빠도 소년도 그것을 깨닫지 못하고 있었다.

저 차에 그 자식들이 타고 있었어. 아빠가 말끝에 욕설을 내뱉었다.
저 차에 그 자식들이 타고 있단 말이에요?

네가 방금 나한테 저 차에 그 자식들이 타고 있다고 하지 않았냐.

내가요?

그 자식들이 타고 있을 줄 알았다. 그 자식들밖에 더 있나. 아빠가 울먹거렸다. 그 자식들밖에. 아빠가 흘러내리는 콧물을 손등으로 훔쳤다. 그 자식들이 어떤 자식들인데. 아빠가 부르르 어깨를 떨다가 잠바에서 담배를 꺼내 입에 물었다. 담배에 불을 붙이려고 했지만 라이터에서 불이 피어오르지 않았다. 아빠가 발밑으로 라이터를 떨어뜨렸다. 불이 붙지 않은 담배를 아빠는 그냥 입에 물고 있었다. 가져갈 게 없으면 손가락이라도 잘라갈 놈들이 그 자식들이다. 아빠가 담배를 질근질근 씹었다.

그 자식들이 찾아와서는 아빠를, 아빠를…… 소년은 오리 인형 머리를 주먹으로 갈겼다. 그 자식들도 알아요?

뭘?

우리가 노란 개를 버리러 가는 길이라는 걸 말이에요. 소년은 말했다. 우리가 도망치는 게 아니라요. 소년은 그 말은 하지 않았다.

우린 그걸 잊으면 안 된다. 아빠가 입에서 담배를 떨어뜨리면서 말했다.

간이라도 내놓든지. 소년이 말했다.

심장이라도 내놓든지. 소년이 말했다.

눈이라도 내놓든지. 소년이 말했다.

콩팥이라도 내놓든지. 소년이 말했다.

그 자식들이 아빠한테 그렇게 말했잖아요. 아빠 얼굴을 이렇게. 소년은 주먹으로 오리 인형 머리를 갈겼다. 이렇게. 소년은 오리 인형 머리를 또 갈겼다. 이렇게, 이렇게. 소년은 두 번 연속해서 오리 인형 머리를 갈겼다. 넌 노래나 불러라. 기쁠 때도 슬플 때도 애들은 노래를 불러야지. 그 자식들이 나한테 노래를 부르라고 했어요. 넌 노래나 불러라.

나의 송아지는 묶인 채 이유를 모르고 죽어가네. 소년이 중얼거렸다. 창밖으로 발과 발목밖에 남지 않은 사람이 지나가네. 아빠가 중얼거렸다.

그건 노래가 아니라고 했잖아요. 소년은 짜증을 냈다.

아빠가 속도를 줄이더니 길가에 택시를 세웠다. 시동을 켜둔 채 택시에서 내렸다. 택시를 등지고 서서 오줌을 누었다. 마침 오줌이 마렵던 소년은 얼른 택시에서 내렸다. 아빠로부터 서너 발짝 떨어져 자리를 잡고 바지 지퍼를 내렸다. 지퍼가 반쯤 내려가다 말았다. 그새 오줌을 다 눈 아빠가 소년을 쳐다봤다.

당장 출발해야 한다.

지퍼가 안 내려가요.

지금 당장.

지퍼가 고장 났나봐요.

아빠가 소년을 놔둔 채 먼저 택시에 탔다. 몇 번이나 다시 위로 올렸다 내려봤지만 지퍼는 반쯤밖에 내려가지 않았다. 불안해진 소년은 하는 수 없이 혁대를 풀고 바지와 속옷을 무릎 아래까지 끌어내렸다. 소년이 겨우 오줌을 다 누고 돌아서는데, 택시가 갑자기 출발했다.

멍하니 서 있던 소년은 택시를 뒤쫓아 내달렸다. 두 팔을 마구 흔들었지만 택시는 빠르게 멀어져 소년의 시야에서 아예 사라져버렸다. 차들이 소년을 들이받을 듯 아슬아슬하게 지나갔다. 소년은 무릎을 접으면서 철퍼덕 주저앉았다. 노란 개를 버리러 가자면서요, 노란 개를…… 아스팔트 바닥의 차가운 기운이 소년의 몸속으로 파고들었다. 먹지 같은 어둠이 차곡차곡 내려 도로와 소년을 덮었다.

두 나무 사이에서 흰 개가 걸어나오고 있었다. 세 나무 사이에서, 네 나무 사이에서, 다섯 나무 사이에서, 여섯 나무 사이에서, 일곱 나무 사이에서, 여덟 나무 사이에서, 아홉 나무 사이에서……

멀리 빨간 불빛이 떠올랐다. 소년을 향해 신호를 보내듯 깜박깜박했다. 소년의 발아래 검은 가죽 혁대처럼 놓인 도로 위, 불빛이라고는 오로지 그 불빛뿐이었다. 하늘에 별 한 점 뜨지 않아, 소년은 그 불빛이 세상에 마지막 남은 불빛만 같았다. 세상 불빛이 다 꺼지고, 그 불빛만 남아 자신을 향해 깜박이고 있는 것 같았다.

소년은 벽돌처럼 굳은 몸을 일으켰다. 불빛을 향해 두 팔을 들어 올리고 천천히 엇갈려 흔들었다. 노란 개를 버리러, 노란 개를…… 소년의 부르튼 입에서 쌀뜨물 같은 입김이 어지럽게 피어올랐다.

못처럼 박혀 있던 불빛이 꺼질 듯 불안하게 흔들리면서, 소년을 향해 달려왔다. 노란 개를…… 불빛은 소년의 바로 앞까지 달려왔다. 그것은 자동차 비상등 불빛이었다. 소년은 왼쪽 비상등만을 깜박이면서 서 있는 차가 아빠의 택시임을 깨달았다.

우린 노란 개를 버리러 가는 길이에요.

택시에 오르자마자 소년은 아빠에게 소리 질렀다. 아빠가 급하게 택시를 출발시켰다.

그걸 깜박 잊어버릴 뻔했지 뭐예요.

오리 인형이 머리를 흔들면서 소년을 빤히 쳐다봤다.

글쎄, 그걸 잊어버릴 뻔했다니까요. 그걸 잊으면 안 되는데 그걸 깜박 잊어버릴 뻔했지 뭐예요.

울상이던 소년의 얼굴에 불현듯 싸늘한 긴장이 감돌았다. 병마개가 돌아가듯, 소년의 고개가 뒤쪽으로 홱 돌려졌다. 소년은 밤의 손님과 여자를 번갈아가면서 뚫어져라 쳐다봤다.

그새 몰라보게 컸네.

여자가 입을 거의 벌리지 않고 중얼거렸다.

누가요? 소년이 물었다.

몰라보게 컸어. 여자의 두 눈은 그러나 소년이 아니라 창을 향해 있었다. 조금 뒤 여자가 또다시 중얼거리는 소리가 소년의 뒤에서 들려왔다. 애들은 내버려둬도 저 혼자 알아서 잘만 큰다니까.

그만 내리라고 해요.

누굴 말이냐.

택시에서 그만 내리라고 해요.

그러니까 누굴 말이냐.

184

택시에서 그만 내리라고 하라니까요.

누굴 말이냐, 누굴.

어서 내리라고 해요.

글쎄, 누굴?

누구겠어요. 소년은 뻔하지 않느냐는 표정으로 아빠를 바라보았다.

난 모르겠다, 내 택시에서 그만 내려도 될 사람이 누군지 도대체 모르겠다. 아빠가 고개를 저었다.

어떻게 모를 수가 있어요? 소년은 어이없어하면서 한숨을 쉬었다.

글쎄, 난 모르겠다.

그럼 어디 한번 생각해봐요. 누가 내려야 할지. 이 택시에 누구누구가 타고 있느냐면 말이에요…… 아빠하고요, 나하고요, 저 여자하고요, 밤의 손님하고요…… 그리고 노란 개하고요…… 그리고 또……

그리고 또 누가 있냐?

아빠가 쳐다봤지만 소년의 두 눈은 룸미러를 향해 있었다.

그리고 또요…… 소년은 어깨가 떨리도록 숨을 내뱉었다.

암튼 우리 중에 그만 택시에서 내려도 될 사람이 누구겠어요.

모르겠다고 하지 않았나.

아빠는 운전을 해야 하고요, 노란 개는 버릴 때나…… 그리고 나는 노란 개를…… 소년은 말끝을 흐리고, 똑딱똑딱 흔들리는 오리 인형 머리 너머를 응시했다. 도로 위로 날이 밝아오고 있었지만 소년은 깨닫지 못했다. 소년은 어쩐지 아빠가 자신을 생각하는 것만 같았다. 이제 그만 택시에서 내려야 할 사람이 누구인지 모르겠다고 시치미를 뗐지만, 속으로는 소년 자신을 생각하는 것만 같았다.

나는 노란 개를 버려야 해요. 소년은 곁눈질로 아빠의 눈치를 살폈다. 노란 개를 버려야 한단 말이에요.

방금 뭐라고 했냐. 아빠가 물었다.

노란 개를 버려야 한다고 말했어요.

다시 말해봐라.

노란 개를 버려야 해요. 소년은 아빠가 또다시 묻지 않도록 또박또박 말했다. 택시는 그때, 도로를 뚫으면서 두 쪽으로 갈라놓은 산 밑을 막 지나가고 있었다. 그리고 때마침 한쪽 산 밑에는 남색 왜건이 깜빡이도 넣지 않고 멈춰 서 있었다. 왜건 운전석에는 얼굴이 석고상처럼 하얗게 질린 남자가 앉아 있었다. 남자는 십 분 전쯤 그곳을 지나다, 산에서 순식간에 튀어나와 자신의 왜건으로 달려드는 노루를 보았다. 남자가 비명을 지르면서 브레이크를 밟는 동시에 노루는 허공으로 떠올랐다. 택시가 자신의 왜건 옆을 지나갈 때 남자는 택시 안을 뚫어져라 들여다보았다. 일 초도 안 되는 그 짧은 순간 소년과 남자는 눈이 마주쳤고, 남자가 소년을 향해 무슨 말인가를 절박하게 중얼거렸다. 그러나 남자가 중얼거리는 말이 소년에게 들릴 리 없었다.

나는 석 달 만에 아들을 만나러 가는 길이란 말이다. 아들을……
소년과 눈이 마주쳤을 때, 남자가 중얼거린 말은 그 말이었다. 한번 터져나오기 시작한 말을 남자는 좀처럼 그칠 수 없었다. 또 노루

186

를 치다니…… 남자는 두 손으로 자신의 머리를 감싸쥐었다. 석 달 전 아들을 만나러 갈 때도 남자는 그 산 밑을 지나갔고, 자신의 왜건으로 달려드는 노루를 보았다. 남자는 아들을 만나러 가는 것이 두려웠다. 서너 달에 한 번 겨우 아들을 만나러 가면서도. 그는 이혼과 직장 문제로 아들과 떨어져 살고 있었다. 아들이 살고 있는 도시로 가려면 산 밑을 지나가야 했고, 그때마다 산에서 노루가 튀어나와 그의 왜건으로 뛰어들었다. 두 쪽으로 갈라지기 전부터 산에는 유독 노루가 많이 살았다. 산에서 내려온 노루들은 도로를 건너려다 차에 치이고는 했다. 산에서 노루가 느닷없이 튀어나왔을 때 왜건은 시속 백이십 킬로로 달리고 있었다. 남자는 어서 아들을 만나기 위해 액셀러레이터를 한껏 밟아댔다.

택시가 지나가고 삼십 분이나 지나서야 왜건은 그곳을 떠났다. 그 뒤로 여러 대의 차가 그곳을 지나갔지만, 노루를 도로 밖으로 치우기 위해 멈추어 서는 차는 한 대도 없었다.

아빠, 이제 그만 좀 택시에서 내리라고 해요.

소년이 소리 질렀다.

누굴 말이냐!

누군 누구겠어요, 밤의 손님 말이지.

네 엄마가 아니라?

저 여자는 엄마가 아니라고 했잖아요. 소년의 눈동자가 저절로 룸미러로 향했다. 아빠가 택시를 세웠다. 시동을 켜둔 채 택시에서 내리더니 뒷문을 부서져라 열었다. 황급히 도로를 둘러본 뒤, 허리까지 택시 안으로 쑥 들이밀었다. 밤의 손님의 한쪽 팔을 움켜잡더니 자신 쪽으로 끌어당겼다. 소년은 얼른 택시에서 내렸다. 택시로부터 조금 떨어져 서서 아빠가 밤의 손님을 택시에서 끌어내리는 것을 지켜보았다. 밤의 손님이 택시에서 끌려나왔다.

아빠는 거칠어진 숨을 몰아쉬면서 밤의 손님의 겨드랑이에 자신의 두 팔을 끼워넣었다. 뒷걸음질을 치면서 도로 갓길로 밤의 손님을 끌고 갔다. 밤의 손님은 고개를 떨어뜨린 채 아빠가 이끄는 대로 끌려갔다. 밤의 손님의 외투 자락과 두 다리가 도로 바닥에 질질 끌렸다.

마침 그곳을 지나가던 은색 승용차가 속도를 줄이더니, 택시로부터 오십 미터쯤 떨어진 곳에서 멈춰 섰다. 멀리서 보기에도 늙은 남자가 그 차에서 내렸다. 그는 잠시 우두커니 서서 지켜보다가 택시 쪽으로 걸어왔다.

네가 어서 저 늙은이한테 가서 말해라.

당황한 아빠가 급히 밤의 손님을 난간에 기대어놓으면서 소년에게 말했다.

뭐라고요?

가서 좀 말해라.

그러니까 뭐라고요?

어서 가서 말해라.

뭐라고요, 뭐라고!

우리가, 우리가 말이다…… 아빠가 더듬거렸다.

노란 개를 버리러 가는 길이라고 말이에요? 소년이 물었다.

188

그래, 노란 개를 버리러 가는 길이라고 말이다.

그냥 그렇게만 말하면 되는 거죠?

소년은 늙은 남자 쪽으로 빠르게 걸어갔다. 그가 택시 가까이 오지 못하도록. 어느새 깨어난 여자가 택시 안에서 소년을 지켜보고 있었다.

애야, 무슨 일이냐. 사고라도 난 거냐?

늙은 남자가 소년에게 물었다.

우린 노란 개를 버리러 가는 길이에요.

소년은 두 주먹을 꼭 쥐고 늙은 남자를 쏘아보았다. 늙은 남자가 더는 가까이 다가오지 못하고 멈춰 섰다.

그러지 말고 말을 해봐라. 대체 무슨 일이냐? 널 도와주려는 거니 두려워하지 말고 말을 해봐라.

우린 노란 개를 버리러 가는 길이라니까요.

말을 해보라는데도 그러는구나. 애야, 나는 착한 사람이란다. 결코 나쁜 사람이 아니지. 나는 이 나이를 먹도록 세상을 너무 착하게만 살아왔단다.

우린 노란 개를 버리러 가는 길이란 말이에요.

어린 게 바락바락 소리를 지르다니…… 못된 게 내 손자를 닮았구나. 그 녀석이 얼마나 못돼 처먹었느냐 하면 말이다. 내가 있어서 제 녀석이 있다는 걸 모른단다. 내가 없었으면 제 녀석도 없다는 걸 까맣게도 모르지. 내가 먼저 나고 제 녀석이 났다는 걸.

우린 노란 개를 버리러 가는 길이라니까요.

소년은 소리 질렀다.

그게 다 에미 애비가 가르쳐주지 않아서 그렇지. 쥐뿔도 모르면서 잘난 줄 아는 에미 애비가. 사람이고 짐승이고 어디 하늘에서 뚝 떨어지는 줄 아냐. 하늘에서 뚝 떨어지는 건 새똥이지 사람이나 짐승이 아니지. 하늘에서 어디 개미 새끼 한 마리라도 떨어지데?

우린 그걸 잊으면 안 돼요. 소년은 어깨를 떨었다.

내가 먼저 나고 제 녀석이 났다는 것도 모르면서 내가 오래 살기를 바란단다. 다달이 내 앞으로 나오는 연금 덕분에 제 에미 애비가 편히 먹고산다는 걸 그 녀석도 알고 있거든. 내가 당장 죽으면 어떻게 살 거냐고 물었더니 박제를 해놓으면 되지 않겠느냐고 하지 뭐냐. 내가 죽더라도 다달이 나오던 연금은 나와야 하니까 말이다.

우린 그걸 잊으면 안 된단 말이에요.

내가 정말 도와줄 게 아무것도 없는 거냐?

우린 노란 개를……

늙은 남자는 고개까지 저으면서 답답하다는 듯 혀를 찼다. 소년으로부터 돌아서려다 말고 물어왔다.

한데 얘야, 노란 개를 버리러 가는 길이라고 했냐?

우린 그걸 잊으면 안 돼요.

개를 내다버리려거든 말이다, 아주 멀리 가서 버려라. 그곳에 나무가 있거든 개를 아예 나무에 꽁꽁 묶어놓아라. 안 그러면 개가 다시 찾아올지 모르니까 말이다. 이왕에 개를 버리려면 제대로 버려야지, 안 그러냐?

늙은 남자는 마침내 돌아섰고, 뒤 한 번 돌아보지 않고 차까지 걸어갔다. 늙은 남자는 차를 타고 떠났다. 난 할아버지가 없단 말이에

190

요. 소년은 할아버지를 보지 못했다. 할아버지는 아빠가 소년보다
어릴 때 죽었다.

　밤의 손님이 난간에 기대어 앉아 가만가만 고개를 흔들고 있었
다. 난간 아래는 절벽이었다. 절벽 멀리 도시가 내려다보였다. 그
도시 어디에선가 두 소년이 시소를 타고 있었다. 한 소년이 위로 올
라갈 때, 한 소년은 아래로 내려올 수밖에 없었다. 위에서 막 아래
로 내려온 소년은, 벌써 왔었어야 할 아빠를 아까부터 기다리고 있
었다.

　택시는 또다시 달리고 있었다. 아빠도, 소년도 한동안 아무 말이
없었다. 소년의 뒤에는 여자뿐이었다.
　하늘에서 개미 새끼가 떨어지는 건 못 봤지만, 닭이 떨어지는 건
봤어요. 소년은 말했다.
　그게 무슨 말이냐. 아빠가 물었다.
　닭이 하늘에서 떨어지는 걸 봤단 말이에요. 소년은 말했다. 동물
원에 소풍을 갔을 때였다. 소년이 늑대 우리 앞을 지날 때 하늘에서
닭이 떨어졌다. 깃털이 싹 뽑히고 대가리가 잘리고, 내장이 통째로
드러내진 닭이었다. 늑대는 나무 밑에서 잠들어 있었는데, 닭이 바
로 코앞에 떨어져도 좀처럼 깨어나려 하지 않았다. 늑대가 언제부
터 잠들어 있었는지 소년은 알지 못했다. 검은 바위가 병풍처럼 늑
대의 뒤로 둘려 있었다. 소년이 우리를 한 바퀴 빙 돌아 멀어질 때
까지 늑대는 깨어나지 않았다. 잠든 늑대와 닭은 우리 안에서 평화

로워 보였다.

아직도 있을까요?

없을 거다. 아빠가 소년을 쳐다봤다.

없을 거라고요? 소년은 아빠를 향해 눈을 동그랗게 떴다.

늑대가 깨어나자마자 먹어치웠겠지.

누구, 닭 말이에요? 소년은 화를 냈다.

그럼 늑대 말이냐?

닭 말고 밤의 손님이 말이에요.

난 또. 아빠가 창을 내리고 가래를 뱉었다.

아직도 있을까요?

그걸 내가 알겠냐, 네가 알겠냐.

나는요, 밤의 손님이 아직도 거기에 있을 것 같아요.

차창 밖으로 주유소가 지나갔다. 그 앞에서 어떤 남자가 뻥튀기를 팔고 있었다. 남자는 얼굴을 방독면으로 가리고, 어깨와 허리에 뻥튀기를 주렁주렁 매달고서, 도로 위를 무섭게 내달리는 차들을 향해 절박하게 뻥튀기를 흔들어댔다. 소년은 방금 지나친 풍경이 꿈속의 한 장면만 같았다. 아빠가 꿈속에서 그렇게 뻥튀기를 흔들어대고 있는 것만 같았다.

다시 가보면 안 돼요?

어딜 말이냐?

밤의 손님이 아직 거기에 있는지 말이에요.

우린 노란 개를 버리러 가는 길이다.

192

다시 가봐요.

소년이 애원하듯 말했지만 아빠는 곧장 내달렸다. 택시가 한참 달리고 있는 도로가, 직진밖에 할 수 없는 도로라는 걸 소년이 알 리 없었다. 택시가 방금 지나간 지점으로부터 이십삼 킬로미터는 더 달려가야 우회도로가 나왔다. 분리대가 설치되어 있어서 불법 좌회전이나 우회전을 할 수도 없었다.

남색 왜건은 택시가 달려간 방향으로 내달렸다. 남자는 액셀러레이터를 지그시 밟으면서 하늘을 올려다보았다. 유빙처럼 창백한 구름들이 하늘에 떠가고 있었다. 조금 더 달려가다 남자는 난간에 기대어 앉아 있는 밤의 손님을 보았다. 저이는 기다리는 아들이 없나 보군. 남자는 중얼거리면서 태우던 담배를 창밖으로 던졌다. 담배가 아스팔트 도로 바닥으로 떨어지면서 재와 불꽃이 한꺼번에 튀었다.

우릴 기다리고 있을 것만 같아요.
누가 우릴 기다린다는 거냐?
우릴 기다리고 있으면 어떻게 해요?
누가? 아빠가 두 손을 핸들에서 떨어뜨렸다. 도대체 누가 우릴 기다리나? 아빠는 탄식처럼 내질렀다.
밤의 손님요.
바퀴가 밀리도록 아빠가 택시를 급히 세웠다. 기어를 거칠게 만지작거렸다. 소년의 머리라도 후려갈길 듯 오른팔을 쭉 뻗어 조수석 등받이에 걸쳤다. 심줄이 시퍼렇게 불거지도록 고개를 뒤틀었다.

침이 튀도록 욕설을 중얼대는가 싶더니 한 손으로 핸들을 재빨리 돌렸다. 택시는 또다시 달리고 있었다. 시속 육십 킬로로. 앞으로가 아니라 뒤로. 택시가 후진하면서 화면을 되감기 하듯, 창밖으로 지나간 풍경들이 고스란히 되돌려지고 있었다.

택시가 뒤로 달리는데도 오리 인형은 변함없이 똑딱똑딱 머리를 흔들었다. 똑딱똑딱똑딱똑딱…… 앞으로 달리면서 바라보는 풍경과 뒤로 달리면서 바라보는 풍경은 어딘가 달랐다. 뒤로 달리면서 바라보는 풍경이 조금 더 어둡고 황폐하고 적막했다.

소년은 시간 또한 풍경과 함께 되돌려지는 듯한 착각이 들었다. 시간이 시속 육십 킬로로 되돌려지고 되돌려져 마침내는 아빠가 자신을 깨우기 전으로 돌아갈 것만 같았다. 주전자에서 물이 끓어오르기 전으로, 소년이 잠에서 깨어나기 전으로, 소년이 이불 속으로 들어가 잠들기 전으로, 날이 어두워져 아빠가 택시 일을 나가기 전으로, 아빠와 엄마와 소년이 밥상에 둘러앉아 저녁을 먹기 전으로, 소년이 학교에서 돌아오기 전으로, 담임 선생님이 소년을 향해 다음이 네 차례라고 말하기 전으로, 학교에서 지렁이를 자르고 자르기 전으로, 골목 끝 창문 앞을 지나가기 전으로, 송아지는 묶인 채 이유를 모르고 죽어가네…… 창문에서 그 노래가 흘러나오기 전으로, 학교에 가기 위해 집을 나서기 전으로, 그 자식들이 들이닥치기 전으로, 노란 개가 짖고 그 자식들이 소년의 집 문을 부술 듯 두드리기 전으로.

아빠가 뭘 잘못한 거예요. 소년은 멀미와 혼란, 풍경들이 뒤섞여 빙글빙글 도는 듯한 어지러움 속에서 중얼거렸다. 아빠가 뭘 잘못해서 그 자식들이 아빠한테 그러는 거예요.

너도 다 알고 있다고 하지 않았냐.

그렇긴 하지만요…… 그렇긴……

아무것도 모르면서 다 알고 있다고 한 거냐.

하지만요, 아빠…… 나는 그것도 알고 있는걸요…… 그것도요…… 그것도…… 노란 개가…… 노란 개가 말이에요……

뒤로 달려가는 택시 창밖으로 주유소가 지나갔다. 그 앞에서 뻥튀기를 팔던 남자는 그새 어딘가로 가버리고 없었다. 남자가 어딘가로 가버려 풍경이 눈에 띄게 달라져 있었지만 소년은 알아차리지 못했다.

일어나라.

아빠 목소리가 들려왔다. 언제부터 아빠가 자신을 깨웠는지 알지 못했지만, 소년은 깨어 있었다. 소년이 깨어난 것은 그러나 아빠가 깨워서가 아니었다. 아빠가 깨워서가. 그렇다고 주전자에서 물이 끓어서도 아니었다.

일어나라.

몹시 절박하게 들렸지만, 소년은 눈을 뜨고 싶지 않았다.

제발, 제발 좀 일어나라.

소년은 정말이지 눈을 뜨고 싶지 않았다.

제발 좀!

소년은 마지못해 눈을 떴다. 아빠가 소년의 어깨를 붙잡고 흔들어댔기 때문이었다. 소년의 머리가 차창에 부딪치도록.

내가 널 얼마나 깨웠는지 아냐.

아빠가 흰자위에 핏발이 서도록 소리 질렀다. 택시가 멈춰 서 있다는 것을 깨달은 소년의 두 눈동자가 창밖으로 향했다.

우릴 기다리고 있었어요. 밤의 손님이 우릴……

어떻게 하고 싶냐? 아빠가 물었다.

다시 태워주면 안 돼요. 소년이 말했다.

그만 내리라고 할 때는 언제고. 아빠가 소년을 다그쳤다.

어차피 빈 차잖아요. 소년은 후들 몸을 떨었다. 빈 차요, 아빠…… 택시가 뒤로 달리는 동안에도 빈 차 표시등에 들어온 빨간 불빛은 꺼지지 않았다. 택시가 어쩌다 멈춰 서 있을 동안에도, 아빠나 소년이 택시에서 내리고 없을 때도, 오리 인형 머리가 사라지고 없을 때도 결코 꺼지지 않았다.

빈 차에 손님을 태워야지 누굴 태우겠어요.

하긴, 빈 차에 손님을 태워야지 누굴 태우나. 아빠가 중얼거렸다.

수금도 못 맞췄을 거 아니에요.

수금이 있었지, 그래, 수금이 있었어. 말끝에 아빠가 한숨을 내쉬었다. 수금을 못 맞춰서야 쓰나. 욕을 얻어먹지 않으려면 수금은 맞춰야지, 어떻게든 수금은.

수금도 못 맞추고 마냥 빈 차로 달리기만 한 거예요?

수금을 새카맣게 잊어버리고 있었지 뭐냐, 그놈의 노란 갠지 뭔지를 버리러 가느라 말이다.

네, 노란 개를 버리러 가느라고요.

노란 개를 버리러 떠나오지만 않았어도 벌써 수금을 맞췄을 거다.

196

수금은 꼭 맞춰야 되는 거지요?

하늘이 두 쪽 나더라도 수금은 맞춰야지, 내 돈을 꼴아박아서라도 말이다.

수금을 맞추려면 아무 손님이라도 얼른 태워야겠네요?

빈 차가 이 손님 저 손님 가려서야 쓰나.

그럼요, 아빠. 밤의 손님을 다시 태워주고 요금을 받으면 되잖아요. 여태까지 태워준 것까지 합해서 요금을 받아내면 그럭저럭 수금을 맞출 수 있을 거 아니에요.

여태까지 태워준 요금만 받아도 수금을 충분히 맞추고 몇만 원이 남겠다.

택시를 탔으면 요금을 내야지요.

아빠와 소년은 동시에 밤의 손님을 쳐다보았다. 둘은 누가 먼저랄 것도 없이 입을 다물고 침묵했다. 오리 인형 머리가 흔들림을 멈춰, 엔진 돌아가는 소리만이 택시 안에 떠돌았다.

내가 지금 이 손님 저 손님 가릴 때가 아니지, 그럴 때가 아니야. 아빠가 중얼거리더니 택시에서 내렸다. 밤의 손님 쪽으로 걸어갔다.

아빠는 밤의 손님 앞으로 가서 섰다. 두 손을 잠바 주머니 속에 감추듯 찔러넣고, 밤의 손님을 내려보았다. 소년은 아빠가 고개를 푹 숙이고 있어서 자신만큼 작게 느껴졌다. 소년 자신이 아빠의 잠바를 입고, 밤의 손님 앞에 서 있는 것 같았다. 아빠는 고개를 젖히고 잠시 하늘을 올려다보았다. 아빠의, 하늘을 향해 구멍처럼 벌어진 입에서 입김이 피어올랐다. 아빠는 잠시 밤의 손님 앞을 불안하게 왔다갔다했다. 난간을 발로 걸어차다가 밤의 손님 옆에 웅크려 앉았다.

소년은 택시에서 내리지 않았다. 차창 너머로 묵묵히 아빠와 밤의 손님을 지켜보았다. 아빠가 두 손으로 머리를 감싸쥐더니 발로 아스팔트 바닥을 굴렀다. 흐느낌이 섞인 비명을 내질렀다.

내가 말하지 않았니.

여자가 가늘게 중얼거리는 소리가 소년의 뒤에서 들려왔다. 순간 소년은 머릿속까지 소름이 끼쳤다. 소년은 한없이 주저하면서 뒤를 돌아다보았다. 소년의 고개가 돌아가면서 입이 저절로 벌어졌다.

뭐라고 했어요?

노란 개가 아니라고 말하지 않았니?

노란 개가 아니라고요?

노란 개가 아니다. 여자가 눈살을 찌푸렸다.

근데요. 아줌마는 누구예요?

아니라면 아닌 줄 알아야지. 여자가 외면하듯 소년으로부터 고개를 돌려버렸다.

우린 노란 개를 버리러 가는 길이다. 아빠가 말했다.

우린 그걸 잊으면 안 돼요. 소년이 말했다.

차창 밖으로 주유소가 지나갔다. 뻥튀기를 팔던, 어딘가로 가버린 남자는 그때까지도 돌아와 있지 않았다. 소년의 뒤에는 여자와 밤의 손님이 타고 있었다.

택시로부터 십오 킬로미터 떨어진 지점에서 자주색 승용차가 시속 백이십 킬로로 내달리고 있었다. 그 차는 아빠와 소년이 말하던 저 차일 수도, 아닐 수도 있었다.

그런데요, 아빠. 노란 개가 짖질 않아요. 아까부터요. 소년은 트렁크에서 노란 개가 짖는 소리가 들려오기를 바라고, 바랐다.

진실이 꼭 하나라는 법은 없지. 아빠가 중얼거렸다.

노란 개를 버리기 위해 소년이 떠나온 도시에서는 택시 기사와 곽모라는 사십대 남자의 실종 소식이 퍼지고 있었다. 곽모씨는 사흘 전 밤 담배를 사러 외출했다가 돌아오지 않고 있다고 했다. 곽모씨의 아내는 이틀이 지나도록 남편이 집에 돌아오지 않자 경찰서에 실종 신고를 냈다. 그녀는, 남편이 실업 상태로 우울해 있기는 하지만 가출을 할 사람은 아니라면서 실종 신고를 냈다. 남편이 결혼 십일 년째가 되도록 외박 한 번 한 적 없음을, 그녀는 경찰 앞에서 몇 번이나 말했다.

공교롭게도 택시 기사가 실종된 날 역시 사흘 전 밤이었다. 실종된 택시 기사는 박모씨로, 영광운수의 차량 넘버가 'XX3X아2435'인 택시를 끌고 나갔다가, 택시와 함께 돌아오지 않았다. 소년이 떠나온 도시에서 실종 사건은 종종 있어왔다. 그러나 같은 날 밤 택시 기사와 사십대 남자가 한꺼번에 소리 소문 없이 사라지는 경우는 그리 흔하지 않았다. 하지만 그 도시에 살고 있는 사람들 중 그 사실을 주의 깊게 여기는 사람은 없었다. 그것은 경찰들도 마찬가지였다. 택시 기사의 실종을 신고받은 경찰서에서는 그 사건을 택시 강도 사건으로, 곽모씨의 실종을 신고받은 경찰서에서는 단순 가출로 보았다.

곽모씨의 아내는 아들의 학습지 방문 교사로부터 영업용 택시 기사의 실종 소식을 전해 들었다. 방문 교사는 목요일 오후 세 시마다 아들에게 영어를 가르치기 위해 그녀의 집을 방문했다.

택시 기사가 실종된 게 언제라고 했어요?

사흘 전 밤요. 그건 그렇고요, 세우 어머니, 학습지비는 주셔야지요. 방문 교사는 말끝에 버릇처럼 푹 한숨을 쉬었다.

아이 아빠가 돌아오면 줄게요.

돌아와요? 누가요?

세우 아빠 말이에요.

어머나, 세우는 아빠가 돌아오지 않을 거라고 하던데요.

그게…… 무슨 말이에요?

세우가 그랬어요. 아빠가 돌아오지 않을 거라고요.

어린애가 뭘 안다고……

어머나, 세우 어머니. 세우가 얼마나 눈치가 빤한데요? 가만 보면 얌전한 애들이 눈치는 더 빠르더라고요.

아이를 가르친다는 사람이 어떻게 그런 말을……

학습지비가 얼마나 된다고 그걸 밀려요?

당신 같은 여자한테 내 아이를 맡기다니. 손톱 매니큐어나 뜯어대면서 아이를 가르칠 때부터 알아봤어야 했는데.

이 집 저 집 다니면서 학습지나 가르친다고 날 우습게 여긴다는 거 내가 모를 줄 알아요?

방문 교사가 돌아가자마자 그녀는 아들에게 소리 질렀다.

의자를 왜 그렇게 끌고 다니는 거냐.

의자를 끌면서 욕실 쪽으로 걸어가던 소년이 멈칫했다.

의자 좀 그냥 놔둬라. 온종일 의자를 끌고 다니는구나.

의자가 있어야 앉아서 밥을 먹을 수 있단 말이에요. 소년이 말했다. 서서 밥을 먹을 수는 없잖아요, 할아버지가 그랬어요, 소나 돼지 같은 짐승이나 서서 밥을 먹는다고요.

의자에 발이 달려 있어서 어디로 도망가기라도 한다데?

할아버지가 그랬어요, 집에 빈 의자는 이것뿐이니 잘 지키라고요. 집에는 일곱 개의 의자가 있는데, 빈 의자는 이 의자 하나뿐이라고요.

네 할아버지는 일부터 십까지 세는 걸 처음부터 다시 배워야겠구나. 일곱 개가 아니라 여섯 개다. 우리 집에는 의자가 여섯 개뿐이란 말이다. 그나저나 네가 그년한테 아빠가 돌아오지 않을 거라고 말했니?

그년이 그래요? 내가 그렇게 말했다고요?

그렇게 말했니? 그것만 말해라.

그년은 나한테 코 좀 파지 말라는 말밖에 할 줄 몰라요.

소년은 의자를 끌고 거실 구석으로 갔다. 엄마가 빼앗아 가기라도 할까봐 의자를 뒤로 숨겼다.

그년? 그년이 누구라니? 아니지, 아니야, 중요한 건 그게 아니지. 엄마가 고개를 저었다. 그렇게 말했니? 안 했니? 사실대로 말해라. 거짓말만 해봐라, 그 의자를 창밖으로 던져버리기 전에.

내가 그렇게 말한 게 아니에요. 소년은 의자를 넘어뜨릴 듯 옆으로 밀다가 똑바로 세웠다. 아빠가…… 아빠가 그렇게 말했단 말이에요…… 돌아오지 않을 거라고.

네가 무슨 말을 하는지 모르겠구나.

우유는 사왔어요?

소년은 엄마가 집에 돌아왔을 때부터 묻고 싶었던 말을 그제야 겨우 물었다. 소년에게 먹일 유통기한이 아직 지나지 않은 우유를 사러 갔던 엄마는, 이틀이 지나서야 돌아왔다. 우유 대신 라면을 사 가지고.

우유? 세우야, 우리가 지금 어떤 처지인지 아니? 그래, 너도 알 건 알아야지. 지금이 어떤 처지냐 하면 말이다, 너하고 네 동생에게 우유를 떨어뜨리지 않고 사먹이기 위해서 말이다, 내가 당장 오늘 저녁부터라도 말이다, '원주감자탕'에서 서빙이라도 해야 할 판이다. 말린 배춧잎 같은 앞치마를 두르고서 남들이 뜯어먹고 버린 뼈를 치우는 일이나. 그게 아니면 남의 애나 돌보러 다니거나. 내 애들만으로도 짜증나고 힘들어 죽겠는데 남의 애는 어떻게 돌보나? 차라리 김밥을 말지. '김밥나라'에서 야간에 김밥 말 아줌마를 구한다던데…… 아파트 여자들이 날 얼마나 우습게 여길까? 대학교에서 불란서 문학을 배운 여자가 먹고살기 위해 김밥이나 말고 있다고. 네 아빠를 만나지 않았으면 나는 벌써 '어두운 상점들의 거리'를 찾아 파리로 떠났을 거다. 내가 카페에서 커피 마시는 걸 얼마나 황홀해하는데. 이렇게 부엌 식탁에서 행주는 언제 삶았나, 또 뭔 국을 끓이나 걱정하면서 인스턴트 커피나 마셔야 한다니. 네가 내 뱃속에 들어서지만 않았어도 네 아빠와 결혼하는 일 따위는 내 인생에 없었을 텐데……

나도 알아요, 나도 안단 말이에요. 소년은 말했다. 나는 이 세상에 태어나지 말았어야 할 아이예요. 그것이 벌써 백스물아홉번째라는 걸 소년은 알았다. 엄마가 듣는 앞에서 자신의 입으로 그 말을 한 게. 소년은 그 말을 할 때마다 몇 번째인지 셌고 머릿속에 기억해두었다. 다른 건 다 잊어도 자신이 그 말을 한 게 몇 번째인지는 잊지 않으려고 소년은 노력했다.

그렇다고 그렇게까지 말할 건 없지 않니?

엄마는 더이상 소년을 바라보고 있지 않았다. 소년도 그것을 알았다. 엄마는 소년이 손에서 놓지 못하고 있는 의자를 바라보고 있었다. 의자 등받이에 뚫린 네모난 구멍을.

나는요, 엄마가 김밥을 말지 않았으면 좋겠어요. 엄마가 김밥을 마는 건 싫어요. 엄마가요, 남이 뜯어먹고 버린 뼈를 치우는 일이나 했으면 좋겠어요.

그러나 엄마는 더이상 소년을 바라보지 않듯 소년의 말을 듣고 있지도 않았다. 소년은 그것 역시 알았다. 소년은 '원주감자탕'에서 저녁을 먹었던 날을 떠올렸다. 그곳에서는 모든 사람들이 뼈를 뜯었다. 틀니인 할아버지도, 소년과 소년의 여동생도 뼈를 뜯었다. 테이블마다 뜯은 뼈들이 수북하게 쌓여 있었다. 그날 소년은 사람들이 뼈를 뜯을 때 이빨 자국을 남기지 않는다는 걸 깨달았다. 집으로 돌아오는 길에 소년은 자신이 깨달은 걸 아빠에게만 몰래 알려주었다.

내가 이러고 있을 때가 아니지, 이러고 있을 때가. 엄마가 벌떡 식탁에서 일어섰다. 세탁기를 돌려놓고, 남편의 실종 신고를 낸 경찰서를 찾아가기 위해 집을 나섰다.

아파트에서 한 정거장 거리에 있는 경찰서까지 가기 위해서는 '김밥나라'와 '원주감자탕'을 지나가야 했다. '김밥나라' 앞을 지날 때 그녀는 걸음을 멈추고, 통유리 너머에서 김밥을 말고 있는 여자를 바라보았다. 여자는 미사포처럼 흰 수건을 머리에 두르고 김밥을 말고 있었다. 김밥 서너 줄을 후딱 만 뒤, 밥솥의 밥을 대야처럼 커다란 그릇에 퍼 담았다. 주걱으로 밥을 뒤적뒤적하던 여자가 문득 고개를 들었다. 그녀와 여자의 눈이 통유리를 사이에 두고 마주쳤다. 그녀들은 넋이 나간 표정으로 서로를 바라보았다. 누가 먼저랄 것 없이, 그녀들의 입이 탄식을 내지르듯 벌어졌다. 그녀는 통유리에서 돌아서면서, 자신과 여자의 영혼이 뒤바뀐 것 같은 착각에 휩싸였다. 김밥을 말아도, 말아도 끝이 없네. 그녀는 자신도 모르게 그렇게 중얼거리기까지 했다.

실종되던 날 밤에 남편과 통화를 했어요. 지하철이 끊기도록 집에 돌아오지 않아서 너무 늦지 말라는 말을 하려고 남편의 핸드폰으로 전화를 넣었었는데…… 택시를 타고 가는 중이라고 했어요. 택시를 타고요. 글쎄, 택시를 타고…… 술자리가 있어도 지하철이 끊기기 전까지는 집에 돌아올 만큼 택시를 잘 타지 않던 사람인데……

택시요? 경찰이 그녀에게 물었다.

택시요, 택시. 택시도 몰라요?

사흘 전 아빠가 막 집을 나서려 할 때도, 소년은 의자를 끌면서 거실을 돌아다니고 있었다. 그날 할아버지는 하루 종일 방에서 나오지 않았다. 라면 냄새가 집 공기 중에 떠돌고 엄마는 욕실에서 소년의 여동생을 씻기고 있었다. 엄마가 여동생을 데리고 욕실로 들어가기 전까지만 해도 아빠는 창문 앞에 서 있었다. 내 허락 없이 창문을 열지 말라고 했잖아요. 엄마는 창문을 소리 나게 닫고 여동생을 데리러 방으로 들어갔다. 잠든 여동생을 기어이 씻기기 위해 욕실로 데리고 들어갔다.

소년의 아빠가 안방에서 나와 곧장 현관으로 걸어갔다. 구두를 챙겨 신고 현관문을 나서려는 아빠를 소년은 불러 세웠다. 아빠가 뒤를 돌아다보았다.

그렇지. 내가 너의 아버지였지. 아빠는 소년을 물끄러미 바라보면서 탄식처럼 내질렀다. 내게 아들이 있었다니, 그걸 그만 깜박 잊었지 뭐냐.

그걸 잊으면 안 되는 거잖아요, 그걸 잊으면. 소년은 원망을 담아 말했다.

그러게 말이다, 그걸 잊으면 안 되는데.

어딜 가려고요?

갈 데가 있다.

그냥 집에 있으면 안 돼요?

나는 가야 된단다.

저하고 집에 있으면 안 돼요?

나는 가야 된다. 약속을 했거든, 그들하고.

그들이 누군데요?

그들? 아빠가 고개를 들어 잠시 천장을 바라보았다. 그러게……
그들이 누굴까? 소년은 아빠의 눈동자가 흔들리는 걸 느꼈다. 천장
저 너머에서 못을 박는 소리가 들려왔다. 아빠는 자신의 이마에 못
이 박히고 있기라도 한 듯 신음을 내뱉었다.

그들이 누군지 모른단 말이에요?

그들하고 약속을 했으니 가야지. 그들을 기다리게 할 수는 없지.
그런데 내게 아들이 있었다니…… 뭔가를 네게 가르쳐주고 싶은
데…… 아버지가 되어서 아들에게 뭐 하나라도 가르쳐줘야 할 텐
데. 뭘 가르쳐줘야 하나? 내가 뭘?

아빠가 자신에게 뭔가를 가르쳐주었으면 좋겠다는 생각을 해본
적이 없었지만 소년은 잠자코 있었다. 아빠가 자신에게 뭘 가르쳐
줄지 몹시 궁금했다. 아빠가 여태껏 자신에게 가르쳐준 게 뭐가
있는지 생각해봤지만 떠오르는 게 없었다. 할아버지가 가르쳐준
것만 떠올랐다. 누가 널 때리거든 너도 똑같이 때려라. 그것이 할
아버지가 소년에게 가르쳐준 것이었다. 한 대를 때리거든 너도 한
대를 때리고, 열 대를 때리거든 너도 열 대를 때려라. 더도 말고 덜
도 말고 똑같이. 그래야 남들한테 비웃음도 안 사고, 욕도 안 얻어
먹지.

그래…… 그것밖에 없겠구나. 내가 너한테 가르쳐줄 게 그것밖에
는. 아빠의 얼굴에 희미하게 만족스러워하는 웃음이 번졌다.

그게 뭔데요?

뼈를 뜯을 때는 이빨 자국을 남기지 말거라.

아빠는 그리고 현관문을 열고 나갔다. 천장 저 너머에서 들려오

206

던 못 박는 소리는 더이상 들려오지 않았다. 소년은 어쩐지 그들을 만나러 가는 아빠의 이마에 못이 한 개 박혀 있을 것만 같은 생각이 들었다. 아빠가 집을 나간 뒤에야 엄마는 욕실에서 나왔다. 할아버지는 여전히 방에서 나오지 않고 있었다. 여동생의 머리카락도, 엄마의 머리카락도 젖어 있었다.

아빠가 집을 나갔어요. 그들을, 그들을 만나러 간다고 했어요. 그들이 누군지도 모르면서요.

소년은 여동생의 머리카락에서 물이 뚝뚝 떨어지는 것을 바라보면서 말했다.

네 아빠는 담배를 사러 갔다. 엄마가 정색을 하고 소년에게 말했다. 저녁을 먹을 때 네 아빠가 그러지 않았니? 담배가 떨어져서 사러 나갔다 와야 한다고. 네 아빠는 어떻게 된 인간이 담배 좀 끊으라고 그렇게 잔소리를 해대도 끊을 생각조차 않는구나. 도대체 어떻게 된 인간이 어린 아들보다 더 말을 안 듣는다니.

엄마가 경찰서에 다녀오느라 집을 비운 동안 소년은 집 안을 돌아다니면서 의자를 셌다. 엄마 말대로 집에 의자는 여섯 개뿐이었다. 식탁 의자 네 개, 화장대 의자 한 개, 책상 의자 한 개. 소년은 장롱 속까지 뒤져가면서 남은 한 개의 의자를 찾았지만, 결국 찾지 못했다. 소년이 의자들을 다시 세어보고 있을 때, 할아버지가 방에서 나왔다.

네 엄마는 젖소 젖이라도 짜고 있다든?

엄마는 집에 돌아왔다가 또 나갔어요. 깜박하고 우유를 안 사왔거든요.

네 엄마가 아무래도 바람이 났나보구나.

그런데요, 우리 집에는 의자가 여섯 개뿐이에요. 소년은 무시하는 말투로 할아버지에게 말했다.

뭔 소리냐, 일곱 개지.

소년을 쳐다보는 할아버지의 두 눈이 바늘처럼 가늘어졌다.

내가 의자를 하나하나 세어볼 테니 몇 개인지 잘 봐요, 우리 집에 의자가 몇 갠지. 소년은 집에 있는 의자를 전부 거실로 끌고 나와, 텔레비전 앞에 일렬로 늘어뜨려놓았다. 소년은 안방에서 화장대 의자를 끌고 나오면서도, 수레처럼 질질 끌고 다니는 의자를 결코 손에서 놓지 않았다.

소년은 할아버지가 지켜보는 앞에서 의자를 셌다.

봐요, 여섯 개뿐이잖아요.

그렇구나. 할아버지가 순순히 고개를 끄덕였다. 우리 집에 의자가 여섯 개뿐이었다니. 이래서 늙으면 죽어야 한다는 소리를 그렇게들 하는가보구나. 허면 우리 집에는 빈 의자가 한 개도 없겠구나. 의자가 일곱 개가 아니라 여섯 개뿐이니.

우리 집에는 빈 의자가 없다고요? 소년은 믿고 싶지 않아 고개를 저었다.

일곱 개일 때라야 빈 의자가 하나 있지. 여섯 개가 아니라 일곱 개일 때라야.

그럼…… 이 의자도…… 소년은 자신이 꼭 붙들고 있는 의자를 쳐다보았다. 이 의자도 빈 의자가 아니란 말이에요?

그거야 네가 잘 알 거 아니냐.

할아버지는 방으로 들어갔다. 방문이 닫히고, 소년은 그때까지 의자를 꼭 붙잡고 있던 손을 놓았다. 소년은 의자로부터 두 발짝 떨어져 섰다. 의자에 누가 앉아 있기라도 한 듯 소년은 뚫어져라 쳐다보았다.

천장 저 너머에서 못 박는 소리가 들려왔다.

소년은 의자를 거실 한가운데 놓아두고 방으로 들어갔다. 조금 뒤 소년이 거실로 다시 나왔을 때 의자에는 소년의 여동생이 앉아 있었다. 여동생은 곰 인형을 끌어안고, 다문 입속에서 뭔가를 빨았다. 소년을 보고 허공으로 들려진 두 발을 엇갈려가면서 흔들었다. 곰 인형의 한쪽 눈동자가 사라지고 없었지만, 소년은 그 사실을 깨닫지 못했다. 빈 의자가 아니었네. 소년이 중얼거렸다. 여동생의 손이 곰 인형의 남은 눈동자를 만지작거렸다. 여동생이 입속에서 빨고 있는 것은 곰 인형의 사라진 한쪽 눈동자일 수도, 아닐 수도 있었다.

깃털처럼 흩어지는 구름 아래를 택시가 달려갔다. 택시 빈 차 표시등에는 빨간불이 들어와 있었다.

그 택시는 노란 개를 버리러 떠나온 택시일 수도, 아닐 수도 있었다.

의자 위의 여자애가 곰 인형의 남은 한쪽 눈마저 쥐어뜯고 있을 때, 깃털처럼 흩어지는 구름 아래를 택시가 달려갈 때, 진실이 꼭 하나라는 법은 없다는 아빠의 중얼거림에 소년이 귀 기울일 때, 소년 뒤의 밤의 손님이 여전히 아무 말 없을 때, 꼭 열두 사람이 '원주 감자탕'에 모여 뼈를 뜯고 있을 때, 미사포처럼 흰 수건을 머리에 쓴 여자가 밤의 조각 같은 김을 집어들 때, 횟감용 광어를 나르는 트럭이 시속 백십 킬로로 내달릴 때.

혼들리는 물속에서 광어들이 수평으로 가라앉고 있을 때.

영광운수 기사 휴게실에서는 택시 기사 셋이 석유난로 가까이 모여 커피를 홀짝이고 있었다. 최기사와 남기사, 정기사가 그들이었다. 한쪽 벽에 걸어놓은 커다란 거울이 소리 없이 휴게실 풍경을 고스란히 담아내고 있었다. '축 개업. 1987년 6월 9일.' 거울 밑에는 흰색으로 그렇게 쓰여 있었다. 그들 다 아무 말 않고 침묵하는 동안, 벽에는 거울이 아니라 한 장의, 시간이 정지된 사진이 걸려 있는 것만 같았다. 이십 년도 더 전인 1987년 6월 9일에 찍은. 석유난로에서 검은 그을음이 한 줄 피어올랐다. 석유난로 위에는 양은 주전자가 올려져 있었다. 남기사는 창을 등지고 서 있고, 최기사와 정기사는 갈색 천 소파에 나란히 앉아 석유난로를 무심히 바라보고 있었다. 그들은 누군가 먼저 사흘 전날 밤 실종된 택시 기사 이야기를 꺼내주기만을 기다리고 있었다. 실종된 택시 기사가 공교롭게 자신들과 같은 운수 회사의 택시를 모는 박영감이었기 때문이었다. 더구나 박영감은 영광운수에서 터줏대감 같은 이였다. 지난 십이 년 동안 그는 영광운수의 택시를 몰았는데, 무사고로 가벼운 접촉 사고 한 차례 낸 적 없었다. 결근을 한다거나 수금을 못 맞춘 날이

단 하루도 없었다.

여태 아무 소식이 없는 걸 보면 뭔 일이 나도 벌써 난 거 아니야? 남기사는 덜 녹은 커피 알갱이가 떠다니는 커피를 한 모금 입으로 흘려넣었다.

그새 커피를 다 마신 최기사는 종이컵을 구겼다. 이게 어디 단순 택시 강도야? 택시야 도난당하든 말든 우리가 알 바 아니지만 사람이 사흘째 감감무소식이니 그새 뭔 일이 나도…… 무서워서 이 짓도 못 하겠다니까.

그렇지 않아도 한 달 전쯤 영광운수의 택시 기사가 강도를 당했다. 새벽 한 시께 술 취한 청년 둘을 태웠는데 순식간에 강도로 돌변해 현금을 탈취했다. 강도들은 택시를 훔쳐 다른 도시까지 도주했고, 그 도시 외곽에 택시를 유기했다. 택시 기사는 탈진한 상태로 트렁크에서 발견되었다.

신기사는 안 나오나? 요즘 얼굴을 통 못 봤네. 졸음에 겨워하던 정기사가 딱히 누구에게랄 것 없이 물었다. 그는 박영감과 동년배로, 동향이기까지 했다.

그 자식 잘렸잖아요. 남기사가 힐끗 정기사를 바라봤다.

잘리다니?

사채업자들이 찾아와서 난리를 쳤었잖아요. 회사에서 가불해 쓴 돈을 갚느라 넉 달째 돈 한 푼 못 가져갔다던데요.

그 자식 뺑소니 전과도 있다던데. 최기사는 구긴 종이컵을 펴고 그 안에 가래를 뱉었다. 운동화 뒤꿈치를 구겨 신은 발을 떨어댔다.

여하튼 그런 미꾸라지 같은 자식 때문에 우리같이 선량한 택시 기사들이 싸그리 욕을 얻어먹는다니까. 남기사가 소파에 앉으려다 말고 거울로 다가가 섰다. 며칠 면도를 하지 않아 가뭇한 턱을 쓰다듬으면서 거울 속 자신을 뚫어져라 쳐다보았다.

허, 그런가? 박영감은 신기사가 잘린 걸 모르던데.

박영감님이 신기사를 얼마나 끔찍이 생각하는데 모를 리가 있어요?

박영감이야 두루두루 정이 많지. 개뿔 가진 것도 없으면서 정이 넘쳐 탈이지만 말이야. 정기사가 입을 비죽였다. 그나저나 언제? 신기사가 언제 그만뒀는데?

지난주 월요일이었을걸요. 전상무가 신기사를 불러 내일부터 나오지 말라고 하는 소리를 내가 두 귀로 똑똑히 들었다니까요. 신기사 그 자식 아무 소리도 못 하더라고요.

가만…… 박영감이 실종된 게 지난 화요일 아니야? 정기사가 미간을 찌푸리고 달력을 찾기 위해 휴게실 안을 두리번거렸다.

화요일 맞아요.

에이, 그럼 박영감은 몰라. 정기사가 고개를 저었다.

설마 모를 리가요. 남기사가 고개를 갸웃했다.

글쎄, 모르더라니까. 그날 말이야, 그렇지, 지난 화요일에 말이야, '부산식당'에서 박영감을 만났거든. 식사가 나오기를 기다리고 있는데 박영감이 마침 점심을 사먹으려고 들어오더라구. 더러 그 집에서 박영감을 만났거든. 같이 식사를 하고 자판기에서 커피를 한 잔씩 뽑아 마셨지. 박영감이 나한테 그러더라구. 자기 마누라가 신기사 꿈을 꿨다고 말이야. 자기 마누라 꿈에 나타나는 사람에게는 기필코……

정기사는 말을 잇다 말고 왼쪽으로 고개를 돌렸다. 그곳 벽에는 영광운수 택시 기사들의 반명함판 사진과 이름이 적힌 명단표가 걸려 있었다.

기필코…… 초점을 잃고 흔들리던 정기사의 두 눈동자가 어떤 기사의 반명함판 사진에 고정되었다. 그것은 신기사의 사진이었다.

기필코 뭐요? 남기사가 거울을 향해 물었다.

암튼, 박영감 마누라 꿈에서 말이지…… 박영감이 밥을 먹고 있는데 말이야, 신기사가 찾아왔다지 뭐야. 박영감한테 할 말이 있다면서 말이야. 박영감은 신기사가 찾아온 것도 모르고 밥만 먹고 있었다더군.

그게 끝이에요? 남기사는 거울을 향해 짜증을 냈다.

한데 말이야. 정기사는 잠시 뜸을 들였다. 박영감은 자기 자신도 마누라 꿈에 나왔다는 건 모르는 것 같더군. 정작 자신도 마누라 꿈에 나왔다는 건 까맣게 모르고, 신기사만 자기 마누라 꿈에 나왔다면서…… 자기 마누라 꿈에 나타나는 사람에게는 기필코……

어느새 거울을 쳐다보고 있는 정기사의 오른쪽 눈가에 경련이 일었다. 최기사가 하품을 했다. 1987년 6월 9일. 석유난로 위 양은 주전자에서 막 물이 끓어오르고 있었다. 휴게실 밖 자판기에서 택시 기사 둘이 밀크 커피를 뽑아 마시려 동전을 세고 있었고, 빈 택시 두 대가 영광운수 주차장으로 들어서고 있었다. 영광운수 사무실 이 층에 세 든 개척교회에서는 열두 사람이 모여 기도하고 있었다. 꼭 열두 사람이었다.

진실이 꼭 하나라는 법은 없지. 아빠가 중얼거렸다. 둘일 수도, 셋일 수도, 넷일 수도 있지. 전부 진실일 수도.

전부 진실일 수도 있단 말이에요? 소년이 물었다.

박기사 그 영감탱이가 그랬다. 그 영감탱이는 틀린 말은 하지 않거든. 하늘이 두 쪽 나도 틀린 말은 하지 않을 영감탱이지. 진실이 꼭 하나라는 법은 없지. 그 영감탱이가 내 귀에 못이 박히도록 한 말이란다. 아빠가 손가락으로 자신의 귀를 찌르듯 가리켰다.

박기사 그 영감탱이가 누군데요?

저 영감탱이 말이다.

아빠가 흘끔 신상 기록 카드를 쳐다봤다. 그러나 소년의 눈동자는 신상 기록 카드가 아닌, 룸미러를 향하고 있었다. 카드에는 아빠의 사진이 아닌 박기사의 사진이 프린트되어 있었다. 조수석 앞에 부착된 카드가 아빠의 것이 아님을 소년은 이미 알고 있는 것도, 여태 모르는 것도 같았다.

저기요?

소년은 그렇게 물으면서도 신상 기록 카드를 쳐다보지 않았다. 룸미러 속에서 여자가 빤히 쳐다보고 있어서 소년은 눈동자를 움직일 수 없었다.

그래, 저 영감탱이 말이다.

저기 박기사 그 영감탱이가 있단 말이에요?

의뭉한 늙은이 같으니라고. 아빠가 소리 질렀다. 다 늙어빠져서까지 영업용 택시나 모는 주제가 번번이 사람을 가르치려고 든단 말이야. 그 나이 처먹도록 셋방살이도 못 면한 주제가!

근데 그 영감탱이가 저기 있단 말이지요?

그 영감탱이가 다 봤다……

다 봐요?

그래, 다!

아빠가 핸들을 주먹으로 내리쳤다.

그 자식들이 영광운수까지 찾아와 나를 화장실로 끌고 가서는…… 그 자식들이 나한테 어떻게 하는지 영감탱이가 지켜봤다. 하필이면 그때 영감탱이가 화장실에 있었거든. 똥을 누려고 용을 쓰고 있었겠지. 영감탱이가 치질이 있거든. 천 원 한 장에도 벌벌 떠느라 똥구멍 하나 고치지 못하는 주제에…… 똥을 누려고 용을 쓰면서도 문틈으로 다 지켜보고 있었다. 그 영감탱이가 말이다. 영감탱이하고 내 눈이 딱 마주쳤거든. 그 자식들이 날…… 날 말이다……

아빠는 생각만으로도 끔찍한지 몸서리를 쳤다.

날 어떻게 하는지 똑똑히 지켜봐놓고서 고작 한다는 말이…… 진실이 꼭 하나라는 법은 없지! 진실이 꼭…… 진실 좋아하시네. 진실이 밥을 먹여주나. 내가 돈 좀 꿔달라고 했을 때 영감탱이가 순순히 꿔줬다면 그 자식들한테 돈 빌리는 일은 없었을 거다. 그 개자식들한테 돈 빌리는 일은…… 내가 돈 좀 꿔달라고 했을 때 그 자식이 그러더구나. 돈 꿔달라는 소리는 다른 데 가서 하라고. 아버지가 없으니 자기를 아버지처럼 생각하라고 할 때는 언제고, 돈 꿔달라는 소리는 다른 데 가서 하라지 뭐냐.

소년은 여전히 룸미러에서 눈을 떼지 못하고 있었다. 아빠가 울부짖듯 지껄이는 말을 잠자코 듣기만 했다.

영감탱이가 하도 자길 아버지처럼 생각하라고 해서, 정말로 아버지처럼 생각하고 어렵게 돈 좀 꿔달라고 했더니만.

택시로부터 구 킬로미터 떨어진 지점에서 자주색 승용차가 시속 백십 킬로로 내달리고 있었다. 그 차는 아빠와 소년이 말하던 저 차일 수도, 아닐 수도 있었다.

택시 속도는 칠십 킬로까지 떨어져 있었다.

근데요, 진실이 뭐예요?

진실이 뭔지 알고 싶냐?

진실이 뭐예요?

우리가 노란 개를 버리러 가는 길이라는 게, 그게 진실이지. 소년을 쳐다보는 아빠는 웃고 있지도 그렇다고 화를 내고 있지도 않았다.

그게 진실이란 말이지요.

그게 진실이 아니면 뭐가 진실이겠냐? 응?

진실이 그거라면 말이에요, 진실이 뭔지 나도 잘 알 것 같아요. 노란 개를 버리러 가는 게 진실이라면 말이에요. 소년이 말했다.

어려도 알 건 알아야지. 아빠가 말했다.

소년이 노란 개를 버리기 위해 떠나온 도시의 도로 길바닥에서, 한 남자가 일어서고 있었다. 남자는 길바닥을 자신의 등에 붙이고 일어서듯 고통스럽게, 안간힘을 다해 일어섰다. 간신히 몸을 일으킨 남자는 멍하니 자신이 태어나고 자란 도시를 둘러보았다. 아직 밤이 아니었지만 그 도시의 빈 택시들은 빨갛게 불을 밝히고 있었다. 도로 건너로 빈 택시들이 꼬리에 꼬리를 물고 늘어서 있었다. 늦기 전에 엄마한테 가야지. 남자가 빈 택시들을 향해 손을 흔들었지만 어느 택시도 태워주려 하지 않았다.

마침내 택시가 한 대, 남자 앞으로 미끄러져 와 섰을 때 그는 중얼거렸다. 나한테 엄마가 있었나? 그의 앞에 멈춰 선 택시는 빈 택시가 아니었다.

그럼요, 노란 개가 노란 개가 아니라는 것도 진실이에요? 소년이 꼭 알고 싶다는 투로 물었다.

진실이 꼭 하나라는 법은 없다고 하지 않았냐.

그러니까요, 그것도 진실이에요?

진실은 둘일 수도, 셋일 수도, 넷일 수도 있다.

진실이에요, 아니에요?

진실이 밥을 먹여주나. 전부 진실일 수도 있지.

진실이라고요? 소년의 목소리가 떨려나왔다. 노란 개가 노란 개가 아니라는 게…… 진실일 수도 있단 말이지요.

그 영감탱이가 그랬다. 전부 진실일 수도 있다고.

그럼요, 다음이 내 차례라는 건 진실이에요?

진실은 뭘 얼어 죽을!

선생님이 그랬단 말이에요, 다음이 내 차례라고요. 아이들은 이미 다 알고 있는 것 같았어요. 나만 모르고요.

진실 좋아하시네.

그게 진실이 아니면 어떻게 되는 거예요? 다음이 내 차례라는 게 진실이 아니면.

진실은 뭐 얼어 죽을!

아무튼 우리가 노란 개를 버리러 가는 길이라는 건 진실이란 말이지요?

그거야말로 진실이지.

소년은 여전히 노란 개를 버리는 게 싫었다. 노란 개가 노란 개가 아니라 하더라도. 노란 개를 꼭 버려야만 하느냐고 아빠에게 또다시 묻고만 싶었다. 그런데도 소년은 그게 진실이어서 정말이지 다행이라는 생각이 들었다. 그게 진실이어서. 그거야말로 진실이라고 아빠가 분명히 말했는데도, 소년은 진실이 아닐까봐 불안하고 두려웠다. 노란 개를 버리러 너무 멀리 떠나온데다 주전자는 벌써 다 탔을 것이었다.

그게, 노란 개를 버리러 가는 길이라는 게 진실이 아니면 어떻게 하나.

섬까지 이십구 킬로미터 남았음을 알려주는 표지판이 택시 지붕 위로 지나갔다. 섬을 가리키는 화살표는 직진을 가리켰고, 택시는 곧게 내달렸다. 섬 한쪽에는 소나무숲이 웅덩이처럼 자리하고 있었다. 멀리서 보면 숲이 흔들릴 때 섬이 통째로 흔들리는 것처럼 보였다.

아빠, 그게 진실이 아니면 어떻게 해요?

진실이 아니면 아닌 거지.

진실이 아니면 아닌 거라고요?

아니면 아닌 거지.

그게 말이에요, 아빠……

갑자기 나타난 트럭이 택시를 들이받을 듯 달려들더니 눈 깜짝할 새에 앞질렀다. 아빠는 무섭게 달려드는 트럭과의 충돌을 피하기 위해 핸들을 급히 왼쪽으로 돌렸다. 트럭은 약을 올리듯 비상등을 깜박이면서 택시로부터 유유히 멀어졌다. 횟감용 광어를 그득 실은 트럭이었다.

개새끼! 아빠가 내뱉었다. 확 사고나 나버려라.

바람이 숲을 흔들고 지나갔다. 섬이 흔들렸다. 바람은 시든 풀밭으로 뒤덮인 들판에도 불고 있었다. 소년의 가족이 김밥을 먹고, 시든 풀밭 위에 두고 온 빨간 바구니 뚜껑이 바람에 저만치 날아갔다.

빨간 바구니 뚜껑이 바람에 뒤집힐 때, 이삿짐을 실은 트럭이 마침 근처를 지나가고 있었다. 트럭 조수석에는 분홍색 극세사 이불을 망토처럼 두른 한 소년과 소년의 아빠가 타고 있었다. 소년은 자신들이 이사를 가는 곳이 어딘지 알지 못했다. 아빠는 소년에게 앞으로 살게 될 곳에 대해 말해주지 않았다. 그곳이 어떤 곳인지 소년이 몇 번이나 물었지만 아빠는 가르쳐주지 않았다. 창밖으로 눈길을 돌리던 소년은 빨간 바구니를 보았다.

아빠, 빨간 토끼를 봤어요. 지루해하고 있던 소년이 흥분해서 말했다.

빨간 토끼가 어디에 있다고 그러냐. 아빠가 시큰둥히 대꾸해왔다.

저기 풀밭에요.

흰 토끼하고 검은 토끼하고 회색 토끼는 있어도 빨간 토끼는 없다. 빨간 토끼를 봤다는 사람을 나는 여태 한 명도 못 봤다.

빨간 토끼가 풀밭 위를 폴짝폴짝 뛰어가고 있었단 말이에요.

내가 정말이지 너만 생각하면 밤에 잠이 다 안 온다. 아홉 살이나 처먹은 놈이 빨간 토끼니 뭐니 헛소리나 지껄이고 있으니. 아빠는 혀를 차다가 고개를 떨어뜨리고 잠들어버렸다. 조금 뒤 소년은 트럭 운전기사가 중얼거리는 소리를 들었다.

나도 봤단다.

소년의 고개가 운전기사를 향했다.

나도 봤지.

빨간 토끼를 아저씨도 봤단 말이에요?

나도 봤어.

빨간 토끼를요.

애야, 우리 함께 잡으러 가지 않을래? 운전기사는 소년이 아니라 정면을 응시하고서 물었다. 소년의 눈에 운전기사는 아빠보다 훨씬 늙어 보였다.

빨간 토끼를 말이에요?

네 아빠 같은 인간을 나는 아주 잘 안단다. 제 눈으로 봐야만 믿는 덜떨어진 인간이 꼭 있거든. 그런 인간이 꼭. 두 눈으로 보고 나서야 믿는 건 믿는 게 아니지. 그건 그냥 아는 거지. 애야, 보지 않고서도 믿는 게 진짜 믿는 거란다. 우리가 그걸 잡아다 네 아빠한테 보여주자꾸나. 마침 네 아빠가 죽은 듯이 잠들었으니.

우리가 빨간 토끼를 잡으러 간 사이에 아빠가 깨어나면 어떻게
해요?
멀리 가버리기 전에 어서 잡으러 가자꾸나.

한갓진 육십팔 번 국도변, 이삿짐을 실은 트럭이 한 대 서 있었
다. 운전기사가 어디로 가버렸는지 없는데도 조수석에서는 한 남자
가 세상모르고 잠들어 있었다. 두 손을 가랑이에 푹 찔러넣고.

저곳은 어떠냐?
저곳요?
노란 개를 버리기에 말이다.
저곳엔 진눈깨비가 내리고 있잖아요.
그렇구나.
진눈깨비를 맞으면 노란 개가 금방 더러워질 거예요.
그때 이삿짐을 실은 트럭으로부터 삼백 미터쯤 떨어진 곳에서,
한 남자와 소년이 두 손을 꼭 붙잡고 걸어가고 있었다. 소년은 분홍
색 망토 같은 것을 두르고 있었는데 가까이 다가가서 보면 극세사
이불이었다. 어느 해 겨울인가부터 유행을 타기 시작한, 폭탄 세일
을 하는 이불 가게에서 흔하게 파는. 소년은 한 손으로는 이불자락
을 턱 아래에서 움켜잡고 있었다. 해가 서쪽 하늘을 노랗게 물들이
고 있었다. 남자와 소년이 부지런히 걸어가고 있는 방향은 서쪽이
었다.
빨간 토끼가 멀리 가지는 않았겠지요. 소년은 이불자락을 더 꼭

움켜쥐었다.

빨간 토끼가 멀리 가버리거나 말거나. 남자가 중얼거렸다.

빨간 토끼가 멀리 가버리면 잡을 수 없잖아요.

얘야, 빨간 토끼라니? 남자가 피식 웃었다.

우린 빨간 토끼를 잡으러 가는 거잖아요. 눈으로 봐야만 믿는 덜 떨어진 인간에게 보여주려고 말이에요.

우린 빨간 토끼를 잡으러 가는 게 아니란다.

빨간 토끼를 잡으러 가는 게 아니라고요? 소년은 걸음을 멈췄다. 아저씨가 그랬잖아요, 빨간 토끼를 잡으러 가자고요.

하늘에 맹세코 난 그런 말 한 적 없다. 남자가 소년의 손을 잡아 끌었다. 소년은 한 발은 도로에, 또 한 발은 도로 흙길에 꼭 붙이고 버텼다. 남자의 손이 소년의 손을 올가미처럼 죄어왔다.

그럼 우린 뭘 잡으러 가는 건데요? 소년의 어깨에 걸쳐져 있던 이불이 미끄러지듯 떨어졌다. 살구색 내복밖에 입지 않은 소년의 마른 몸이 드러났다.

우리가 뭘 잡으러 가는 길이냐 하면 말이다.

우리가 무얼…… 잡으러 가는 건데요? 소년은 바들바들 몸을 떨었다.

우리가 말이다…… 남자가 중얼거리는데, 파란 고속버스가 기세 좋게 달려와 클랙슨을 시끄럽게 울리면서 지나갔다.

어떠냐, 우리가 뭘 잡으러 가는 길인지 이제 똑똑히 알겠냐?

남자가 소년을 확 잡아끌었다. 소년은 자빠지지 않으려고 발을 내디뎠다. 남자와 소년으로부터 그리 멀지 않은 곳에서 빨간 바구니 뚜껑이 날리고 있었다.

교실, 소년의 책상은 비어 있었다. 빈 책상은 소년의 책상만이 아니었다. 두번째 분단 세번째와 다섯번째 책상도, 세번째 분단 첫번째 책상도, 네번째 분단 두번째 책상도 비어 있었다. 사실 교실 모든 책상이 비어 있었다. 학교가 파하자 아이들은 책가방을 챙겨 집으로 돌아갔다. 며칠 뒤면 겨울방학이 시작될 것이고, 긴 겨울방학이 끝날 때까지 책상들은 비어 있을 것이었다. 교실에 빈 책상이 넘쳐나는데도, 어항 속 금붕어들은 그저 수초 속에 숨어 주둥이만 벙긋거렸다. 서른다섯 개의 빈 책상 중 소년의 책상이 어느 것인지 금붕어들은 아는 것도, 모르는 것도 같았다.

육십팔 번 국도변에 멈춰 선 트럭 조수석에서 한 남자가 깨어나고 있었다. 남자는 알을 낳으려는 닭처럼 목을 비틀면서 깨어났다.

꾸준히 이 차선만을 타고 시속 팔십 킬로로 달리던 은색 승용차가 속도를 조금 늦추고 있었다. 일 차선으로 바꾸어 타더니 백 미터쯤 달려가다 갓길로 들어섰다. 속도를 조금씩 늦추면서 갓길을 따라 달리다 어느 순간 아예 멈춰 서버렸다.

차창이 꼭꼭 닫힌 그 차 안에는 노래가 흐르고 있었다. 1980년대 초에 잠시 유행하던 노래였다. 흘러간 옛 노래도 그렇다고 요새 유행하는 노래도 아닌, 그저 그렇고 그런 노래였다. 그저 그렇고 그래도, 누구나 저절로 따라 부르게 되는 그런 노래. 차에는 늙은 남자밖에 타고 있지 않았다. 그는 기어를 파킹에 놓고 두 손을 핸들 밑으로 떨어뜨렸다. 눈빛을 흐리고 고개를 저었다. 잿빛 머리카락이 한 올 그의 어깨로 떨어졌다.

라디오에서는 노래를 내보내기 전 뉴스를 전했다. 전국 곳곳에서 일어난 사건과 사고 소식을 알려주었다. 요 며칠 새 일어난, 모든 사람이 알아야 할 만큼 경악스러운 사건 사고들이었다. 그는 차 속도를 시속 팔십 킬로로 유지하려고 애쓰면서 뉴스에 귀를 기울였다. 혀 차는 소리가 입에서 저절로 흘러나올 만큼, 요 며칠 새 유난히 사건 사고가 많았다. 게다가 그가 살고 있는, 오늘 오전에 떠나온 도시에서 일어난 사건 사고가 대부분이었다.

백 번 국도에서 고속버스 한 대와 승용차 두 대가 추돌하는 삼중 추돌 사고가 있었고, 익명으로 만난 네 남녀가 모텔에서 집단 자살을 기도했다. 인터넷 사이트를 통해 만난 그들 중에는 전직 다이빙 국가대표도 있었다. 그리고 육십팔 번 국도변에 있는 한 노인 요양원에서 간호사가 입소 치매 노인을 유기하는 사건도 있었다. 간호사는 저녁 배식 시간에 노인을 데리고 외출했고, 취침 시간이 다 되어서야 혼자 돌아왔다. 육십대 영업용 택시 기사의 실종 사건도 있었는데 그 소식을 전하면서 아나운서는 실종된 택시의 차량 넘버를 또박또박 말했다. 뉴스에서는 같은 날 한 도시에서 있었던, 사십대 남자의 실종 사건을 전하지는 않았다.

늙은 남자는 비상 깜빡이를 켜고 외투 주머니에서 핸드폰을 꺼냈다. 한 칸밖에 남지 않은 배터리를 확인하고 더듬더듬 단축키 일 번을 눌렀다.

도대체 어디세요.

젊은 남자의 흥분한 목소리가 차 안에 울릴 만큼 크게 흘러나왔다.

내가 그 택시를 봤다.

어디세요?

그 택시였다……

어디시냐구요!

어쩐지 수상해서 택시 넘버를 똑똑히 봐두었지.

한두 살 먹은 어린애도 아니고 그렇게 집을 나가버리시면 저희보고 어떻게 하란 말이에요.

내 기억력은 아직 쓸 만하다.

아버지! 대체 왜 이러시는 거예요, 네?

웬 택시가 도로에 서 있지 뭐냐. 뭔 일인가 싶어서 나도 차를 세웠다. 차에서 내려 가까이 다가가려고 했더니만 글쎄, 우리 찬이만한 사내애가 불쑥 나타나서는 나를 가로막아 서지 뭐냐. 두 주먹을 꼭 쥐고 날 어찌나 무섭게 쏘아보던지…… 난 뭔 일인가 싶었다. 택시가 고장이라도 났나 싶었지. 휴게소도 없는 도로에서 택시가 고장 나면 큰일이 아니냐. 나는 그저 도움을 주고 싶었다.

아버지가 지금 남 걱정하실 때예요?

그렇지 않아도 나는 뭔가 남에게 도움을 주고 싶었다. 내 식구가 아니라 남에게 말이다. 평생을 그저 내 식구밖에 모르고 살아온 인생이 얼마나 허망하고 한심한 인생이었는지 내가 겨우 깨달았거든…… 그걸 죽을 날이 가까워서야 깨닫다니……

그건 또 뭔 소리예요.

그래서 내가 그 애한테 물었단다. 내가 도와줄 게 없는가 하고 말이다.

남 걱정하실 때냐고요.

그런데 그 택시 넘버가 말이다, 글쎄, XX3X아24……

찬이가 할아버지를 얼마나 찾는 줄 알아요?

그 택시 넘버가 XX3X…… 아24……

고집 좀 그만 피우시고 당장 집으로 돌아오세요.

난 급한 볼일이 있다.

아버지한테 뭔 급한 볼일이 있다고 그러세요.

급한 볼일이 있다고 하면 있는 줄 알아라.

급한 볼일이 뭔데요?

아무튼 급한 볼일이……

아버지 손자 찬이를 봐서라도 그만 고집 피우고 돌아오세요.

난 다 들었다. 내 등 뒤에 대고 염소 같은 늙은이라고 하는 소리를 똑똑히 들었지. 머리에 피도 안 마른 손자 놈이 할아버지 등에 대고 염소 같은 늙은이라고 욕을 하다니. 내가 저를 얼마나 끔찍이 여겼는데.

아버지가 잘못 들으신 거겠지요.

내 귀는 아직 멀쩡하다.

오늘이 아파트 중도금 치르는 날이라는 거 잘 아시잖아요. 아버지처럼 철두철미한 분이 설마 그렇게 중요한 걸 까먹으셨을 리 있어요? 아버지가 오늘 중으로 삼천만 원 해주시지 않으면 계약금까지 다 날리게 된단 말이에요.

나는 삼천만 원 해주겠다고 약속한 적 없다.

아버지가 분명히 해주신다고 했잖아요.

나는 약속한 적 없다……

제가 아버지만 믿고 아파트 계약했다는 거 다 아시잖아요. 다 아시면서 정말 왜 이러세요. 노망이 드신 것도 아니시면서 왜 이러시는 건데요.

난 너한테 절대로 그렇게 말한 적 없다. 날 믿으라고 말이다, 날 믿으라고……

그렇게 말씀하신 적 없다고요?

내가 너한테 혹시라도 그렇게 말했다면, 네가 똑똑히 지켜보는 앞에서 내 입을 돌멩이로 치마.

그따위 끔찍한 소리는 마시고요!

끔찍한 소리라고 했냐. 정말로 끔찍한 게 뭔지 아냐?

그게 뭔데요?

위를 절반도 더 잘라낸 일흔셋 늙은이가 말이다, 암이 언제 재발할지 모르는 이 늙은이가 말이다, 마흔다섯 살이나 처먹은 아들놈을 여태 먹여살리고 있다는 게 정말로 끔찍한 거지. 다달이 나오는 연금으로 그 아들놈한테 딸린 것들까지 먹여살리고 있다는 게 말이다.

아버지가 내내 나한테 그렇게 말씀하셨잖아요. 나만 믿어라. 아버지가 신도 아니면서 아버지만 믿으라고 했잖아요. 내가 자라는 내내 말이에요.

내 입을 돌멩이로 치마.

늙은 남자의 손가락들이 벌어지면서 핸드폰이 떨어졌다. 핸드폰
은 그의 무릎을 맞고 바닥으로 떨어져 운전석 밑으로 굴러들어갔다.
　내 입을……

　은색 승용차 안에서 늙은 남자가 절규할 때, 그 차로부터 일 킬로
미터 떨어진 지점을 트럭이 시속 백십 킬로 속도로 통과하고 있었
다. 횟감용 광어를 그득 실은 바로 그 트럭이었다. 은색 승용차에
흐르는 그저 그렇고 그런 노래는 트럭에도 똑같이 흐르고 있었다.
트럭 운전사는 볼륨을 최대로 높이고 침이 튀도록 노래를 따라 불
렀다. 그 노래는 운전사가 노래방에 갈 때마다 부르는 십팔번이었
다. 그는 점심때 반주로 대여섯 잔 걸친 소주가 깨지 않아 얼근하게
취해 있었다. 전날 밤늦게까지 퍼마신 소주의 취기가 남아 있는 상
태에서 마신 탓이었다. 사는 낙이 술밖에 더 있나. 대낮부터 술이냐
는 순댓국 식당 여자의 지청구에 그는 그렇게 투덜거렸다. 기름진
순댓국 국물과 소주가 뒤섞인 신물이 식도로 올라올 때마다 그는
액셀러레이터를 사정없이 밟아댔다.
　트럭이 무섭게 내달리는 동안에도 광어들은 물속에 수평으로 박
혀 꼼짝하지 않았다.

　오늘부터라도 기도를 해야지.
　하늘을 올려다보던 늙은 남자는 뜬금없이 중얼거렸다. 기도
를…… 그는 그때까지 켜두었던 시동을 껐다. 라디오에서 흘러나오
던 노래가 잦아들었다. 그는 안전을 위해 비상등을 켰다. 기도하는

228

동안 비상등은 깜박깜박 그의 차가 갓길에 잠시 멈춰 서 있음을 알릴 것이었다. 마지막으로 기도한 게 언제였는지 그는 기억조차 나지 않았다.

기도라는 걸 내가 한 적이 있나. 그런데 누구에게 기도를 하나. 누구에게. 그래도 기도를 해야지. 기도를.

부디 오늘부터라도……

기도를 하려면 두 손을 맞잡아야지. 그는 안전벨트를 풀고 자세를 바로잡았다. 핸들 위에서 두 손을 그러잡았다. 둘 다 자신의 손이었지만, 그는 낯선 손과 맞잡고 있는 듯한 기분이 들었다. 맞잡은 두 손 중 한 손은 자신의 손이 아닌 남의 손인 것만 같았다. 생전 처음 잡아보는 낯선 손인 것만. 그 낯선 손이 자신의 왼손인지 오른손인지 분간해내려 했지만 좀처럼 분간이 가지 않았다. 왼손인 듯도, 오른손인 듯도 했다. 그는 기껏 맞잡은 두 손을 풀었다. 핸들 위에서 손바닥이 위로 향하도록 두 손을 펴고 물끄러미 들여다보았다. 마지막으로 기도한 게 언제였는지 기억나지 않듯, 손바닥을 들여다본 게 언제였는지 또한 기억나지 않았다.

어서 기도를 해야지. 그는 두 손을 다시 맞잡았다. 두 눈을 감으려다 말고 그는 잠시 도로를 응시했다. 멈춰 선 그의 차 뒤쪽에서 차들이 한두 대씩 달려와, 도로 끝 소실점을 향해 무섭게 내달렸다. 잣대처럼 곧게 뻗은 도로 위 표지판이 그의 눈에 들어왔다. 섬까지 십육 킬로밖에 남지 않았음을 알려주기 위한 표지판이었다. 그는 표지판에 적힌 글자를 읽으려 했지만, 섬이라는 글자조차 정확히 읽어낼 수 없었다.

그가 두 눈을 막 감으려는데 그의 발 저 아래서 아들의 목소리가 들려왔다. 아버지 제 말 듣고 계세요? 아들의 목소리는 가까운 듯 멀었다. 지금 제 말 듣고 계신 거지요. 듣고 계시다는 거 다 알아요. 아들은 화를 냈다. 그럼 지금부터 제가 하는 말을 잘 들으세요. 아주 중요한 말이니까 똑똑히 들으셔야 해요.

그러나 기도하기 위해 그의 두 눈이 마침내 감기고 있었다. 구 년 전 죽은 아내가 새벽마다 그의 머리맡에서 웅얼거리던 기도가 그의 머릿속에 글자가 되어 박히고 있었다. 그가 그렇게나 질색하던 그 기도가. 아내의 기도 소리에 몸서리치면서 깨어난 게 어디 하루 이틀이던가. 그는 책을 읽듯, 자신의 머릿속에 떠오르는 글자들을 또박또박 읽어내려갔다. 뇌는 뇌의 기능을 다할지며 얼굴의 이목구비 제 기능을 다할 것이며 우리 속의 기관들 위장 심장 간장 췌장 신장 폐 등 제 기능을 다할 것이며 손발 제 기능을 다할 수 있게 도우소서……

오늘도 새날 주시고 호흡 주시니……

광어들은 도로 저 아래로 내려다보이는 도시의 횟집들로 팔려나 갈 것이었다. 오 킬로미터쯤 더 달려가면 그 도시로 이어지는 칠십 육 번 국도 진입로가 나왔다. 트럭 운전사는 차선을 일 차선에서 이 차선으로 바꾸면서 모자를 고쳐 썼다. 조수석에 던져놓은 그의 핸드폰이 자지러진 것은 그때였다. 그는 조수석 쪽으로 오른손을 뻗었다. 오른손으로 핸드폰을 집어들면서, 왼손으로는 핸들을 꺾었다. 트럭이 이 차선에서 삼 차선으로 들어서는데, 삼 차선에서 트럭보다 앞서 달리던 택배 차가 갑자기 속도를 줄였다. 운전사는 택배 차와 충돌하지 않기 위해 핸들을 급히 오른쪽으로 꺾었다. 그가 갓길에 서 있는 은색 승용차를 본 것은 영원히 돌이킬 수 없을 만큼 늦은 뒤였다.

칠십육 번 국도 위를 남색 왜건이 유유히 달려갔다. 저 먼 툰드라에서는 두 할머니가 새를 기다리면서 서로의 머리를 따주고 있었다. 그녀들로부터 멀지 않은 곳에서는 아들들과 손자들이 늙은 순록의 배를 가르고 있었다. 그들은 순록의 배 안에 흥건하게 고인 피를 나누어 마셨다. 피 냄새는 안개와 섞여 숲으로 퍼져나갔다. 숲에는 거울보다 투명한 호수가 있었다. 두 볼이 사과처럼 붉은 소년이 아까부터 호수를 떠나지 못하고 있었다. 입에 순록의 피를 묻힌 소년들이 수줍게 웃고 있었다.

트럭은 순식간에 은색 승용차를 들이받고 난간을 들이받으면서 전복되었다. 깨진 수족관에서 물이 분수처럼 솟구쳤다. 물줄기를 타고 광어들이 새처럼 날아올랐다. 광어들은 물 밖 허공에서 수평의 평온을 잃고 추락했다. 아스팔트 도로 바닥으로 어지럽게 흩어졌다. 뒷좌석과 앞좌석이 맞닿을 만큼 찌그러진 은색 승용차는, 앞 범퍼가 난간을 부수고 밖으로 튀어나가도록 갓길에서 밀려나 있었다. 허공으로 들린 트럭 바퀴가 허무하게 겉돌았다. 은색 승용차 뒤 범퍼에서 연기가 한줄기 피어올랐다.

늙은 남자의 기도를 하기 위해 기껏 맞잡은 두 손이 풀어지고 있었다. 왼손과 오른손, 두 손 중 어느 손이 먼저랄 것 없이.

수족관에서 토해진 물이 은색 승용차 바퀴를 적시면서 그늘처럼

번지고 있었다. 송아지는 묶인 채 이유를 모르고 죽어가네. 그것은
어느 골목 끝 꼭 닫힌 창 너머에서 들려오는 노랫소리일 수도, 도로
위를 내달리는 택시에서 들려오는 노랫소리일 수도 있었다.

기도를 못다 한 늙은 남자의 발 저 아래서 원망에 찬 목소리가 흐
느끼듯 간절히 울리고 있었다.
발 저 아래서.
아버지, 내 말 듣고 계세요. 듣고 계신 거예요? 내가 믿을 사람이
아버지밖에 더 있어요? 아버지밖에 더 있냐고요? 오늘까지 어떻게
든 꼭 삼천만 원을 해주셔야 해요. 어떻게든요. 줄 돈 미리 준다고
생각하시면 되잖아요. 어차피 줄 돈.

송아지는 묶인 채 이유를 모르고 죽어가네. 어디선가 그렇게 노
래를 부르는 자가 있었다. 그자는 한 소년에게 이렇게 말한 적이 있
었다. 넌 노래나 불러라. 그자는 그 소년에게 이렇게도 말했다. 슬
플 때도 기쁠 때도 아이들은 노래를 불러야지. 그래서 소년은 노래
를 불렀다. 그자는 자신이 아까부터 흥얼흥얼 노래를 부르고 있다
는 걸 깨닫지 못하고 있었다. 그 소년처럼 노래를 부르고 있다는
걸. 기쁠 때도, 슬플 때도 노래를 불러본 적이 없는 자신이 노래를
다 부르고 있다는 걸. 오랫동안 슬플 일도, 기쁠 일도 없었던 자신
이. 그자는 눈꺼풀만 감았다 뜰 뿐 눈동자를 조금도 움직이지 않았
다. 그자의 눈동자가 뭘 그렇게나 빤히 바라보는 것인지 아무도 알
지 못했다.

어서 끝내고 어금니를 뽑으러 가야지. 노래를 부르다 말고 그자
가 느닷없이 중얼거렸다. 그자의 옆에서 또다른 어떤 자가 질겅질
겅 껌을 씹고 있었다.

간호사는 말했다. 서애숙 할머니는 빈 택시에 태워 보냈어요.

간호사의 두 발에는 여전히 쥐포처럼 납작한 슬리퍼가 신겨져 있
었다. 오른발이 왼발을 지그시 누르고 있었다. 그녀가 말했다. 할머
니를 집까지 태워다줄 빈 택시는 이 세상에 없다고 내가 그렇게 일
렀는데도, 할머니는 날마다 빈 택시를 기다렸어요. 그녀는 손톱을
입으로 물어뜯다 이어서 말했다. 할머니가 창밖을 향해 손을 흔들
면서 말했어요. 저기 빈 택시가 오고 있잖아. 나를 집까지 태워다줄
빈 택시가.

간호사는 할머니를 빈 택시에 태워 보내던 날 저녁 요양원에서
있었던 일들을 이야기했다. 형사 둘이 그녀의 이야기를 들었다. 한
형사는 팔짱을 낀 채 책상에 걸터앉아 목을 이리저리 돌리고 있었
고, 또 한 형사는 자판기 커피를 홀짝이면서 컴퓨터 자판을 두드리
고 있었다. 그녀의 텅 빈 머릿속으로 그날 저녁의 풍경이 연속극처
럼 펼쳐졌다.

요양원 복도들과 방들마다 형광등이 환하게 켜졌다. 시큼한 김칫
국 냄새가 요양원에 떠돌았다. 지하 식당에서 저녁 배식이 한창이
었다. 두부조림과 시금치무침, 어묵볶음이 요양원 입소 노인들을 위
한 저녁 반찬이었다. 서애숙 할머니와 한 방을 쓰는, 여든아홉 살
노인이 거울 앞을 떠나지 않고 있었다. 할머니, 저녁 먹으러 가야지

요. 간호사가 그 노인에게 말했다.

저이가 가고 나면. 여든아홉 살 노인이 거울 속 자신을 손가락으로 가리키면서 말했다.

할머니가 가야 저 할머니도 가지요. 간호사가 말했다.

난 저이보다 먼저 가지 않을 거야. 저이가 간 뒤에나 갈 거란 말이야.

먼저 가면 어때서 그래요?

먼저 가면 쓰나.

먼저 가면 어때서요, 먼저 가면 먼저 가는 거지.

내가 먼저 가버리면 저이가 혼자 남게 되잖아.

혼자 남겨지면 어때서요, 혼자 남겨지면 혼자 남겨지는 거지. 간호사가 말했다.

그런 소리 마. 혼자 남겨진다는 게 어떤 건지 나는 잘 알지. 난 저이를 슬프게 하고 싶지 않아. 저이를 혼자 남겨두느니 차라리 내가 남겨지는 게 낫지. 여든아홉 살 노인이 말했다.

저 할머니를 알아요? 간호사가 거울 속을 향해 물었다.

잘 알지, 잘 알다마다.

얼마나 잘 아는데요?

내 딸이 암으로 세상을 떴을 때도, 남편이 쉰아홉 살에 먼저 세상을 떴을 때도 저이가 날 찾아왔었지. 빗을 들고 찾아와서는 내 머리를 빗겨줬어. 내 딸이 세상을 떴을 때는 주황색 빗이었고, 남편이 세상을 떴을 때는 보라색 빗이었어.

고마운 분이네요.

고맙긴 한데 얄미워. 내 양갱을 저이가 홀딱 먹어버렸거든.

얄미운데 혼자 좀 남겨져보라고 해요.

그럴 수가 없다니까. 저이 눈 좀 봐. 자기를 제발 혼자 남겨두지 말라고 애원하는 저 눈 좀 보라니까.

여든아홉 살 노인이 거울 앞을 떠나지 못하는 동안, 할아버지가 의자를 끌면서 복도를 걸어가고 있었다.

할아버지, 의자는 그냥 놔둬요. 간호사가 말했다.

의자가 있어야 앉아서 밥을 먹지. 할아버지가 말했다. 서서 밥을 먹을 수는 없지 않아?

서서 밥을 먹으면 어때서 그래요? 서서 밥을 먹는다고 밥이 코로 넘어가기라도 한대요? 간호사가 말했다.

서서 밥을 먹으면 사람이 아니라 소나 돼지 같은 짐승이지. 할아버지가 말했다.

식당에 넘쳐나는 게 의자인걸요. 간호사가 말했다.

넘쳐나는 게 의자면 뭐해, 빈 의자가 하나도 없는걸.

빈 의자가 얼마나 많은데 그래요?

빈 의자는 무슨, 다 임자가 있는 의자라는 걸 여태 몰랐어?

복도 끝 로비에서는 하늘색 파자마 차림의 두 노인이 탁구를 치고 있었다. 탁구공은 어디로 날아가버렸는지 보이지 않았다. 두 노인은 탁구공도 없이 탁구를 잘만 쳤다. 점수는 십 대 삼이었다. 탁구대 뒤 갈색 소파 위에서는 한 노인이 과도로 자신의 발을 깎고 있었다. 빨간 손잡이가 달린 과도의 날 끝이 발뒤꿈치를 스치고 지나갈 때마다 석고처럼 허옇게 굳은 살점이 떨어졌다.

간호사가 말했다. 서애숙 할머니는 빈 택시에 태워 보냈다니까요. 그녀는 손톱을 물어뜯다 말고 창문을 찾았다. 그러나 창문은 없었다. 벽은 있었지만 창문은. 자신이 지금 창문도 없는 방에 들어와 있다는 걸 그제야 깨닫고 간호사는 불안을 느꼈다. 간호조무사 학원에 다니는 내내 그녀는 고시원에서 살았다. 낮에는 가방 가게에서 일하고, 밤에는 간호조무사 학원에 다녔다. 그녀가 일 년 동안이나 살아야 했던 고시원 방에도 창문이 없었다. 창문이 없는 방에서 잠이 들면 창문이 등장하는 꿈을 꾸었다. 꿈에 창문은 벽에만 있지 않았다. 벽이 없어도 창문은 있었다. 창문은 때로는 허공에, 때로는 아스팔트 바닥에, 때로는 거울 속에, 때로는 모래 속에, 때로는 장롱 속에, 때로는 가파른 계단 위에, 때로는 문에 있었다. 그녀가 고시원 방에서 마지막으로 잠들던 날 새벽에 꾼 꿈에서는 창문이 물 위에 떠 있었다. 둥둥 떠가고 있었다. 어쨌거나 창문이 어디에 있든, 그녀가 아무리 열려고 애써도 창문은 절대로 열리지 않았다.

빈 택시이기는 했는데…… 누가 타고 있었어요……

빈 택시에 누가 타고 있단 말이야? 자판을 두드리던 형사가 짜증을 냈다.

누가 타고 있으면 빈 택시가 아니지. 팔짱을 낀 형사가 말했다.

빈 택시였다니까요. 간호사가 말했다.

누가 타고 있었다면서? 자판을 두드리던 형사가 소리 질렀다.

'빈 차'에 빨갛게 불이 들어와 있었거든요.

그런데 그 택시에 누가 타고 있었지? 팔짱을 낀 형사가 간호사에게 물었다.

그 택시에 누가 타고 있었냐고요? 잠에서 막 깨어난 듯 간호사의 두 눈이 커졌다. 아이라인이 번져 그녀의 얼굴은 꼭 속눈썹이 거꾸로 붙어 있는 것처럼 보였다. 눈동자를 향해서가 아니라 눈썹을 향해서.

그 택시에 누가 타고 있었냐면 말이에요…… 저기요, 형사 아저씨. 그런데요…… 창문 좀 조금만 열면 안 돼요? 창문을 조금만…… 답답해서 미칠 것 같아요. 그녀는 자신이 창문도 없는 방에 들어와 있다는 사실을 그새 깜박했다.

창문? 자판을 두드리던 형사가 황당해하는 표정을 지었다.

창문을 열라면 열어야지. 팔짱을 낀 형사가 몸을 일으켰다. 팔짱을 풀고 뚜벅뚜벅 벽 쪽으로 걸어갔다. 뚜벅뚜벅뚜벅.

형사를 지켜보던 간호사의 고개가 어느 순간 푹 숙여졌다.

자, 이만큼이면 됐나? 형사가 물었다.

조금만 더요. 간호사는 고개를 들지 않았다.

이제 됐나?

조금만 더……

이제 됐겠지?

창문을 조금만 더……

여든아홉 살 먹은 노인은 그때까지 거울 앞을 떠나지 못하고 있었다. 거울 속 저이라고 부르는 노인이 좀처럼 가려고 하지 않아서.

어여 가요, 어여 가. 노인은 거울 속 노인을 향해 손을 흔들었다.

나는 괜찮으니 어여 가……

눈물로 축축이 젖어든 노인의 눈가가 진흙처럼 짓물러 있었다. 등을 떠밀어서라도 먼저 떠나보내기 위해 노인은 거울로 다가섰다. 그녀가 거울로 손을 내뻗으려는데, 복도에서 느닷없이 한 노인의 울부짖음이 들려왔다.

내 발, 내 발.

복도 끝 로비, 손에 과도가 들린 노인이 요양원이 떠나가도록 울부짖고 있었다. 새끼를 잃은 짐승처럼 서럽게 울부짖는 소리는 요양원의 잠들어 있던 노인들을 깨웠다. 울부짖는 소리가 전혀 들리지 않는지, 두 노인은 묵묵히 탁구를 쳤다. 점수는 십 대 삼이었다.

내 발이 없어졌네.

과도로 발뒤꿈치의 굳은살을 벗겨내던 그녀는 깜박 조는 새, 두툼한 빨랫비누만 같은 자신의 발을 조금씩, 조금씩 깎아내는 꿈을 꾸었다. 깎고 또 깎다가 발가락 하나 남지 않았을 때 그녀는 꿈에서 깨어났다.

그녀의 울부짖음에 홀린 듯 노인들이 하나둘 복도 로비로 몰려들었다. 순식간에 구름처럼 몰려든 노인들은 점점 더 서럽게 울부짖는 노인을 둘러쌌다.

저 노인네 발이 없어졌나봐.

두 발 다 저기 멀쩡히 있는데. 저 봐, 두 발로 서 있잖아.

노인들은 수군거렸다.

저 노인네는 발이 세 개였나보지.

발이 세 개인 건 닭이고.

닭은 발이 세 개란 말이야? 어제 내 아들이 삼계탕을 끓여왔는데 발이 두 개였어. 그래서 다리를 하나씩 나눠 먹었지. 아버지 하나 아들 하나, 사이좋게 말이야. 날 만나러 오는 길에 하나를 몰래 처먹어놓고 말을 안 했군. 일 년 만에 아버지를 만나러 오면서 말이야.

난 저 여자의 없어진 발이 어디 있는지 알지. 이가 두 개뿐인 노인이 말했다.

어디에 있는데.

네 머리 위에.

노인의 입에서 이가 툭 토해졌다. 이제 자신에게 남은 이가 한 개뿐이란 걸 노인은 깨닫지 못하고 있었다.

식당에서는 노인들의 점심 준비가 한창이었다. 기름에 미역 줄기 볶는 냄새가 복도들에 떠돌았다.

택시 바로 앞에서 달리던 차가 속도를 늦추면서 비상등을 켰다. 옆 차선의 앞차도 속도를 늦추고 비상등을 켜고 있었다. 아빠도 어쩔 수 없이 택시 속도를 줄이고 비상등을 켰다. 무섭게 내달리던 차들이 갑자기 무슨 일인가 싶게 조심조심 달리고 있었다.

차가 왜 밀리지? 밀릴 이유가 없는데. 아빠가 답답해하면서 중얼거렸다. 사고가 났나? 사고가 났으니까 밀릴 테지. 어떤 멍청한 자식이 사고를 낸 거야, 급해 죽겠는데.

그러게 말이에요, 우리가 노란 개를 버리러 가는 길이라는 걸 모르는 어떤 멍청한 자식이 사고를 냈나봐요. 소년이 말했다.

이십 미터쯤 달려갔을 때, 삼 차선이던 차선이 한 차선으로 줄었다. 차들이 이삼 차선을 비워두고 줄을 지어 일 차선으로만 달렸다. 이삼 차선으로 달리던 차들은 서로 먼저 일 차선으로 들어서려고 난리였다. 차선까지 줄어들어 차들 속도가 급격히 떨어졌다. 차들 너머로 사이렌을 울리면서 서 있는 경찰차가 보였다. 경찰차를 발견한 아빠가 거칠게 숨을 내뱉더니 발로 브레이크를 꾹 밟았다. 속도가 이십 킬로 아래까지 떨어져 있던 택시가 서버렸다. 택시 뒤에 바짝 붙어 따라오던 승용차가 당장 클랙슨을 울렸다. 아빠는 그러나 브레이크를 밟고 있는 발을 떼려 하지 않았다. 아빠의 택시가 서버리는 바람에 덩달아 서버린 차들이 다투듯 신경질적으로 클랙슨을 울려댔다. 아빠는 하는 수 없이 브레이크에서 발을 떼었다.

사고가 났나봐요. 소년이 중얼거렸다.

그래, 사고 때문이겠지? 아빠가 어깨를 잔뜩 움츠렸다. 사고 때문에 경찰이 출동한 거겠지.

아빠…… 그 트럭이에요.

횟감용 광어를 싣고 달리던 트럭이 갓길 난간을 부수고 뒤집어져 있었다. 찌그러지다 못해, 알루미늄 포일을 함부로 구겨놓은 듯한 은회색 승용차가 그 옆에서 거무스름한 연기를 피워올리고 있었다. 구급차 소리가 먼 듯 가까이서 들려왔다. 경찰 한 명이 도로에서 차량 흐름을 통제하고 있었다.

그 트럭이란 말이에요.

유리 파편과 부서진 차체 조각, 트럭 운전석에서 흘러나온 피, 광어들로 뒤엉킨 아비규환의 사고 현장을 소년은 뚫어져라 바라보았

다. 트럭 적재함의 깨지고 터진 수족관은 여전히 물과 광어를 고통
스럽게 토해내고 있었다.

차가운 아스팔트 바닥 위에서 절규하듯 몸부림치는, 쥐포처럼 납
작한 물고기들이 광어라는 걸 소년은 몰랐다. 소년이 노란 개를 버
리기 위해 떠나온 도시에서 횟감용으로 가장 싸고 흔하게 팔려나가
는 바닷물고기라는 걸. 작년 성탄 밤, 아빠 엄마와 텔레비전을 보면
서 그것의 살점을 초고추장에 찍어 먹었다는 걸. 소년과 엄마는 초
고추장이 묻은 입을 헹구지 않고 잠들었다.

택시가 어렵게 일 차선으로 들어섰다.

광어들은 뒤집힌 트럭 주변뿐 아니라 일 차선에까지 어지럽게 널
브러져 있었다. 뒤집힌 몸뚱이를 처절히 뒤틀어대는 녀석들도 있었
다. 사고 현장을 어서 벗어나고만 싶은 차들은 검고 둥근 바퀴로 광
어들을 사정없이 밟으면서 지나갔다. 살아 펄떡이는 광어들을 밟지
않기 위해 그 누구도 애쓰지 않았다. 사고가 나지 않았어도, 광어들
은 어차피 오늘내일 횟집 도마 위에서 껍질이 벗겨지고 뼈에서 살
점이 발려질 것이었다. 게다가 광어들의 눈동자는 공포와 불안, 고
통을 드러내기에는 지나치게 작고 검었다. 얼마나 작은가 하면, 소
년의 목에 난 점보다 작았다.

구조 차량이 진입하느라 차들이 잠시 멈춰 섰다.

아빠 때문이에요. 소년이 말했다. 아스팔트 바닥에 딱 붙어 아가
미를 벌름거리는 광어를 쳐다보면서.

나 때문이라니? 아빠가 어이없다는 표정으로 소년을 쳐다봤다.
소년은 그러나 광어를 바라보느라 아빠 쪽으로 고개를 돌리지 않았

다. 소년은 광어의 아가미 속을 들여다보려 애쓰고 있었다. 그러나 아가미가 아주 조금밖에, 고작 바늘 굵기만큼밖에 벌어지지 않아 도무지 들여다볼 수 없었다.

이게 다 아빠 때문이란 말이에요.

어째서 나 때문이라는 거냐. 아빠가 화를 냈다.

아빠가 저주를 퍼부었잖아요.

난 잘못한 게 없다.

확 사고나 나버리라고 아빠가 저주를 퍼부었잖아요.

내가 뭘 잘못했다고……

아빠가 저주만 퍼붓지 않았어도……

내 잘못이 아니다, 내 잘못이. 아빠가 입속 살점을 씹듯 중얼거렸다. 도대체 내가 뭘 잘못했다고, 내가 뭘.

아빠 때문이라면 좀 그런 줄 알아요.

난 잘못한 게 없단 말이다…… 아빠가 흥분해 소리 질렀다. 잘못한 게…… 아빠가 고통스러워하면서 두 손으로 머리를 감싸쥐었다. 난 아무 잘못이 없어, 아무 잘못이…… 머리카락을 움켜쥐고 있던 아빠의 손이 천천히 얼굴로 내려왔다. 내가 뭘 잘못했다고 그러는 거냐…… 나는 그저…… 아빠는 두 손으로 얼굴을 가리듯 덮고 고개를 숙였다. 어깨를 부들부들 떨었다.

아빠가 아무리 아니라고 해도 소용없어요. 아무리 잘못한 게 없다고 잡아떼도.

사고 현장에 어렵게 진입한 구급차에서 구급대원들이 내렸다. 구급차를 뒤따라 견인차가 요란한 소리를 내면서 달려왔다. 소년이 갑자기 차 문을 열더니, 아빠가 말리고 할 새 없이 택시에서 내렸다. 아스팔트 바닥에 널린 광어들 중에서 한 마리를 재빨리 골라 집어들더니 택시에 탔다. 꼼짝 못하고 서 있던 차들이 서서히 움직이고 있었다.

어떻게 할지 몰라 난감해하는 소년을 향해 광어가 비명을 내지르듯 주둥이를 벙긋 벌렸다. 소년은 광어가 자신의 손 안에서 팔딱팔딱 요동치기를 바랐지만, 그뿐이었다. 거친 아스팔트 바닥 위에서 버둥거리느라 기운이 다 빠진 광어는 아가미만 간신히 벌름거렸다. 소년은 광어를 자신의 허벅지 위에 올려놓았다. 손으로 광어를 쓰다듬듯 더듬거렸다.

차갑고 미끄러워요.

버려라. 아빠가 소년에게 말했다.

조금만 데리고 있다가요.

왜, 회라도 떠 먹으려고?

회를 떠 먹어요?

회를 떠 초고추장에 찍어 먹으려고 그러냐?

그런 게 아니에요. 그냥 그러고 싶어서 그래요.

배가 불룩 나온 경찰이 일 차선을 지키고 서서 차들을 한 대 한 대 검문하듯 살피면서 보냈다. 경찰은 차를 세우고 사람들에게 뭔가를 묻기도 했다.

혹시 저 경찰이 어딜 가는 길이냐고 묻거든 말이다…… 그래, 할아버지 집에 다녀가는 길이라고 대답해라. 아빠가 말했다.

노란 개를 버리러 가는 길이 아니라요?

그냥 그렇게 말해라.

우린 노란 개를 버리러 가는 길이잖아요.

그냥 그렇게 말하면 된다. 엄마 아빠하고 할아버지 집에 다녀가는 길이라고. 택시를 타고서.

할아버지 집이 어디 있다고 그래요?

내가 그렇게 말하라고 하면 좀 그렇게 말해라. 그냥 좀.

그렇지만 할아버지가 죽고 없는데, 할아버지 집이 어떻게 있어요? 소년은 할아버지를 본 적조차 없었다.

그냥 있다고 치고 말이다.

찌그러진 은회색 승용차 운전석에 사람이 타고 있는 것을, 소년은 보았다.

아빠, 저 차에 사람이 타고 있어요.

지금 자신이 바라보고 있는, 핸들에 머리를 박고 피를 흘리는 이가 지금으로부터 사십 분 전쯤 도로 위에서 만났던 늙은 남자라는 걸 소년은 미처 알지 못했다. 자신에게 뭔가 도움을 주고 싶어하던 그 늙은 남자라는 걸, 소년이 도움을 필요로 하지 않자 불같이 화를 내던 그 늙은 남자라는 걸, 개를 버리려거든 제대로 버리라고 가르쳐주던 바로 그 늙은 남자라는 걸.

경찰이 택시를 막아서듯 세웠다.

내가 시킨 대로 말해야 한다. 아빠가 소년에게만 겨우 들릴 만큼 낮게 중얼거렸다. 소년은 입을 다물고 경찰을 매섭게 쏘아보았다. 아빠는 택시를 세우고 정면만 빤히 응시했다. 두 손으로 핸들을 꼭 움켜잡고. 경찰이 차창을 내리라는 손짓을 했다. 우린…… 소년은 입속에서 중얼거리면서 차창을 내렸다.

우린 말이에요……

경찰은 그러나 시큰둥한 표정으로 택시 안을 쓱 들여다보더니 그냥 통과시켰다. 택시 빈 차 표시등에 빨간불이 들어와 있었지만, 그것을 조금도 이상하게 생각하지 않았다. 어쩌면 미처 깨닫지 못해서인지 몰랐다. 빈 택시가, 빈 택시가 아니라는 걸. 노란 개를 버리기 위해 떠나온 뒤로 빨간불이 한 번도 꺼진 적 없다는 걸, 경찰이 알 리 없었다.

아무것도 묻지 않았어요. 소년이 말했다. 허탈해하는 소년과 달리 아빠의 굳었던 얼굴이 풀어졌다.

우리한테 왜 아무것도 묻지 않은 걸까요?

우리가 잘못한 게 아무것도 없으니까.

어딜 가는 길이냐고도 안 물었어요.

그러게 말이다.

어딜 가는 길이냐고 물어오면 그렇게 대답하려고 했단 말이에요.

어떻게 말이냐?

그렇게요.

그렇게라니, 어떻게?

그렇게요.

소년의 손이 허벅지 위 광어를 쓰다듬고 있었다.

아버지, 아버지…… 늙은 남자의 발밑에서 배터리가 다 된 핸드폰 전원이 막 꺼져들고 있었다. 그의 외투 안주머니 속, 당일 발행한

백만 원짜리 수표들이 피에 젖어들었다. 수표는 전부 서른 장이었다. 사고 발생 다섯 시간 전, 그는 은행에서 번호표를 뽑고 차례를 기다렸다가 적금을 해약했다. 아들에게 가져다주려고. 적금을 해약하고 나서야 그는 자신에게 더 급한 볼일이 있음을 깨달았다. 아들에게 돈을 가져다주는 것보다 급한 볼일이. 그러나 도로 위에서 웬 소년을 만나고, 그 소년으로부터 허무하게 돌아서는 순간 그만 까맣게 잊어버렸다. 자신에게 그렇게나 급한 볼일이 도대체 뭐였는지.

우린 노란 개를 버리러 가는 길이지요.
우린 그걸 잊으면 안 된다.
소년의 앞에서는 오리 인형이 똑딱똑딱 머리를 흔들었고, 허벅지 위에서는 광어가 아가미를 벌름거렸다.
택시는 어느새 사고 현장을 벗어나 있었다. 일 차선에서 줄을 지어 달리던 차들은 이삼 차선으로 흩어져 분주히 달려갔다. 쫓기듯, 날이 어두워지기 전에 그 도로에서 벗어나야만 한다는 강박에 시달리듯. 소년은 차들이 다 어디를 향해 달려가는지 알지 못했다. 택시가 어디를 향해 달려가는지 알지 못하듯.
소년은 문득 허벅지 위 광어를 내려다보았다. 소년은 여전히 그 물고기의 이름조차 모르고 있었다.
죽은 것 같아요.
죽었다니? 아빠가 정색했다.
죽은 것 같다고요.
그게…… 무슨 말이냐. 택시가 흔들렸다.

아무래도 죽은 것 같다고요.

누가 말이냐?

누구요?

그래, 누가?

누가 아니라…… 물고기 말이에요.

광어 말이냐? 난 또 뭐라고.

또 뭐요?

아니다.

아니긴 뭐가 아니에요?

죽었으니 회도 못 떠 먹겠군. 아빠가 택시 속도를 구십 킬로까지 끌어올리면서 투덜거렸다. 이왕 회를 떠 먹으려면 살아 있는 걸로 떠야지.

내가 말이다, 작년 겨울에 말이다, '섬나라횟집' 앞을 지나가는데 광어 한 마리에 만 원이라고 써 붙여놓았지 뭐냐. 그래서 횟집 남자한테 한 마리 회를 떠달라고 했지. 아빠가 말했다. 길까지 내놓은 수족관에는 광어가 열대여섯 마리쯤 들어 있었다. 아빠는 횟집 남자가 수족관에서 광어를 한 마리 골라 그물로 건져올리는 걸 똑똑히 지켜봤다. 검정 고무장화를 신은 횟집 남자가 큰 놈으로 건져올리는지 작은 놈으로 건져올리는지 알기 위해서.

작은 놈으로 건져올리면 한마디하려고 했지. 아빠가 말했다.

뭐라고요? 소년이 물었다.

양심적으로 고르라고.

양심적으로. 소년은 중얼거렸다.

아빠는 주인 남자에게 매운탕을 끓여 먹게 대가리하고 뼈 좀 달라고 했다. 광어 대가리로는 매운탕을 끓여 먹지 않지. 주인 남자가 말했다. 우럭 대가리가 들어가야지. 매운탕을 끓여 먹으려면 우럭으로 회를 떠야지. 하지만 우럭은 한 마리에 이만오천 원이었다. 아빠는 그냥 광어회를 떠달라고 말했다. '바다횟집'에서는 십만 원 하는 도다리회도 팔고 있었다. 주인 남자가 소쿠리 같은 그물을 수족관 속으로 집어넣더니 바닥에 가라앉아 있는 광어들 중 한 마리를 골라 건져올렸다.

가장 큰 놈이었다. 수족관에 들어 있던 광어들 중 가장 큰 놈이었지. 만 원이 아니라 삼사만 원을 받아도 될 만큼 말이다. 그래서 내가 한마디했다.

뭐라고요?

양심이 제대로 있는 분이시네요, 하고 말이다.

그렇군요.

아빠는 횟집 남자가 광어를 어떻게 회 뜨는지 지켜봤지. 주방이 트여 있어서 아빠는 회 뜨는 걸 얼마든지 볼 수 있었다. 어떻게 광어의 대가리를 잘라내고 껍질을 벗겨내는지, 그리고 어떻게 뼈를 발라내고 살점을 나누는지. 횟집 남자는 광어를 도마 위에 올려놓자마자 칼등으로 대가리를 내리쳐 기절시켰다. 들뜬 벽지를 뜯듯 순식간에 껍질을 벗겨낸 뒤, 행주로 연신 핏물을 훔쳐가면서 회를 떴다. 매운탕거리를 챙기면서 횟집 남자는 우럭 대가리를 한 덩이 넣었다. 특별히 덤으로 주는 거라고 생색을 내면서.

광어 한 마리를 사고 우럭 대가리를 덤으로 얻은 거지. 아빠가 소년을 힐끗 쳐다봤다.

매운탕은 우럭 대가리로 끓여야지. 횟집 남자는 또 그 소리를 했다. 아빠는 만 원을 횟집 남자에게 건네고 나오다 수족관 속 광어들을 한 번 더 살폈다. 혹시나 아빠가 회를 뜬 광어보다 더 큰 놈이 있나 싶어서였다.

눈을 씻고 찾아봐도 더 큰 놈은 없더라.

양심이 있는 분이시네요. 소년이 말했다.

양심이 있어? 아빠 목소리가 커졌다.

더 큰 놈이 없었다면서요.

근데 내가 뭘 봤는지 아냐?

뭘 봤는데요?

죽은 광어를 봤지.

수족관 속 광어들은 두세 마리만 겨우 살아 있고 다 죽어 있었다. 횟집 주인 남자는 죽은 광어를 회로 떠서 팔고 있었다.

광어라는 물고기가 좀 그렇긴 하지. 바닥에 가라앉아 있으면 꼭 죽은 것처럼 보인단 말이야. 그래서 나는 도로 횟집으로 들어갔다. 죽은 광어를 팔았다고 횟집 남자에게 따졌지. 따질 건 따져야지. 내가 또 따질 건 따지고 넘어가는 성격이거든. 고작 만 원짜리 광어회나 떠 먹는다고 날 우습게 봐? 따질 건 따져야 다시는 우습게 여기지 않지. 횟집 남자가 펄쩍 잡아떼더구나. 틀림없이 살아 있는 광어였다고 말이다. 회 뜨는 걸 다 지켜봐놓고 뭔 소리를 하느냐면서 도리어 화를 내더구나. 그래서 내가 그랬다.

뭐라고요?

양심이 있으라고.

양심이 있어야지요. 소년이 말했다.

아빠는 가만있지 않겠다고 소릴 질렀다. 홀에서 회를 먹고 있던 사람들이 다 아빠를 쳐다봤다. 횟집 남자는 그제야 우럭 대가리를 한 개 더 덤으로 줄 테니 자길 좀 믿어달라고 아빠에게 사정했다.

정 못 믿겠으면 도로 만 원을 내어주겠다고 하더구나. 그래서 내가 그랬다.

뭐라고요?

이번 한 번은 내가 특별히 봐줄 테니 앞으로는 양심을 가지고 살라고 말이다. 그리고 어디 가서 만 원을 주고 광어회를 떠 먹겠냐. 게다가 우럭 대가리 두 개까지 얻었으니 손해는 아니지.

광어 한 마리에 우럭 대가리 두 개요. 소년이 말했다.

소년은 자신의 허벅지 위에서 물기가 말라가는 광어를 내려다보았다. 광어가 풍기는 비릿한 냄새는 쉰 김밥 냄새와 뒤섞여 택시 안에 떠돌았다. 불그스름한 속이 들여다보이도록 광어가 아가미를 벌렸지만, 소년은 안타깝게 그것을 보지 못했다. 소년은 그새 오리 인형을 쳐다보고 있었다. 오리 인형은 소년을 향해 변함없이 똑딱똑딱 머리를 흔들었다. 그럴 리 없다는 걸 알지만, 소년은 어쩐지 오리 인형 머리가 커진 것 같은 기분이 들었다. 자신이 살던 도시를 떠나올 때보다 못해도 두 배는 커진 것 같았다. 소년은 순간 온몸에 돋는 소름을 느끼고 오리 인형을 향해 두 눈을 부릅떴다. 똑딱똑딱똑딱똑딱 오리 인형 머리가 소년의 머리만큼 커졌다 도로 작아졌다.

소년이 다시 고개를 숙였을 때, 광어는 더는 아가미를 벌리지 않았다.

정말 죽은 광어였어요?

그걸 내가 어떻게 알겠냐.

그럼 누가 알아요?

횟집 남자가 알겠지. 자기가 회를 떴으니까 말이다. 살아 있는 광어였는지 죽어 있는 광어였는지.

회 뜨는 걸 아빠가 똑똑히 지켜봤다면서요.

도마 위에 올려놓자마자 기절을 시켜버렸으니 알 수가 있어야지.

아빠가 회를 뜨고 매운탕거리로 얻어온 광어 대가리와 그 뼈, 우럭 대가리 두 개. 그것들은 소년이 떠나온 집 냉장고 냉동실에 처박혀 있었다. 검정 비닐봉지 속에서, 한 몸인 듯 들러붙어 돌덩이처럼 꽝꽝 얼어 있었다.

경찰서에 다니러 갔던 소년의 엄마가 돌아오는 길 어딘가, 갈색 외투 차림의 남자가 빈 택시를 잡고 있었다. 다급한 일이 있는 듯 남자는 도로까지 내려와 택시들을 향해 손을 흔들었다. 빈 택시가 마침내 남자 앞에 섰다. 남자는 피우던 담배를 길바닥에 홱 내던지고 택시 조수석 문을 열었다.

때마침 그곳을 지나던 소년의 엄마는, 남자가 올라타자마자 빈차 표시등 불빛이 꺼져드는 것을 보았다. 그 불빛이 꺼져드는 순간 그녀는 마비되듯 멈춰 섰다. 그녀는 마치 자신의 인생을 밝히던 불빛 하나가 꺼져든 듯 막막하고 절망적인 기분에 휩싸였다. 그녀는 갈색 카디건의 풀어진 단추를 채우고, 장밋빛 스카프를 꼭 조였다. 파마기가 풀려 푸석푸석한 머리를 매만지면서 비스듬히 고개를 쳐들었다. 메마른 입을 탄식하듯 벌리고 하늘을 바라보았다. 하늘을 바라보는 게 처음인 듯 여자는 한번 쳐든 고개를 좀처럼 숙이지 못했다.

남자는 빈 택시에 오르자마자 다급히 목적지를 말하고 핸드폰 통화 버튼을 꾹 눌렀다. 전화 좀 받으란 말이야. 저쪽에서 전화를 받지 않는지 남자는 연신 통화 버튼을 강박적으로 눌러댔다. 안전벨트 매는 것도 잊고 오른 다리를 불안하게 떨었다.

어디다 그렇게 전화를 하세요. 택시 기사가 남자에게 물었다. 핸드폰 통화 버튼을 누르던 남자가 택시 기사를 흘끔 쳐다봤다.

아버지요, 내 아버지. 남자가 짜증을 섞어 뭔 상관이냐는 투로 말했다.

왜요? 아버지께서 전화를 안 받으세요?

아예 꺼버렸지 뭐예요. 남자가 핏발 선 눈알을 곤두세우고 고개를 저었다.

배터리가 나갔나보지요. 택시 기사가 생글생글 웃으면서 택시를 느리게 몰았다.

일부러 꺼놓은 게 아니고요? 남자가 비웃음이 섞인 표정으로 택시 기사를 쳐다봤다.

일부러 꺼놓을 리가 있겠어요? 택시 기사는 여전히 생글생글 웃었다.

그걸 기사님이 어떻게 알아요?

그저 자식새끼 전화라면 자다가도 벌떡 일어나 받는 게 애비 에미인데 일부러 꺼놓을 리가 있어요?

기사는 교차로에 이르러 신호가 파란색에서 주황색으로 바뀌자 택시를 세웠다. 택시와 나란히 달리던 옆 차선의 승용차는 교차로를 여유롭게 통과해 달려갔다.

가도 됐는데. 빨간불로 바뀐 신호등을 노려보면서 남자가 투덜거렸다. 가도 됐어.

손님도 참, 신호를 안 지키면 쓰나요. 신호를 무시하고 달려대면 돈이야 더 벌겠지만 그래서야 쓰겠어요. 버젓이 지키라고 있는 신호는 지켜줘야지요.

남자가 택시 기사에게 뭐라고 말하려다 입을 다물어버렸다. 초조하게 창밖 거리를 둘러보면서 핸드폰 통화 버튼을 눌러댔다.

신호가 왜 저렇게 안 바뀌는 거야.

좌회전 신호를 받은 차들이 곡선을 그리듯 교차로를 통과해 택시 옆으로 지나갔다.

어지간히 안 바뀌는군. 남자는 자신의 온몸이 흔들리도록 격하고 빠르게 오른 다리를 떨었다.

바뀔 때가 되면 바뀌겠지요.

뭐라고요?

바뀔 때가 되면 신호가 어련히 알아서 바뀔 텐데 뭘 그렇게 속을 태우세요?

돌겠군. 남자가 혼잣말로, 그러나 택시 기사가 들으라는 듯 내뱉었다. 운전석 택시 기사에게까지 진동이 미칠 만큼 오른 다리를 떨면서 핸드폰 통화 버튼을 눌렀다.

살다보면 속 태울 일이 수두룩한데 신호가 금방 안 바뀐다고 속을 태워서야 되겠어요?

저기요, 기사님. 남자가 갑자기 진지한 목소리로 말했다.

말씀하세요, 손님.

저기요, 부탁인데요. 말끝에 남자는 한숨을 섞었다.

뭔 부탁을 하시려고 그러나?

저기요, 제발 부탁인데요. 운전이나 좀 똑바로 하세요.

그때 막 신호가 파란불로 바뀌었다. 옆 차선의 버스가 차선을 넘어 대가리를 들이밀면서 택시를 가로막았다.

뭐 저런 씹새끼가 다 있나? 끼어들긴 어딜 끼어들어. 확 들이받아버릴라. 택시 기사가 버스 뒤꽁무니에 대고 욕을 퍼부었다.

저기요, 내가 지금 아버지 때문에 이천만 원을 날릴 판이거든요.

이백만 원도 아니고 이천만 원을요? 택시 기사는 그새 생글생글 웃고 있었다. 이천만 원이 뉘 집 똥개 이름도 아닐 테고, 이천 원을 이천만 원으로 잘못 들었나?

이천만 원요!

택시는 교차로를 벗어나 십 미터쯤 달려가다 우회전을 해 다른 도로로 들어섰다.

혹시 손님, 아버지가 이천만 원을 내놓으라고 소송이라도 거셨나요?

뭐요? 남자가 택시 기사를 향해 눈을 동그랗게 떴다.

뉴스에서 들으니까 말입니다, 여든이 다 된 아버지가 말입니다, 아들을 상대로 위자료 청구 소송을 냈다지 뭡니까. 아버지가 목욕탕 때밀이까지 해서 아들을 의사로 키웠다지 뭡니까. 그런데요 글쎄, 그 의사 아들이 장가를 가더니 발을 딱 끊더라지 뭐예요. 추석이고 설이고 명절이라고 집에 한번 오는 적도 없고, 며느리는 시아버지를 역전에 돌아다니는 부랑자보다 못하게 생각한다지 뭐예요. 아버지 덕에 의사까지 된 놈이 그래서야 쓰나. 물론 제 놈이 피 터져라 공부해 의사가 되었겠지만 아버지가 그 뒷바라지를 안 해줬으면 그게 어디 가능했겠어요? 고등학교 다닐 때는 이 년 내내 영어 과외까지 시켜주었다지 뭐예요. 아버지가 아들이 얼마나 괘씸했으면 소송을 다 냈겠어요.

막히는군. 남자가 택시 기사의 말을 끊고 핸드폰을 꼭 움켜쥐었다. 도로 위의 차들이 거의 움직이지 못하고 있었다.

뉴스를 보면서 소송 참 잘 걸었다 했는데, 아들이 사과하고 아버지가 소송을 취하하는 걸로 사건이 흐지부지되었다지 뭐예요.

하필이면 막히는 데로 들어왔어. 남자가 핸드폰을 움켜쥔 손으로 차창을 툭툭 때렸다.

사람이 말이야, 한번 소송을 걸었으면 끝까지 가야지. 안 그래요? 아버지가 아들한테 그냥 한 사억 받아내는 건데 말이에요. 아들이 진심으로 사과한 건지, 세상 사람들 손가락질이 무서워서 사과한 건지, 돈이 아까워서 사과한 건지 알 수가 있나?

안 막히는 데를 다 놔두고 뻔히 막히는 데로 왔어. 이 도로가 얼마나 막히는데. 남자는 불안과 짜증이 뒤섞인 표정으로 미터기 요금을 흘끔거렸다. 택시가 멈춰 서 있는 동안에도 미터기 요금은 올라갔다.

오죽하면 아버지가 아들을 다 고소했을까?

벌써 팔천 원이 넘었잖아. 육천 원이면 충분한 거린데, 팔천 원이 넘었어. 남자는 핸드폰 통화 버튼을 누르고 울부짖듯 중얼거렸다. 전화를 받으란 말이야, 전화를 좀!

택시가 목적지에 도착했을 때 미터기 요금은 만삼천 원이 넘어 있었다. 재수 옴 붙은 날이군. 남자가 조수석 문을 박차듯 열고 택시에서 내렸다.

안녕히 가세요.

거스름돈 안 줬잖아요. 남자는 조수석 문을 붙잡고 버티고 서서 길바닥에 가래를 뱉었다.

저런, 거스름돈을 안 드렸네요. 거스름돈을 안 드리면 쓰나. 드려야지요, 드려야지. 거스름돈이 설사 단돈 십 원이래도 챙겨드려야지. 택시 기사가 백 원짜리 동전 두 개를 잠바 주머니에서 꺼냈다.

남자는 거스름돈을 받자마자 문을 부서져라 닫았다.

개새끼, 거스름돈을 기어이 받아가는군. 그깟 이백 원을 악착같이 받아가. 택시 기사는 '미래부동산'으로 뛰어들어가는 남자를 흘겨봤다.

석고상처럼 길 한복판에 서서 하늘을 올려다보던 소년의 엄마는 그새 가버리고 없었다. 언제 왔는지 땅콩 장수가 땅콩이 그득한 리어카를 길에 대놓고 팔고 있었다. 국산 땅콩 한 됫박에 팔천 원, 중

256

국산 땅콩 한 됫박에 오천 원이었다. 비둘기 서너 마리가 길 허공에서 날았다.

땅콩 장수가 무쇠 솥처럼 생긴 기계 안에 땅콩을 한 됫박 두 됫박 퍼넣고 있을 때, 두 남자가 저만치서 걸어왔다. 두 남자는 나란히 서서 걸어왔다. 두 남자가 언제부터 저렇게 나란히 걷고 있었는지, 그것을 아는 사람은 없었다. 기계가 빙글빙글 돌아가면서 땅콩 볶는 냄새가 고소하게 퍼졌다.

땅콩 장수는 기계에서 땅콩을 집다 두 남자를 보았다. 손가락들 사이에, 집은 땅콩 두 알을 놓고 비볐다. 껍질이 벗겨지면서 땅콩 한 알이 길바닥으로 떨어졌다. 땅콩 장수가 길바닥에 떨어진 땅콩을 발로 으깨면서 손 안의 땅콩 한 알을 입에 넣는 사이, 한 남자는 어딘가로 가버리고 한 남자뿐이었다. 혼자 남겨진 한 남자를 쳐다보면서 땅콩 장수는 땅콩을 씹었다.

혼자 남겨진 남자가 멈춰 섰다. 어딘가로 사라져버린 남자를 찾는 듯 주위를 두리번거렸다. 허공을 날던 비둘기들이 땅콩 장수의 발밑으로 몰려들었다. 비둘기들이 내려앉기 무섭게 땅콩 장수는 발로 세차게 걷어찼다. 마침 그곳을 지나던 난쟁이 여자가 그것을 보았다.

발로 차지만 말란 말이야. 난쟁이 여자가 땅콩 장수에게 윽박질렀다. 비둘기가 날아들거든 발로 차 쫓아버리지만.

땅콩이나 한 됫박 사고 그런 소리를 하든가. 땅콩 장수가 난쟁이 여자에게 소리쳤다. 혼자 남겨진 남자가 땅콩 장수 쪽으로 걸어올 때, 소년의 엄마는 '김밥나라' 앞을 지나가고 있었다. 통유리 안에서 김밥을 말던 여자가 중얼거렸다.

저 여자가 또 지나가네, 아까도 지나가더니.

난 저 여자를 알아. 그 여자 옆에서 초록색 행주를 개키고 서 있던 여자가 말했다. 그나저나 자기 어머니가 계시다는 요양원 말이야, 한 달 요양비가 얼마라고 했더라.

사십만 원. 김밥을 말던 여자가 말했다. 사십이만 원이라는데 내가 이만 원을 깎았지. 벌써 팔 년이나 되었네. 징글징글해. 팔 년 동안 한 달도 빼놓지 않고 꼬박꼬박 사십만 원을 부쳤네. 팔 년 동안 어떻게 더 나빠지지도 더 나아지지도 않고 그대로인지, 치매라는 게 그런가봐. 뜬금없이 그건 왜?

우리 시어머니 때문에 말이야. 누가 일으켜줘야 일어날 정도로 기력이 쇠해서 말이야. 자식이 여섯이어도, 노인네 옆에 딱 붙어앉아 수발들 자식이 어디 있어야지.

요즘 세상에 자식이 열 명이면 뭐해.

자기는 팔 년 동안이나 사십만 원을 어떻게 부쳤대?

그러니까 종일 김밥을 말고 있지, 팔 년 동안 다달이 사십만 원을 적금했다고 쳐봐, 그게 얼마야? 그렇다고 어머니를 요양원에서 데리고 나올 수도 없고.

한 달에 몇 번이나 찾아가?

한 달에 몇 번? 일 년에 두 번이나 찾아갈까? 워낙 멀어서 말이야. 그렇다고 내가 집에서 놀고먹는 여자도 아니고, 얼굴은 봐야 뭐해, 속만 상하지. 내가 누군지도 못 알아보는걸.

일부러 먼 데다 보낸 거 아니야.

가까이 있으면 뭐해. 마지막으로 찾아간 게 벌써 다섯 달 전이던
가, 다른 때는 안 그러더니 그때는 내 옷자락을 붙들고 영 놓아주지
않지 뭐야…… 혼자 두고 가지 말라면서 말이야. 따라오고 싶어하
는 것 같았어…… 그래도 며느리라고 자신하고 피 한 방울 안 섞였
어도 끌리는 게 있던지…… 내가 억지로 떼어놓으니까, 저주를 퍼
붓지 뭐야.

노인네가 뭐라고 저주를 퍼부었는데?

어디서 주워들었는지, 시간이 날 심판할 거라고 하더군. 시간은
틀림이 없지. 그래, 그렇게 말했어. 시간만큼 공평한 게 없다면
서…… 나도 머지않아 혼자가 될 거라나…… 그때 가서야 땅을 치
고 후회하면서 자신의 심정을 알 거라고 하더군. 그땐 노인네 눈빛
이 어째 제정신인 것 같았어. 멀쩡한 정신으로 나한테 저주를 퍼붓
는 것 같았다니까. 정신이 오락가락하시니까. 잊고 있었네…… 시
간이 날 심판할 거라는 걸 잊고 있었어…… 김밥을 마느라고 말이
야…… 김밥나라 김밥 한 줄에 천오백 원, 야채김밥 한 줄에 이천
원, 소고기김밥 한 줄에……

그걸 누가 모르나, 알면서도 그냥 어쩔 수 없이 사는 거지.

두 여자는 잠시 아무 말이 없었다. 김밥을 말던 여자는 계속 김밥
을 말았고, 초록색 행주를 개키던 여자는 계속 그것을 개켰다. 김밥
을 말던 여자는 팔 년 전 어머니와 요양원을 찾아가던 날을 떠올렸
다. 그 할머니는 아직 살아 계신가 모르겠네…… 그녀는 김밥에 넣
을 우엉조림을 집다 말고 중얼거렸다. 그녀가 어머니를 요양원에
입소시키던 팔 년 전 어느 날, 한 노인이 더 입소했다. 딸인 듯한 여

자가 노인에게 하는 소리를 그녀는 들었다. 엄마가 집에 오고 싶을 때 언제든 와요. 전화만 하면 내가 언제든 빈 택시를 보낼 테니. 엄마를 집까지 태워다줄 빈 택시를.

빈 택시를 보내긴 무슨, 그냥 한 소리겠지…… 여자는 김밥에 넣으려고 기껏 집은 우엉을 자신의 입으로 가져갔다.

빈 택시라니?

아무것도 아니야…… 그나저나 김밥에 우엉은 왜 넣나 몰라. 나는 우엉이 안 들어간 김밥이 훨씬 맛있던걸.

그녀들 뒤에서 김밥을 먹던 젊은 여자가 일어섰다.

아줌마, 계산요.

초록색 행주를 개키던 여자가 젊은 여자를 향해 돌아섰다. 젊은 여자가 계산을 끝내고 나가자마자 그녀가 말했다.

어제도 이때쯤 와서 달랑 김밥 한 줄 먹고 가더니, 오늘도 김밥 한 줄이네.

저 아가씨 말이야?

방금 '김밥나라'를 나선 젊은 여자는 통유리 밖에서 종종거리면서 핸드폰으로 통화를 하고 있었다.

일주일에 한두 번은 오는 것 같은데…… 여자는 김밥에 넣어야 할 우엉을 자신의 입에 넣었다는 걸 깜박하고 김밥을 말았다.

늘 혼자 와서 김밥 한 줄이나 라면을 시켜 먹더라고. 하고 다니는 게 내 딸하고 비슷해서 눈에 들어오네. 내 딸도 라면이나 김밥으로 대충 점심을 때웠을 텐데.

자기 딸이 임용고시에 철썩 붙어야 자기 팔자가 그나마 필 텐데.

대학교 졸업하던 해부터 지금까지니까 십이 년이야, 십이 년. 십이 년 내내 떨어지고 한두 달은 시집이나 확 가버리겠다고 울고불고하다가도 또 시험을 보더라고. 이번에는 하늘이 두 쪽 나더라도 붙어야 하는데…… 시집가는 건 어디 쉽나. 여자도 직장이 번듯해야 남자를 잘 만나는 세상인데. 나이 서른여섯에 변변한 직장이 있는 것도 아니고……

젊은 여자는 그새 가버리고 없었다.

젊은 여자와 혼자 남겨진 남자. 그 둘이 우연히 스쳐 지나갈 때 길에는 노래가 흐르고 있었다. 삼십 분 전쯤 광어를 싣고 무섭게 내달리던 트럭에 흐르던 바로 그 노래였다. 그 노래는 화장품 가게 밖에 내놓은 검은 스피커에서 흘러나왔다. 스치는 순간, 둘은 고개를 들어 서로를 뚫어져라 쳐다보았다. 그녀는 서너 발짝 내딛다 뒤를 돌아다보았다. 혼자 남겨진 남자는 그러나 돌아다보지 않았다. 그녀는 방금 자신을 스쳐 지나간 남자를 바라보는 것일 수도, 아닐 수도 있었다. 혼자 남겨진 남자는 조금 더 걸어가다 '김밥나라' 유리문을 열고 들어섰다. 그는 그녀가 김밥을 먹었던 테이블로 걸어갔다. 그녀가 앉았던 맞은편 자리에 앉았다.

김밥 한 줄하고…… 라면요. 그가 말했다.

초록색 행주를 든 여자가 정수기에서 물을 한 잔 뽑아들고 그 테이블로 다가갔다. 행주로 테이블을 한 번 쓱 훔치더니 물잔을 그의 앞에가 아니라 맞은편에 내려놓았다. 그는 물잔으로 손을 가져가다 도로 거두어들였다.

그 길 어딘가 땅콩 장수의 발길질에 놀라 멀찍이 달아났던 비둘기들이 도로 날아들고 있었다. 땅콩 껍질이 지저분하게 널린 땅콩장수의 발아래로. 서너 마리이던 비둘기는 대여섯 마리로 늘어나있었다. 난쟁이 여자가 언젠가 중국산 땅콩을 두 되나 사주었다는걸 땅콩 장수는 기억 못 했다. 저기 빈 택시가 지나가네. 김밥을 말던 여자가 미사포 같은 흰 수건을 고쳐 쓰면서 중얼거렸다. 여자는그 택시가 어쩐지 요양원을 찾아가는 빈 택시일 것 같은 생각이 들었다. 이제나저제나 집에 돌아가고 싶어하는 노인을 태우러.

방금 남색 왜건에서 내린 남자는 서둘러 놀이터 쪽으로 걸어갔다. 아파트 단지 안 놀이터였다. 남자는 미끄럼틀과 그네를 지나 시소 쪽으로 걸어갔다. 시소에는 한 소년이 홀로 앉아 있었다.

너 혼자 시소를 타고 있었던 거냐?

남자가 소년에게 물었다.

이백오 동에 사는 아이하고 둘이 시소를 타고 있었는데요, 그 애 엄마가 와서 데리고 가버렸어요. 나만 혼자 남겨두고요.

소년은 남자를 쳐다보지 않고 말했다.

내가 또 너무 늦은 거냐?

그 아줌마가 나한테 그랬어요. 어느 날 내가 누군가와 길을 걸어가고 있는데요, 누군가가 사라져버리고 나만 혼자 남겨질 거래요. 소년은 어깨를 떨었다.

나는 눈을 뜨자마자 널 만나려고 달려왔다. 남자는 소년의 맞은 편으로 가서 앉았다. 소년이 허공으로 떠올랐다.

내가 아빠를 얼마나 기다렸는지 알아요.

사실은 말이다. 남자는 두 발을 모래 속으로 파묻으면서 무릎을 펴 두 다리를 곧게 폈다. 소년이 아래로 내려왔다.

내가 얼마나 기다렸는지 아냐고요.

사실은…… 남자가 무릎을 구부리자 소년이 또다시 허공으로 떠올랐다.

사실은 뭐요?

노루 때문이란다.

노루요?

널 만나러 오다가……

날 만나러 오다가 뭐요?

널 만나러 오다가 노루를……

난 그만 가야겠어요.

벌써 가겠다는 거냐?

엄마가 아까부터 날 기다리고 있어요.

머리를 묶고 보라색 치마를 입은 여자가 놀이터 밖에 서 있었다. 여자의 얼굴은 창백하다 못해 눈 코 입이 다 지워지고 텅 비어 보였다. 남자는 여자를 바라보면서 구부렸다 폈다 했다.

난 엄마한테 가야 해요. 소년이 소리 질렀다.

나는 널 만나려고 다섯 시간을 넘게 달려왔다.

아빠가 늦게 와놓고서 왜 나한테 짜증이에요. 내가 아빠를 얼마나 기다렸는지 알아요? 나는 아빠가 안 오는 줄 알았어요. 그런데도 나는 여태까지 아빠를 기다렸단 말이에요.

네가 가버리면 나는 누구와 시소를 타란 말이냐?

소년은 시소에서 풀쩍 뛰어내렸다.

다시는 아빠를 기다리지 않을 거예요.

소년은 남자로부터 휙 돌아섰다. 여자를 향해 달려갔다. 저 여자는 날 용서해주지 않았어, 내가 그렇게나 용서를 빌었는데, 손이 발이 되도록 빌었는데…… 그는 부르르 떨면서 여자로부터 고개를 돌렸다. 한때 자신의 아내였던 여자가 아들을 데리고 가버리는 것을 그는 보고 싶지 않았다. 그는 무릎을 펴면서 놀이터 앞 아파트를 올려다보았다. 오 년 전 여자에게 용서를 빌던 밤이 바로 어젯밤 일처럼 떠올랐다. 겨우 세 살이던 아들은 소파에서 잠들어 있었고, 텔레비전이 틀어져 있었다. 일제 소독이 있을 거라는 아파트 경비원의 안내 방송이 스피커에서 흘러나왔다. 며칠 전에 벗어놓은 그의 와이셔츠가 식탁 의자에 아무렇게나 걸쳐 있었다. 경비원의 안내 방송이 끝나기를 기다렸다가 여자는 그에게 말했다. 용서는 다른 사람한테 가서 빌어요.

다른 사람 누구?

나 말고 다른 사람 말이에요.

날 용서해줄 사람은 당신인데 누구한테 가서 용서를 빌라는 거야.

누구든 내가 알게 뭐람.

그날 밤, 여자는 아들을 데리고 떠났다. 날이 환하게 밝아서야 겨우 잠든 그를 깨운 이는 방역 업체 직원이었다. 초인종 소리를 듣고 깨어난 그는 아내와 아들이 돌아온 줄 알고 다급히 현관문을 열어

주었다. 현관문 밖에 서 있는 사람은 그러나 흰 가운을 걸치고 등에 분무기통을 짊어진 방역 업체 직원이었다. 그제야 일제 소독이 있을 거라던 경비원의 안내 방송이 그의 머릿속에 떠올랐다. 방역 업체 직원은 성큼성큼 집 안으로 들어와 베란다로 걸어갔다. 그는 멍하니 서 있다가 방역 업체 직원을 따라갔다. 하수구 구멍에 소독약을 분사하는 방역 업체 직원의 뒤통수에 대고 그는 중얼거렸다.

저기요, 괜찮으시다면……

방역 업체 직원이 흰 방독면으로 입과 코를 다 가린 얼굴을 들어 그를 쳐다봤다.

날 좀…… 용서해주세요.

……?

방독면 때문에 그는 방역 업체 직원의 나이를 좀처럼 짐작할 수 없었다.

그냥요…… 그냥 날 좀 용서해주면 안 되겠어요?

용서요……? 방독면에 입이 눌려서인지 말이 어눌하게 흘러나왔다.

용서요…… 그냥 날 좀……

방역 업체 직원이 그를 흘끔 쳐다보고 고개를 갸웃했다. 혼잣말을 중얼거리다 그를 무시하듯 지나쳐 욕실 쪽으로 걸어갔다. 그는 방역 업체 직원을 따라갔다.

그냥 좀 용서해주면 안 되겠어요?

방역 업체 직원은 그의 말이 안 들리는 척 무시하고 욕실 바닥 하수구 구멍에 대고 소독약을 분사했다.

제발 부탁이니까 날 좀 용서해달란 말이에요.

참 나 귀찮아 죽겠군. 방역 업체 직원이 좌변기에 소독약을 분사하려다 말고 그를 빤히 쳐다봤다.

그냥 날 좀…… 용서해주면 안 되겠어요?

까짓것 용서해주면 될 거 아니에요. 방역 업체 직원이 말했다.

날…… 용서해주겠다고요?

용서하는 데 돈이 드는 것도 아니니, 뭐. 방역 업체 직원은 어깨를 으쓱해 보였다. 마저 소독약을 분사하고 욕실에서 나왔다.

날 용서한단 말이지요……

글쎄, 용서한다니까요. 방역 업체 직원이 귀찮아 죽겠다는 듯 짜증을 냈다. 신발장까지 소독을 다 끝내고 현관문을 나서려는 방역 업체 직원의 등에 대고 그가 물었다.

저기요, 그런데요……

방역 업체 직원이 돌아섰다.

용서한다니까요.

그런 게 아니라…… 내가 뭘…… 뭘 잘못했나요?

뭘요? 방역 업체 직원이 그를 쳐다봤다.

내가 뭘 잘못했다고 용서를 한다는 건지…… 그래도 내가 뭔가 잘못한 게 있으니까 용서했을 거 아닙니까?

방역 업체 직원이 방독면을 풀었다. 방독면에 비밀스럽게 가려져 있던 얼굴이 드러났다. 방역 업체 직원의 얼굴을 바라보는 그의 눈빛이 흔들렸다. 얼굴은 화상의 흔적으로 비참하고 흉측하게 일그러져 있었다.

266

댁이 뭘 그렇게나 잘못해서 생면부지인 나한테까지 용서를 다 비는가 싶었는데 이제야 알겠군. 댁이 뭘 잘못했는지 똑똑히 알겠어. 방역 업체 직원은 몹시 안타깝다는 듯 혀를 차면서 고개를 한 번 가로저었다.

내가…… 내가 도대체 뭘 잘못했나요?

뭘 잘못했는지도 모르면서 그렇게나 용서해달라고 졸라대다니…… 그게 댁의 잘못이겠군. 자신이 뭘 잘못했는지도 모르는 게 말이지. 뭘 잘못했는지도 모르면서 용서를 바라는 게 말이야.

내가 뭘 잘못했나…… 뭘…… 그는 울먹거렸다. 놀이터에 바람이 휘몰아쳤다. 빈 그네가 흔들렸다. 용서하지 않을 거야. 그가 갑자기 흥분해서 소리 질렀다. 평생 저 여자를 용서하지 않을 거야. 그의 목소리는 놀이터 밖까지 울렸다. 아들은 벌써 가버리고 없었다. 얼굴이 텅 빈 여자는 그러나 가지 않았다. 여자가 여전히 놀이터 밖에 우두커니 서 있다는 걸 그는 깨닫지 못하고 있었다. 그는 무릎을 구부렸다 폈다 하면서 혼자 시소를 탔다. 그는 자신이 아들만큼 어린 소년으로 되돌아간 것 같은 착각이 들었다. 그의 두 귀가 고무장갑처럼 붉게 달아올랐다. 무릎을 펴던 그는 훌쩍훌쩍 울기 시작했다.

놀이터 밖에 서 있던 여자가 마침내 돌아섰다. 여자는 놀이터에서 멀어져 두부를 한 모 사들고 집으로 갔다.

날 용서하지 않겠대요. 여자가 말했다.

누가? 여자의 뒤에 서 있던 누군가가 물었다.

놀이터에서 어떤 남자가요.

여자는 두부를 수돗물에 한 번 헹궈 도마 위에 올려놓았다. 식칼을 꺼내들었다.

평생 날 용서하지 않겠다고 소리 지르더니 아이처럼 울기 시작했어요.

내가 언제 놀이터에 갔었나? 누군가 중얼거렸다.

평생 날…… 식칼을 움켜쥔 여자의 손이 바르르 떨렸다.

난 놀이터에 안 갔었는데. 운 건 맞지만 놀이터에는 안 갔어…… 누군가는 여자로부터 돌아섰다.

여자는 두부를 납작하고 길게 썰었다. 누군가가 가버리고 여자의 뒤에는 이제 아무도 서 있지 않았다. 개수대에서 부패한 음식 냄새가 올라와 부엌에 퍼졌다. 여자는 싱크대에서 검은 프라이팬을 꺼냈다. 가스레인지에 프라이팬을 올리고 콩기름을 넉넉하게 둘렀다. 썬 두부를 프라이팬에 가지런히 깔고 골고루 소금을 뿌렸다.

택시 저 멀리 언뜻 섬이 보였다. 택시가 왕복 육 차선으로 쭉 내뻗은 직선 도로로 들어선 뒤 처음으로 차선이 갈라지고 신호등이 나왔다. 좌회전 신호가 켜진 신호등 아래를 택시는 곧장 지나갔다. 조개구이, 해물 칼국수, 수타 짜장 따위 간판을 내건 식당들이 택시 창밖으로 지나갔다. 다 망했는지 조개구이 식당들마다 내놓은 수족관은 텅 비어 있었다. 금 가고 깨진 채 녹물을 흘리는 수족관도 있었다. 소년은 찢긴 파라솔과 차곡차곡 포개놓은 빨간 플라스틱 의자, 무덤처럼 수북한 조개껍데기, 파란 박스에 모아둔 빈 병들을 보았다. 누군가 빈 소주병에 꽂아둔 나뭇가지도 보았다.

용서하겠다고…… 용서하겠다고 말해라.

바다가 택시 앞유리로 들어온 건 아빠가 그렇게 중얼거렸을 때였다. 바다를 본 게 태어나 처음이었지만, 바다라고 아무도 가르쳐주지 않았지만, 택시 앞유리 저 너머 고요하게 일렁이는 게 바다라는 걸 소년은 알았다. 송아지는 묶인 채 이유도 모르고 죽어가네. 소년은 노래를 부르면서 허벅지 위의 광어를 쓰다듬었다.

남자는 울음을 그친 뒤에도 시소를 떠나지 못하고 있었다. 검은 프라이팬에서는 두부가 타들고 있었지만 여자는 어딘가로 가버리고 없었다.

여자가 놀이터로 걸어갈 때, 꼭 열두 사람 중 한 사람이 말했다. 내가 소독 일을 하러 다닐 때였지. 소독을 하러 간 집 남자가 내게 다짜고짜 용서를 빌더군. 내가 신도 아닌데 용서를 빌다니, 내가 신도 아닌데. 내가 용서를 해주지 않으면 목이라도 매달 것 같지 뭐야. 그래서 내가 용서를 해주었지. 그게 벌써 몇 년 전인가?

그는 나머지 열한 사람의 얼굴을 하나하나 증명사진 찍듯 바라보았다.

이 세상에 용서받지 못할 자가 어디 있을까. 그가 말했다. 그날부터 나는 세상 모든 사람들을 용서해주면서 살기로 했지. 그날 내가 그 남자를 용서해주지 않았으면, 누가 그 남자를 용서해줬을까.

그의 화상으로 일그러진 얼굴이 나머지 열한 사람을 향해 웃고 있었다.

네 형이나 먼저 용서하지그래. 열한 사람 중 하나가 비꼬듯 그에게 말했다.

나보고 그 자식을 용서하란 말이야?

게다가 네 형이잖아.

내가 그 자식을 어떻게 용서할까. 이 세상에 용서가 필요한 사람이 달랑 그 자식 하나뿐이라면 모를까. 내 얼굴이 어쩌다 이렇게 되었는데, 그 자식이 집에 불을 지르지만 않았어도……

어서…… 용서하겠다고 말해라. 아빠가 말했다.

용서요……?

어서 말해라, 용서하겠다고.

누굴……요?

그냥 그렇게 말해라, 용서하겠다고……

누굴요.

그게 누구든……

누구든……요?

누구든 말이다, 그러니까 어서 말해라.

왜요? 왜 용서하는 건데요?

그렇게 말하라고 하면 그냥 좀 그렇게 말해라.

그냥 용서하란 말이에요?

어서 말해라, 용서한다고……

싫어요.

그렇게 말하는 게 뭐가 어렵다고 싫다는 거냐.

암튼 싫어요.

용서하겠다고 말하면 입이 비뚤어지기라도 한다든?

그게 아니란 말이에요…… 용서하고 싶지 않단 말이에요.

택시는 바다를 가로지르는, 왕복 이 차선 도로 위를 내달렸다. 양 옆으로 개펄이 펼쳐진 도로 저 끝에는 섬이 있었다. 택시가 달리는 동안 개펄이 점차 바닷물에 잠겨갔다. 섬의 서쪽에 웅덩이처럼 고여 있는 숲이 흔들렸다. 숲에서는 흰 개가 두 나무 사이에서 걸어나오고 있었다. 세 나무 사이에서, 네 나무 사이에서, 다섯 나무 사이에서, 여섯 나무 사이에서, 일곱 나무 사이에서, 여덟 나무 사이에서, 아홉 나무 사이에서, 열 나무 사이에서……

이 세상에 용서받지 못할 자는 없다고 했다. 아빠가 말했다. 용서받지 못할 자는……

누가 그렇게 말했는데요?

누가? 누가 그렇게 말했더라? 아빠는 얼른 떠오르지 않아 짜증이 나는지 욕설을 중얼거렸다. 젠장, 그 영감탱이잖아…… 누군가 했더니 박영감 그 자식이 그렇게 말했어…… 이 세상에 용서받지 못할 자는 없다고.

꼭 열두 사람이 땅콩 장수 앞을 지나갈 때, 그들은 스무 사람이나 스물두 사람으로 보이기도 했다. 저기 스무 사람이나 지나가는군. 땅콩 장수가 그렇게 중얼거렸던 것이다. 스물두 사람이나 지나가.

방금 자신이 스무 사람이라고 중얼거린 걸 잊었는지, 아니면 스무 사람이 아니라 스물두 사람이라는 걸 깨달았는지 땅콩 장수가 또 그렇게 중얼거렸던 것이다. 땅콩 장수는 꼭 열두 사람을 향해 땅콩을 사라고 소리쳤다. 그러나 그들은 그대로 지나가버렸다. 한 놈도 땅콩을 안 사는군. 어떻게 한 놈도 땅콩을 안 살까. 그 소리를 들은 어떤 늙은 여자가 중얼거렸다. 어디 백 사람이 지나가보라지, 백 사람 중 몇이나 땅콩을 살까? 백 사람 다 땅콩을 안 사고 지나갈 수 있지. 늙은 여자는 무릎이 저린지 리어카 옆에 주저앉았다.

내 나이 서른넷 되던 해 길바닥에서 양말을 팔았지. 양말이라도 팔아서 먹고살려고…… 종일 양말을 길바닥에 널어놓고 팔았는데 어느 한 놈 양말을 안 사더라니까. 그래서 하루는 내가 작정을 하고 몇 사람이 지나가나 일일이 세어봤지.

몇 사람이나 지나갔는데? 땅콩 장수가 시큰둥한 소리로 늙은 여자에게 물었다.

딱 구백 사람이 지나가더군. 구백 사람 중 한 사람도 양말을 안 사더라니까. 그게 인생이야, 그게.

늙은 여자는 치맛자락을 얼굴로 끌어당겨 코를 풀었다.

암만 구백 사람, 구천 사람이 지나가봐, 그중 몇이나 양말을 살까? 어느 하나 양말 한 켤레 안 사고 그냥 지나가버릴 수 있는 게 인생이라니까.

웃기네, 구백 사람은 무슨. 땅콩 장수가 입을 비죽였다.

구백 사람이었대도. 늙은 여자가 말했다.

오십까지도 못 세는 주제가. 땅콩 장수가 말했다.

그래도 나는 악착같이 양말을 팔았어. 악착같이 기다렸지. 누군가는 양말을 한 켤레라도 사주겠지, 누군가는…… 그렇게 양말을 팔아서 널 키웠지. 늙은 여자가 말했다.

엄마는 서른여덟까지밖에 못 세잖아. 땅콩 장수가 말했다.

날 떠날 때 네 아빠 나이가 꼭 서른여덟이었거든. 나는 네 아빠가 떠나는 줄도 모르고 머리를 파마했지, 그렇게 떠날 줄 내가 알았나? 늙은 여자가 울먹였다.

엄마, 울려면 저리 가서 울어. 저리. 가뜩이나 땅콩이 안 팔려 죽겠는데 찔찔 짜고 지랄이야, 지랄이.

사람들이 다 떠나버린 모래사장에 택시가 한 대 서 있었다. 노란 영업용 택시였다. 시동이 꺼진 택시의 빈 차 표시등에는 빨갛게 불이 들어와 있었다. 빈 차. 금방이라도 꺼져들 것만 같은 '빈 차'는 바다를 향해 불빛을 내쏘고 있었다. 바다 저 어딘가 빈 택시를 간절히 기다리는 사람이 서 있기라도 한 듯. 택시에는 아무도 타고 있지 않은 것 같았다. 택시를 그곳까지 몰고 온 운전기사마저 어딘가로 가버리고 없는 듯했다. 택시의 꼭꼭 닫힌 창마다 부옇게 김이 서려 있었다. 앞유리에도 물방울이 맺히도록 김이 잔뜩 서렸다. 송아지는 묶인 채 이유를 모르고 죽어가네. 그 노래를 백 번은 불러도 될 만큼의 시간이 지나도록 택시에서 내리는 사람도, 택시에 오르는 사람도 없었다. 택시 가까이 걸어가는 사람도 없었다. 택시가 언제부터 그곳에 서 있었는지, 아무도 몰랐다. 택시가 그곳까지 달려와 축축한 모래 속에 검은 바퀴를 파묻고 멈춰 서는 것 또한 아무도 보지 못했다. 웬만한 운동장만큼 드넓은 모래사장 그 어디에도 사람의 발자국 하나 선명히 찍혀 있지 않았다. 택시 바퀴자국만이 길게 곡선을 그으면서 나 있었다.

택시 안에서는 오리 인형이 소년을 빤히 쳐다보고 있었다. 깁스라도 한 듯 고개를 똑바로 세우고. 졸음에 겨워하던 소년은 앞유리로 손을 뻗었다. 손바닥으로 쓱쓱 앞유리를 문질러 김을 훔쳤다.

지금쯤…… 우릴 찾고 있겠지. 아빠가 핸들을 움켜잡고 있던 손을 풀었다.

우릴 찾고 있을 거라고요?

진즉부터 찾고 있는지 모르지. 아빠는 잠바 주머니에 두 손을 찔러넣고, 고개를 뒤로 젖혔다. 눈썹 사이에 주름이 잡히도록 두 눈을 질끈 감아버렸다.

누가요?

우릴……

누가 우릴 찾는데요?

아빠가 눈을 떴다. 누가……? 턱을 끌어당기고 소년을 쳐다보는 아빠의 눈동자가 어지럽게 흔들렸다.

다들 말이다.

다들요?

그래, 다들.

다들 우릴 찾고 있을지 모른단 말이에요? 소년은 두 눈의 초점을 바다에서 오리 인형으로 끌어당겼다. 소년은 아무래도 오리 인형 머리가 아까보다 조금 더 커진 것 같았다. 택시가 사고 현장을 벗어나 도로를 달리고 있을 때보다 더. 그때까지만 해도 두 배쯤 커진 것 같았는데, 지금은 못해도 세 배는 더 커진 듯했다.

그럼, 다들 알고 있었던 거예요? 소년이 물었다.

알다니, 뭘?

다들요.

뭘 말이냐. 아빠가 소년을 다그쳤다.

우리가 노란 개를 버리러 가는 길이라는 걸 말이에요.

난 또…… 아빠가 말끝을 흐렸다.

또 뭐가 있는데요.

그걸 잊으면 안 되지.

그거요?

우리가 노란 개를 버리러 가는 길이라는 걸 말이다. 아빠가 주먹으로 핸들을 내리쳤다.

그걸 다들 알고 있었단 말이에요? 소년이 따지듯 물었다.

벌써 사흘이나 지났으니…… 아빠가 중얼거렸다.

나는 아무도 모르는 줄 알았지 뭐예요. 소년은 혼란스러웠다. 우리가 노란 개를 버리러 가는 길이라는 걸 아무도 모르는 줄 알았단 말이에요.

소년은 아빠에게 속은 기분까지 들었다. 주인 할머니도, 선생님도, 반 아이들도 다 알고 있었던 걸까. 소년은 아무도 모르기를 바랐다. 노란 개를 버리고 집으로 돌아갈 때까지 제발 아무도 몰랐으면.

우릴 찾고 있겠지.

우릴 왜 찾아요? 우린 그냥 노란 개를 버리러 가는 길이잖아요.

그걸 잊으면 안 되지.

다들 우릴 왜 찾는데요?

……

왜요?

……

노란 개를 버리면 안 되기라도 한대요?

그럴 리가 있냐. 아빠가 화를 냈다. 우리가 노란 개를 버리든 말든 지들이 뭔 상관이라고. 지들이 우리한테 뭐 해준 게 있다고.

아빠가 잠바 주머니에서 휴대폰을 꺼냈다. 휴대폰은 꺼져 있었다. 소년은 아빠의 휴대폰이 언제부터 꺼져 있었는지 알지 못했다. 택시가 달리는 내내 아빠의 휴대폰은 울린 적이 없었다. 어쩌면 노란 개를 버리러 떠나오기 전부터 꺼져 있었는지 모르겠다는 생각이 소년은 들었다. 아빠가 전원을 눌러 휴대폰을 켰다. 어딘가로 전화를 넣었다. 휴대폰을 귀에 바짝 가져다대고 숨을 거칠게 내뱉었다. 저쪽에서 누군가 전화를 받는 순간 아빠는 다급히 휴대폰을 끊었다. 끊기가 무섭게 휴대폰이 자지러졌다. 아빠는 휴대폰 액정에 뜬 번호만 뚫어져라 바라볼 뿐 받지 않았다.

잎 한 장 없는데도 가지를 떨어대는 나무 근처에서 빨간 바구니 뚜껑이 날렸다. 손을 꼭 잡고 도로 갓길을 걸어가던 남자와 소년은 어디로 가버렸는지 보이지 않았다. 소년이 망토처럼 두르고 있던, 분홍색 극세사 이불이 도로 한복판에서 나뒹굴고 있었다. 승합차가 지나가면서 이불을 멀리까지, 트럭 근처까지 끌고 갔다. 운전사가 어딘가로 가버리고 없는 바로 그 이삿짐 트럭이었다. 조수석의, 조금 전 깨어난 남자는 도로에서 펄럭이는 이불을 보았다. 어떤 자식이 칠칠맞게 도로에 이불을 떨어뜨렸군. 남자가 중얼거렸다. 아들이 잠든 동안, 아들의 옷을 다 종이 박스 속에 싸버려서 그는 이불을 둘러주었다. 그 이불이, 이삿짐 트럭에 오르기 전 아들의 몸에 둘러준 이불이란 사실을 그는 까맣게 모르고 있었다. 운전사와 아들이 잠든 자신을 놔둔 채 사라져버렸는데도, 그는 꼼짝 않고 트럭 조수석을 지키고 앉아 있었다.

모래사장 위 택시에는 여전히 아무도 타고 있지 않은 것만 같았다. 빈 차 표시등에는 여전히 불이 들어와 있었다. 노란 개를 버리러 택시가 내달리는 동안 단 한 번 꺼진 적 없는 그 불빛은, 바다와 맞서기에는 지나치게 작았다.

택시에 시동이 걸리는가 싶더니 이내 나갔다. 시동이 걸릴 때 전조등이 잠깐 켜졌지만 그 불빛을 본 사람은 한 명도 없었다. 택시 운전석 문이 열리고 검보라색 잠바를 걸친 남자가 내렸다. 남자는 택시가 뒤흔들리도록 문을 닫았다. 모래 위에 발자국을 찍으면서 택시 앞으로 걸어나갔다. 남자의 등 쪽에서 깃털이 한 가닥 날아올랐다. 잠바에서 삐져나온 깃털이었다. 점점 작아져 깃털만해진 날개가 떨어져나가는 듯, 남자는 저도 모르게 고통에 찬 탄식을 내질렀다. 깃털은 남자의 주변에서 머뭇거리다 허공 속으로 사라져버렸다.

택시가 섬에 들기 위해 달려온 도로가 바닷물에 잠기고 있었다. 밤이 지나고 날이 밝아서야 도로는 뱀장어처럼 허연 바닥을 내밀면서 바다 위로 떠오를 것이었다. 도로가 바닷물에 잠기는 바람에 섬에 들지 못한 차들이 바다로부터 돌아서고 있었다. 좀처럼 돌아서지 못하고 섬을 향해 전조등을 환히 내쏘는 차들도 있었다. 남자는 택시를 등지고 바다 쪽으로 발을 내디뎠다. 조수석 문이 열리고 한 소년이 내렸다. 품에 죽은 광어를 안은 소년이었다.

아빠와 소년은 택시를 등지고 나란히 서서 바다를 바라보았다. 소년의 벙긋 벌어진 입에서 하염없이 입김이 피어올랐다. 그들은 멀리서 보면 아빠와 아들이 아니라 두 소년이 서 있는 것만 같았다. 언제든 날아가버릴 새라도 되는 듯 소년은 광어를 꼭 끌어안았다. 소년의 풀어진 운동화 끈이 모래 속에 파묻혔다. 자신의 한쪽 운동화 끈이 풀어졌다는 걸 소년은 까맣게 잊고 있었다.

여기가 끝인 걸까? 아빠가 탄식을 섞어 중얼거렸다.

끝요……? 소년이 조심스럽게 물었다.

끝……

여기가 끝이란 말이에요?

너는 여기가 끝이었으면 좋겠냐? 아빠가 물었다.

……?

여기가 끝이었으면 좋겠냐?

여기가…… 끝이었으면 좋겠느냐고요?

소년은 두려운 생각이 들어 바다로부터 한 발짝 뒤로 주춤 물러섰다. 바다에 가로막혀 택시가 더는 갈 곳이 없었다. 그렇다고 바다 저 너머에 뭔가가 있을 것 같지도 않았다. 그래서인지 소년은 그곳이, 아빠와 자신이 지금 두 발을 모래 속에 파묻고 서 있는 곳이 세상의 끝인 것만 같은 기분이 들었다. 노란 개를 버리기 위해 아빠의 택시를 타고 끝까지 달려온 것만 같았다.

여기가 그만 끝이었으면 좋겠냐고 물었다.

나는 잘…… 모르겠어요……

모르긴 뭘 모르겠다는 거냐? 여기가 끝이었으면 좋겠는지 아닌지만 대답하면 되는 걸 가지고.

잘 모르겠다니까요……

네가 끝이기를 바라면, 그러면 여기가 끝인 거다.

내가 끝이기를 바라면요……?

그래, 네가 끝이기를 바라면.

그런 게 어디 있어요? 소년은 혼란스러웠다.

네가 끝이기를 바라면 여기가 끝인 거지. 말끝에 아빠는 어금니를 꽉 깨물었다.

그럼 내가…… 끝이 아니기를 바라면요?

끝이 아니기를 바라면 말이냐? 씨발, 그러면 아직 끝이 아닌 거지.

내가 끝이 아니기를 바라면 끝이 아니란 말이지요.

소년은 몹시 혼란스러웠다. 소년은 그곳이 끝이기를 바라기도 했고, 아니기를 바라기도 했다.

여기가 끝이면…… 그러면 우리는 어떻게 되는 건데요? 소년이 물었다.

그거야 두고 보면 알겠지. 아빠가 발로 모래를 찼다.

두고 보면요?

그래, 두고 보면!

나는요, 여기가요…… 여기가 그러니까요…… 끝이 아니었으면 좋겠어요…… 아직 끝이…… 소년은 턱까지 찬 숨을 토했다.

아직 끝이 아니면 좋겠단 말이냐. 아빠의 얼굴에 안도와 짜증, 막막함이 뒤섞인 표정이 어렸다.

아직은……

여기가 끝이 아니면 어디로 가야 하나?

어디로……요?

여기가 끝이 아니니 어디로든 가야 할 거 아니냐.

우린 노란 개를 버리러 가는 게 아니었어요?

우린 그걸 잊으면 안 된다. 아빠가 소리 질렀다.

어디로 가야 하느냐면서요?

노란 개를 버리려면 어디로든 가야 할 거 아니냐.

소년은 노란 개를 트렁크에서 꺼내달라고 말하고 싶은 걸 참았다. 노란 개를 트렁크에서 꺼낼 때는, 노란 개를 버릴 때뿐일 것이었다. 소년은 방금 그걸 깨달았다. 버릴 때나, 노란 개를 트렁크에서 꺼내줄 수 있다는 걸.

택시에서는 언제 깨어났는지 여자가 두 눈을 빤히 뜨고 있었다. 여자는 앞유리 너머 남자와 소년을 바라보고 있는 것만 같았다. 소년이 갑자기 훌쩍 뒤를 돌아다보았다. 소년이 보기에도 택시에 아무도 타고 있지 않은 것처럼 보였다.

택시 저 뒤에서 숲이 오른쪽으로 기울고 있었다. 숲속 두 나무 사이에서 흰 개가 걸어나오고 있었다. 세 나무 사이에서, 네 나무 사

이에서, 다섯 나무 사이에서, 여섯 나무 사이에서, 일곱 나무 사이
에서, 여덟 나무 사이에서, 아홉 나무 사이에서……

　소년이 비치적비치적 바다 쪽으로 걸어갔다. 바다 앞에 웅크려
앉았다. 바다가 흰 거품을 일으키면서 소년의 발밑으로 밀려들었다.
　소년은 광어를 두 손으로 받쳐 들었다. 두 손을 내밀어, 밀려드는
바다에 광어를 띄웠다. 흰 거품이 일어 광어를 집어삼켰다. 바다가
밀려나가면서 광어를 실어갔다.
　아빠가 소년으로부터 돌아섰다. 택시를 지나쳐 숲으로 향했다.
　죽은 광어가 바닷물에 떠밀려 소년으로부터 멀어져갈 때, 형사
둘이 사흘 전 실종된 택시 기사의 집을 찾아가고 있었다.

　우리 집 양반이 실종되기 전날이던가?
　붉은 소쿠리 앞 여자가 중얼거렸다. 그녀는 저려오기 시작한 왼
다리를 붉은 소쿠리 옆으로 쭉 뻗었다. 곰보빵처럼 부은 무릎을 주
먹으로 툭툭 내리쳤다. 소쿠리 속 무 조각들을 손으로 뒤적거렸다.
　신기사가 남편을 찾아왔어요.
　그녀는 무 조각을 한 개 집어들었다. 바늘로 통과시켜 실에 꿰었
다. 그녀는 구슬을 꿰듯 무 조각을 실에 꿰었다. 소쿠리 속 무 조각
을 실에 다 꿰면 창가에 주렁주렁 매달아 말려 무말랭이를 만들 것
이었다. 고추장과 고춧가루, 물엿, 들깨를 넣고 무쳐 겨우내 밥상에
올릴 것이었다.
　신기사? 오른 눈썹 밑에 사마귀가 난 형사가 중얼거렸다.

신기사가 누굽니까? 갈색 가죽 잠바를 걸친 형사가 물었다.

신기사가 신기사지 김기사일까. 그녀가 사마귀도 가죽 잠바도 아닌 그들의 등 뒤 어딘가를 응시하면서 비웃듯 중얼거렸다.

하긴, 신기사가 신기사지 박기사일까. 가죽 잠바가 무 조각을 한 개 집어 자신의 입으로 가져갔다.

신기사……? 그 사람이 무슨 일로 찾아왔었는데요? 사마귀가 물었다.

우리 집 양반한테 할 얘기가 있다고 했어요.

할 얘기요? 사마귀가 눈빛을 날카롭게 하고 가죽 잠바를 쳐다봤다.

우리 집 양반은 안방에서 저녁을 잡숫고 계셨어요.

그녀는 미닫이문 쪽으로 고개를 돌렸다. 사마귀와 가죽 잠바의 고개가 덩달아 그쪽을 향했다. 불투명 유리가 끼워진 미닫이문이 조금 열려 있는데, 그 너머에 웬 남자가 웅크려 앉아 있었다. 남자는 그녀로부터 등을 돌리고 텔레비전 앞에 웅크려 앉아 있었다. 텔레비전에 온 정신이 팔린 듯 남자는 마루 쪽으로 고개를 돌리지 않았다. 사마귀가 의심스러운 눈빛으로 남자를 살폈다. 부한 가지색 잠바를 걸친데다 머리가 염색한 듯 새카매, 남자의 나이를 좀처럼 짐작할 수 없었다. 텔레비전 소리가 전혀 들리지 않았지만 가죽 잠바와 사마귀는 그 사실을 미처 의식하지 못했다. 금 갔는지 불투명 유리 모서리께 노란 박스테이프가 사선으로 붙어 있었다.

겨울에 무말랭이만한 밑반찬이 있을까. 그녀가 뜬금없이 혼잣말을 중얼거렸다. 말리는 게 귀찮아 그렇지.

할 얘기란 게……? 가죽 잠바가 그녀를 바라봤다.

그것밖에 더 있나? 그녀가 중얼거렸다.

그거요? 사마귀가 고개를 갸웃했다.

그것밖에…… 그녀가 답답하다는 듯 고개를 저었다.

그게……? 가죽 잠바가 무 조각을 또 한 개 집어 자신의 입으로 가져갔다.

돈을 꿔달라는 거겠지. 그녀가 못마땅한 표정으로 가죽 잠바를 쳐다봤다.

돈요? 사마귀가 물었다.

우리 바깥양반이 어떤 양반인데, 제 자식들한테도 돈 한 푼 안 꿔주는 양반이 우리 바깥양반인데 돈을 꿔달라니…… 하기야 오죽 돈이 급하면 집까지 다 찾아왔을까.

영광운수에 신기사라고 있었나? 사마귀가 가죽 잠바를 쳐다봤다.

신기사? 가죽 잠바의 오른쪽 눈 밑에 경련이 일었다. 미닫이문 너머 남자는 여전히 꼼짝하지 않았다. 남자의 어깨와 머리에 가려져 마루에서는 텔레비전 화면이 잘 보이지 않았다. 남자 옆으로 밥상이 놓여 있었지만 미닫이문 불투명 유리에 가려져 그 형체만 어른하게 보였다.

여자의 집을 나와 골목으로 발을 내딛던 사마귀가 움찔했다. 뭐지?

왜 그래? 가죽 잠바가 물었다.

뭔가가 발밑으로 지나갔는데. 사마귀가 발밑을 살폈다. 시멘트가 발린 길바닥에는 돌멩이 한 개 뒹굴고 있지 않았다.

뭐가 지나갔다고 그래?

뭔가가 내 발등 위로 쓱 지나갔어.

쥐새끼인가.

쥐는 아닌 것 같았는데…… 꼭 뱀 같았어.

기력이 딸리나, 뱀이 어디 있다고 그래? 개소주라도 지어먹지그래. 기운 딸리는 데는 개소주만한 게 없더라고. 우리 작은 매형이 개소주 잘 다리는데 소개시켜줘?

난 개 안 먹어. 사마귀가 말했다.

아빠가 잠바에 두 손을 찔러넣고 숲으로 들고 있었다. 소년은 바다로부터 몸을 일으켰다. 훌쩍 뒤를 돌아다보았다. 택시를 빤히 바라보았다.

형사들이 간 뒤 여자는 부지런히 무 조각을 실에 꿰었다. 삼사십년은 그렇게 한자리에 엉덩이를 철썩 붙이고 앉아 무 조각을 실에 꿰어온 듯, 두 손을 무심하면서도 기계적으로 놀렸다. 미닫이문 너머에는 여전히 남자가 웅크려 앉아 있었다. 그녀가 문득 무 조각에 바늘을 찔러넣다 말고 고개를 들었다. 그녀의 회백색이 살짝 도는 두 눈은 압정처럼 고정돼 있었지만, 딱히 어느 한곳을 응시하지는 않았다.

내 정신머리 좀 봐, 그 말을 안 했네. 그녀는 어깨를 축 늘어뜨리고 마저 바늘을 통과시켜 무 조각을 실에 꿰었다. 바늘을 자신의 머리로 가져갔다. 그 말을 깜박하고 안 했어. 그녀는 바늘 끝으로 정수리를 긁었다.

뭔 말을 안 했는데? 낮고 느릿한 남자의 목소리가 집 안 어딘가에서 울렸다. 그것은 미닫이문 너머 남자가 중얼거린 소리일 수도, 아닐 수도 있었다.

그게 다 꿈이었다는 말을 깜박하고 안 했네.

쯧쯧, 그 말을 했었어야지. 그 말을…… 또다시 남자의 목소리가 울렸다. 그것 역시 미닫이문 너머 남자가 중얼거린 소리일 수도, 아닐 수도 있었다.

광어가 되돌아올 수 없을 만큼 멀리 떠밀려갔을 때 아빠가 숲에서 나왔다. 아빠의 두 팔에는 부러진 나뭇가지가 한 아름 들려 있었다.

아빠는 소년이 서 있는 곳까지 걸어왔다. 소년의 발밑에 세숫대야만한 구덩이를 파고, 그 안에 나뭇가지를 넣었다. 택시로 가 지도책과 라이터를 찾아 가져왔다. 지도책을 뜯어 둘둘 말아서는 불을 붙였다. 택시가 떠나온 도시와 내달린 도로들이 검은 연기에 휩싸이면서 불길에 타들어갔다. 육십팔 번 국도도, 백 번 국도도, 택시가 멈춰 서 있는 섬도…… 아빠는 불길이 붙은 종이를 나뭇가지들로 가져갔다.

나뭇가지들이 타들면서 불길이 화르르 일었다. 불길을 바라보는 소년의 눈에서 눈물이 흘러내렸다.

왜 우는 거냐? 아빠가 물었다.

불길이 너무 작아서요. 소년은 바다로 고개를 돌렸다.

울지 마라.

아빠가 피운 불길이 너무 작아서요. 소년은 울고 싶지 않았지만, 눈물이 계속 흘러내렸다. 불길은 더 작게 줄어들었다.

바다는 저렇게 큰데 아빠가 피운 불길은……

아빠의 눈이 소년에서 바다로 향했다. 어스름이 깔리면서 택시 빈 차 불빛이 또렷해지고 있었다. 하지만 그 불빛을 향해 손을 흔들어줄 이는 아무도 없었다.

미닫이문 너머 남자가 걸친 가지색 잠바에서 깃털이 한 가닥 떠올랐다. 마치 영혼이 빠져나가듯 깃털은 한없이 망설이면서 허공으로 떠올랐다. 붉은 소쿠리 앞 여자가 남자를 향해 고개를 돌렸을 때 깃털은 증발한 듯 사라지고 없었다. 남자가 어찌나 옴짝달싹 않는지 숨조차 쉬지 않는 것 같았다. 초침 소리만이 약속된 시간이 얼마 남지 않았음을 알리듯, 긴장감 높고 신경증적으로 떠돌았다. 초침 소리는 그 간격이 점점 빨라지고 있는 것만 같았다. 그러나 마루를 아무리 둘러봐도 시계는 보이지 않았다. 미닫이문 너머, 여자의 시야가 미치지 못하는 벽 어딘가에 시계가 걸려 있는지 몰랐다.

간호사가 말했다. 창문을 조금만 더 열라니까요.

창문을 얼마나 더 열라는 거야. 형사가 벽에서 돌아서면서 짜증을 냈다. 조금만…… 간호사가 말했다. 열고 싶은 사람이 열든가. 형사가 거머리처럼 거무스름한 잇몸이 드러나도록 입을 벌리고 말했다. 간호사의 고개가 까딱까딱 들렸다. 눅눅해진 휴지가 뽑히듯 그녀의 몸이 힘없이 일으켜졌다. 슬리퍼를 질질 끌면서 벽 쪽으로 걸어갔다. 창문을 조금 더 열기 위해. 그녀는 자신이 창문도 없는 방 안에 들어와 있다는 걸 여태 깨닫지 못하고 있었다.

부모는 없고 오빠가 하나 있군. 네 오빠는 어디서 살고 있지? 또 다른 형사가 그녀의 등 뒤에 대고 물었다. 태엽이 다 풀린 인형처럼 그녀가 멈춰 섰다. 오빠가 있었지…… 탄식하는 순간 그녀는 자신이 벽 쪽으로 걸어가던 중이었음을 까맣게 잊고 말았다. 있지도 않은 창문을 다 열려고. 그녀는 자신이 뭘 하려고 했는지 기억해내려 애쓰면서 벽을 뚫어져라 응시했다. 비둘기색 페인트가 벽 전체에 발려 있어서인지, 그녀는 벽 어딘가에서 금방이라도 비둘기가 푸드덕 날아오를 것만 같았다.

네 오빠는 어디서 살고 있냐니까.

오빠는 이 도시에 살고 있어요. 그녀가 벽을 바라보고 말했다.

웬만한 인간은 다 이 도시에 사니까.

오빠가 무슨 일을 하지? 형사가 물었다.

오빠가 무슨 일을 하냐고요? 간호사의 동그랗게 뜬 눈은 아이라인이 번져 올빼미의 눈만 같았다. 비명을 지르듯 검은자위가 커져 있었다.

네 오빠가 하는 일이 뭐냐니까.

오빠는 노래를 불러요.

노래? 네 오빠가 가수라도 되나?

오빠는 그냥 노래를 불러요.

뭔 노래를 부르는데?

오빠는 그 노래밖에 부르지 않아요.

그 노래가 뭔 노랜데?

그 노래요. 그녀는 두 손을 꼭 모아 쥐었다. 벽을 바라보고 서서
노래를 부르기 시작했다. 송아지는 묶인 채 이유를 모르고 죽어가
네…… 그녀의 낮고 가느다란, 차라리 중얼거림에 가까운 노랫소리
가 창문도 없는 방 안에 울렸다.

송아지가 죽어가? 그런 노래가 있나? 형사가 말했다.

이유도 모르고 죽어간다잖아. 또다른 형사가 말했다.

이유를 알고 죽으면 좀 낫나? 형사들이 자기들끼리 낄낄거렸다.

이유를 안다고 안 죽을 것도 아니잖아.

아무튼 그 노래 참 마음에 드는군.

오빠는 그 노래밖에 부를 줄 몰라요. 간호사가 말했다.

네 오빠가 그 노래밖에 모르나보지?

그녀는 오빠가 자신에게 그 노래를 불러주던 날 밤을 떠올렸다.
그녀가 고시원에 살고 있을 때였다. 새벽 한 시에 오빠는 그녀의 핸
드폰으로 전화를 걸어와 그 노래를 불러주었다. 그녀는 편의점에서
산 만두를 먹고 있었다. 봉지째 전자레인지에 데운 만두는 피가 종
이처럼 말라 있었다. 그녀는 만두를 먹으면서 오빠의 노래를 들었
다. 오빠의 노래가 다 끝났을 때 만두는 한 개도 남아 있지 않았다.
그녀의 핸드폰 배터리가 방전될 때까지 오빠는 전화를 끊지 않고
노래를 불렀다.

그녀가 노래를 부르면서 벽 쪽으로 발을 내디뎠다. 벽 한 곳에서

녹슨 못 같은 게 쑥 뽑혀나오고 있었다. 그것은 진갈색 부리였다. 부리 주변이 붕괴되듯 주저앉더니 비둘기가 얼굴을 불쑥 내밀었다. 깜짝 놀라 비명이 터져나오려는 입을 그녀는 얼른 두 손으로 감쌌다. 검은 아이라인이 먹구름처럼 번진 눈두덩 아래 갈색 눈동자가 불거졌다. 비둘기가 신경질적으로 울부짖으면서 날개를 벽 밖으로 어떻게든 내밀려 안간힘을 썼다.

차들이 시속 백 킬로로 내달리는 도로로 노루가 뛰어들고 있었다. 육십팔 번 국도변 노인 요양원에서 저녁 배식이 시작되고 있었다. 그날 저녁 반찬은 구운 닭다리와 김구이, 계란찜, 깻잎장아찌였다. 국은 감잣국이었다. 구십 개가 넘는 구운 닭다리는 크기와 무게가 거의 똑같았다. 구십 개 다 한 닭에서 구한 다리인 듯.

수전증 들린 손으로 배식 식판을 들고, 눈곱만치라도 살점이 더 붙은 닭다리를 고르려 애쓰던 노인이 말했다. 기어이 그 닭을 잡았나보네.

그 닭? 노인의 뒤에 바짝 붙어 서 있던 노인이 물었다.

다리가 백 개인 닭 말이야.

닭은 다리가 세 개야.

우리 당숙이 다리가 백 개인 닭을 길렀거든.

당숙 연세가 올해 어떻게 되시나?

내가 일흔아홉이니까 백마흔……

노인은 닭다리를 한 개 집어들어 식판으로 가져갔다. 눈치를 살피다 또 한 개 집어들어 얼른 식판으로 가져갔다.

창문도 없는 방에서 비둘기가 날았다. 간호사가 비둘기를 잡으려 풀쩍 뛰어올랐다. 슬리퍼가 한 짝 그녀의 발에서 벗겨졌다. 형사들이 팔짱을 끼고 그런 그녀를 말없이 지켜봤다. 비둘기는 그 방에서 벗어나기 위해 창문을 찾고 있는 것 같았다. 형사들의 눈에는 비둘기가 보이지 않는 듯했다.

발과 발목밖에 남지 않은 사람들이 나의 창밖으로 지나가네. 그것은 노래가 아니었다. 노래가. 노래가 아닌데도 노래처럼 흐를 때, 두 남자가 꼭 닫힌 창문 앞을 지나가고 있었다. 한 남자는 갈색 가죽 잠바 차림이었고, 한 남자는 오른 눈썹 밑에 사마귀가 있었다. 회색 고양이가 꼭 닫힌 창문 앞에 웅크리고 앉아 그들을 유심히 지켜보았다.

나뭇가지들이 금세 다 타들고, 비둘기가 아빠의 발아래로 날아들었다. 아빠가 발로 차 비둘기를 쫓았다.
비둘기를 발로 차 쫓아버리면 어떻게 해요. 소년이 화를 냈다.
내가 비둘기를 언제 발로 찼다고 그러냐.
방금 아빠가 발아래로 날아든 비둘기를 발로 차 쫓아버렸잖아요.
비둘기가 아니라 갈매기였다.
갈매기요?
하긴, 비둘기나 갈매기나. 아빠가 입을 일그러뜨렸다.
비둘기가 발아래로 날아들거든 발로 차 쫓아버리지만 말라고 했단 말이에요. 소년이 말했다.

비둘기나 갈매기나 극성스러운 건 마찬가지지. 부리를 펜치로 뽑
아버리고 싶을 만큼 극성스러운 건.

소녀가요, 소녀가……

소년은 소녀가 그네 위에서 자신을 기다리고 있을 것 같은 생각
이 들었다. 자신의 풀어진 운동화 끈을 매주려고. 노란 개를 버리러
떠난 걸 까맣게 모르고. 소년은 은행나무 아래서 소녀가 그네 타는
걸 구경한 적이 있었다. 소녀가 발을 구를 때마다 그네가 허공으로
떠오르면서 녹슨 쇠줄이 끼익 비명을 내질렀다. 은행나무가 노랗게
익은 은행을 떨어뜨렸다. 은행은 으깨질 때 구린내를 풍겼다. 얼굴
이 곶감처럼 쪼그라든 할머니가 자루를 들고 은행나무 아래로 걸어
왔다. 장성한 아들은 땅콩을 팔고 늙은 엄마는 은행이나 주우러 다
니네. 할머니는 질질 짜면서 은행을 주웠다.

소녀를 아이들은 난쟁이라고 불렀다. 소녀가 소년을 일곱이나 낳
았다는 소문을 소년은 들어 알고 있었다. 소녀가 그네에서 풀쩍 뛰
어내렸다. 소녀는 얼마나 작은지 무릎까지 땅속에 파묻고 서 있는
것만 같았다.

애야, 운동화 끈이 풀어졌구나. 소녀가 말했다.

소년의 발 앞에 은행이 한 알 똑 떨어졌다.

풀어진 운동화 끈은 엄마가 매줘야지. 소녀가 말했다.

소년은 자신의 발 앞에 떨어진 은행을 발로 밟아 짓뭉갰다.

너는 아직 어른이 아니니. 소녀가 말했다.

소녀는 소년의 발 앞에 무릎을 꿇고 앉았다. 소년의 풀어진 운동

화 끈을 매주었다. 때마침 비둘기가 소년의 발아래로 날아들었다. 소년은 발로 힘껏 차 비둘기를 쫓아버렸다.

애야, 비둘기가 네 발아래로 날아들거든 발로 차 쫓아버리지만 말렴. 소녀가 말했다. 소녀가 운동화 끈을 어찌나 꼭 매놓았는지 소년은 집으로 돌아가 운동화를 벗을 수 없었다. 소녀가 낳았다는 일곱 명의 소년들이 다 어디로 갔는지, 소년은 알지 못했다.

꼭 열두 사람은 언젠가 김밥나라 통유리 앞을 지난 적이 있었다. 그때 그들은 일곱 사람으로 보였다. 저기 일곱 사람이 지나가네. 김밥을 말던 여자가 그들을 보고 그렇게 중얼거렸던 것이다. 그녀 옆에서 초록색 행주를 개키던 여자가 그들을 셌다. 그녀가 한 명 한 명 다 세기 전에 그들은 지나가버렸다.

꼭 열두 사람은 꼭 열두 사람이 아닐지 몰랐다. 그들은 세 사람일지도, 다섯 사람일지도, 일곱 사람일지도, 아홉 사람일지도 몰랐다. 서른 사람이나 오십 사람일지도. 어쩌면 꼭 열두 사람일지도 몰랐다. 꼭 열두 사람은 자신들이 모두 몇 사람인지 한 번도 세본 적이 없었다. 그들은 세보지 않고도 자신들이 꼭 열두 사람이라고 믿었다. 자신들이 혹 열두 사람이 아닐지 모른다는 의심을, 그들 누구도 해본 적 없었다. 자신들이 꼭 열두 사람임을 그들이 믿게 된 건 순전히 어떤 남자 때문이었다. 그들이 원주감자탕에 다 같이 모여 뼈를 뜯고 있을 때, 한 남자가 그들을 물끄러미 바라보면서 중얼거렸던 것이다. 열두 사람이네. 그때까지 그들은 자신들이 몇 사람인지 몰랐다. 꼭 열두 사람이야. 불콰하게 술이 오른 남자의 옆에서는,

292

그의 아들로 보이는 소년이 열심히 뼈를 뜯고 있었다. 남자가 중얼거리는 소리를 들은 그들 중 누군가, 그들 모두를 향해 말했다. 뜯고 있던 뼈를 손에서 잠시 내려놓고서. 우리가 꼭 열두 사람이었군. 그래? 우리가 꼭 열두 사람이란 말이지. 글쎄, 우리가 꼭 열두 사람이라는군. 꼭 열두 사람. 꼭. 그들은 그렇게 꼭 열두 사람이 되었다.

여자는 잠들지 않고 있었다. 꼭 열두 사람이 자신의 꿈속에서 만나기 위해 잠들었다는 걸 그녀가 알 리 없었다. 미닫이문 너머 남자는 여전히 등을 돌리고 텔레비전 앞에 웅크려 앉아 있었다.

텔레비전 화면에는 서부 영화의 한 장면이 잡혀 있었다. 말을 타고 마을에 나타난 낯설고 젊은 이방인 사내를 늙고 마른 보안관이 매섭게 쳐다보는 장면이었다. 길도, 집들도, 늙은 보안관의 얼굴도 누런 모래 빛깔이었다. 그 장면은 여자가 무 조각을 서른 개 넘게 실에 꿰도록 바뀌지 않았다. 그 장면이 언제부터 바뀌지 않고 텔레비전 화면에 떠 있었는지 여자는 알지 못했다.

딱 보면 안다니까. 낮고 느린 남자의 목소리가 또다시 집 안 어딘가에서 들려왔다. 그것은 미닫이문 너머 남자가 중얼거리는 소리일 수도, 아닐 수도 있었다.

개뿔 알긴 뭘 안다는 거야? 여자가 구시렁거렸다.

마을의 질서를 깨뜨릴 놈인지 아닌지 말이야. 그것 역시 미닫이문 너머 남자가 중얼거리는 소리일 수도, 아닐 수도 있었다. 여자가 맨 처음 실에 꿴 무 조각이 그새 말라비틀어져 있었다.

알면 뭘 어쩌게? 여자가 말했다.

알고도 내가 가만있을 수 있나.

가만 안 있으면?

내가 여태 왜 있는데.

왜 있는데? 여자가 중얼거렸다.

두고 봐, 두고 보면 알게 될 거니까.

두고 보자는 사람치고 대단한 사람 없더라고.

텔레비전의 바뀔 줄 모르는 화면 속 마을은 아무도 살지 않는 듯 고요했다. 마치 촬영이 다 끝난 서부 영화의 세트장을 보안관 혼자 지키고 있는 것 같았다. 미닫이문 너머 남자는 여전히 미동도 않았다.

흩어진 눈동자의 초점을 모으려 애쓰는 여자의 등 뒤로, 벽에 걸 어놓은 사진이 얼핏 보였다. 흑백 결혼식 사진이었다. 사진 옆으로 십자수 액자와 달력이 걸려 있었다. 새마을금고에서 발행한 달력은 아직 유월에 머물러 있었다. 팔 일과 이십삼 일 밑에 파란 볼펜으로 메모가 적혀 있었다.

여자가 주먹으로 오른 다리의 무릎을 치면서 몸을 일으켰다. 오 른 다리를 절룩이면서 부엌 쪽으로 갔다. 싱크대 위 검정 비닐봉지 속으로 손을 집어넣어 센베이를 한 개 꺼냈다. 그것을 우두둑우두 둑 씹어 먹으면서 달력을 물끄러미 들여다보았다. 그녀가 입으로 베물 때마다 센베이에 고명으로 뿌린 파랫가루가 날렸다. 그렇지 않아도 푸르죽죽한 그녀의 얼굴이 파랫가루에 휩싸여 이끼 긴 돌덩 이만 같았다. 여자가 이십삼 일 밑에 메모된 글자를 띄엄띄엄 읽었 다. 계…… 유사…… 홍두깨칼국수 열두 시……

유사 한 게 엊그제 같은데 또 유사네. 여자는 자신이 들여다보고

있는 달력이 십일월이 아닌 유월 달력임을 깨닫지 못하고 중얼거
렸다.

고작해야 칼국수나 먹으면서 뭘 그래. 또다시 남자의 목소리가
들려왔다.

칼국수 한 그릇에 오천 원. 여자가 말했다.

사천 원이 아니구?

사천 원 하던 게 언젠데.

칼국수를 오천 원이나 주고 사먹는단 말이야.

어떻게 된 여편네들이 내가 유사 설 때는 한 여편네도 빠지지 않
고 나오더라구. 계원이 여덟이니까 다 사먹일래봐. 어디 칼국수 한
그릇으로 되나? 만두라도 두 접시 시켜 한두 개 맛을 봐야 할 거 아
니야. ‘경애 옷수선’ 여편네는 칼국수 식당에서도 꼭 밥을 시켜 먹
는단 말이야. 그 여편네 간장에 달달 조린 우엉 줄기처럼 말라서는,
밀가루 음식만 먹으면 그 덩어리가 목구멍을 콱 틀어막는다나 어쩐
다나……

그녀는 센베이를 한입 뚝 끊듯 베물었다. 그런 그녀를, 흑백 결혼
식 사진 속 신랑과 신부가 빤히 쳐다보고 있었다. 결혼식 하객인
듯, 신랑 신부를 병풍처럼 둘러싼 사람들 역시 그녀를 쳐다봤다. 신
랑 바로 뒤에 서 있는 한 남자만이 그녀가 아닌 엉뚱한 곳을 쳐다보
고 있었다. 일란성 쌍둥이인지 신랑과 그 남자의 얼굴은 똑같았다.

그 여편네 깨지락깨지락 된장 떠먹는 거 보고 있으면 숟가락을
확 빼앗고 싶다니까. 이십삼 일에 잠시 머물러 있던 여자의 눈동자
가 팔 일로 향했다.

비둘기가 간호사의 머리 위에 내려앉았다. 붉고 뭉그러져 흡사 멍게 같은 발을 그녀의 머리카락 속에 파묻었다. 비둘기가 푸드덕 날갯짓을 했다. 벽을 뚫고 나온 비둘기가 머리 위에 내려앉은 걸 아는지 모르는지 그녀가 흔들흔들 노래를 불렀다. 그런 그녀를 멍하니 바라보는 형사들이 소년처럼 작아져 있었다.

다 타버린 나뭇가지들을 아빠가 발로 헤집었다. 재가 일어 아빠의 얼굴을 삼켰다. 택시로 가려던 소년이 발을 멈칫했다.

아빠…… 저기 누가 있어요. 소년이 중얼거렸다.

개다…… 아빠가 말했다.

개요?

개!

아빠의 말대로 개였다. 소년은 혹시나 노란 개인가 싶었지만, 노란 개는 아니었다. 노란 개는 택시 트렁크 속에 있었고, 아빠가 꺼내주기 전에는 죽었다 깨나도 트렁크에서 벗어날 수 없을 것이었다. 흰 개는 고개와 꼬리를 축 늘어뜨리고 소년을 향해 정물처럼 서 있었다. 흰 개의 뒤로, 뿌리 뽑힌 나무가 한 그루 쓰러져 있었다. 잎 진 가지들이 가늘게 떨리고 있었지만, 거리가 있어서 소년은 그것까지는 미처 느낄 수 없었다. 개의 모가지에 채워놓은 쇠줄이 나무 밑동에 친친 감겨 있는 것이 소년의 눈에 들어왔다.

흰 개예요. 소년이 말했다.

짙어가는 어스름 속 개는 분필 가루를 온몸에 뒤집어쓴 듯 희었다. 흰 개의 뒤에서 숲이 오른쪽으로 기울었다. 홀린 듯 서로를 바라보고 서 있는 흰 개와 소년, 그 둘 사이에 아빠의 택시가 서 있었다.

흰 개가 나무를 질질 끌면서 소년과 아빠 쪽으로 걸어왔다. 나무 때문인지 흰 개는 힘겹게 발을 내디뎠다.

버려진 개다. 아빠가 말했다.

버려진 개요?

버림받은 개……

아빠가 조개껍데기를 주워 흰 개를 향해 던졌다. 조개껍데기는 흰 개는커녕 택시에도 미치지 못하고 떨어졌다. 흰 개가 더 다가오지 못하고 머뭇머뭇하더니 서버렸다. 커다랗게 원을 그리면서 소년으로부터 돌아서더니 나무를 끌면서 숲으로 들어갔다.

노란 개는 아직 버림받은 개가 아니지요?

그래.

아직은 말이에요.

저 먼 툰드라에서는 두 할머니가 아직도 서로의 머리카락을 따주고 있었다. 할머니들로부터 열 발짝쯤 떨어진 곳에 매머드의 뼈가 묻혀 있었다. 땅속에 이억 년 넘게 파묻혀 있던 뼈는 무처럼 희고 두툼했다. 소년들이 부레 풍선을 흔들면서 집으로 돌아가고 있었다.

고무 판화 같은 어둠 속에 박힌 빨간 불빛 한 점. 그것은 택시 빈 차 표시등에 들어온 불빛이었다. 사방을 암만 둘러봐도 불빛이라고는 오로지 그것뿐이었다. 아무도 타고 있지 않을 것 같은 택시 조수석에서 소년이 깨어나고 있었다. 누가 깨우지 않았는데도 소년은 저절로 눈이 떠졌다. 춥고 멍한 소년의 머리 위에서 룸미러가 콜타르를 바른 듯 번들거렸다. 오리 인형이 어둠 속에 들어앉아, 소년을 향해 주황색 부리를 똑바로 겨누고 있었다. 소년은 자신이 깨어난 곳이 택시 안이라는 걸 깨닫고 운전석 쪽으로 고개를 돌렸다. 고개를 푹 떨어뜨리고 잠든 아빠의 모습이 희미하게 소년의 눈에 들어왔다.

간호사의 머리 위에 내려앉은 비둘기가 얌전히 날개를 접을 때, 한 소년이 숲으로 들고 있었다.

소년의 발밑에서 나뭇가지가 툭 소리를 내면서 부러졌다. 놀라 뒷걸음치는 소년의 발에 썩은 낙엽 더미가 밟혀왔다. 소년의 뒤에서 새가 나무를 흔들면서 날아올랐다. 소년은 허둥지둥 주위를 둘러보았다. 그림자처럼 희미하고 거무스름한 나무들이 소년의 눈에 들어왔다. 소년은 몸을 낮게 숙이고 나무들 사이로 발을 내디뎠다. 소년은 흰 개를 찾고 있었다. 소년이 방금 무심코 지나간 나무 뒤에서 검은 개가 어슬렁어슬렁 걸어나왔다. 검은 개가 소년의 뒤를 그림자처럼 따랐다. 소년이 움찔 멈춰 섰다. 한없이 주저하면서 뒤를 돌아다보았다. 검은 개가 소년의 바로 뒤에 서 있었다. 그러나 소년은 검은 개를 보지 못했다. 검은 개의 몸을 뒤덮은 털이 숲에 내린 어둠보다 더 짙었던 것이다. 소년으로부터 서너 발짝 떨어진 나무 옆에서 누런 개가 슬그머니 몸을 일으키고 있었다. 누런 개는 흐느적거리다 나무 뒤로 숨어들었다. 소년으로부터 그리 멀지 않은 곳에서 갈색 개가 한쪽 다리를 절룩이면서 헤매고 있었다. 바위 밑에서 잠들어 있던 갈색 점박이 개가 깨어났다. 회색 개가 소년 앞으로 조금씩 다가오고 있었다. 회색 개의 뒤를 검은 강아지 한 마리와 회색 강아지 두 마리가 뒤따랐다. 달빛이 숲에 내리비쳤다. 나무들이 부유하듯 달빛 속에서 떠올랐다. 목덜미가 접히도록 소년이 고개를 쳐들었다. 그물처럼 얽힌 나뭇가지들 너머 달을 바라보았다. 그림자처럼 따르던 검은 개가 소년을 향해 턱을 치켜들었다. 숲이 떠나가도록 울부짖었다. 소년의 고개가 검은 개를 향해 홱 돌려졌다. 검은 개를 바라보는 소년의 흰자위가 얼음처럼 창백하고 서늘히 굳었다. 개들이 다투듯 울부짖으면서 소년을 점점 에워쌌다. 흰 개가 두 나무 사이에서 걸어나오고 있었다. 세 나무 사이에서, 네 나무 사이에서, 다섯 나무 사이에서, 여섯 나무 사이에서……

저 먼 툰드라의 소년들이 잠들고 있었다. 잠들면서도 소년들은 부레 풍선을 손에서 놓지 않았다. 아직 부레 풍선을 갖지 못한 소년들이 훔쳐갈까봐. 소년들이 잠든 동안 부레 풍선은 바람이 빠져 쪼그라들었다. 날이 밝아 소년들이 깨어났을 때 부레 풍선은 새끼손가락보다 작게 쪼그라들어 있을 것이었다. 그리고 소년들은 여섯번째 손가락을 떼어내듯 부레 풍선을 손에서 떼어낼 것이었다.

여든아홉 살 먹은 노인이 마침내 거울 앞을 떠나고 있었다. 그녀는 어깨를 늘어뜨리고 복도로 나갔다. 복도 끝 로비에서는 두 노인이 여전히 탁구를 치고 있었다. 점수는 여전히 십 대 삼이었다. 누구의 점수가 십인지는 두 노인밖에 몰랐다. 어쩌면 두 노인 다 모르는지 몰랐다.

여든아홉 살 먹은 노인은 간호사를 찾아 이 방 저 방 헤매고 다녔다. 이백일 호 방을 둘러보는 그녀에게 여든여섯 살 먹은 노인이 물어왔다. 온종일 거의 침대를 떠나지 않는 그 노인의 머리에는 검은 망사 스타킹 같은 머리띠가 둘러져 있었다.

누굴 찾아?

간호사.

간호사가 한둘이야.

참새처럼 생긴 간호사 말이야.

그 간호사는 뭣 때문에 찾는데? 돈을 꿔가고 안 갚기라도 했나?

꿔줄 돈이 있어야 꿔주지.

나도 그 간호사를 찾던 참이야, 그년이 이 늙은이 돈을 꿔가고 안 갚잖아.

그쪽이 돈 꿔준 사람이 어디 한둘이야? 원장 수녀님도 그쪽한테서 돈을 빌려 썼다면서.

다들 나만 보면 돈을 꿔달라잖아. 안 꿔줄 수도 없고…… 테레사 수녀님까지 나한테 돈을 꿔달라고 할 줄 알았나?

테레사 수녀님이 누구야?

저런 멍청한 늙은이를 봤나? 테레사 수녀님을 모른단 말이야?

테레사 수녀님이 누군데?

화요일마다 날 위해 기도해주러 찾아오는 수녀님 말이야. 저번 화요일에는 글쎄, 기도를 드리다 말고 여윳돈 좀 있으면 자기한테 백만 원만 꿔달라지 뭐야. 예수님 부활 전까지는 어떻게든 꼭 갚겠다고 말이야. 수녀님이 뭔 돈이 있을까? 그래서 내가 테레사 수녀님한테 그랬지. 수녀님은 특별한 분이니 오 부 이자만 받겠다고 말이야. 테레사 수녀님한테까지 팔 부 이자를 받을 수야 없지 않아?

누가 일수쟁이 여편네 아니랄까봐.

꿔준 돈도 없으면서 간호사는 왜 찾아?

알려줄 게 있어서.

뭘?

그이가 갔다는 걸 말이야. 날 혼자 남겨두고 가버렸지 뭐야. 먼저…… 먼저 가라고…… 그렇게나 먼저 가라고 했어도 그렇게 먼저 가버릴 줄 누가 알았나…… 그렇게 홀딱 가버릴 줄……

여든아홉 살 노인이 방을 나가다 말고 서버렸다. 거울로 다가가셨다. 거울 속 자신을 들여다보는 그녀의 얼굴에 안도의 표정이 번졌다.

영영 멀리 가버린 줄 알았더니 다시 왔군, 날 차마 혼자 두고 갈 수 없어서 다시 왔어. 그녀가 거울에 붙어 서서 손으로 가슴을 쓸어내렸다.

한 노인이 빈 의자를 끌면서 복도를 지나갔다.

근데 왜 이 방에 와 있는 거냐? 여든아홉 살 노인이 거울을 향해 물었다.

왜긴, 나한테 돈을 꾸러 온 거겠지. 여든여섯 살 노인이 말했다. 그냥 팔 부 이자를 달라고 할 걸 그랬어. 후회가 되네. 테레사 수녀님이 그랬거든. 존귀를 떠나 세상 모든 인간에게 공평하라고 말이지. 공평하려면 테레사 수녀님한테서도 팔 부 이자를 받아야 되지 않겠어?

꼭 열두 사람 중 깨어난 이는 그 한 사람뿐이었다. 그는 쓰러진 의자를 일으켜 세우듯 몸을 벌떡 일으켰다. 그는 눕자마자 잠들었고 꿈을 꾸었다. 꿈에 그는 혼자였고, 버스 표지판 아래에 서 있었다. 버스가 와서 섰다. 그는 버스를 그냥 떠나보냈다. 나머지 열한 사람이 아직 오지 않아서. 열한 사람 중 아무도 오지 않는 동안 버스가 또 한 대 지나갔다.

버스가 다섯 대나 지나가도록 열한 사람 중 아무도 오지 않았다. 왜 아무도 안 오는 거야? 그는 짜증을 냈다. 그러나 버스가 여섯 대나 더 지나가도록 아무도 오지 않았다. 아무도 오지 않는 동안 오십 년이라는 시간이 훌쩍 흘러갔다. 그리고 그동안 버스들이 수없이 지나갔다. 버스 표지판에는 삼 번이라고 씌어 있었다.

버스가 또 한 대 와서 섰다. 삼 번 버스가 아니라 오 번 버스였지만, 그는 그것을 미처 깨닫지 못했다. 앞서 지나간 버스들이 삼 번 버스였는지, 오 번 버스였는지 또한 그는 기억하지 못했다. 앞서 지나간 버스들은 삼 번 버스일 수도, 오 번 버스일 수도 있었다. 삼 번 버스도, 오 번 버스도 아닌 구 번이나 십 번 혹은 이십이 번 같은 전혀 다른 버스일 수도 있었다. 앞문을 활짝 열고 그가 어서 오르기를 기다리는 버스에는 드문드문 사람들이 타고 있었다. 버스가 먼지를 부옇게 뒤집어쓰고 있어서 사람들의 얼굴은 흐릿하게 지워져 보였다.

꾸물거리지 말고 어서 타요. 버스 기사가 말했다.

여태 아무도 오지 않았지 뭐예요.

이게 막차예요. 버스 기사가 말했다.

그새 막차란 말이에요?

그새라니? 버스 기사가 혀를 내둘렀다.

이 버스가 정말 막차란 말이에요?

글쎄, 그렇다니까요. 버스 기사가 짜증을 냈다.

왜 아무도 오지 않는 거야. 초조해진 그는 발을 동동 굴렀다. 버스에 탄 사람들이 그를 향해 어서 타라는 손짓을 했지만, 그는 다른 곳을 바라보고 있었다. 열한 사람 중 혹시나 하나라도 오는가 싶어서.

탈 거요, 안 탈 거요?

그렇지만 아무도 오지 않았단 말이에요.

버스가 떠나고 난 뒤에 땅을 치고 후회하지나 말아요. 버스 기사가 비웃듯 말했다.

아무도 오지 않았다니까! 그가 소리 질렀다.

그거야 그쪽 사정이고. 버스 기사가 화를 냈다.

버스가 떠나고 난 뒤에야 그가 황급히 중얼거렸다. 다들 저 버스에 타고 있었어. 그가 뒤늦게야 미친 듯이 손을 흔들었지만 한번 떠나버린 버스는 결코 서지 않았다.

젠장, 나만 빼고 다들 버스에 타고 있었군.

그는 손으로 머리를 쥐어뜯듯 감쌌다. 막차가 가버린 버스 표지판 아래를 떠나지 못하고 괴로워하다 깨어났다. 수면제를 서너 알은 삼킨 듯, 세상모르고 잠든 열한 사람의 얼굴을 내려다보았다. 허탈감과 배신감에 부들부들 떨던 그는, 옆에서 잠든 이의 어깨로 슬그머니 손을 가져갔다.

이봐, 일어나.

그는 잠든 이의 어깨를 흔들었다.

일어나란 말이야.

잠든 이의 어깨를 흔드는 그의 손이 점점 거칠어졌다.

제발 좀 일어나란 말이다.

소년은 아빠가 간절히 자신을 깨우는 소리를 들었다. 소년은 깨어 있었다. 깨어났는지도 모르게. 소년이 깨어난 것은 그러나 아빠가 깨워서가 아니었다. 깨나서야 소년은 아빠가 자신을 깨우고 있다는 걸 알았다. 그렇다고 주전자가 내지르는 소리 때문도 아니었다. 소년은 개들이 슬프고 절망스럽게 울부짖는 소리를 들었다.

제발 좀!

아빠가 소년의 어깨를 거칠게 흔들었다. 소년은 억지로 눈을 떴다. 햇빛이 택시 앞유리로 눈부시게 쏟아져들어왔다. 빛 속에서 오리 인형이 똑딱똑딱똑딱 머리를 흔들고 있었다. 버려진 장난감처럼 밤새 모래사장에 세워져 있던 택시가 달리고 있었던 것이다. 택시가 언제부터 달리고 있었는지 소년은 알지 못했다.

개들은요?

……

개들 말이에요.

개들이라니?

숲에 개들이 있었어요. 흰 개를 찾으려고 숲에 갔었거든요.

우린 노란 개를 버리러 가는 길이다.

한두 마리가 아니었어요.

우린 노란 개를 버리러 가는 길이란 말이다.

택시는 섬을 벗어나기 위해 도로 위를 내달렸다. 밤새 바닷물에 잠겼던 도로 양옆으로, 조청을 엎질러놓은 듯 개펄이 드러나 있었다.

아빠, 저기 그 개예요. 소년이 소리쳤다. 소년이 밤의 숲속에서 찾아 헤매던 흰 개가 나무를 끌면서 도로 위를 걸어가고 있었다. 아빠가 속도를 줄였지만 택시와 흰 개의 거리가 빠르게 가까워졌다. 도로 저 끝에서 트럭이 한 대 달려왔다. 트럭은 순식간에 달려와 흰 개를 향해 클랙슨을 울려댔다. 당황한 흰 개가 어쩔 줄 몰라했다. 트럭이 치받듯 지나가고 나서야 흰 개는 힘겹게 발을 내밀었다. 트럭이 지나갈 때 바퀴에 짓밟혔는지 부러지고 으깨진 나뭇가지가 도로에 지저분하게 흩어져 있었다. 나무는 흰 개에게 질질 끌려가면서 뿌리로 도로 바닥을 쓸었다.

그 개라니까요, 흰 개요……

저놈의 개새끼가 왜 저기 있나?

흰 개를 데려가면 안 돼요?

우린 노란 개를 버리러 가는 길이다.

그래도 데려가면 안 돼요?

노란 개도 내다버리려는 판에 저 개를 데려가서 어쩌자는 거냐.

노란 개를 버릴 때 저 개도 버리면 되잖아요.

택시가 들이받듯 아슬아슬하게 옆으로 지나갈 때, 흰 개가 소년을 향해 훌쩍 고개를 쳐들었다. 흰 개와 소년의 눈이 차창을 사이에

두고 아주 가까이에서 마주쳤다. 순식간이었지만 소년은 흰 개의 눈동자가 흔들리는 것을 느꼈다.

눈물이 고여 있었어요.

……

흰 개의 눈동자에 말이에요.

소년은 사이드미러로 흰 개를 바라봤다. 흰 개가 사이드미러 밖으로 밀려난 뒤에도 소년은 사이드미러에서 좀처럼 눈길을 거두지 못했다. 택시는 어느새 섬을 벗어나 있었다. 꼭 열한 사람 중 혼자 깨어난 이는 아직도 잠든 이를 깨우고 있었다. 간호사의 머리 위에서 비둘기가 꾸벅꾸벅 졸았다.

소년이 노란 개를 버리기 위해 떠나온 도시, 어느 지하철역 사 번 출구에서 웬 여자가 김밥을 팔고 있었다. 계단에 빨간 바구니를 가져다놓고서. 출근 시간이라 사 번 출구는 사람들로 붐볐다. 지하철이 들어오면 사람들이 한꺼번에 우르르 사 번 출구 계단을 올라왔다. 그런데 육 번 출구에서도 웬 여자가 김밥을 팔고 있었다. 팔 번 출구에서도. 그녀들 역시 계단에 빨간 바구니를 가져다놓고서.

사 번 출구에서 김밥을 파는 여자가 그 여자 같던데. 이 번 출구에서 김밥을 팔던 그 여자 말이야.

그래? 나는 팔 번 출구에서 김밥을 파는 여자가 그 여자 같던걸.

나는 어쩐지 육 번 출구에서 김밥을 파는 여자가 그 여자 같던데……

도대체 누가 그 여자란 거야?

그러게? 셋 다 그 여자인가보지.

셋 다?

에이, 그럴 리가 있어.

그럼 셋 다 그 여자가 아닌가?

셋 다 그 여자가 아니란 말이야?

아니면 아닌 거지 뭘 그래.

아무리 그래도 그 셋 중 하나는 그 여자가 아닐까?

저기…… 그런데 말이야, 오 번 출구에서도 웬 여자가 김밥을 팔고 있던걸…… 빨간 바구니를 놓고서.

오 번 출구에서도?

혼란스러워하던 그들은 언제나 그렇듯 각자 맡은 구역을 둘러보기 위해 흩어졌다. 역으로 막 지하철이 들어오고 있었다. 사 번 출구와 오 번 출구, 육 번 출구, 팔 번 출구. 그리고 이 번 출구에서도 웬 여자가 빨간 바구니를 놓고서 김밥을 팔고 있었지만, 그들은 미처 그 사실을 몰랐다.

빈 택시가 아빠의 택시 맞은편에서 달려왔다. 아빠 택시처럼 노란 영업용 택시인데다, 빈 차 표시등에 빨간불이 들어와 있었다. 왕복 이 차선 도로에는 마침 그 빈 택시와 아빠의 택시뿐이었다. 아빠의 택시는 시속 오십 킬로로 달리고 있었다. 빈 택시도 아빠의 택시만큼이나 느리게 달려오고 있었다. 얼떨떨한 표정으로 그 빈 택시를 바라보던 소년은 꿈을 꾸고 있는 듯한 착각이 들었다. 꿈속에서 아빠의 택시를 보고 있는 듯한 착각이. 노란 개를 버리러 어딘가로

지루하게 달려가고 있는 아빠의 택시를…… 그 빈 택시가 소년은 꼭 아빠의 택시만 같았다. 그 빈 택시 조수석에 소년 자신이 타고 있을 것만 같았다. 오리 인형이 똑딱똑딱 머리를 흔들고, 트렁크에는 노란 개가 실려 있을 것만 같았다.

아빠의 택시와 그 빈 택시가 서로를 느리고도 무심히 엇갈려 지나쳐갔다. 두 택시 다 서로를 향해 클랙슨을 울리지도, 창문을 내리지도, 전조등을 밝히지도 않았다. 다만 서로를 향해 '빈 차' 빨간 불빛만 공허하게 내쏘았다.

그 빈 택시가 지나쳐갈 때, 소년은 그 택시 안을 뚫어져라 들여다보았다. 그 빈 택시 조수석에 정말로 소년 자신이 타고 있을 것만 같아서. 그러나 조수석에는 소년 자신은커녕 아무도 타고 있지 않았다.

그 빈 택시와 아빠의 택시가 백 미터쯤 멀어졌을 때, 소년이 갑자기 정색을 하고 말했다.

누군가 타고 있었어요.

……?

아까 그 빈 택시에요.

빈 택시면 빈 택시지, 빈 택시에 누가 타고 있었다고 그러냐. 아빠가 말했다.

누군가 타고 있었단 말이에요.

나는 못 봤다.

정말이에요.

택시 기사 말고 아무도 타고 있지 않았다. 아빠가 말했다.

누가 타고 있었냐 하면 말이에요.

누가? 유령이라도 타고 있었나?

어떤 할머니가 타고 있었단 말이에요.

부메랑처럼 휘어진 고가도로 위를 택시가 달려갔다. 소년이 꼭
타고 있을 것 같은 그 택시 조수석에는 아무도 타고 있지 않았다.
그 택시는, 십 분 전쯤 소년이 탄 택시와 엇갈려 지나쳐간 바로 그
택시였다. 소년이 탄 택시를 지나쳐갈 때, 그 빈 택시 뒷좌석에서
웬 노인이 중얼거렸다. 내가 뭐랬어, 나를 집까지 태워다줄 빈 택시
가 올 거라고 했잖아…… 노인은 소년을 보았고, 손을 흔들어주었
다.

애야, 빈 택시가 너무 늦게 왔지 뭐냐. 나를 집까지 태워다줄 빈
택시가…… 노인은 오래오래 손을 흔들었다.

할머니, 누구한테 그렇게 손을 흔드는 거예요? 운전석의, 갈색 잠
바 차림의 남자가 노인에게 물었다.

내가 누구한테 손을 흔들든! 기사 양반은 운전이나 신경 써.

택시비는 있는 거지요?

따불로 쳐줄 테니 걱정 붙들어 매.

따불! 신이 난 남자가 휘파람을 불면서 룸미러를 쳐다봤다. 노인
으로부터 방향이 틀어져 있는지, 룸미러는 텅 비어 있었다. 조수석
뿐 아니라, 뒷좌석에 또한 아무도 타고 있지 않은 듯.

지난밤 소년이 흰 개를 찾아 헤매던 숲으로 한 남자가 들고 있었

다. 남자는 뭔가를 찾는 듯 정신없이 나무들 사이를 헤매고 다녔다. 어디였더라? 남자는 며칠 전 숲을 떠나면서 나무에 묶어두고 간 흰 개를 찾고 있었다. 이쯤이었는데…… 남자는 고개를 이리저리 돌려 나무들을 둘러보다 발을 내디뎠다. 나무가 뿌리 뽑히면서 만들어진 구덩이를 남자의 오른발이 아슬아슬하게 비켜 지나갔다. 남자가 막 지나간 나무 뒤에서 검은 개가 걸어나오고 있었다. 남자는 흰 개를 찾아 숲 깊숙이 들었다. 남자로부터 그리 멀지 않은 곳에서 갈색 개 가 몸을 일으키고 있었다. 검은 강아지의 얼굴을 혀로 핥던 회색 개 가 두 귀를 바짝 세웠다.

차갑고 축축한 바람이 사 번 출구로 들이쳤다. 사람들이 고스란 히 바람을 맞으면서 사 번 출구 계단을 올라왔다. 갈색 목도리를 두 른 남자가 김밥을 사먹으려 빨간 바구니 앞에서 멈춰 섰다.

김밥 한 줄요.

여자는 김밥을 꺼내기 위해 빨간 바구니의 뚜껑을 열었다. 그런 데 빨간 바구니 속에는 김밥이 한 줄도 들어 있지 않았다.

김밥이 다 어디로 갔지?

김밥을 달라던 남자는 그새 가버리고 없었다. 여자는 그제야 새 벽 내내 만 김밥을 집에 두고 왔음을 깨달았다. 검은 구두를 신은 발이 빨간 바구니 뚜껑을 걷어차고 달아나듯 순식간에 지나갔다. 바구니 뚜껑이 계단으로 굴러떨어졌다. 여자는 바구니 뚜껑을 줍기 위해 계단을 내려갔다.

그때, 팔 번 출구 계단에서도 여자가 김밥을 팔고 있었다. 두 귀에 이어폰을 꽂은 남자가 빨간 바구니 앞으로 다가왔다.

김밥 주세요.

김밥을 꺼내기 위해 여자가 빨간 바구니의 뚜껑을 열 때, 육십팔 번 국도변 시든 들판에서 빨간 바구니 뚜껑이 바람에 날리고 있었다. 빨간 토끼를 잡으러 간 소년은 돌아오지 않고 있었다. 이삿짐 트럭은 여전히 오가도 않고 국도변 한쪽에 멈춰 서 있었다. 조수석에 타고 있던 남자마저 어딘가로 가버려 적재함에 실린 살림들만 트럭을 지켰다. 얼어 있던 뭔가가 흥건히 녹아 흐르기라도 하는지, 냉장고 냉동실 문틈에서 불그스름한 물이 뚝뚝 흘러내렸다. 냉동실 문손잡이 바로 옆에는 소년의 얼굴이 클로즈업된 스티커 사진이 붙어 있었다. 뜯다 만 흔적인 듯, 스티커 사진의 한쪽 귀퉁이가 찢겨 있었다.

택시는 구불구불 고사리 줄기처럼 휘어진 칠십팔 번 국도를 달렸다. 안개에 휩싸인 산들이 차창 저 멀리 아스라이 보였다. 국도 아래에는 강이 흐르고 있었다. 새들이 강의 흐름을 거스르면서 떼 지어 날아갔다. 언제부터인지 모르겠지만 자주색 승용차가 택시 뒤에서 달리고 있었다. 아빠가 사이드미러로 흘끔 눈길을 주었을 때, 택시 뒤에서는 일 톤 택배 트럭이 달리고 있었다. 조금 전까지 택시 뒤에서 달리던 자주색 승용차는 택배 트럭 뒤에 있었다. 택배 트럭에 가려서 아빠는 자주색 승용차까지는 볼 수 없었다. 트럭이 차선을 바꾸면서 자주색 승용차가 또다시 택시 뒤에서 달렸다. 급할 게 없는지 자주색 승용차는 택시와 안전거리를 유지하면서 달렸다. 속도가 칠십 킬로 밑으로 떨어진 택시에 바짝 범퍼를 들이대지도, 조급히 전조등을 깜박이지도 않았다. 그렇다고 차선을 바꾸거나, 택시를 추월하지도 않았다. 사이드미러에서 눈길을 거둔 뒤로, 아빠는 앞만 멍하니 쳐다봤다.

3장

발과 발목밖에 남지 않은 사람들이

나의 창문 앞으로 지나가네

이를 어쩌나 내 정신 좀 봐. 여자는 센베이를 우두둑 씹었다. 센베이에서 날린 파랫가루가 그녀의 얼굴에 내려앉았다. 그녀는 달력 앞을 떠나지 못하고 있었다. 그녀의 발밑 붉은 소쿠리에는 아직도 채 썬 무가 한가득 들어 있었다.

까맣게 모르고 넘어가버렸네. 그녀의 두 눈은 날짜 팔 일에 고정되어 있었다.

또 뭘……? 집 안 어디선가 또다시 남자의 목소리가 들려왔다. 그것은 미닫이문 너머 남자가 중얼거린 소리일 수도, 아닐 수도 있었다. 텔레비전 화면 속 장면은 바뀌지 않고 그대로였다.

엊그저께가 제사였지 뭐야. 그녀는 팔 일 밑에 휘갈겨 쓴 '제사'라는 글자를 손가락으로 짚어 보았다.

저 여편네가 근데 까마귀 고기를 삶아 처먹었나.

벌써 치매가 오나?

작년에도 까먹고 넘어가지 않았어?

달력에 아무리 표시를 해두면 뭐하나, 지나고 나서야 생각이 나니……

넋 빠진 여편네야, 까먹을 걸 까먹어야지.

그러게나…… 그녀는 방귀를 뀌고 센베이가 든 검정 비닐봉지를 집어들었다. 붉은 소쿠리 앞으로 가서 앉았다. 파래가 유난히 많이 뿌려진 센베이를 골라 집어들었다. 그것을 우두둑 베먹으면서 소쿠리 옆으로 오른 다리를 뻗었다.

지겨워 죽겠네, 언제 다 꿰나. 여자가 한숨을 내쉬었다.

오늘 밤 안으로는 다 꿰겠지. 또다시 남자의 목소리가 들려왔다.

가만, 그런데 제사 말이야? 여자가 고개를 들고 바늘로 머리를 긁었다. 조금 떨어져서 보면 여자는 마치 바늘을 머리에 찔러넣는 것처럼 보였다.

제사가 뭐?

당신 제사야, 당신 동생 제사야? 여자가 진 수제비 반죽처럼 처진 눈꺼풀을 끔벅였다.

아무 제사면.

그래도 그게 아니지.

언제는 누구 제사인지 제대로 알고서 지냈나?

하기야…… 여자는 무 조각을 집어들었다. 당신 아니면 당신 동생, 둘 중 하나의 제사인 건 틀림없지. 허연 비듬이 묻어난 바늘을 무 조각으로 가져갔다.

택시가 칠십팔 번 국도를 벗어나 오십칠 번 국도로 접어든 지 얼마 안 되었을 때였다. 차들이 도로에 줄줄이 멈춰 서 있었다. 칠십팔 번 국도와 오십칠 번 국도, 백 번 국도가 엇갈리듯 교차해 이어지고 있었지만 소년이 그걸 알 리 없었다. 소년은 지금 택시가 내달리는 도로가 오십칠 번 국도라는 것조차 알지 못했다. 소년은 다만 택시가 계속 달리고 있다는 생각밖에 들지 않았다. 노란 개를 버리러…… 택시가 섬을 떠나올 때만 해도 맑던 하늘은 흐려져 있었다.

차들이 도로를 가로막고 서 있어서 아빠는 하는 수 없이 택시를 세웠다. 차들 너머, 사람들이 모여 있는 것이 소년의 눈에 들어왔다.

사람들이 모여 있어요.

사고가 났나? 아빠가 초조해하면서 중얼거렸다. 하지만 구급차나 경찰차의 사이렌 소리는 들려오지 않았다.

무슨 일인지 가보고 올 테니 너는 택시에서 기다려라. 아빠가 시동을 켜둔 채 택시에서 내렸다. 사람들 쪽으로 걸어가는 아빠를 멀뚱히 바라보던 소년은 택시에서 내렸다. 사람들이 웅성거리는 소리가 소년의 귀에 들려왔다. 소년은 사람들 쪽으로 다가갔다. 웅성거리는 소리가 조금씩 분명하게 소년의 귀에 들려왔다.

꼼짝을 않는군!

가까이 가지 마, 물면 어떡하려고 그래?

저놈 눈깔을 봐.

독이 잔뜩 올랐군!

소년은 사람들이 뭐 때문에 그렇게 흥분해 있는지 알지 못했다. 사람들 틈에 어정쩡히 서 있는 아빠가 소년의 눈에 들어왔다. 검보라색 잠바 때문에 아빠는 금방 소년의 눈에 띄었다.

벌써 한 시간째 저러고 있어.

어서 가야 하는데, 늦었단 말이야.

우리 중에 안 늦은 사람도 있나?

우리 다 늦었군.

사람들은 발을 동동 구르고 욕설을 내뱉었다. 소년은 발뒤꿈치를 들고 아빠의 어깨 위로 고개를 내밀었다. 사람들을 불안과 흥분으로 몰아넣은 광경을 바라보았다. 누군가 가져다놓은 동상처럼, 개가 도로 한가운데에 버티고 서 있었다. 개를 보는 순간, 소년의 입에서 저절로 비명이 새나왔다. 그 개는 흰 개였다. 잎 지고 뿌리 뽑힌 나무가 흰 개의 뒤에 그림자처럼 드러누워 있었다.

총이 있으면 벌써 저놈의 심장을 쏴버렸을 텐데.

차로 들이받아버리지 그래요.

뒈지면 어쩌려고요?

우리가 다 늦었는데, 뒈지든 말든 뭔 상관이람.

뒈지든 말든!

주인이 있는 개인지도 모르잖아요. 주인이 갑자기 나타나 개값을 물어내라고 하면 어쩌려고요?

몰골을 봐, 어디 주인이 있는 개인가.

버려진 개가 틀림없다니까.

누군가 흰 개를 향해 돌멩이를 던졌다. 돌멩이를 머리에 맞고도 흰 개는 울부짖지도, 사람들에게 달려들지도, 뒷걸음질 치지도 않았다.

저 개새끼 좀 봐, 눈 하나 꿈쩍 않네.

경찰을 불러!

정말, 누가 경찰 좀 불러요.

경찰이라면 진즉에 불렀어요.

흰 개가 소년을 향해 고개를 쳐들었다. 의안처럼 생기라고는 눈곱만치도 없는 눈으로 소년을 빤히 쳐다봤다. 소년은 흰 개가 아니라 노란 개가 자신을 쳐다보고 있는 것만 같은 기분이 들었다. 트렁크에서 꺼내져 어딘가에 버려진 노란 개가 그곳까지 쫓아와, 도로 한가운데를 가로막고 버티고 서 있는 것만 같았다.

택시에 가 있어라. 아빠가 소년에게 소리쳤다. 소년은 뒷걸음질 쳤다. 소녀가 의자를 떠나고 있었다.

흰 개를 찾아 숲에 든 남자는 날이 어둑해지도록 밖으로 나오지 않고 있었다. 소녀가 떠나버린 의자를 곰 인형이 지키고 앉아 있었다. 곰 인형은 남은 한쪽 눈알마저 뜯겨나가고 없었다. 두 눈알을 다 잃고도 곰 인형의 입은 빙긋이 미소 짓고 있었다. 곰 인형 저 뒤에서 소년이 창문을 열고 있었다.

사람들이 흰 개를 어떻게 했을까요?

소년은 사람들이 흰 개를 어떻게 하는지 끝까지 지켜보지 못했다. 아빠가 어서 택시에 가 있으라고 소리쳐서 택시로 돌아갈 수밖에 없었다. 소년이 택시에 타고 얼마 지나지 않아 아빠는 택시로 돌아왔다. 도망치듯 아빠는 급하게 택시를 후진해 그곳을 벗어났다.

다시 가보면 안 돼요?

소년은 흰 개가 여전히 그곳에 있을 것만 같은 기분이 들었다. 도로 한가운데를 가로막고 버티고 서 있을 것만 같았다. 몹시 흥분한 사람들이 흰 개를 향해 마구 돌멩이를 던지고 있을 것만 같았다.

흰 개가 어떻게 되었는지 다시 가봐요, 네?

우린 노란 개를 버리러 가는 길이다.

아, 그걸 깜박했지 뭐예요.

우린 그걸 잊으면 안 된다.

그걸 잊으면 어떻게 되는데요?

그걸 잊으면 어떻게 되는지 아빠는 소년에게 말해주지 않았다.

그걸 잊으면 말이냐?

네, 그걸 잊으면요?

그걸 잊으면 말이다……

소년이 떠나온 도시 가로등과 간판마다 불이 들어왔다. 김밥나라와 원주감자탕 간판에도 일찌감치 불이 들어왔다. 거리가 어둑해지자 땅콩 장수는 리어카에 매단 전구를 밝혔다. 늙은 여자가 리어카 옆에 쪼그려 앉아 칼국수를 먹고 있었다. 그녀는 붇기 시작한 칼국수 가락들을 한 젓가락 집어올렸다. 복수초 씨앗처럼 쪼그라든 입을 찢듯 벌렸다. 앞니가 한 개도 없는 입으로 칼국수 가락들을 밀어넣었다. 리어카 아래 하수구에서 퀴퀴한 냄새가 올라왔다. 그 냄새는 칼국수에 딸려온 배추겉절이의 생강 냄새와 섞여 거리에 떠돌았다.

비지찌개나 시켜 먹으라니까 기어이 칼국수를 먹겠다고 고집을 피우더라니. 땅콩 장수가 늙은 여자에게 짜증을 냈다.

칼국수가 먹고 싶어 죽겠는 걸 어떡해. 늙은 여자가 우는소리를 했다. 칼국수 먹을래, 칼국수 먹을 거란 말이야. 그녀는 이가 한 개도 남지 않은 입속으로 국숫발을 꾸역꾸역 말아넣었다. 입속으로 말려들어가는 것보다 흘러내리는 국숫발이 더 많았다.

늙은 여자가 흘러내리는 국숫발을 손으로 받아 입으로 가져갈 때, 섬나라횟집 간판과 수족관에도 파란불이 들어왔다. 수족관 속 광어들은 뗏장처럼 서로를 덮고 무겁게 가라앉아 있었다. 수족관에서 서너 발짝 떨어져 바라보면 광어들은 꼭 눈이 한 개뿐인 것 같았다. '광어회 한 마리 만 원'이라고 크게 휘갈겨 쓴 종이가 횟집 유리문에 붙어 있었다.

섬나라횟집 유리문이 드르륵 열리고, 검정 고무장화를 신은 횟집 남자가 걸어나왔다. 그는 한 손에 양동이를 들고 지나가는 사람들을 잠시 쳐다봤다. 양동이에 꽂힌 그물을 집어들어 수족관으로 가져갔다. 그물로 수족관 속을 뒤적였다. 광어들이 마지못한 듯 떠올랐다. 희끗희끗한 배를 뒤집으면서 떠오르는 광어도 있었다. 그는 광어를 한 마리 그물로 들어올려 양동이로 옮겼다. 그물을 거두자마자 기껏 떠올랐던 광어들이 도로 가라앉고 있었다.

횟집에 딸린 방에서는 대여섯 살 먹은 두 소년이 잠들어 있었다. 방에는 테이블이 고작 네 개뿐이었는데, 그중 한 테이블에 손님 넷이 둘러앉아 소주를 마시고 있었다. 잠든 소년들 곁에서 콩나물을 다듬던 여자가 고개를 들었다. 소년들 머리맡 김치냉장고가 웅 소리를 내면서 울었다. 여자는 테이블 밑에서 방석을 꺼내 소년들 머리에 받쳐주었다. 소년들의 몸을 덮고 있는 것도 방석이었다. 서로를 향해 두 눈을 꼭 감은 소년들의 얼굴은 똑같았다. 잠들기 전에 까먹은 메추리알 껍질이 입에 묻어 있는 것까지 똑같았다. 여자는 콩나물 소쿠리를 챙겨들고 방에서 나와 주방으로 걸어갔다.

내가 저 자식을 어디서 봤는데. 주방에서 회 뜰 광어를 손질하면서 힐끔힐끔 텔레비전을 쳐다보던 횟집 남자가 고개를 갸웃거렸다.

누구 말이야? 손님 하나가 횟집 남자에게 물었다.

방금 뉴스에 나왔던 택시 기사 말이야.

택시 기사 실종 사건인가 뭔가 용의자 말이야? 자네가 그 자식을 어디서 봤는데?

그 자식을 분명히 어디서 봤는데…… 횟집 남자는 고개를 갸웃거렸다. 그 자식을 내가……

용의자 그 자식도 택시 기사라면서? 마늘을 양념장에 찍어 입으로 가져가던 손님이 횟집 남자를 쳐다봤다.

얼른 잡혀야 할 텐데. 소주를 따르던 손님이 걱정 섞인 투로 말했다.

제 놈이 뛰어봤자 벼룩이지. 잠자코 담배를 피우던 손님이 천장을 향해 고개를 쳐들면서 혼잣말처럼 중얼거렸다. 담배연기가 그의 얼굴 위에 구름처럼 머물러 있다 흩어졌다.

뭘 모르는군. 마늘을 씹던 손님이 옆 손님의 어깨를 툭 쳤다. 벼룩 잡기가 얼마나 힘든데?

나 참, 이제야 생각나네. 횟집 남자의 목소리가 높아졌다. 주방 바닥에 쪼그려 앉아 콩나물을 씻던 여자가 고개를 비스듬히 쳐들었다.

어디서 봤는데?

손님들이 주방 쪽으로 고개를 돌리고 관심을 보였다.

그 자식이 나한테 그랬거든. 표정이 납처럼 굳는 횟집 남자의 앞에는, 껍질과 가시를 발라낸 광어의 살점 덩어리가 놓여 있었다. 선홍색 피가 배나왔다. 그는 마른 행주를 집어들었다. 나한테 글쎄, 양심을 가지고 살라지 뭐야. 그는 행주로 살점 덩어리를 툭툭 두드려 피를 훔쳤다. 여자가 고개를 수그리고 마저 콩나물을 씻었다. 여자의 머리 위에서는 미역국이 한 솥 조용히 끓고 있었다.

양심? 소주를 털어넣으려다 말고 손님이 중얼거렸다.

양심을 가지고 살긴 해야지. 담배를 끄던 손님이 실실 웃음을 쪼갰다. 재떨이를 들어 입으로 가져갔다. 담배꽁초들 위에 가래를 뱉었다.

세상에 나만큼 양심 있는 사람이 몇이나 된다고? 얼마나 더 양심을 가지고 살라는 거야? 횟집 남자는 행주를 내려놓고 회칼을 집어들었다. 여자가 다라이를 기울여 콩나물 씻어낸 물을 주방 바닥으로 흘렸다. 횟집 남자의 검정 고무장화 신은 발밑으로 물이 흘러내려갔다.

그 자식이 광어를 한 마리 회 떠달라면서 매운탕 끓여 먹게 대가리하고 뼈를 싸달라지 뭐야. 매운탕을 끓여 먹으려면 우럭으로 회를 떠야지. 그래서 내가 매운탕 끓여 먹으라고 그 자식한테 우럭 대가리를 두 개나 덤으로 싸줬지.

흉악한 자식인 줄 모르고 우럭 대가리를 두 개나 덤으로 줬군.

우럭 대가리를 글쎄, 한 개도 아니고 두 개나.

인심을 쓰려면 우리 같은 선량한 사람들한테나 쓸 것이지 엉뚱한 놈한테 인심을 썼군.

매운탕을 끓여 먹으려면 우럭으로 회를 떠야지.

우럭으로 회를 떠달라고 할 걸 그랬나?

그래도 양은 광어가 많지.

우리는 그저 질보다 양 많은 게 최고야.

손님들이 소주를 따르고 받으면서 낄낄댔다. 그들은 섬나라횟집 수족관에 광어밖에 없다는 걸 알지 못했다. 아무리 눈을 씻고 찾아봐도 우럭은 찾아볼 수 없었다. 도미나 방어 같은 다른 횟감용 물고기 또한. 어쩌면 택시 기사 실종 사건 용의자가 광어회를 떠갔다던 날도, 섬나라횟집 수족관에는 우럭이 한 마리도 없었는지 몰랐다. 떠오를 줄 모르는 광어들만 수족관을 채우고 있었는지도.

횟집 남자가 회 접시를 들고 주방에서 나와 방 쪽으로 걸어갔다. 손님들이 둘러앉은 테이블 한가운데 회 접시를 내려놓았다.

애들이 안 깨고 잘 자네? 손님 하나가 소년들을 바라보고 말했다.

가게에서 저러고 자는 게 어디 하루 이틀이어야지. 애들을 어디 맡길 데가 있어야지. 새벽 두 시까지는 애들 엄마하고 나하고 꼬박 가게에 붙어서 장사를 해야 하니…… 장사나 잘돼야 사람을 쓰든 하지. 광어 한 마리 만 원에 팔아 몇 푼이나 남겠어. 술 팔아 겨우 남는 거지. 간당간당 버티는 거야. 횟집 남자는 손님들 앞에 잠시 우두커니 서 있다 주방으로 갔다.

사거리에 '제주횟집'이라고 횟집이 또 생겼던데.

뭔 회를 그렇게 처먹는다고 자꾸 생기나?

거기 사장 고향이 제주도라나봐.

제주도 출신이 횟집을 차렸구만.

제주도에서 올라온 자연산 도다리회를 판다던데.

오십이 다 되도록 도다리회 한 번 못 먹어봤네.

도다리회는 뭘 얼어 죽을, 광어회나 우럭회가 최고지.

손님들이 떠드는 소리에 한 소년이 깨어나고 있었다. 소년은 꺼풀이 지도록 눈을 크게 뜨고 자신과 꼭 닮은 소년을 바라보았다. 소년의 손이 또 한 소년의 얼굴로 향했다. 그 소년의 얼굴을 가리듯 손으로 덮는가 싶더니, 입술에 달라붙은 메추리알 껍질을 떼어냈다. 손님들이 피워대는 담배연기가 안개처럼 소년들을 자욱하게 덮었다.

이 차선을 삼 차선으로 늘이는 공사가 한창인 부근을 지날 때, 버스가 슬그머니 택시를 앞질렀다. 자칫 잘못 충돌할 뻔했지만 아빠는 클랙슨을 울리지도, 화를 내지도, 따라잡으려 하지도 않았다. 유유히 내달리는 버스 뒤꽁무니를 바라보는 아빠의 두 눈은 멍하니 초점이 풀려 있었다. 부옇게 먼지를 뒤집어쓰고 있어서인지 소년은 버스가 아주 멀리서부터 달려왔을 것 같은 생각이 들었다. 아빠의 택시만큼 멀리서…… 하지만 소년으로서는 버스가 얼마나 먼 곳에서부터 달려왔는지, 어딜 향해 그렇게나 달려가는지 알 수 없었다. 버스에 어떤 사람들이, 그리고 몇이나 타고 있는지도. 흔들리는 버스 뒤창에 붙여놓은 번호판이 소년의 눈에 들어왔다.

오 번 버스예요. 소년이 말했다.

……

글쎄, 삼 번 버스가 아니라요.

……

어떻게 삼 번 버스가 아니라 오 번 버스일 수 있어요?

오 번 버스면 어때서 그러냐? 아빠가 짜증을 냈다.

삼 번 버스여야 한단 말이에요. 삼 번 버스여야……

소년이 그렇게 말한 것은, 택시가 지나쳐온 버스 표지판이 불현듯 떠올라서였다. 그 아래서 버스를 기다리는 이 하나 없던, 새벽의 쓸쓸하고 허전한 버스 표지판이…… 그 버스 표지판에는 '삼 번'이라는 글자가 달랑 쓰여 있었다. 아무리 기다려도 버스가 올 것 같지 않았지만, 소년은 삼 번 버스가 곧 올 거라고 중얼거렸다.

저 버스에 몇 사람이나 타고 있을까요?

열한 사람. 아빠가 말했다.

아빠가 그걸 어떻게 알아요?

내가 열한 사람이라고 하면 그냥 그런 줄 알아라.

오 번 버스에 열한 사람이 타고 있단 말이지요. 소년이 말했다.

버스와 택시는 서로 가까워지지도, 멀어지지도 않고 달렸다. 사백 미터 가까이 되는 구간을 버스와 택시만이 달렸다. 십팔 킬로미터에 이르는 그 도로 전 구간에 마치 버스와 택시만이 달리고 있는 것 같았다. 운전기사밖에는 손님이 한 명도 타지 않은 빈 버스와 빈 택시만이.

열한 사람이 아니라 아홉 사람이지, 저 버스에는 아홉 사람이 타고 있단 말이야. 룸미러 속에서 여자가 중얼거리고 있었다. 하지만 여자의 목소리가 너무나 희미해 아빠도, 소년도 그 소리를 듣지 못했다.

그 버스에 다들 타고 있을 줄 알았나? 나만 빼고 다들. 혼자 깨어난 사람은, 차례로 돌아가면서 열한 사람을 깨웠다. 꼭 열한 사람이 아닐지 모르는 꼭 열한 사람을 한 사람 한 사람. 벽만 있고 창문도 없는 방에서 비둘기가 날았다. 벽 한 곳에서 녹슨 못이 뽑혀나오듯 부리가 쑥 올라왔다. 간호사는 방 어디에도 없었다.

졸음에 겨워하던 소년의 얼굴에 갑자기 긴장이 감돌았다. 택시를 향해 뭔가가 몰려오고 있었다. 짐작조차 가지 않았지만, 소년은 그 뭔가가 택시를 향해 막연하고 서서히, 그러나 거부할 수 없을 만큼 강렬히 몰려오는 걸 느꼈다.

아빠, 뭔가가 몰려오고 있어요.

그래……

택시 바로 앞에서 달리던 차가 속도를 줄였다. 자주색 승용차로, 그 차가 언제부터 택시 앞에서 달리고 있었는지 소년은 알지 못했다. 모르는 것은 아빠도 마찬가지였다. 이십 분 전쯤 도로 확장 공사가 한창인 부근을 지날 때까지만 해도 택시 앞에서는 오 번 버스가 달리고 있었다.

소년이 버스를 찾는 사이에, 뭔가는 택시 아주 가까이 몰려와 있었다. 멀리 가버렸는지 오 번 버스는 보이지 않았다.

뭐예요? 소년이 다급히 물었다.

안개다.

안개요?

언젠가 소년이 살고 있는 도시에 안개가 짙게 낀 적이 있었다. 소년은 안개 속을 걸어서 학교에 갔다. 안개가 뭉글뭉글 피어오르는 운동장에서 소녀가 그네를 타고 있었다.

스멀스멀 깔려오는 안개에 도로가 묻히면서 차선이 보이지 않았다.

안개까지 끼고 지랄이야. 아빠가 짜증을 냈다.

도로가 잘 안 보여요.

택시가 내쏘는 전조등 불빛은 짙어지는 안개를 막아낼 수 없었다. 앞차가 속도를 급격히 줄였다. 아빠가 다급히 속도를 줄였다. 그러나 안개 때문에 거리가 뭉개진 탓에 택시는 하마터면 앞차를 들이받을 뻔했다.

비상등 좀 켜라.

아빠가 앞차를 향해 클랙슨을 울렸다. 앞차가 안개 속으로 반쯤 사라졌다 나타나기를 반복했다. 아빠가 안개등을 켰지만, 사방에서 밀려드는 안개는 낮고 푸르게 깔리는 안개등 불빛조차 무력화시켰다. 안개는 뭉쳐지고 흩어지면서 사방에서 몰려들었다. 도로 가의 나무들이 한 그루 한 그루 안개 속으로 사라지고 있었다. 앞차는 여전히 비상등을 켜지 않고 있었다. 아빠가 운전대 잡은 손에 잔뜩 힘을 주고, 턱이 거의 운전대에 닿도록 고개를 앞으로 내밀었다.

안개 속을 달릴 때는 비상등을 켜야지, 저 자식은 그것도 모르나.

저 자식은 그것도 모르나봐요.

소년은 앞차인 자주색 승용차 운전석에 누가 타고 있는지도 모르면서 말했다. 칠십팔 번 국도를 달릴 때 택시의 뒤를 한참이나 따라

달리던 차도 자주색 승용차였다. 하지만 아빠도 소년도 그 사실을
깨닫지 못하고 있었다.

아빠!

소년이 비명을 내질렀다. 앞차가 아예 안개 속으로 사라지고 없
었다. 허공에 떠 있던 표지판도 사라지고 없었다.

앞차가 어디로 갔지?

그때 앞차가 켠 비상등이 안개 속으로 떠올랐다. 비상등은 택시
에게 방향을 알려주듯 깜빡거렸다. 이 세상에 그 불빛밖에 없는 듯,
아빠가 그 불빛을 쫓아 천천히 택시를 몰았다. 어느 순간 앞차의 비
상등이 점멸하듯 사라졌다. 당황한 아빠가 택시를 세웠다.

앞이 보여야 운전을 하지.

차창이 전부 꼭꼭 닫혔는데도 안개는 택시 안으로까지 꾸역꾸역
밀려들었다. 오리 인형이 안개에 집어삼켜졌다. 소년의 뒤, 여자와
밤의 손님도 안개에 집어삼켜지고 있었다.

아빠가 안 보여요.

나도 네가 안 보인다.

옛 십 원 동전 같은 얼굴이 안개 위로 불쑥 떠올랐다. 소년은 온
몸에 소름이 돋는 것을 느꼈다. 누구의 것인지 모르는, 안개에 떠가
는 것 같은 얼굴을 소년은 뚫어져라 바라보았다. 얼굴 위의, 매섭게
치켜뜬 두 눈과 달리 입은 소년을 향해 씩 웃고 있었다.

아빠…… 저기…… 얼굴이 있어요……

소년이 간신히 중얼거리기 무섭게 얼굴이 안개 속으로 가라앉
았다.

얼굴이라니? 얼굴을 못 본 듯 아빠가 화를 냈다.

당황한 소년이 황급히 얼굴을 찾았지만, 뭉글뭉글 피어오르는 안개 어디에도 얼굴은 없었다. 소년이 잘못 봤나 하고 있는데 얼굴이 보란 듯 떠올랐다. 얼굴을 바라보던 소년의 눈동자가 천천히 오른쪽으로 향했다. 그곳에도 얼굴이 하나 떠올라 있었다. 닮은 듯 다른, 또다른 얼굴도 소년을 향해 웃고 있었다. 두 얼굴이 차례로 안개 속으로 가라앉았다. 한 얼굴이 떠오르는가 싶더니, 또 한 얼굴도 떠올랐다. 두 얼굴은 번갈아 떠오르고 가라앉으면서 택시 가까이 다가왔다.

두 얼굴이 한꺼번에 안개 속으로 가라앉았다. 안개 속을 두리번거리면서 얼굴들을 찾던 소년은 비명을 내질렀다. 얼굴 하나가 조수석 창에 껌처럼 달라붙어 있었기 때문이었다. 뒤통수를 누군가 힘껏 누르고 있는 듯, 얼굴은 창에 짓눌려 일그러졌다. 얼굴 위의 눈과 코, 입이 제 모양을 잃고 흉측하게 찌그러졌다. 터질 듯 눌린 살 속에 틀어박힌 눈동자가 소년을 매섭게 쏘아봤다. 눌리다 못해 핏기가 싹 가신 입에서 침이 흘러내렸다.

소년이 느끼는 공포가 극에 달했을 때, 택시 운전석 문이 부서지듯 열렸다. 소년의 고개가 운전석 쪽으로 홱 돌려졌다. 또 한 얼굴이 택시 안으로 쑥 들이밀어졌다. 소년의 얼굴을 삼켜버릴 듯, 얼굴 위의 입이 쩍 벌어졌다. 홀리듯 낄낄 웃음을 흘리던 얼굴이 택시 밖으로 물러났다. 조수석 창에 달라붙어 있던 얼굴도 사라지고 없었다.

간신히 정신을 차린 소년은 아빠를 찾았다. 아빠…… 소년은 손을 뻗어 운전석을 더듬었다. 운전석 바닥에 깐 시트가 만져졌다. 아빠가 어디로 가버렸는지, 운전석이 비어 있었다. 운전석 문이 삐거 덕삐거덕 흔들렸다. 오리 인형이 안개 위로 떠올랐다 가라앉았다. 소년 자신의 손마저 보이지 않을 만큼 안개는 짙어져 있었다.

택시 '빈 차' 불빛이 안개 속을 둥둥 떠다녔다. 소년이 어디로 가 버렸는지, 조수석마저 비어 있었다.

택시에서 대여섯 발짝 떨어진 곳에서 소년의 모습이 떠올랐다 가 라앉았다. 택시에서 여남은 발짝 떨어진 곳에서, 택시에서 서너 발 짝 떨어진 곳에서, 택시에서 대여섯 발짝 떨어진 곳에서……

택시로부터 그리 멀지 않은 곳에서 비상등을 켠 차들이 줄지어 안개 속을 느리게 달려가고 있었다.

제발요, 제발……

너 때문에 어금니도 못 뽑았잖아, 낄낄.

일주일만, 딱 일주일만 시간을 주시면……

어서 끝내고 어금니를 뽑으러 가야지, 낄낄.

제발, 일주일만……

일주일이 뉘 집 개새끼 이름인가, 낄낄.

일주일 뒤에는 어떻게든……

살려달라고 사정할 때는 무릎을 꿇어야지, 낄낄.

낄낄, 무릎은 잘만 꿇는군.

나, 나흘…… 나흘만이라도 시간을……

나흘도 너무 길지, 낄낄.

하, 하루라도……

어쩌나 하루도 너무 길어서 말이야, 낄낄. 우리가 하루밖에 못 살고 확 뒈져버리기라도 하면 어쩌라고, 낄낄.

그, 그럼 나보고 어쩌란 말이야!

이 새끼가 돌았군, 낄낄.

돌아도 한참을 돌았어, 낄낄.

돌더라도 갚을 건 갚고 돌아야지, 낄낄.

망치로 대가리를 한 대 때리면 제정신으로 돌아오려나, 낄낄.

망치가 어디 있더라, 낄낄.

얼굴들이 안개 위로 떠올랐다. 낯설고도 익숙한 두 얼굴을, 소년이 바들바들 떨면서 쏘아보고 있었다.

네 아들이군, 낄낄.

얘야, 넌 노래나 불러라.

아이는 슬플 때도 기쁠 때도 그저 노래를 불러야지, 낄낄.

택시에 타 있어라. 얼굴들 뒤에서 아빠의 목소리가 들려왔다. 겁에 질려 창백한 아빠의 얼굴이 안개 위로 떠올랐다 가라앉았다.

노래를 불러라, 낄낄.

노래를, 낄낄.

소년이 안개 속으로 가라앉으면서 노래를 불렀다. 송아지는 묶인 채 이유도 모르고 죽어가네. 안개에 가려져 소년은 보이지 않고, 소년이 부르는 노랫소리만이 안개 속으로 퍼져나갔다.

쉬지 말고 노래를 불러라, 낄낄.

노래가 있어야 흥이 나지, 낄낄.

발과 발목밖에 남지 않은 사람들이 창밖으로 지나가네. 이건 노래가 아니에요, 노래가. 소년은 울먹였다.

하루만……

나는 차에 가서 망치를 가져와야겠군, 낄낄.

얼굴 하나가 소년 앞을 쓱 지나갔다.

계속 노래를 부르란 말이다, 낄낄.

안개가 조금 옅어지는가 싶더니 얼굴이 떠올랐다. 얼굴 뒤에서 아빠의 모습이 떠올랐다. 아빠는 얼굴 아래에 무릎을 꿇고 앉아 있었다. 아빠가 공포에 질린 얼굴을 들어 소년을 쳐다봤다. 아빠의 뒤에서 안개가 밀려왔다. 아빠가 몸을 일으키면서 돌덩이를 들어올렸다.

노래를, 낄낄.

송아지는 묶인 채 이유도 모르고……

그렇지, 낄낄.

이유도 모르고……

낄낄.

모르고 죽어가네……

이유도 모르고 뒈지면 어때서 그러나? 낄낄. 이유를 알고 뒈지나 낄낄 모르고 뒈지나 낄낄 뒈지는 건 마찬가진데, 낄낄.

양철 찌그러지는 소리처럼 요란한 웃음을 흘리는 얼굴 위, 돌덩이가 모자처럼 떠 있었다. 퍽 소리와 함께 비명 소리가 울려퍼졌다.

소년은 아빠의 잠바 밖으로 삐죽 튀어나온 깃털을 손가락으로 잡아뽑았다. 깃털에 깃털이 딸려나왔다. 그 깃털에, 깃털이 또 딸려나왔다. 소년은 줄줄이 딸려나오는 깃털들을 뽑고 또 뽑았다. 운전석 창으로 들이친 바람을 타고 깃털들이 택시 안에 어지럽게 날렸다. 깃

털들 속에서 오리 인형이 똑딱똑딱똑딱 머리를 흔들었다. 택시는 안
개 속을 벗어나 내달리고 있었다. 불빛들이 창밖 저 멀리 보였다. 소
년은 아빠의 잠바 속 깃털을 한 개도 남김없이 뽑아버리고 싶었다.

저기에다 버려요.

소년은 오른손 엄지를 들어 불빛들을 가리켰다.

노란 개를 말이에요.

소년은 아빠를 바라보았다. 택시가 멈추지 않고 달리고 있었지
만, 아빠의 어깨가 심하게 떨리고 있었다.

울어요?

엄마가 우는 건 소년을 슬프게 했지만, 아빠가 우는 건 소년을 불
안하고 두렵게 했다. 소년은 마치 어른이 된 자신이 울고 있는 것
같은 기분이 들었다. 아직 아이인 자신을 찾아와 갈 생각도 않고 울
고 있는 것 같았다.

내가 깃털을 뽑아서 우는 거예요?

깃털들이 아빠의 머리와 어깨로 내려앉았다.

섬나라횟집 수족관 앞을 지나가던 한 남자가 주춤 걸음을 멈췄
다. 남자는 수족관으로 고개를 돌리고, 그 안의 광어들을 들여다보
았다. 횟집 안에서는, 조금 전 깨어난 소년이 또다른 소년의 입술에
묻은 메추리알 껍질을 떼어내고 있었다. 입술 살점을 뜯듯 떼어내
는데도 또다른 소년은 깨어나지 않았다.

메추리알 껍질을 다 떼어낸 소년이 몸을 일으켰다. 소년의 몸을
덮고 있던 방석이 미끄러져 방바닥으로 떨어졌다. 소년은 횟집 안

을 두리번거리다 일어섰다. 방 밑에 벗어두었던 운동화를 찾아 신었다. 소년들의 운동화는 똑같았고, 그 똑같은 운동화 두 켤레는 뒤엉켜 나뒹굴고 있었다. 소년은 발에 걸리는 대로 운동화를 꿰어 신었다. 양쪽 발에 다 왼쪽 운동화를 신어놓고, 소년은 그걸 깨닫지 못했다. 소년은 왼쪽 운동화가 신겨진 오른발을 끌면서 횟집 유리문을 열고 밖으로 나갔다. 섬나라횟집에는 손님 넷과 횟집 남자 그리고 여자, 그렇게 여섯 명이나 있었다. 하지만 소년이 횟집 밖으로 나가는 것을 본 사람은 없었다. 횟집 남자는 그때 소라를 삶고 있었다. 부글부글 거품이 끓어 넘치는 솥단지 뚜껑을 열고, 다 삶아진 소라를 건져올리고 있었다. 여자는 주방 바닥에 쪼그리고 앉아 상추를 씻고 있었다. 손님들은 담배를 피우거나, 텔레비전을 응시하거나, 핸드폰을 들여다보거나, 매운탕을 떠먹고 있었다.

소년은 수족관 속 광어들을 구경하고 서 있는 남자를 보았다.

아저씨, 회 떠 드시게요? 소년이 남자에게 물었다.

회를 말이냐?

회 좀 떠 드세요.

웬 회를 떠 먹으라고 그러냐?

아저씨, 광어 한 마리만 회 떠 드세요.

애야, 그나저나 저 수족관 속 광어가 몇 마리나 될 것 같으냐? 남자가 물었다.

몇 마리요?

내가 말이다, 아까부터 광어가 몇 마리인지 세고 있었는데 말이다, 셀 때마다 마릿수가 다르지 뭐냐. 열세 마리인 것 같기도 하고,

열두 마리인 것 같기도 하고, 열한 마리인 것 같기도 하고……

아저씨도 참, 그것도 못 세요? 내가 한번 세볼까요?

그럼 그럴래?

소년은 차가운 수족관에 두 손을 붙이고 섰다. 남자에게 들리도록 한 마리 한 마리 소리를 내어 광어들을 세기 시작했다. 소년이 자신들을 세는 동안에도 광어들은 물 위로 떠오르려 하지 않았다.

열두 마리예요. 소년이 말했다.

열한 마리가 아니고 말이냐? 남자가 물었다.

저 광어 밑에 광어가 한 마리 깔려 있단 말이에요. 소년이 가장 커다란 광어를 손가락으로 가리켰다.

그래, 그렇구나.

남자가 소년의 머리로 손을 가져갔다. 마디들이 불거지도록 손가락을 펼쳐 소년의 머리카락을 움켜쥐었다. 소년의 고개가 남자를 향했다. 섬나라횟집 간판에서 흘러나온 파란 불빛이 소년의 얼굴로 번져나갔다. 남자를 올려다보는 소년의 눈동자가 흔들렸다. 남자는 소년의 움켜쥔 머리카락을 놓았다. 소년의 납작하게 눌린 뒤통수를 가만가만 쓰다듬었다.

참 잘 세는구나. 남자가 말했다.

저는 백까지 셀 줄 알아요.

애야, 그러면 말이다. 저 광어들 중에 죽은 광어가 몇 마리인지도 셀 수 있겠구나?

죽은…… 광어요? 소년은 고개를 갸웃거렸다.

죽은 광어가 몇 마리인지 맞히면 내가 수족관 속 광어들을 다 회 떠가마.

열두 마리를 다요?

대신에 네가 못 맞히면 말이다, 오늘 밤 나랑 어디 좀 같이 가줘야겠다.

어디를……요?

그거야 같이 가보면 알 거 아니냐? 가더라도 날이 밝기 전에는 돌아올 테니 걱정하지 말렴.

날이 밝기 전에요?

소년은 어떻게 해야 할지 몰라 수족관 너머 횟집 안을 들여다보았다. 수족관 너머는 주방이었다. 희부옇게 김이 서린 유리 너머 아빠의 모습이 어른거렸다. 그는 밖에서 아들이 자신을 바라보는 것도 모르고 텔레비전만 응시하고 있었다. 소년은 죽은 광어가 몇 마리인지 세기 위해 수족관으로 눈길을 돌렸다. 소년이 보기에 수족관 속 광어들은 다 죽은 것 같았다. 전부 몇 마리인지 셀 때까지만 해도 당연히 다 살아 있는 줄 알았는데, 어느새 다 죽은 것만……

그래, 죽은 광어가 몇 마리냐?

죽은 광어가 몇 마리냐 하면요…… 죽은 광어가요…… 세 마리요…… 소년의 목소리가 자신 없이 잦아들었다.

죽은 광어가 정말 세 마리뿐이냐?

세 마리라니까요……

죽은 광어가 어떻게 세 마리냐.

세 마리가 아니란 말이에요?

세 마리가 아니지.

……?

내가 그렇게나 양심을 가지고 살라고 했는데. 남자가 갑자기 낮게 소리 질렀다. 사람이 양심이 있어야지, 양심이 없으면 쓰나. 흥분한 남자 때문에 겁에 질린 소년이 어깨를 움츠렸다.

내가 그렇게나, 그렇게나 양심을 가지고 살라고 했는데! 남자는 구둣발로 길바닥을 내리쳤다.

아저씨…… 그럼 회는 안 떠 드실 거예요? 소년의 목소리가 떨렸다.

죽은 광어로 회를 떠서야 되겠나?

죽은 광어가 몇 마리인데요? 소년이 묻는 소리를 못 들은 듯 남자는 입을 다물어버렸다. 남자의 손이 소년의 손을 슬그머니 움켜쥐고 있었다.

손님들은 소주를 아홉 병이나 비우고서야 돌아갔다. 섬나라횟집 수족관 속 죽은 광어를 세던 소년과 남자는 가버리고 없었다. 여자가 설거지하는 동안, 횟집 남자는 담배를 챙겨 밖으로 나갔다. 그는 수족관 속 오늘도 팔려나가지 못한 광어들을 착잡히 바라보았다. 검정 고무장화를 신은 두 발이 재처럼 내린 어둠에 묻혀, 그는 허공에 떠 있는 듯 보였다. 두 발을 지상에 내딛지 못하고 부유하는 듯. 죽은 광어가 몇 마리인지 살피던 그는 문득 수족관 유리에 비친 자신의 얼굴을 바라보았다. 그는 자신의 얼굴이 광어만 같은 생각이 들었다. 양식장에서 길러져, 제때 횟감으로 팔려나가지 못하고 수족관 속에서 생이 다해버린 광어만. 한 마리, 두 마리…… 그는 죽은 광어를 세기 시작했다. 세 마리…… 수족관에 비친 자신의 얼굴 또한 죽은 광어로 착각하고 세었는지 아닌지는, 그 자신조차 알지 못했다.

대충 설거지를 끝낸 여자는 방으로 갔다. 방에 들면서 여자는 소년들의 두 짝뿐인 운동화를 가지런히 해놓았다. 네 짝이어야 맞지만, 여자는 두 짝인 걸 조금도 이상하게 생각하지 않았다. 짝이 맞지 않고 두 짝 다 오른쪽 운동화인 것 또한. 여자는 짝이 제대로인 운동화를 맞춰놓듯, 오른쪽 운동화와 오른쪽 운동화를 가지런히 맞춰놓았다. 횟집 방 안에 걸어둔 시계는 밤 열한 시가 지나 있었다. 여자는 테이블 아래로 두 다리를 쭉 뻗었다. 퀴퀴한 고무장갑 냄새가 밴 손으로 잠든 소년의 얼굴을 쓰다듬었다. 두 소년이 한 소년으로 줄어들어 있었지만 여자는 이상하게 생각하지 않았다. 그럴 리 없지만, 두 소년이 한 소년으로 줄어든 걸 천만다행으로 생각하듯 안도의 한숨을 다 내쉬었다. 여자는 손을 뻗어 김치냉장고 위의 검정 비닐봉지를 끌어내렸다. 헐렁하게 싸매둔 입구를 풀고 그 안의 해바라기 씨를 한 줌 집어 입으로 가져갔다. 텔레비전에 멀뚱히 시선을 두었다.

남겨진 소년이 깨어나고 있었다. 소년은 칭얼거리는 소리를 내면서 몸을 일으켰다. 손등으로 두 눈을 비비면서 누군가를 찾는 듯 횟집 안을 둘러보았다.

엄마, 정우는?

정우? 여자의 입이 소년을 향해 벌어졌다. 해바라기 씨가 한 알 소년의 이마로 떨어졌다.

정우가 어딜 갔더라?

정우가 어딜 갔는데?

정우가 가긴 어딜 갔다고 그러냐.

그럼 정우가 어디 있는데? 소년이 물었다.

정우가 어딜 갔나?

정우는, 응? 소년이 여자를 재촉했다. 여자가 입속으로 손가락을 넣어 어금니 새에 낀 해바라기 씨를 빼냈다.

여기 있네.

여기? 여기 어디? 소년이 눈을 동그랗게 뜨고 자신의 주위를 황급히 둘러보았다. 아무리 둘러봐도 횟집에는 소년 자신과 엄마뿐이었다.

몸살이 오려나? 장사고 뭐고 찜질방에나 다녀왔으면 좋겠네. 소년이 애가 타든 말든, 여자는 해바라기 씨를 또 한 줌 집어 입으로 가져갔다.

정우는? 소년이 주먹으로 여자의 무릎을 내리쳤다.

얘가 오늘따라 사람을 왜 이렇게 귀찮게 하나. 그러지 않아도 피곤해 죽겠는데.

정우 말이야.

여기 있잖아. 여자가 소년을 빤히 처다봤다.

여기……? 소년의 얼굴이 울상으로 일그러졌다.

네가 정우잖아.

내가……? 고개를 가로젓는 소년의 목소리가 떨려나왔다.

네가.

택시는 안개 속을 벗어나 있었다. 안개에 지워지고 가려져 흐릿하던 '빈 차' 빨간 불빛이 또렷이 빛나고 있었던 것이다. 택시는 불빛 한 점 없는 어둠을 향해 내달렸다. 노란 개를 버리러 떠나오던 날 밤보다 어둠은 짙게 깔려 있었다. 택시 저 멀리 육십팔 번 국도 변, 이삿짐을 실은 트럭은 보이지 않았다. 마침내 가버린 것인지도, 어둠에 파묻혀 보이지 않는 것인지도 몰랐다. 소년은 자꾸만 차창을 흘끔거렸다. 흉측하게 일그러진 얼굴이 아직까지 차창에 들러붙어 자신을 쳐다보고 있는 것 같아서였다. 흘끔 차창을 살피던 소년의 목에서 비명이 새나왔다. 얼굴이 정말로 차창에 들러붙어 소년을 빤히 쳐다보고 있었던 것이다. 얼굴은 그러나 그 누구의 얼굴도 아닌 바로 소년 자신의 얼굴이었다. 소년의 얼굴 뒤에서 아빠의 얼굴이 불안하게 흔들리고 있었다.

말 좀 해라. 아빠가 말했다.

무슨 말을 하라는 거예요.

아무 말이나.

우린 노란 개를 버리러 가는 길이에요. 그 말밖에 소년은 떠오르지 않았다.

아무 말이나 좀 해라.

우린 노란 개를 버리러 가는 길이라고요.

제발, 말 좀 하라니까!

노란 개를 말이에요.

빈 차 표시등 불을 밝힌 택시가 오십칠 번 국도에서도, 백 번 국도에서도, 삼십사 번 국도에서도 내달리고 있었다. 그 택시들 중 어느 게 소년이 타고 있는 택시인지, 그것은 소년 자신조차 모르는 일이었다. 칠십구 번 국도를 조용히 내달리던 택시가 갑자기 빈 차 표시등 불을 밝히고 있었다.

그러게 내가 누누이 얘기하지 않았어. 그것은 미닫이문 너머 남자가 중얼거리는 소리일 수도, 아닐 수도 있었다.

날 우습게 보지 말라고 말이야.

오늘 밤 안으로는 다 뀔 수 있겠지. 여자는 붉은 소쿠리 옆으로 뻗은 오른 다리를 끌어당기고 왼쪽 다리를 뻗었다. 오른쪽으로 약간 기울어져 있던 여자의 어깨가 왼쪽으로 기울어졌다. 여자의 등 뒤 흑백사진 속 사람들이 하나같이 여자를 쳐다보고 있었다. 오래전 여자는 흑백사진 속 사람들이 모두 몇 명인지 세본 적 있었다. 손가락으로 한 명 한 명 일일이 얼굴을 짚어가면서.

제발, 아무 말이나 좀 해라.

난 이제 아이가 아니에요.

……

어른도 아니고요.

풀어진 운동화 끈은 누가 매주나, 난 이제 아이가 아니니. 소년은 문득 생각했다. 소년은 훌쩍훌쩍 울기 시작했다. 우는 걸 새카맣게 잊어버렸다고 생각했는데 울음이 터져나왔다. 울면서도 노란 개를 버리러 가는 길이라는 걸 잊지 않으려고 소년은 노력했다.

그만 집으로 돌아가고 싶냐?

그럼 노란 개는요?

그만……

노란 개는요?

조금 전까지 섬나라횟집 수족관 앞에 서 있던 남자와 소년은 횡단보도를 건너고 있었다. 그날 낮에 꼭 열두 사람이 우르르 건너간 횡단보도였다. 그 횡단보도를 건너갈 때 꼭 열두 사람은 무려 오십 사람으로 보이기도 했다. 소년은 신호등이 금방 빨간불로 바뀔 것만 같아 불안했다. 다급히 내딛는 소년의 왼발과 오른발에 다 왼쪽 운동화가 신겨 있었다. 오른발이 자꾸만 바깥쪽으로 향하는데도 소년은 그 사실을 깨닫지 못했다.

그럼 죽은 광어가 몇 마리인데요? 소년이 남자에게 물었다. 마침 그들과 엇갈려 지나가던 여자가 그 소리를 들었다. 여자는 소년이 자신에게 뭔가 물어오는 줄로 착각하고 홀연 뒤를 돌아다보았다. 손을 꼭 잡고 저만치 걸어가는 남자와 소년을 바라보았다.

아빠와 아들이네, 닮았네. 마저 횡단보도를 건너려는 여자의 앞으로 빈 택시가 쏜살같이 지나갔다. 택시는 여자를 칠 듯 아슬아슬하게 지나갔고, 깜짝 놀란 여자는 우뚝 멈추어 서면서 비명을 내질렀다. 신호등은 빨간불로 바뀌어 있었다. 사람이 타고 있었던 것 같은데…… 미사포 같은 흰 수건이 여자의 머리를 가리듯 덮고 있었다. 하지만 방금 자신을 칠 듯 지나간 택시의 빈 차 표시등에 빨간불이 켜져 있던 것을 여자는 분명히 기억했다. 빈 택시였겠지…… 여자는 신호등이 파란불로 바뀌기를 기다렸다.

횡단보도를 건너, 섬나라횟집 앞을 지나던 여자는 주춤 멈춰 섰다. 횡단보도에서 자신과 엇갈려 지나간 소년이 했던 말이 불현듯 떠올라서였다. 죽은 광어가 몇 마리냐고 물었던가? 여자는 수족관으로 바짝 다가가 섰다. 갑자기 손가락 마디들이 시리고 저려와 여자는 두 손을 가슴 앞에서 꼭 모아쥐었다. 온종일 김밥을 말아서인지 그녀는 밤만 되면 손가락 마디들이 저려왔다. 집에 돌아가 걸레를 움켜쥐는 것조차 엄두가 안 날 만큼 저려올 때도 있었다. 그녀는 수족관 속 광어들을 자세히 들여다보기 위해 머리를 수그렸다. 바람이 불어와 여자의 머리를 덮은 흰 수건을 날렸다.

마치 기도하는 듯한 여자를, 횟집 남자가 유리 너머에서 지켜보고 있었다. 남자는 검정 고무장화 신은 발로 고무대야를 툭툭 무심히 걸어찼다. 그 속에는 광어를 회 뜨면서 버린 지느러미와 껍질, 뼈, 부레, 내장 등속이 붉은 핏물과 뒤엉켜 들어 있었다. 방 안에서는 여자가 혼자 남겨진 소년을 꼭 끌어안고 해바라기 씨를 먹고 있었다.

정우 아빠, 뭘 그렇게 보고 있대요? 여자가 남자에게 물었다.

글쎄, 기도를 하고 있어. 남자가 말했다.

기도요……? 여자가 뜬금없어하는 투로 물었다.

웬 여자가 우리 수족관 앞에서 기도를 하고 있지 뭐야. 남자는 점점 세게 고무대야를 걸어찼다. 고무대야 속 내용물이 출렁거리면서 핏물이 튀었다.

미친 여자인가보네. 여자는 해바라기 씨를 한 주먹 움켜쥐었다.

처음 봐…… 남자가 중얼거렸다.

기도를 할 거면 자기 집구석에 가서 조용히 할 것이지 왜 길바닥에서 한대? 여자는 손안의 해바라기 씨를 입에 털어넣었다.

횟집 남자의 검정 고무장화 신은 발은 여전히 고무대야를 툭툭 걷어찼다. 고무대야의 살짝 금 가 있던 곳이 벌어지면서 내용물이 그 새로 흘러내렸다. 그것도 모르는지 남자의 발길질은 조금도 잦아들지 않았다.

누굴 위해서 기도하나? 날 위해서 좀 기도해주지…… 멍하니 표정이 흐려지는 여자의 입에서 해바라기 씨가 흘러내렸다. 그 아래 소년의 얼굴이 하얗게 질리고 있었다.

그때까지 수족관 앞을 떠나지 않은 여자가 중얼거렸다. 세 마리네…… 죽은 광어가 세 마리야…… 여자가 맞잡은 두 손을 풀고 수그리고 있던 머리를 들 때, 수족관 속에서 여자의 얼굴만한 광어가 떠올랐다. 또 한 마리가 덩달아 떠오르다 도로 가라앉았다.

왜 아무도 깨어나질 않는 거야.

한 명 한 명 어깨를 흔들어가면서 깨웠지만, 열한 사람 중 아무도 깨어나려 하지 않았다. 그는 열한 사람이 아니라 적어도 백 사람은 깨운 듯 지치고 절망적인 기분에 사로잡혔다. 꼭 열두 사람은 어쩌면 꼭 열두 사람이 아닐지 몰랐다. 따라서 꼭 열한 사람 또한 꼭 열한 사람이 아닐지 몰랐다. 그는 다시 잠들려 했지만 한번 깨버린 잠은 좀처럼 오지 않았다.

너희 다 영원히 깨어나지 마라. 그는 열한 사람을 향해 저주를 퍼붓고 밖으로 나갔다.

밤이 늦었지만 길에서는 아직도 땅콩 장수가 땅콩을 팔고 있었다. 늙은 여자는 리어카 옆에서 이불을 폭 뒤집어쓰고 잠들어 있었다. 빨간 토끼를 잡으러 떠난 소년이 흘리고 간 것과 똑같은 분홍색 극세사 이불이었다. 작년 겨울, 그 길 어딘가에서는 이불을 팔았다. 부도난 공장에서 흘러나온 이불이었다. 늙은 여자는 그때 그 이불을 단돈 만 원에 샀다.

땅콩 좀 사. 땅콩 장수가 그를 보자마자 소리쳤다. 그는 잠시 머뭇거리다 땅콩 장수에게 다가갔다.

한 되만. 그가 말했다.

한 되는 사천 원이지만, 두 되를 사면 칠천 원에 주지.

한 되만 달라니까.

두 되를 사면 칠천 원에 주겠다니까.

땅콩 안 사. 그가 말했다.

씨발, 땅콩을 한 되도 못 팔았단 말이야.

난 원래 땅콩 안 먹어.

땅콩을 못 처먹는 자식이 또 있었군.

못 먹는 게 아니라 안 먹는다니까.

못 먹는 거나 안 먹는 거나.

땅콩 장수로부터 멀어져 터벅터벅 걷던 그는, 횡단보도 앞에 우두커니 서 있는 남자를 보았다. 빨간불이 파란불로 바뀌었지만 남자는 횡단보도를 건너지 않았다. 그는 남자의 옆으로 가서 섰다. 남자가 고개를 들어 그를 쳐다봤다.

사람 처음 봐? 뭘 그렇게 쳐다보는 거야. 남자가 시비조로 말했다.

쳐다보는 건 내가 아니라 너야. 그가 비웃었다.

나는 원래 둘이었는데 혼자가 되었단 말이야. 남자가 그에게 소리 질렀다.

그래? 나는 원래 열둘이었는데 이렇게 혼자가 되었지. 그가 말했다.

혼자가 된 건 둘 다 마찬가지네. 남자가 말했다.

그러게. 둘이었든, 열둘이었든. 그가 말했다.

그런 그들 옆으로, 횡단보도를 막 건너온 소년이 지나갔다. 소년의 양쪽 발에 다 왼쪽 운동화가 신겨 있었지만, 그들은 그것을 알아차리지 못했다. 신호등은 그사이 빨간불로 바뀌어 있었다. 횡단보도 한가운데 미처 건너지 못한 여자가 그들로부터 등을 돌리고 서 있었다.

그가 횡단보도에서 돌아섰다. 당황해하던 남자가 그를 따라 돌아섰다. 방금 그들 옆으로 지나간 소년은 그새 어디로 가버렸는지 보이지 않았다. 두 남자는 약속이나 한 듯 나란히 길을 걸어갔다. 땅콩 장수는 저만치서 나란히 걸어오는 두 남자를 보았다.

저기 두 사람이 걸어오네. 땅콩 장수가 말했다. 그런데 땅콩 장수가 잠깐 한눈을 파는 사이에 한 사람은 어딘가로 가버리고 한 사람뿐이었다. 혼자 남겨진 사람이 땅콩 장수를 향해 걸어오고 있었다.

혼자 남겨진 사람은 그일 수도, 남자일 수도 있었다.

노란 개는요?

노란 개라니. 아빠가 소년을 쳐다봤다.

노란 개는 어떻게 할 거예요?

노란 개를 어떻게 하다니?

우린 아직 노란 개를 버리지 못했잖아요.

아직 노란 개를 버리지 못했다니, 그게 뭔 말이냐? 아빠가 어이없다는 듯 웃었다.

노란 개를 아직……

노란 개를 버린 게 언젠데 아직 버리지 못했다니. 아빠가 소년을 쓱 쳐다봤다.

우리가 노란 개를 버렸다고요? 소년이 비명처럼 내질렀다. 언제요? 우리가 노란 개를 언제 버렸는데요?

진즉에 버렸지 않았냐. 아빠가 짜증을 냈다.

진즉……에요? 소년은 믿기지 않아 고개를 저었다.

진즉에 말이다.

우리가 노란 개를…… 어디에다 버렸는데요?

그건 말이다. 한번 잘 생각해봐라.

……?

잘 생각해보면 금방 기억이 날 거다.

소년은 아빠가 거짓말을 하는 것 같지는 않았다. 하지만 노란 개를 버렸다는 게 믿기지 않았다. 노란 개를 버리는 걸 소년은 보지 못했기 때문이었다. 소년은 고개를 돌려 뒷좌석을 바라보았다. 밤의 손님과 여자는 여전히 소년의 뒤에 타고 있었다. 여자는 밤의 손님을 끌어안고 잠들어 있었다. 소년은 어쩐지 여자가 잘 알고 있을 것 같은 생각이 들었다. 아빠가 택시 속도를 줄이면서 오른쪽 깜빡이를 넣고 있었다.

우리가 정말 노란 개를 버렸단 말이에요?

아빠가 오른쪽으로 돌리던 핸들을 왼쪽으로 홱 꺾었다. 택시가 심하게 비틀거렸다. 택시 뒤쪽에서 달려오던 차들이 클랙슨을 울리고 지나갔다. 아빠가 핸들을 주먹으로 내리쳤다.

저쪽으로 빠졌어야 했는데 너 때문에 지나쳐버렸지 뭐냐.

소년은 택시가 빠지려 했던 곳을 바라보았다. 그곳은 그러나 어둠뿐이었다. 표지판도, 신호등도, 어렴풋한 불빛 한 점도 보이지 않았다. 그래서인지 택시가 달릴 만한 길이 있을 것 같지 않았다.

저쪽으로 빠지면 어디로 이어지는데요?

그걸 네가 알겠냐, 내가 알겠냐?

저쪽으로 빠졌어야 했다면서요.

저쪽으로 빠졌어야 했는데…… 할 수 없지, 이왕에 이렇게 된 거.
아빠가 택시 속도를 높이고 똑바로 내달렸다.

소년은 노란 개를 어디에다 버렸는지 생각해보려 했지만, 떠오르지 않았다. 아빠의 택시를 타고 내달리는 동안 지나친 곳들이 소년의 머릿속에 차례로 지나갔다. 콘크리트 다리 위와 삼 번 버스 정류장, 육십팔 번 국도변의 시든 들판, 춤추는 여자가 사는 마을, 빈 택시를 기다리는 남자가 서 있던 거리, 횟감용 광어들이 어지럽게 널브러져 있던 도로, 섬 모래사장과 숲, 그리고 아빠의 택시가 시속 백 킬로로 지나쳐온 저곳들……

노란 개를 어디에다 버렸는지 기억이 안 나요.

그러니까 잘 생각해보라고 하지 않았냐. 아빠가 화를 냈다.

우리한테 이제 노란 개는 없는 거예요? 노란 개는요……

당연히 없지.

이제 노란 개가 없단 말이지요.

노란 개라니? 노란 개가 어디 있나. 아빠가 고개를 저었다.

아빠도 소년도 한동안 아무 말이 없었다. 소년의 뒤에서 여자가 깨어나고 있었다. 오리 인형의 똑딱똑딱 흔들리는 머리 너머로 표지판이 보였다. 택시 전조등 불빛이 표지판을 비추면서, 그 안에 적힌 글자들이 소년의 눈에 들어왔다. '42km'. 택시가 표지판 아래를 순식간에 지나가는 바람에 소년은 어디까지가 사십이 킬로미터인지 미처 보지 못했다.

그럼 우린 이제 집으로 돌아가는 거예요?

집으로 돌아가고 싶냐?

노란 개를 버렸다면서요.

그래……

우린 노란 개를 버리러 떠나온 거잖아요.

그래……

그렇지만 주전자가 다 탔을 거예요, 다요. 소년이 중얼거릴 때, 섬나라횟집 간판 불빛이 꺼져들고 있었다. 땅콩을 사라고 소리 지르던 땅콩 장수도 리어카와 함께 가버리고 없었다. 분홍색 극세사 이불을 뒤집어쓰고 잠들어 있던 늙은 여자가 깨어났다. 그녀가 스르르 몸을 일으키더니 잠꼬대처럼 중얼거렸다.

빨간 토끼를 잡으러 가야지.

그녀의 몸에서 이불이 미끄러져 바닥으로 떨어졌다. 이불은 마치 벗겨지기 시작한 허물처럼 그녀의 몸에서 천천히 미끄러져내렸다. 그녀 뒤쪽에 전봇대처럼 서 있던 사람이 마침 그녀가 하는 소리를 들었다. 그는 어쩌면 혼자 남겨진 사람인지 몰랐다. 그의 발밑에는 땅콩 껍질이 지저분하게 흩어져 있었다.

세상에나, 빨간 토끼가 어디 있다고 잡으러 간다는 거야?

저기 빨간 토끼가 있잖아.

늙은 여자는 아들이 가버린 걸 미처 깨닫지 못하고 있었다.

미래부동산 앞에 택시가 한 대 섰다. 빈 차 표시등에 빨간불이 들어온 택시였다. 택시 뒷문이 소리 없이 열리더니 노인이 내렸다. 노인은 아파트 단지를 등지고 빌라와 다세대 주택들로 우거진, 비탈지고 좁은 골목을 걸어올라갔다. 조금 전 노인이 내린 택시는 그새 가버리고 없었다. 골목 중간쯤에서 잠시 두리번거리던 노인은 오른편으로 뻗은 더 좁은 골목으로 향했다. 평화빌라 계단을 올라가 삼백일 호 현관문 앞에 섰다. 노인의 머리 위 전등불이 반짝 켜졌다. 그림자처럼 어슴푸레하던 노인의 모습이 발각되듯 전등 불빛에 드러났다. 표정이 얼어 있어서, 노인의 얼굴은 한 서너 달 냉동실에 처박아둔 인절미만 같았다.

명희야, 명희야…… 노인은 다급히 현관문을 두드렸다. 현관문이 열리고, 잠옷 차림에 머리가 부스스 흩어진 여자가 고개를 내밀었다.

누구세요? 여자가 물었다.

우리 명희 친구인가?

명희요?

내 딸 명희…… 임신을 했네? 노인이 여자의 몸을 이리저리 살폈다. 배만 올챙이처럼 볼록한 게 딸이겠어. 내 눈은 틀림이 없지. 내가 딸이라고 하면 틀림없이 딸이라니까, 두고 봐. 한데 내 딸 명희는 어딜 갔나?

할머니 딸이 누군데요?

내 딸 명희…… 이년이 내가 온 것도 모르고 자고 있나?

어딜 들어가려는 거예요? 현관문 안으로 들어서려는 노인을 여자가 막아섰다.

내 집에 내가 들어가겠다는데 어째 그러나?

여긴 우리 집이거든요.

내 집이야.

옆집 현관문이 열리더니 중년 여자가 얼굴을 삐죽 내밀었다. 야밤에 뭔 일이냐는 표정으로 노인을 살피던 여자의 두 눈이 커졌다.

어머나? 난 또 누군가 했네? 이 집에 살던 할머니 아니에요? 요양원에 계신다고 들었는데……? 여긴 어떻게 오셨대요? 중년 여자의 목소리가 빌라 계단에 우렁우렁 울렸다.

어떻게 오긴? 빈 택시를 타고 왔지…… 어찌나 먼지 꼬박 이틀을 타고 왔네? 아무래도 택시 기사가 이리저리 돌아온 것 같아. 내가 택시비를 따불로 쳐주겠다고 했거든. 길을 알아야 따지기라도 하지? 그나저나 내 딸은 어딜 갔나?

할머니 딸요?

내 딸……

이혼하고 혼자 돼서 할머니랑 살던 그 딸 말이에요?

그래, 내 딸 명희 말이야.

할머니도 참, 벌써…… 죽…… 중년 여자의 목소리가 갑자기 줄어들었다.

벌써 뭐?

죽었잖아요…… 암으로……

내 딸이 죽어? 그럴 리가? 노인이 고개를 절레절레 흔들었다.

그게 벌써 몇 년 전이야. 중년 여자가 까마득히 오래전의 일이라는 듯 눈빛을 흐렸다.

에이, 그럴 리가 있어? 내 딸이 빈 택시를 보내왔는걸.

빈 택시요?

날 빈 택시에 태워 보내면서 간호사가 그랬거든. 내 딸이 빈 택시를 보내왔다고. 나를 집까지 태워다줄 빈 택시를 보내왔다고 말이야. 간호사가 날 빈 택시 있는 데까지 데려다주었는걸. 간호사 그년이 다른 거짓말은 다 해도 그런 거짓말은 안 하거든. 그년이 정말로 나쁜 년은 아니라서 말이야.

아닌 밤중에 홍두깨도 아니고 이게 뭔 일이래? 중년 여자가 쯧쯧 혀를 찼다.

임신한 여자가 현관문을 쾅 소리 나게 닫고 안으로 들어가버렸다. 중년 여자도 자신의 집으로 들어가더니 현관문을 조심스레 닫았다. 노인의 머리 위 전등불이 꺼져들었다. 노인의 모습이 어둠에 지워지고 목소리만 메아리처럼 남아 계단에 울렸다.

명희가 빈 택시를 보내왔다기에 그렇잖아도 내가 그랬지…… 빈 택시가 너무 늦게 왔다고 말이야…… 내가 빈 택시를 얼마나 기다렸는데…… 기다리다 앞니가 네 개나 빠져버렸으니……

겨우 다 꿰었네.

여자가 기지개를 켜고 고개를 쳐들었다. 바늘로 정수리를 긁으면서 오른 다리를 붉은 소쿠리 옆으로 뻗었다. 소쿠리는 텅 비어 있었다. 여자는 왼발로 소쿠리를 저만치 밀쳤다. 실에서 바늘을 빼 앞섶에 꽂고 비닐봉지 속 센베이를 집어들었다.

당신이 누구지? 센베이를 우두둑 씹으면서 여자가 중얼거렸다.

나? 그것은 미닫이문 너머 남자가 중얼거리는 소리일 수도, 아닐 수도 있었다. 남자는 여전히 미닫이문을 등지고 앉아 꼼짝 않았다.

여기 당신밖에 더 있어?

그런가? 그것 역시 미닫이문 너머 남자가 중얼거리는 소리일 수도, 아닐 수도 있었다.

다 알면서, 의뭉하긴!

내가 나지 누구겠어.

하긴…… 당신이 내 남편이던가.

난 당신 시동생이지.

지난 사십 년 동안 내 남편이기도 했잖아. 여자가 센베이를 또 한 개 집어들면서 중얼거렸다.

그랬지…… 회한과 허탈감에 젖은 남자의 웃음소리가 집 안에 떠돌았다. 그것은 미닫이문 너머 남자의 웃음소리일 수도, 아닐 수도 있었다. 여자의 어깨 너머, 흑백사진 속 사람들 중 누군가가 흘리는 웃음소리 같기도 했다. 여자도 덩달아 피식피식 웃음을 흘렸다. 실에 꿰어진 무 조각들이 여자의 발밑에 지천으로 널려 있었다.

당신 시동생이었다가 남편이었다가…… 웃음소리가 잦아들고 또다시 남자의 목소리가 들려왔다.

그래, 그랬지. 여자가 중얼거렸다.

어떻게 그렇게 살았나 모르겠어, 꿈만 같으네…… 꿈만 같아……

내 남편일 때가 좋던가, 시동생일 때가 좋던가. 여자가 물었다.

둘 다 지겨워.

그럼 어쩌나?

어쩌긴, 이제 당신 남편을 안 해도 되니까 멀리 떠나면 되지.

실종된 택시 기사가 정말 내 남편이란 말이야? 시동생이 아니라? 여자의 늘어진 볼이 부르르 떨렸다.

그렇다니까, 네 남편! 입이 닳아 없어지도록 말해야 곧이곧대로 들으려나?

당신이 죽은 내 남편이 아닐까 생각한 적이 몇 번 있었어. 시동생이 아니라…… 죽은 남편은 내 손을 잡을 때 다섯 손가락을 죄다 움켜잡았지. 빈 장갑을 잡듯 내 손을 잡았어. 왜 대개는 네 손가락만 움켜잡거나 깍지를 끼잖아. 근데 언젠가 당신이 내 손을 잡아준 적이 있었지……

내가 당신 손을 잡아준 적이 있던가?

딱 한 번 내 손을 잡아준 적이 있었지…… 당신 손이 깍지를 끼려다 말고 내 다섯 손가락을 죄다 꼭 움켜쥐더라고…… 죽은 내 남편 손처럼 말이야……

여자의 말이 끝났는데도 남자의 목소리는 들려오지 않았다.

신기사인가 뭣인가만 불쌍하게 됐어. 여자가 말끝에 한숨을 내쉬었다.

푼수 같은 여편네, 불쌍한 사람이 다 얼어 죽었나보군. 그따위 후레자식이 뭐가 불쌍하다는 거야?

형사들은 내 남편이 실종된 게 신기사 짓이라고 알고 있으니 말이야. 나한테 드러내고 말은 안 하지만 내 남편이 벌써 끔찍한 일을 당했다고 생각하는 게 틀림없어. 실종된 지 벌써 일주일이 되어가니…… 내 남편이 진즉에 죽은 사람인 것도 모르고 말이야.

내 형이 그렇게 된 게 언제더라?

내가 시집온 지 겨우 두 해 지나서였나?

하기야, 그게 벌써 사십 년 전이니까…… 사십 년 만에 사망 신고를 내게 되었네.

신기사만 불쌍하게 됐어.

그런 자식은 단단히 혼이 나봐야 돼. 내가 그렇잖아도 몇 번이나 경고를 했지. 이 늙은이를 우습게 보지 말라고…… 당신 꿈에서는 그 자식이 날 찾아왔는지 몰라도 현실에서는 내가 그 자식을 찾아갔지…… 그 자식한테 내가 그랬지…… 돈은 못 꿔주지만 나 대신 택시를 몰아도 된다고 말이야, 어떻게든 수금만 맞춰놓으라고 말이야…… 그 자식이 긴가민가하더라고…… 자기한테 왜 그러냐고 도리어 화를 내더군. 그래서 내가 그랬지……

뭐라고? 여자가 물었다.

내가 누누이 날 아버지처럼 생각하라고 하지 않았느냐고…… 그 자식이 비웃더군. 나는 못 본 척했지. 그저 그 자식한테 택시 키를 넘겨주고 돌아서서 와버렸지……

그게 이 세상에서 내 남편의 마지막 모습이겠군…… 신기사인가 뭣인가가 내 남편의 마지막 모습을 봤어.

난 말이야, 아버지가 얼마나 무서운 존재인가 그 자식한테 똑똑히 알려주고 싶었어……

별 표정 없이, 넋을 놓고 앉아 있던 여자는 무릎을 주먹으로 툭툭 내리쳐가면서 몸을 일으켰다. 실에 꿴 무 조각들을 밀치고, 미닫이문 쪽으로 절룩절룩 걸어갔다. 미닫이문 손잡이를 잡더니 드르륵 소리가 나도록 밀었다. 자신의 등 바로 뒤 미닫이문이 열리고 있는데도 남자는 꼼짝 않았다. 미닫이문에 끼워넣은 불투명 유리가 쏟아질 듯 흔들렸다. 여자가 문지방을 밟으면서 마루에서 안방으로 건너갔다.

여편네야. 문지방 좀 밟지 마. 남자의 목소리가 또다시 들려왔다. 그것은 여전히 꼼짝 않는 남자의 목소리일 수도, 아닐 수도 있었다.

내가 언제 문지방을 밟았다고 그러나? 여자가 시치미를 뗐다.

방금 밟았잖아.

문지방 밟는다고 집이 무너지나?

문지방을 밟으면 집 안으로 뱀이 들어온단 말이야.

시멘트가 온통 땅을 뒤덮고 있는데 뱀이 어디에 있다고 그래?

뱀 못 봤어?

뱀을 봤어? 여자가 물었다.

뱀을 봤지.

뱀을 어디서 봤는데?

집 앞에서.

뭔 뱀이었는데?

빨간 뱀이었어.

빨간 돼지나 빨간 토끼는 없어도 빨간 뱀은 있으니까. 여자가 말했다.

또 문지방을 밟기만 해봐, 발목을 똑 분질러버릴 테니까.

여자는 안방 아랫목에 깔아둔 전기장판으로 가서 앉았다. 전기장판 코드를 콘센트에 꽂고, 그 위에 드러누웠다. 발밑에 무덤처럼 뭉쳐 있는 이불을 끌어당겨 가슴 위까지 덮었다. 그것은 분홍색 극세사 이불이었다. 작년이던가, 조카딸 결혼 때 이바지로 들어온 이불이었다. 전기장판에 금세 골고루 열이 돌았다. 여자의 눈이 그새 감겨 있었다.

언제까지나 꼼짝 않을 것 같던 남자가 슬며시 몸을 일으켰다. 여전히 등을 돌린 채 꾸부정히 두 팔을 늘어뜨리고 서 있던 남자가 마루를 향해 천천히 돌아섰다. 마침내 남자의 얼굴을 볼 수 있겠구나 싶었지만, 신발장 쪽에서 바라보면 남자는 목 부분부터 발까지만 보였다. 목 위쪽으로는 가려져, 남자의 얼굴은 보이지 않았다. 안방에서 마루로 건너올 때 남자의 왼발이 문지방을 슬그머니 내리밟았다. 하지만 남자는 자신이 문지방을 밟았다는 걸 미처 깨닫지 못했다.

남자는 싱크대 쪽으로 걸어갔다. 뭔가를 찾는 듯 싱크대를 둘러보다 수저통으로 손을 뻗었다.

저기 빈 택시가 있어요.

소년은 도로 가에 서 있는 택시를 손가락으로 가리켰다. 빈 차 표시등에 빨간불이 들어온 택시가 도로 가에 서 있었다.

저기도요, 저기도……

횡단보도 앞에도, 황량하고 쓸쓸한 승강장에도, 플라타너스 아래에도, 영업이 끝난 주꾸미식당 앞에도 빈 택시가 멈춰 서 있었다. 거리 곳곳에 빈 택시가 있었지만, 빈 택시를 타려는 사람은 좀처럼 보이지 않았다. 늦은 밤까지 거리를 휘황히 밝혔을 간판들은 불이 꺼져 있었다. 진즉에 끊겼는지 버스 한 대 다니지 않았다. 도로 위를 드문드문 달리는 차들 대개가 빈 택시였다. 빈 차 표시등에 빨간불이 들어와 있었던 것이다. 소년은 빈 택시가 다 아빠의 택시만 같았다. 빈 택시들 운전석마다 아빠가 앉아 있을 것만 같았다.

어딜 갔나 싶었는데, 남자는 흑백 결혼식 사진 앞에 서 있었다. 등을 돌리고 서 있어서 여전히 남자의 얼굴을 볼 수 없었다. 그런데 남자의 오른손에 가위가 들려 있었다. 사라지려면 제대로 사라져야지…… 어디선가 또다시 남자가 중얼거리는 소리가 들려왔다. 그것은 사진 앞 남자의 목소리일 수도, 아닐 수도 있었다. 여자의 낮고 무겁게 코 고는 소리가 배경 음악처럼 집 안에 울렸다.

남자가 벽에서 사진을 떼어냈다. 액자에서 사진을 빼내더니 가위를 가져갔다. 남자는 사진에서 얼굴 하나를 오려내기 시작했다. 둥글게 오려진 흑백의 얼굴 하나가 남자의 발밑으로 떨어졌다. 남자는 사진을 도로 액자에 끼워 벽에 걸었다. 남자의 어깨가 사진을 가리고 있어서 오려낸 얼굴이 누구의 얼굴인지 도대체 알 수 없었다.

유월이 지난 게 벌써 언젠데…… 남자의 목소리가 울리자마자, 남자가 갑자기 유월 달력을 찢었다. 남자는 낱장으로 찢긴 달력을 딱지처럼 접어 마루 구석으로 던졌다. 남자는 무 조각들이 주렁주렁 달린 실을 들어올렸다.

무 조각들은 그새 말라비틀어져 무말랭이가 되어 있었다.

사진에서 오려내져 노란 장판지 위로 떨어진 흑백의 얼굴 하나. 그것은 신랑의 얼굴일 수도, 신랑 바로 뒤 신랑과 꼭 닮은 얼굴일 수도 있었다. 얼굴은 하필이면 장판지를 향해 뒤집혀 있었다.

중앙선 건너 빈 택시가 또 한 대 소년의 눈에 들어왔다. 그 빈 택시는 전조등까지 끄고, 잎 진 플라타너스 아래 웅크리고 있었다.

저기도 빈 택시가 있어요. 빈 택시를 바라보던 소년의 얼굴이 굳었다. 그런데요 아빠, 빈 택시에 사람들이 타고 있어요.

사람들이 타고 있으면 빈 택시가 아니지. 아빠가 중얼거렸다.

하지만 빈 택시인걸요.

……

'빈 차'에 빨간불이 들어와 있단 말이에요, 아빠 택시처럼 말이에요.

그럼 빈 택시지.

네, 빈 택시요…… 중얼거리는 소년의 눈에 빈 택시가 또 한 대 들어왔다. 그 빈 택시는 버스 정류장 앞에 멈춰 서 있었다. 실내등을 밝히고 있어서 빈 택시 안이 환히 들여다보였다. 그 빈 택시에는 늙은 기사밖에 타고 있지 않았다. 소년이 들여다보고 있는 것도 모르고, 늙은 기사는 열심히 돈을 셌다. 눈먼 짐승처럼 그 빈 택시의 전조등은 꺼져 있었다.

한 사람이 여자의 꿈속으로 걸어들어왔다. 그 뒤를 따라 또 한 사람이 걸어들어왔다. 또 한 사람이, 또 한 사람이, 그리고 또 한 사람이……

마침내 만났군. 그들 중 누군가 말했다.

그러게, 이제야 우리가 다 그 여자 꿈속에서 만났어.

그들은 자신들이 열한 명이란 걸 미처 깨닫지 못하고 있었다. 열두 명이 아니라, 꼭 열한 명이라는 걸. 어쩌면 꼭 열한 명이 아닐지도 몰랐지만.

그 여자?

그 여자가 누구지?

그 여자가 누구긴 누구겠어.

그 여자가 누군데?

그 여자가 그 여자지.

어디선가 피아노로 연주하는 결혼 행진곡이 들려왔다. 그제야 그들은 자신이 모여 서 있는 곳을 둘러보았다.

여기가 어디지?

결혼식장인 것 같은데.

누가 결혼하나?

꼭 열한 사람은 우르르 결혼식장 안으로 들어갔다.

아빠가 도로에서 벗어나 골목으로 택시를 몰았다. 어둠과 정적에
잠겨 있었지만, 소년은 어쩐지 골목이 낯익었다. 아빠가 전봇대 앞
에 바짝 택시를 세웠다.
내려라. 아빠가 소년에게 말했다.
아빠는요?
어서 내려라.
아빠는 안 내려요?
나는 손님을 태우러 가야지.
손님을요?
소년은 슬쩍 밤의 손님을 쳐다보았다.
밤의 손님은 어떻게 하고요?
그렇지, 밤의 손님이 있었지.
밤의 손님이 내려야 손님을 태울 수 있을 거 아니에요?
합승이라도 해야지.
합승요?
수금을 맞추려면 별수 있나.
소년은 거리에서 봤던 빈 택시들을 머릿속으로 떠올렸다. 빈 택
시들은 손님을 태우지 못해, 멈춰 서 있거나 도로를 느리게 달리고
있었다.

꼭 열한 사람이 식장 안으로 들어갔을 때, 결혼식은 거의 끝나가

고 있었다.

결혼식이 벌써 다 끝났잖아.

밥이나 먹으러 갈까?

이왕 왔으니 사진이나 찍자고.

신랑 신부를 알아?

글쎄?

꼭 열한 사람은 서로를 향해 고개를 갸웃거렸다. 하객들이 식장을 빠져나가고 사진사가 신랑 신부의 사진을 찍었다.

아무튼 사진이나 찍고 보자고.

그들은 신랑 신부의 뒤로 몰려갔다. 그들은 분주히 움직이면서 자리를 잡았다. 사진사가 그들을 향해 오른손을 들어올렸다.

번쩍, 하고 플래시가 터졌다.

버스 정류장 앞에 멈춰 선 빈 택시에서는 아직도 늙은 기사가 돈을 세고 있었다. 그의 손에 들린 돈뭉치는 천 원짜리가 대부분이었다. 그는 한 장 한 장 침을 묻혀가면서 유심히 돈을 셌다. 삼만이천 원, 삼만삼천 원, 삼만사천 원……? 그는 고개를 갸웃하고 돈을 처음부터 다시 세기 시작했다. 삼만오천 원……? 그는 돈뭉치를 다시 세기 시작했다. 그것이 벌써 다섯번째 세보는 거였다. 수금도 못 맞출, 얼마 안 되는 돈은 셀 때마다 일이천 원 차이가 났다. 천 원짜리를 넘기다 말고 그는 뜬금없이 중얼거렸다.

가만, 박영감이 실종된 지 오늘로 딱 엿새째군……

그는 오른손 엄지를 자신의 혀로 가져가 침을 묻혔다. 천 원짜리를 넘기려다 말고 낯을 찌푸렸다.

얼마였더라? 괜히 쓸데없는 생각을 하다 까먹었군.

그는 돈뭉치를 도로 합쳐 차곡차곡 각을 맞췄다. 방금 침을 묻혔다는 걸 잊어버리고 엄지를 또 혀로 가져갔다. 엄지 끝에 흥건히 침을 묻히고 돈뭉치를 처음부터 다시 세기 시작했다. 이만칠천 원, 이만팔천 원, 이만구천 원……

누군가 발소리를 잔뜩 죽이고 그 택시 쪽으로 다가가고 있었다.

꼭 닫힌 창문 앞을 소년이 지나가고 있었다. 송아지는 묶인 채 이유도 모르고 죽어가네. 창문 너머에서 노래가 흘러나왔다. 소년이 오른발을 내디딜 때마다 풀어진 운동화 끈이 밟혀왔다.

텔레비전 화면은 여전히 늙은 보안관이 낯선 이방인 사내를 쳐다보는 장면에 머물러 있었다. 텔레비전에 바짝 다가가 들여다보면, 적막하고 나른하지만 긴장이 감도는 마을에는 누런 흙먼지가 불고 있었다. 흙먼지는 텔레비전 화면 밖까지 퍼지고 있는 것 같았다. 남자는 집 안 어디서도 보이지 않았다. 남자가 사진에서 얼굴을 오려낼 때 썼던 가위는 수저통에 꽂혀 있었다. 검은 손잡이가 아닌, 한껏 벌어진 날이 위를 향해 있었다.

남자가 유월 달력을 뜯어내버려 달력의 달은 바뀌어 있었다. 달력 위쪽에 인쇄된 달은 칠월도 팔월도 그렇다고 십일월도 아닌, 삼월이었다. 이십사일에 동그랗게 원이 쳐 있고, 그 밑에 글자가 휘갈겨 씌어 있었다. 생일. 하지만 누구의 생일인지는 적혀 있지 않았다.

붉은 소쿠리 속 가득 바짝 말린 무말랭이가 들어 있었다.

꼭 열한 사람은 깨어나지 않고 있었다. 어쩌면 꼭 열한 사람이 아닐지 모르는, 꼭 열한 사람은.

일어나라.

일어나라.

소년이 깨어난 것은, 아빠가 깨워서가 아니었다. 주전자가 내지르는 소리 때문이었다. 잠을 깨울 만큼 시끄러운 그 소리가, 주전자가 내지르는 소리라는 걸 소년은 알았다. 주전자는 물이 끓어오르면 호루라기를 다급하게 불어대는 것 같은 소리를 집이 떠나가도록 내질렀다. 그 소리는 늘 소년을 불안하게 했다. 김이라도 뭉쳐 귓속을 틀어막고 싶을 만큼. 깨나서야 소년은 아빠가 자신을 깨우고 있다는 걸 깨달았다.
일어나라.
주전자가 내지르는 소리 속에서 아빠의 목소리가 들려왔던 것이다. 아빠가 언제부터 자신을 깨웠는지, 소년은 알지 못했다. 주전자 속 물이 끓기 전부터 깨웠는지 몰랐다.
제발 좀 일어나라.
소년은 일어나고 싶지 않았기 때문에 눈을 뜨지 않았다. 언젠가도 아빠가 잠든 소년을 깨운 적이 있었다. 소년은 아빠가 깨우는 소리를 듣지 못했다. 그때도 소년은 주전자가 내지르는 소리를 듣고 깨어났다. 억지로 눈을 뜬 소년에게 아빠는 노란 개를 버리러 가야 한다고 말했다.

제발 좀!

소년은 어쩔 수 없이 눈을 떴다. 형광등을 등지고 웅크려 앉아 있어서 아빠의 얼굴은 묵처럼 흐리고 어두침침했다.

어서 옷을 입어라. 아빠가 소년을 뚫어져라 내려다보고 말했다.

우린 노란 개를 버리러 가야 한다.

노란 개를……요?

그래, 우린 노란 개를 버리러 갈 거란다.

죽음보다 낯선 · 강동호(문학평론가)

죽는 것은 잠자는 것, 잠자는 것은 꿈꾸는 것이리라.
그럼 곤란하지. 우리가 죽을 때 죽음의 잠 속에선
어떤 꿈이 찾아올지 모르는데.
차마 죽음으로 향할 수 없구나.
— 셰익스피어, 『햄릿』에서

만약 내가 나 자신이 아니라면,
나는 또다른 누구일 것이다. 유령일 것이다.
우리들의 유령이여, 언제나 영원하길.
죽은 자들이여, 살아 있는 자들이여,
아직 태어나지 않는 자들이여,
언제나 영원하길.
— 사무엘 베케트, 『무를 위한 텍스트들(Texts for Nothing)』에서

1

그런 소설들이 있다. 시작을 결여하고 있는 소설들. 물론, 물리적
인 차원의 첫 페이지가 없다는 뜻이 아니다. 첫 페이지에서부터, 첫
문단에서부터, 급기야는 첫 문장에서부터 컴컴한 부재의 심연을 뒤

로하고 이야기의 배수진을 치는 소설들, 존재의 뿌리를 결여하고 있는 유령과 같은 소설들이 있다는 뜻이다. 이러한 텍스트들은 시작을 배반하고, 무화시키며, 마침내 결여를 이야기의 토대로 삼는다. 이를테면, 김숨의 장편소설『노란 개를 버리러』(이하『노란 개』) 역시 그렇게 시작을 지우고, 삭제된 기억을 배경으로 드리움으로써 시작되는 아주 기이한 텍스트이다. 그녀의 소설로 들어가는 입구에서 독자는 선조적인 해석의 기대지평을 형성하는 데 도움이 될 만한 그 어떤 실마리도 얻지 못한 채, 어딘지 모르게 비현실적이면서도 섬뜩한 소설 속 미로 공간 한가운데에 내던져진 자신을 발견할 수밖에 없을 것이다. 도대체 어찌된 사연인지 좀처럼 가늠할 수가 없다. 그저 어떤 정황이 별안간, 무심하게 주어지면서 소설이 시작될 뿐이다. 다시 한번 돌이켜보시라.

꼭 열두 사람이 잠들려 할 때, 그 여자의 꿈속에서 만나기 위해 열두 사람이 꼭. 소년이 깨어나고 있었다. 꼭 열두 사람은 꼭 열두 사람이 아닐 수도 있었다.

일어나라.

소년이 깨어난 것은 그러나 아빠가 깨워서가 아니었다. 주전자가 내지르는 소리 때문이었다. 주전자는 물이 끓으면 호루라기를 다급하게 불어대는 것 같은 소리를 내질렀다. 그 소리는 늘 소년을 불안하게 했다. 벽에 박힌 못이라도 빼 귓속에 찔러넣고 싶을 만큼. 깨나서야 소년은 아빠가 자신을 깨우고 있음을 알았다.

일어나라.

주전자가 내지르는 소리와 섞여 아빠의 목소리가 들려왔던 것이다. 아빠가 언제부터 자신을 깨웠는지, 소년은 알지 못했다. 주전자 속 물이 끓기 전부터였는지 몰랐다. (9~10쪽)

과연 이것을 소설의 온전한 시작 대목으로 간주할 수 있겠는가? "꼭 열두 사람"이라고 지칭되는 정체를 알 수 없는 괴상한 인물들이 부가 설명 없이 불현듯 제시되고, "일어나라"라는 아빠의 음성이 느닷없이 메아리처럼 울려퍼지고 있다. 이렇게 독자의 눈앞에 비로소 가시화된 소설 공간은 통상적인 소설의 시작과는 어딘지 모르게 다른 느낌을 준다. 본래 소설의 시작이란 앞으로 벌어질 사건들을 하나의 인과적이고 선형적인 틀 속으로 재배치시키기 위해 제시된 논리적인 서사의 초석과 같은 것이다. 그러므로 선조적인 이야기를 충실하게 그리는 데 목적이 있는 소설들에서 첫 부분은 대개 서사 이전과 이후의 삶을 매개하는 어떤 사건성의 조짐으로 기능하기 마련이다. 그러나 김숨의 『노란 개』의 시작 부분은 그와 같은 연계를 수행하기보다는, 오히려 깊은 단절을 더욱 전경화시키는 역할을 수행한다.

단절이라고? 그렇다. 여기서 바로 직감할 수 있는 김숨 텍스트의 중요한 특징이 하나 도출된다. 김숨의 소설 공간에서 사건이 발생하는 양태는 돌연성으로 설명된다. 소년이 잠으로부터 깨어나면서 소설이 시작되는 것은 이를 드러내는 역설적 징후이다. 대개 깨어남이라는 찰나의 순간은 어떤 새로운 태동을 상징하기 마련이다.

근대를 '미몽으로부터의 각성'이라 비유했던 것도 그 때문일 텐데, 흥미롭게도 『노란 개』에서 소년의 각성은 현실에서 자기의식을 확실하게 정초하게 만드는 하나의 명징한 사태로 작용하지 않는다. "소년이 깨어난 것은 그러나 아빠가 깨워서가 아니었다"라는 문장은 그래서 의미심장하다. 오히려 이 갑작스러운 깨어남 자체를 더욱 낯설게 만드는 표현이기 때문이다. 그런가 하면,

어서 옷을 챙겨 입어라.
하지만 소년은 옷을 챙겨 입을 필요가 없었다. 옷을 입은 채로 잠들었기 때문이었다. 소년은 양말까지 신은 채였다. 한밤중에 느닷없이 깨워 왜 옷을 챙겨 입으라고 하는 것인지 소년은 더구나 알지 못했다. (11쪽)

라는 대목도 그러한 돌연성이 일으킨 낯선 정조를 더욱 강화시키는 기미와 같다. 그러니까, 아빠가 자신을 깨운 것은 갑작스러운 일이지만, 그 갑작스러움은 이미 예정된 일이었을지도 모른다. 혹은 소설을 읽은 독자라면 눈치챘겠지만, 텍스트의 시작 부분에 제시된 소년의 각성은 새로운 시작을 알리는 대목이 아니라, 이유도 모른 채 계속해서 반복될 아빠와 소년의 삶을 예언적으로 보여주는 징표라는 것을 예감할 수도 있다. 이처럼 『노란 개』에서 사건은 연계되지 않고, 선조적인 이야기를 구성하기 위한 인과적인 틀이 구성되지 않는다. 오히려 김숨 소설에서 사건은 텍스트의 이야기성을 산산조각 내는 어떤 불가해한 틈과 같다.

이러한 틈을 토대로 소설이 시작될 수밖에 없는 데에는 어떤 사연이 있을 것이다. 이를테면, 세계 문학사에서 가장 유명한 첫 문장 중 하나로 기억될 만한 『변신』의 첫 문장을 떠올려보자. "어느 날 아침 불안한 꿈에서 깨어났을 때 그레고르 잠자는 침대에서 한 마리의 흉측한 벌레로 변해 있는 자신의 모습을 발견했다." 어느 날 갑자기, 개연성 따위는 깡그리 무시한 상태로 도래한 이 황망한 변신의 사태를 설명할 방법은 논리적으로 존재하지 않는다. 그냥 마치 꿈의 내러티브가 그러하듯 돌연 나의 변신이 이루어졌다는 것, 바로 이 돌발적인 사태만이 거부할 수 없는 유일한 사실처럼 부각되면서 텍스트 내에 거대한 단절이 발생한다. 꿈이라고? 모든 사건이 꿈속에서 벌어진 일이란 뜻이 아니다. 그냥 처음부터, 애초에 거기 있다는 듯, 급작스럽게 삶에 들이닥쳐 장악해버리는 사건의 양태가 꿈의 구조와 흡사하다는 것이다. 꿈처럼 시작되는 이야기, 혹은 꿈과 연결되어 시작되는 이야기에는 시작이 없다. 생각해보라. 우리는 언제부터 꿈꾸고 있었는가? 꿈에서 벗어날 때, 우리는 비로소 꿈을 지각할 수 있지만 최소한 꿈속에서 의식은 추인하지 않고 예감하지 않는다. 다만, 새로운 사건이 시작된다는 것에 대한 기대가 부재한 상태에서 사건과 의식의 지향성이 느닷없이, 여과 없이 출몰한다. 『변신』의 첫 문장에 '불안한 꿈'이라는 단어가 들어 있는 것도, 아울러 김숨의 소설이 잠과 꿈이 교차하는 찰나에 시작되는 것도 우연이 아닌 것이다.

과연, 소년이 깨어나자마자 그 어떤 구체적인 배경 지식도 부재한 상태에서 『노란 개』의 중심적인 행위 기제가 될 하나의 명령이

풍크툼처럼 우리를 찔러온다.

> 어서, 서둘러라.
> 아빠가 소년을 재촉했다.
> 물이 끓고 있다고요.
> 소년은 허옇게 김이 끓어오르는 주전자를 노려보았다.
> 우린 노란 개를 버리러 가야 한다.
> 노란 개를요? (12쪽)

『고도를 기다리며』에서 에스트라공과 블라디미르가 이유 없이 '고도(Godot)'라는 정체 모를 인물을 기다리듯, 택시의 트렁크 속에 있는 '노란 개'를 버리러 가는 아빠와 소년의 여로(旅路)가 『노란 개』의 주된 뼈대를 형성한다. 이 뼈대를 중심으로 플래시 컷(flash cut)처럼 곳곳에서 파편화된 기억으로 구성된 장면들이 돌발적으로, 그러나 매우 느리게 간섭하는 구조를 취하고 있다. 텍스트를 읽으면서 곳곳에 흩어져 있는 이야기의 조각들을 조립하다보면, 아빠가 실종된 택시 기사 '박영감'의 택시를 운전하고 있으며, 택시 뒤에 죽은 듯이 쓰러져 있는 '밤의 손님'이 실종된 '곽'이라는 사십 대 남자라는 것을 알 수 있다. 아울러 이러한 독해의 과정에서 죽음과 관련된 사건이 일어났었다는 사실을 은연중에 암시받을 수 있다.

그러나 김숨의 소설을 읽는 데 있어 중요한 것은 이러한 정보의 조각들을 다시 조립해서, 『노란 개』가 어떤 사건을 담아내고 있는지를 복원하는 작업이 아니다. 퍼즐 조각을 다시 맞추는 것에서 희열을 느낄 수 있다기보다, 순간순간 독자의 의식을 서늘하게 만드는 파편적인 이미지들을 감각하는 것에서 어떤 더 많은 텍스트의 즐거움을 향유할 수 있다는 것이다. 언어와 문장을 이야기의 도구적 주축으로 삼는 사건성의 소설이라기보다, 사건성 자체를 지나치게 약화시키거나 강화시키는 방식으로 베케트적인 부조리극에 다가선 텍스트이기 때문이다.

베케트적이라고 했거니와, 실로 『노란 개』의 미학적 마력의 원천은 연극성에서부터 기인하는 것처럼 보인다. 연극성이란 무엇인가? 롤랑 바르트가 말했듯 그것은 기표와 기의 사이의 일의적인 관계만으로 이해될 수 없는 '기호의 두께'이다. 즉, 『노란 개』에서 구사되는 언어는 말과 사태 사이의 일차원적 재현 관계를 구성하는 데 목적을 둔 것이 아니라, 그 자체로 총체적 반향(反響)을 겨냥하는 제스처, 그러니까 의미의 층위가 아닌 감각의 층위에서 환기 작용을 일으키는 어떤 "역동적인 기호(Agierendes Zeichen)"와 같은 것이다. 김숨의 소설은 이미 의미의 지평에서 완료형으로 씌어진 텍스트가 아니라, 끊임없이 다시 현재형으로 씌어지는 물질적인 텍스트이다.

이러한 기호의 역동성을 확인하려면 다음과 같이 물어보면 된다. 소설 속 인물들은 왜 노란 개를 버리는가? 노란 개란 무엇인가? 독자가 만약 이러한 물음에 대한 답을 얻기 위해 소설의 세목들에 천착한다면, 그 작업은 끝내 요령부득의 상태로 귀결될 수밖에 없을 것이다. 그렇다는 것은 노란 개를 버리기 위해 집착하는 아빠와 소년의 유목적 욕망이 일반적인 쾌락원칙과 같은 상징적인 행위 기제로 포착될 수 없다는 뜻이기도 하다. 그러니 중요한 것은 '노란 개'를 비유의 통로를 통해 특정한 의미로 환원시키는 해석이 아니라, '노란 개를 버리러'라는 말 자체가 수행적으로 지니고 있는 어떤 힘을 직관하는 일이다. 소설 속에서 아빠가 노란 개는 '처음부터' 버려져 있었다고 말하는 것은 그렇기 때문에, 음산하게 의미심장하다.

> 꼭 버려야만 하는 거예요?
> 어차피 버려진 개였다.
> 아빠가 그렇지 않느냐는 눈빛으로 소년을 쳐다봤다.
> 처음부터 말이다.
> 처음부터요?
> 처음부터.
> 처음이 언젠데요?
> 처음 말이다, 처음.
> 그러니까 처음이 언제냔 말이에요?
> 처음부터……
> 처음이 도대체 언제부터인지 알지 못했지만, 아빠가 노란 개를 데리고 온 날을 소년은 또렷이 기억했다. (53~54쪽)

처음부터 그랬다고 말하고 있지만, 사실상 처음은 존재하지 않는 것이나 다를 바 없다. 마치 김숨의 소설이 시작을 결여한 상태에서 느닷없이 시작되는 것과 마찬가지로, 노란 개가 왜 그렇게 버려져야 하는지 그 사연은 끝내 해명되지 않는다. 이유를 모를 때 인간은 무기력하게 '처음'이라는 불가지의 운명에 기대려고 하기 마련이지만, 앞서 지적한 김숨 텍스트의 형식적 특성처럼 '처음'이라는 말은 그저 명목적이고 허약한 단어에 불과할 뿐이다. 그렇기 때문에, "처음부터" 아빠와 소년이 노란 개를 버려야 했다고 반복해서 발설하더라도, 이 말은 오히려 "처음"을 무력하고 무의미한 단어로 낯설게 만들 뿐이다. 다만 소년이 기억해낼 수 있는 순간은 그저 처음으로 "아빠가 노란 개를 데리고 온 날", 말을 바꾸면 존재가 언어의 지평 위로 비로소 소환되는 순간이다.

저기 노란 개가 있다. 아빠는 그렇게 말했다. 그렇게 노란 개는 소년에게 왔다. 저기 노란 개가 있다. 아빠가 그렇게 말하지 않았다면 노란 개가 처음부터 없었을지도 모른다는 생각을 소년은 했다. 처음이 언제부터인지 모르겠지만. (74~75쪽, 강조는 인용자)

한 남자가 그들을 물끄러미 바라보면서 중얼거렸던 것이다. 열두 사람이네. 그때까지 그들은 자신들이 몇 사람인지 몰랐다. 꼭 열두 사람이야. 불콰하게 술이 오른 남자의 옆에서는, 그의 아들로 보이는 소년이 열심히 뼈를 뜯고 있었다. 남자가 중얼거리는 소리를 들은 그들 중 누군가, 그들 모두를 향해 말했다. 뜯고 있던 뼈를 손에서 잠시 내려놓고서. 우리가 꼭 열두 사람이었군. 그래? 우리가 꼭 열두 사람이란 말이지. 글쎄, 우리가 꼭 열두 사람이라는군. 꼭 열두 사람. 꼭. 그들은 그렇게 꼭 열두 사람이 되었다. (292~293쪽, 강조는 인용자)

언어의 지평에 소환되는 순간 '노란 개'는 그렇게 소년에게 존재하게 되었다. 이는 『노란 개』의 또다른 큰 축을 담당하는 '꼭 열두 사람'이라는 유령과 같은 존재들의 경우도 마찬가지이다. 『노란 개』에는 이처럼 인물들이 내뱉는 말이 하나의 주술적인 마력을 지닌 것처럼, 발화되는 순간 그대로 사건성의 시원을 이루는 것으로 묘사되는 대목이 다분하다. 언어의 지시성이나 재현성에 대한 새삼스러운 확인 때문도, 믿음 때문도 아니다. 오히려 상황은 정반대이다. 사태와 언어 사이에 맺어지는 관계가 매우 자의적이면서도 급작스럽다는 것, 그리고 이 급작스러운 사태를 꼼꼼하게 추적한다고 해서 그 무슨 탄생의 근사한 이유 같은 것을 발견할 수 없다는 것이 강조되고 있기 때문이다. 저주처럼, 마술처럼 언어와 존재 사이의 거리가 밀착됨에 따라, 오히려 언어에 나포되어 있는 현존재의 부조리함이 더욱 강조되는 형국이다. 노란 개는 왜 노란 개인가? 이유 없이, 처음부터 돌연 그것은 언어에 의해 그렇게 되었을 뿐이다. 그런 맥락에서 "꼭"이라는 부사어는 그것이 담고 있는 내용과 다르게 언어가 실은 매우 허약하고 자기와의 관계에 있어 근본적으로 불일치를 내장하고 있다는 것을 보여주는 실존의 잔여적이고도 잉여적인 불순물이자, 잔상이다.

소설만 그런가? 꿈만 그런가? 그러나 돌이켜보면 우리의 삶도 별반 다르지 않다는 것을 깨달을 수 있다. 정색하고, 되물어보자. 우리는 대체 언제부터 살아 있었는가? 생이라는 것에 대한 자각은 어느 시점에 비로소 시작되었는가? 물론 사후적으로 스스로가 태어난 객관적 시간과 장소를 추인할 수 있으나, 사실 곰곰이 생각해보면

각자의 의식상에서 '나'라는 개체가 인식되는 순간은 해명할 수 없는 기원과 같다. 다시 말해 부분적인 개별 사건들에 대해서는 근사한 계기와 논리적인 순서도를 구성해보는 것이 가능할지 모르겠지만, 돌이켜보면 '살아 있음'이라는 보다 근원적인 사태에 관해서 인간은 철저히 무지할 수밖에 없는 것이다. '살아 있음'이라는 사실이 지각되는 지점을 도무지 파악할 수 없는 것과 마찬가지로, 원래 삶이라는 것은 사연 없이 시작되고, 예고 없이 정지되는 것에 더욱 가깝지 않겠는가. 그러니 실로 느닷없이 자각하고, 갑자기 욕망하며, 별안간 사는 것이다.

2

김숨의 『노란 개』에는 이처럼 현존과 기원 사이의 어긋남에 대한 예민한 자각이 곳곳에 가득하다. 양자 사이에서 발생하고 있는 근원적 결렬이 확인되는 경계가 언어라는 것에서부터 모든 부조리한 상황이 펼쳐진다. 인간은 언어에 의해 분열되어 있지만, 바로 그 언어를 통해서만 사태를 파악한다. 즉, 인간은 불가피하게 찢겨져 있는 존재인 것이다. 이를테면 소설의 모든 부분에서 반복해서 출몰하는 다음과 같은 불가사의한 말들은, 무언가 근본적으로 어그러져 있다는 것을 드러내는 예후적 증상들이다. 이들을 임의적으로 가져와본다.

꼭 아홉 사람으로 보이기도 했다. 버스 정류장에 모여 서 있을 때, 꼭 열두 사람은. 누군가 그들을 보고 중얼거렸던 것이다. 아홉 사람이 모여 서 있네. (10쪽)

진실이 꼭 하나라는 법은 없지. 아빠가 중얼거렸다. (199쪽)

내가 아니잖아.
아빠가 중얼거렸다.
내가 아니야, 내가. (162쪽)

정우는? 소년이 주먹으로 여자의 무릎을 내리쳤다.
얘가 오늘따라 사람을 왜 이렇게 귀찮게 하나. 그러지 않아도 피곤해 죽겠는데.
정우 말이야.
여기 있잖아. 여자가 소년을 빤히 쳐다봤다.
여기……? 소년의 얼굴이 울상으로 일그러졌다.
네가 정우잖아.
내가……? 고개를 가로젓는 소년의 목소리가 떨려나왔다.
네가. (340쪽)

『노란 개』에서 간헐적으로 펼쳐지는 이러한 정황들은 텍스트 해석의 자유도를 부각시켜주는 다성성의 이미지들이 아니라, 오히려 끊임없이 반복되는 불안의 증상들이다. 불안이라고? 그렇다. 반복이 불안이 표출되는 가장 주된 형식 중 하나라는 정신분석학적 원리를 떠올려보면, 특별한 이유를 알지 못한 상태에서 이들이 강박적으로 어떤 행위를 반복하는 것이 불안 때문이라는 사실을 알 수 있다.

> 내가…… 내가 도대체 뭘 잘못했나요?
> 뭘 잘못했는지도 모르면서 그렇게나 용서해달라고 졸라대다니…… 그게 댁의 잘못이겠군. 자신이 뭘 잘못했는지도 모르는 게 말이지. 뭘 잘못했는지도 모르면서 용서를 바라는 게 말이야. (267쪽)

뭘 잘못했는지도 모르면서 용서를 비는 것, 그것이 다시 죄로 수렴되는 과정은 무한히 순환될 수밖에 없는 어떤 강박적인 불안의 양태를 가장 잘 드러내는 형식이다. 마찬가지로 이는 김숨 텍스트가 우리에게 안겨주는 불안의 실체와 거의 동일한 모습을 구현한다. 주지하듯, 불안의 주체는 표면적으로 보이는 것과 달리 죄의식에 들린 주체와 구분된다. 죄의식이 주체의 직접적 행위에 대한 처벌의 두려움과 관련 있다면, 불안은 이러한 실제적 행위 이전에 이미 느껴지는 보다 원초적인 감정이다. 그것은 분명한 사건과 연결된 정조가 아니다. 자세히 살펴본 독자라면 알겠지만, 김숨의 소설 중 어떤 정경을 묘사하는 과정에서 '모른다'라는 술어가 반복적으로 사용되면서 전반적인 분위기가 조성되는 것도 그 때문이다.

그러나 그 원인이 눈앞에 현상되지 않는다고 해서 불안을 일으키는 대상이 없는 것은 아니다. 진정 모른다면, 인간은 모른다는 말도 하지 않는 법이다. 『세미나 10권: 불안』에서 라캉이 제시한 명제 "불안은 대상이 없지 않다. 하지만 그것이 있는 곳에서는 그것이 보이지 않는다"처럼, 우리를 불안에 떨게 하는 존재는 없는 것이 아니라, 없지 않는 방식으로 있는 것들, 즉 없음의 형식으로 존재하는 익명의 대상들에 가깝기 때문이다. 분명히 존재하는 것 같으나 영원히 볼 수 없고 붙잡을 수 없는 자들, 이름 없이 존재의 심부 곁을 배회하는 것들, 김숨의 『노란 개』는 바로 이러한 불안에 대한 섬뜩한 이미지들을 탁월하게 빚어낸다.

아빠가 말끝에 소리 없이 웃었다. 웃을 때 아빠는 좀처럼 소리를 내지 않았다. (12쪽)

개 짖는 소리가 유리처럼 차가운 공기를 깨뜨릴 듯 흔들면서 울렸다. 그것이 꼭 트렁크 속 노란 개가 짖는 소리라고는 아무도 말할 수 없었다. (84쪽)

나무는 잎이 없는데도 가지를 떨어대고요, 사람은 창문이 없는데도 커튼을 치고요, 오리 인형은 머리가 없는데도 모가지를 흔들고요, 우린 노란 개가…… (143쪽)

소년은 사람들이 뼈를 뜯을 때 이빨 자국을 남기지 않는다는 걸 깨달았다. (203쪽)

잎 없이 가지를 떠는 나무와 머리 없이 모가지를 흔드는 오리 인형 등, 소설 속에서 자주 묘사되는 이러한 이미지들은 독자에게 어떤 불안을 야기한다. 『노란 개』에서 이처럼 은은하게 파괴적인 형태의 전율을 일으키는 대상은 가시적이지만 또한 동시에 비가시적으로 존재하는 어떤 것, 존재하면서 존재하지 않는 기이한 존재태로 이루어진 어떤 것이다. 존재하면서도 존재하지 않는다고? 그렇다. 불안을 유발하는 것은 살아 있는 것도 죽은 것도 아니고, 현재 존재하지만 현전한다고 할 수 있는 것도 아닌 유령과 같은 것들이다. 김숨의 소설들에서 인물들이 그저 익명적인 지시어들로 호칭되고, 존재론적 형체가 매우 모호한 상태에서 흩날리고 있는 것처럼 느껴지는 것도 우연이 아니다. 유령적인 것은 존재의 가상적 현존이라기보다는 현전으로서의 존재가 은폐하고 몰아내려고 하는, 존재보다 더 근원적인(또는 적어도 현전으로서의 존재에 항상 이미 따라다니는) 어떤 불가해한 사태의 표현이기 때문이다.

김숨의 텍스트에서 '빈 차', '빈 의자'와 같이 어떤 비어 있는 상태에 대한 직시가 자주 드러나는 것도 같은 맥락에서 이해될 수 있다.

사람들이 타고 있으면 빈 택시가 아니지. 아빠가 중얼거렸다.
하지만 빈 택시인걸요.
……
'빈 차'에 빨간불이 들어와 있단 말이에요, 아빠 택시처럼 말이에요.

그럼 빈 택시지. (360쪽)

소년은 눈알을 굴려 식탁 빈 의자들을 바라보았다. 빈 의자는 전부 세 개였다. 소년은 그러나 빈 의자가 네 개인 것 같은 기분이 들었다. 자신이 앉아 있는 의자까지 합쳐서 네 개. (87쪽)

여기서, 비어 있다는 것은 무엇인가 존재하지 않는다는 것을 의미하지 않는다. 단순히 아무것도 존재하지 않는 상태로부터 인간은 영향 받지 않는다. 파르메니데스의 말처럼, 본래 인간은 철저하게 있음의 편에 귀속되어 있는 존래라서 결코 무(無)의 세계에 대해서는 생각할 수도, 말할 수도 없다. 오히려 그것은 방금 지적했듯, 없음의 있음이라는 형태로, 그러니까 유령이라는 있음의 무질서한 편재(遍在) 상태로 재창조되어야 한다.

비어 있는 것이 하나의 있음의 형상으로 작용할 때, 그러니까 저 언어의 빈자리, 존재의 공백, 욕망의 빈터가 모든 의미를 삼켜버릴 수 있는 가장 근원적인 것으로서의 압도적인 무의미를 의미할 때 (이는 형용 모순이 아닌가!) 인간은 비로소 비어 있음의 여파로부터 자유롭지 못하다. 그러니까 언어, 존재, 욕망이 모두 살아 있음을 확인시켜주는 언어적 징표들이라면, 이 징표의 내부에 가시화되지 않는 공백의 자리가 존재한다는 것을 끊임없이 자각하는 이미지들이 있다. 독자로 하여금 이러한 이미지들을 현시시키는 작업은 삶이 가리고 있으나, 삶을 근원에서 떠받들고 있는 어떤 허무와 부조리의 결정(結晶)을 다시 맛보게 만드는 일이다. 김숨의 연극적인 텍스트가 실질적으로 체현하고 있는 텍스트 효과는 바로 그것이다.

3

이처럼 유령 같은 존재들의 기이한 말과 행위들이 손쉽게 의미로 치환될 수 없음에도 불구하고 어딘지 모르게 끊임없이 불쾌감과 불안함을 유발할 수 있다는 것을 김숨의 『노란 개』는 인상적으로 보여준다. 말하자면 사건과 행위의 층위에서 김숨의 소설은 사실적이라고 할 수는 없으나, 사실(fact) 너머의 리얼리티를 끊임없이 환기하고 있다는 점에서 정신분석학에서 말하는 실재(the real)의 영역에 매우 가까이 근접해 있음을 실연(實演)해 보이는 텍스트라 할 수 있을 것이다. 라캉의 말을 변주하건대, 실로 불안은 독자 자신을 속이지 않는 법이다. 소설 속 인물들이 보여주는 무의미한 대화와 몸짓들이 직접적으로 텍스트 바깥의 구체적 현실을 타격하지는 않는 것처럼 보여도, 이를 읽는 독자가 마치 제 발 저리듯 모종의 이물감을 발견하고 섬뜩해하는 것은 바로 그 때문이다.

그렇다면, 이 이물감의 정체는 무엇인가? 인간에게 작용하는 가장 원초적인 불안 요소는 무엇인가? 그것은 바로 삶의 토대로 작용하고 있는 잠재적인 것으로서의 죽음일 것이다. 다음 장면은 이를 암시하는 가장 수많은 대목들 중 하나이다.

아빠 어떤 꿈을 꾸었는데요?

나는 늘 똑같은 꿈을 꾸지……

똑같은 꿈요?

아빠가 고개를 끄떡였다.

택시에서 잠들어버린 손님을 업고 집으로 돌아가는 꿈이다.

잠든 손님을요?

아빠가 운전석 쪽 차창을 조금 내렸다. 바람이 들이쳐 아빠의 머리가 새들이 다 떠나버린 숲처럼 쓸쓸하게 흔들렸다.

왜요?

아무리 깨워도 깨어나지 않으니까 말이다.

아무리 깨워도요?

아무리 깨워도.

소년은 어쩐지 아빠가 밤의 손님을 두고 이야기하는 것만 같았다. (91~92쪽)

영원히 깨어나지 않을 것 같은 밤의 손님은 아빠와 소년, 그리고 어머니 사이에 처하면서 택시를 돌연 낯선 공간으로 만들어버린다. 물론 밤의 손님이 죽었다는 사실은 소설 속에서 직접적으로 확인되지 않는다. 다만 중요한 것은 영문도 모른 채, 마치 한스 홀바인의 그림 〈대사들〉에 숨겨져 있는 해골의 형상처럼 '밤의 손님'이 살아 있는 존재들 사이를 틈입해 들어섬으로써 주변 존재들을 일견 낯설게 만드는 기묘한 얼룩과 같은 역할을 수행한다는 것이다. 무엇이 낯설어지는가? 죽음이라는 사태가 낯설다는 의미가 아니다. 죽음은 인간이 영원히 파지할 수 없는 대상이기에 낯섦의 대상일 수 없다. 그것은 오히려 낯섦을 가능케 만드는 어떤 불가해한 토대이다.

이른바, 죽음보다 낯선 것은 바로 삶이다. 살아 있다는 당연한 사실이 실존의 층위에서 가장 불가해한 사건으로 거듭날 때, 그리고 그 불가해함을 더욱 증폭시키는 토대가 죽음이라는 절대적 무의미에 있다는 것을 깨달을 때, 인간은 스스로가 설명도 회피도 허용되지 않는 사건의 한가운데에 영문도 모른 채 처해 있다는 것을 자각하게 된다. 유령이 스스로를 죽은 존재로 자각하는 순간보다, 피와 살로 이루어진 인간이 스스로의 살아 있음 자체를 가장 낯설게 느끼는 순간이 더욱 오싹한 법이다. 신화적인 차원의 초월적 겁벌(劫罰)로도, 부당한 운명의 기습으로도 의미화될 수 없는 무기력하게 내던져진 날것의 생이 있다는 것을, 아니, 의미의 외피를 두르지 않은 헐벗은 생이 실은 인간의 보편적 일상사라는 것을 보여주는 김 숨의 건조한 무심함이야말로 진정 섬뜩하다.

근데요, 진실이 뭐예요?
진실이 뭔지 알고 싶냐?
진실이 뭐예요?
우리가 노란 개를 버리러 가는 길이라는 게, 그게 진실이지.
(216쪽)

그러니까 생각건대 죽지 못해 사는 것이 아니라, 오히려 처음부터 죽기 위해 태어났고, 죽고자 사는 것이며, 죽으려고 그토록 아등

바둥 애쓴다는 것이다. 죽음으로의 그 긴 여로에서 자국처럼 남게 되는 생의 자취가 그 자체로 '버리러 가는 길'이라는 영원히 반복되는 현재성의 이미지로 빚어지는 것이다. 노란 개를 버리러 간다는 것이 죽음에 대한 직접적 상징이 아님에도 불구하고 죽음의 잔향을 짙게 풍기는 이유 역시 그와 같다. '노란 개'가 아무런 의미가 없거나, 혹은 반대로 너무나 많은 의미와 접속할 수 있는 가능성을 내장한 기표이기 때문이 아니라, 끊임없이 의미를 비워내는 순수 기표로 기능하기 때문이다.

사정이 이러하기에 노란 개를 버려서도, 노란 개를 다시 꺼내서도 안 되는 것이다. 죽음과 대면하려면, 혹은 더 정확히 말해 죽음을 직관하기 위해서는 생의 곡예를 질기도록 반복하면서 통과하려는 어떤 불가피한 충동에 자신을 맡겨야 한다. 그렇기 때문에 김숨 소설의 반복성은 무한한 이야기를 노래함으로써 살아남고자 하는 『천일야화』의 세헤라자데적 욕망의 전도된 형태로도 이해할 수 있다. 무한히 이야기를 이어 붙이려는 세헤라자데의 이야기 욕망이 죽음을 판돈으로 내걸고 삶의 편으로 향하는 아슬아슬한 줄타기와 같다면, 김숨의 소설은 삶을 저당 잡힌 상태에서 죽음을 향해 끊임없이 나아가는 과정이 그 자체로 삶임을 보여주는 죽음 충동의 여정에 가깝다. 그러니, 삶은 손쉽게 죽음으로 비약하지 못하는 것이다.

여기가 끝인 걸까? 아빠가 탄식을 섞어 중얼거렸다.
끝이요……? 소년이 조심스럽게 물었다.
끝……

여기가 끝이란 말이에요?

너는 여기가 끝이었으면 좋겠냐? 아빠가 물었다.

……?

여기가 끝이었으면 좋겠냐?

여기가…… 끝이었으면 좋겠느냐고요?

(중략)

나는요, 여기가요…… 여기가 그러니까요…… 끝이 아니었으면 좋겠어요…… 아직 끝이…… 소년은 턱까지 찬 숨을 토했다.

아직 끝이 아니면 좋겠단 말이냐. 아빠의 얼굴에 안도와 짜증, 막막함이 뒤섞인 표정이 어렸다.

아직은……

여기가 끝이 아니면 어디로 가야 하나?

어디로……요?

여기가 끝이 아니니 어디로든 가야 할 거 아니냐.

우린 노란 개를 버리러 가는 게 아니었어요? (278~280쪽)

그렇게 이들은 끝내 트렁크에 있는(그러나 한 번도 그 실체를 확인하지 못한) 노란 개를 버리지 못한다. 그저 노란 개 버리기를 유예시킨 채, 다시 빈 택시를 몰고 계속해서 어디론가 향할 뿐이다. 일찍이 프로이트가 죽음에 이르려는 불가피한 삶의 원동력을 쾌락 원칙의 메커니즘과 구분시키려 했던 까닭 역시 그와 다르지 않다. 죽으려는 욕망은 곧 살려는 욕망이다.

사정이 그러하기에, 김숨의 소설에는 도대체 끝이란 것이 있을 수 없는 것이다. 물리적인 차원의 마지막 페이지가 없어서 그런 것이 아니다. 김숨의 텍스트 욕망을 불러일으킨 갈등의 요소가 해소되거나 해명될 수 있는 성질의 것이 아닐 정도로 근본적이기 때문이다. 요컨대, 살아 있음과 죽음에 대한 가장 본질적인 문제를 직접적으로 체현하는 텍스트는 손쉬운 화해의 순간들로 서사의 여정을 끝내버릴 수 없다. 그저 시작도 끝도 없는 영원한 돌림노래처럼 해명되지도 봉합되지도 않은 불안의 기미들을 연주할 수밖에 없다는 의식으로, 그렇게 소설의 끝은 다시, 소설을 처음으로 되돌릴 뿐이다.

언젠가도 아빠가 잠든 소년을 깨운 적이 있었다. 소년은 아빠가 깨우는 소리를 듣지 못했다. 그때도 소년은 주전자가 내지르는 소리를 듣고 깨어났다. 억지로 눈을 뜬 소년에게 아빠는 노란 개를 버리러 가야 한다고 말했다.

제발 좀!

소년은 어쩔 수 없이 눈을 떴다. 형광등을 등지고 웅크려 앉아 있어서 아빠의 얼굴은 묵처럼 흐리고 어두침침했다.

어서 옷을 입어라. 아빠가 소년을 뚫어져라 내려다보고 말했다.

우린 노란 개를 버리러 가야 한다.

노란 개를……요?

그래, 우린 노란 개를 버리러 갈 거란다. (365~366쪽)

그저 노란 개를 버리러 가야 하는 것이 전부였다면, 차라리 깨어나지(태어나지) 않았으면 좋았을 테지만, 그 거듭되는 생사의 반복이 불가피하다는 것이야말로 진정 치명적인 진실이다. 그 치명적 진실 속에서 죽음이라는 것은 끝내 그 실체를 확인하지 못한 노란 개처럼, 살아 있는 존재들이 영원히 확인할 수 없는 캄캄한 부조리의 사태로 어느 순간 도래할 것이다. 소설 전반부에서 배경음처럼 반복되는 노랫말 "송아지는 묶인 채 이유를 모르고 죽어가네"가 환기하는 것이 바로 그것이다. 이 무지함 때문에 삶은 원체 죽음에 조롱받을 수밖에 없다. "이유도 모르고 뒈지면 어때서 그러나? 낄낄. 이유를 알고 뒈지나 낄낄 모르고 뒈지나 낄낄 뒈지는 건 마찬가진데, 낄낄."(333쪽) 어쨌거나 짐승처럼 뒈질 수밖에 없는 인간의 생이란, 생각해보면 그 얼마나 비참하기 짝이 없는가.

그러나 불가피하게도, 우리는 그 비참의 실상을 곧 잊은 채 살아갈 것이다. 살면서 매 순간 스스로가 언젠가는 죽을 것이라고 장담하지 않듯, 본래 인간이란 존재는 삶을 버리러 어디론가 향하고 있다는 치명적 사실을 내내 자각하진 못하는 법 아니겠는가. 비록 소년의 말처럼 노란 개를 버리러 가는 길이라는 걸 잊으면 안 되겠으나, 그리고 잊지 않으려면 기를 써야겠으나, 죽음에 대한 자각은 순간순간의 시간성 속으로 바스러지고 잔멸하여 마침내 망각의 덮개로 뒤덮일 수밖에 없다. 덕분에 필사(必死)의 거미줄에 나포되어 있다는 사실을 잊어버린 몰지각한 한 마리 벌레처럼, 우리는 간헐적으로 '행복' 따위를 꿈꾸게 될지도 모른다. 이 망각이야말로 인간의 삶을 한층 더 깊은 비참함으로 몰아가는 원흉이라고 생각할지도 모르겠다. 그러나 망각은 완전한 사멸을 의미하는 것이라기보다는 오히려 생멸(生滅), 즉 살아 있는 죽음과 같은 것이라서, 종종 그 망각의 검은 구멍으로부터 유령과 같은 존재들이 출몰할 수밖에 없다. 그리하여 독자는 그들의 음산한 목소리를 들으며 살아 있다는 사실 자체가 가장 낯선 것이라는 깨달음으로 전율하게 될 것이다. 김숨의 텍스트 덕분에 인간의 생이라는 것이 반복해서 실패하는 삶, 비워지는 삶이고 본래부터 버려지는 삶, 명멸하는 삶이라는 소름 끼치는 사실을 기어이 기억해내고야 말 것이다.

작가의 말

오늘 밤은 나무를 생각하고 싶습니다. 이 자리에서 저 자리로 옮겨 심어질 운명에 처한 나무를요. 한자리에 뿌리를 내리고 살아갈 운명을 타고난 나무, 그러한 나무에게 이식(移植)만큼 모진 시련이 있을까 싶은 생각이 듭니다. 뿌리가 허공으로 들릴 때 나무들은 공포에 질려 비명조차 내지르지 못하는 것이 아닐까요. 저는 저 자리보다 이 자리에 서 있어야 평화롭다고 느끼는 사람인 것 같습니다.

오늘 밤은 나무들이 다 제자리에 있었으면 좋겠습니다.

밤의 나뭇잎이 잠든 새를 닮았다는 생각을 한 적이 있습니다. 잠든 새만큼 위태롭고 아슬아슬한 짐승이 없는 것도 같습니다. 잠든 동안 새들의 공포는 극에 달하지 않을까요. 공포가 제게는 소설을 쓰게 하는 힘이 되어준다는 생각을 저는 오래전부터 해왔던 것 같습니다.

이 소설을 쓰던 지난 가을과 겨울이 떠오릅니다. 제게는 더없이 고요한 시간이었습니다. 집 앞 천(川) 오리들은 밤이 되면 바위나 수풀 위로 올라가 잠이 들었습니다. 햇볕이 따뜻한 날이면 늙은 남자들은 어슬렁어슬렁 기어나와 검은 돌과 흰 돌을 한 주먹 끌어안고 바둑을 두었습니다. 폐비닐처럼 흐린 천 위 다리로 빈 택시가 지나가기도 했습니다.

가을이 깊어질 무렵, 저는 빈 택시에 소년을 태워 떠나보낸 적이 있습니다. 소년이 택시에 오른 뒤에도 '빈 차' 표시등에 들어온 빨간불은 꺼지지 않았습니다.

창문을 열고 밖으로 내다보니, 저기 한 소년이 흑문조의 다리만큼 가느다란 골목을 걸어갑니다. 저 소년은 빈 택시에서 내려 집으로 돌아가는 소년일까요? 아니면 조금 뒤 빈 택시에 오를 소년일까요? 한 포대의 시멘트로 빚은 달은 골목을 환히 밝히기에는 너무 차갑고 멀리 있습니다.

신수정 선생님, 고은님, 세랑님, 그리고 김민정 시인께 깊은 감사를 드립니다. 소년이 빈 택시를 타고 달리는 동안 기꺼이 동승해준 분들께도 감사를 드립니다. 감사하다는 말을 할 수 있어서 다행입니다.

2011년 9월,

김 숨

문학동네 장편소설

노란 개를 버리러

ⓒ 김 숨 2011

초판 인쇄	2011년 10월 15일
초판 발행	2011년 10월 25일

지은이 김 숨
펴낸이 강병선

책임편집 정세랑 | 편집 김민정 | 독자 모니터 이원주
디자인 송윤형 유현아 | 마케팅 신정민 서유경 정소영 강병주
온라인 마케팅 이상혁 한민아 장선아
제작 안정숙 서동관 김애진 | 제작처 영신사

펴낸곳 (주)문학동네
출판등록 1993년 10월 22일 제406-2003-000045호
주소 413-756 경기도 파주시 문발동 파주출판도시 513-8
전자우편 editor@munhak.com | 대표전화 031)955-8888 | 팩스 031)955-8855
문의전화 031) 955-8890(마케팅) 031) 955-2679(편집)
문학동네카페 http://cafe.naver.com/mhdn

ISBN 978-89-546-1608-9 03810

* 이 책의 판권은 지은이와 문학동네에 있습니다.
  이 책 내용의 전부 또는 일부를 재사용하려면 반드시 양측의 서면 동의를 받아야 합니다.
* 이 도서의 국립중앙도서관 출판시도서목록(CIP)은 e-CIP 홈페이지(http://www.nl.go.kr/ecip)에서
  이용하실 수 있습니다.(CIP제어번호: CIP2011004260)

www.munhak.com